〖中华诗词存稿·名家专辑〗

中华诗词学会 编

话说诗道

丁国成 著

图书在版编目（CIP）数据

话说诗道 / 丁国成著 . -- 北京 : 中国书籍出版社，2019.12
（中华诗词存稿）
ISBN 978-7-5068-7739-8

Ⅰ . ①话… Ⅱ . ①丁… Ⅲ . ①诗词—诗歌评论—中国—当代 Ⅳ . ① I207.2

中国版本图书馆 CIP 数据核字 (2020) 第 004657 号

话说诗道

丁国成 著

责任编辑　毕磊
责任印制　孙马飞　马　芝
封面设计　采薇阁
出版发行　中国书籍出版社
地　　址　北京市丰台区三路居路 97 号（邮编：100073）
电　　话　(010) 52257143（总编室）(010) 52257140（发行部）
电子邮箱　eo@chinabp.com.cn
经　　销　全国新华书店
印　　刷　北京虎彩文化传播有限公司
开　　本　710 毫米 ×1000 毫米 1/16
字　　数　325 千字
印　　张　30.25
版　　次　2019 年 12 月第 1 版　2019 年 12 月第 1 次印刷
书　　号　ISBN 978-7-5068-7739-8
定　　价　298.00 元

《中华诗词存稿》编委会名单

作者简介

丁国成，1939 年生于黑龙江肇东，1965 年毕业于吉林大学中文系，被分配到国家文化部艺术局工作。1976 年初到《诗刊》任职。历任中国作协五、六届全委委员及七、八届名誉委员，《诗刊》常务副主编，《诗国》主编，中华诗词学会副会长及《中华诗词》常务副主编等。现为中国作协九届全委名誉委员、中华诗词学会顾问等。编审，享受国务院特殊津贴。著有诗论集《古今诗坛》《诗法臆说》《诗词琐议》《诗学探秘》《新旧诗说》等，主编《中国新时期争鸣诗精选》、《中华诗词·十年评论选》、《中华诗词二十年选萃·评论卷》、《中华诗词学会二十年》（上下卷，与李一信合作，执行主编吕梁松）、《中华诗词学会三十年·诗词选》（与高昌合作）等。荣获首届“聂绀弩诗词奖·诗词评论奖”、第二届“东坡诗词奖·诗论特别奖”等。

总 序

我们这个诗歌大国有一个很好的传统，历来注重“采诗”、搜集整理诗歌材料。作为唯一的全国性诗词组织的中华诗词学会，自1987年5月成立以来，就十分重视这项工作。学会每年的学术研讨会和历届“华夏诗词奖”，都出版论文集和获奖作品集。纪念学会成立二十年、三十年时，还专门编辑出版了《大事记》《论文选集》《诗词选集》。《中华诗词》创刊以来，每年都制作年度合订本。2007年5月，在北京天识东方文化艺术传播有限公司的资助下，以近代以来诗词创作、诗词理论、诗词运动重要文献汇编，当代名家个人作品专集等为主要内容，出版了《中华诗词文库》。经过十来年的编辑整理，已经出了近百卷。这些诗集、文集的出版，记录了近百年来尤其是改革开放四十多年来，中华诗词从起步、复苏走向复兴的砥砺前行的历程，为近、当代诗歌史的撰写准备了丰富的资料。

党的十八大以来，中华民族优秀传统文化重新受到应有的重视。习近平总书记《念奴娇·追思焦裕禄》词和《军民情》七律的相继发表，引领中华大地诗潮滚滚而来。《中共中央关于繁荣发展社会主义文艺的意见》和中办、国办《关于实施中华优秀传统文化传承发展工程的意见》，都明确提出“加强对中华诗词、音乐舞蹈、书法绘画、曲艺杂技和历史文化纪录片、动画片、出版物等的扶持。”国家教育部组织制定由中华诗词学会起草的新中国语言体系中的新韵书《中华通韵》已经通过国家语言文字工作委员会语言文字规范标准审定委员会审定，即将颁布全国试行。这些都使我们真切地感受到，中华诗词的春天真的到来了。诗人们乘着骀荡春风，正以高昂的激情，书写着中华民族伟大复兴的新时代、新史诗，国家富强、民族振兴、人民幸福的中国梦；正以与人民同呼吸、共命运的诗人之心，对人民的欢乐、人民的忧患、人民的情怀给以诗意的表达；正以“美”或“刺”的诗人之笔，对市场经济大潮中人民对幸福生活的期待，对美好未来的希望，对假丑恶的深恶痛绝，或给以方向，或给以赞美，或给以鞭挞。正如习近平总书记所指出的：“好的文艺作品就应该像蓝天上的阳光、春季里的清风一样，能够启迪思想、温润心灵、陶冶人生，能够扫除颓废萎靡之风。”

当前，传统诗词创作者和诗词爱好者队伍发展迅速，已超过三百万。每天创作的诗词作品超过唐诗、宋词、元曲的总和。诗词评论研究队伍也成长很快，诗词评论、诗词学、诗词创作理论研究成果丰硕。如何从浩如烟海的诗词作品中“淘”出优秀作品，并使之存下来、传下去，如何使诗词研究理论成果“面世”并发挥应有的指导作用，确实是摆在我们面前的无可回避的一个重要课题。中华诗词学会是一个没有国家编制，没有国家拨款的社会团体，事业的运转主要靠社会赞助和会员费支撑。俊识（北京）文化传媒有限公司总经理吕梁松、北京采薇阁总经理王强，两位一直是对中华传统文化情有独钟的热心人，慷慨解囊，愿意同中华诗词学会一起，搜集整理编辑推出《中华诗词存稿》这套书，共同为中华诗词文化的继承和发展，做成这件十分有意义的事情。

《中华诗词存稿》主要搜集整理出版三部分内容的资料：一是当代诗词名家的个人作品集；二是当代诗词评论家、诗词学者的学术著作集；三是当代诗词作品、诗词理论学术成果阶段性、专题性、地域性的集成类作品集。诗词作品强调精品意识，沙里淘金，把“有筋骨、有道德、有温度”的优秀诗词作品搜集起来。诗词评论、研究类资料强调理论性和创新性，应具有鲜明的个性特点，具有创建性的见解。集成类的资料应有一定的史料保存价值。总之，做成一套具有当代价值和历史意义的好书。在此，我们编委会人员，向提供资料、筛选编辑、版面设计、校对勘误，包括所有为这套资料付出辛勤劳动的同志们，表示真诚的谢意！

郑欣淼

二〇一九年七月于北京

乐为中华诗词鼓与呼（代序）

——记诗词评论家丁国成

“风骚传统喜复苏，每见方家为鼓呼。蹬自行车巡宇宙，坐编辑部琢玑珠。”这是寓真先生几年前赠丁国成老师七律的前四句。它高度概括做了十五年《中华诗词》副主编的丁国成的奉献精神。

其实，我认识国成老师始于他 2000 年 4 月给我写信。那时，他是《中华诗词》常务副主编，而我只是一个普通的诗词爱好者。他能亲笔给我写了一封长信，着实令我激动了很长时间。后来，他又多次与我通信，并帮我修改文章。我 2000 年发表的《诗风的转变》和 2004 年发表的《浅谈我的旧体新诗》，都有他的修改意见。然而，若说真正了解他，还是我做《中华诗词》特约编审，能够每周见一次面以后。我对他的印象是——

一、大智慧、宽胸襟、真手笔

2013 年 12 月，“首届聂绀驽诗词奖”揭晓，丁国成老师获得“聂绀驽诗词评论奖”。这也是近几十年来诗词界第一个“诗词评论奖”。国成老师获此殊荣，当之无愧。用刘征的话说：“理论是诗歌的导向，国成的导向是正确的。”（在《中华诗词》杂志社与北京诗词学会联谊会上的讲话）我认为，国成老师的诗词理论是大智慧、宽胸襟、真手笔。

首先，他较早地为中华诗词复苏拍手称快，不断地为中华诗词鼓与呼。1987年5月，丁国成老师还在《诗刊》作理论室主任时，就在《诗刊》以《当代诗词这朵花……》记述了“全国第一次当代诗词研讨会”的情况。他综合了研讨会意见，提出了“老树着花无丑枝”“几多花事待商量”“嫩蕊商量细细开”等观点，大声为中华诗词的复苏和兴起呐喊。尤其强调了“荷花、梅花都是花，新诗、旧体都是诗，都处于探索发展之中，都面临着一个提高质量问题，不可厚此薄彼”，以及“旧体诗词与新诗应当互重互学，共同繁荣，为发展我国的社会主义诗歌做出贡献”。这个长篇综述以其厚重的笔墨，在新诗和旧诗界产生了积极的影响，也开创了他诗歌理论的新阶段——为旧体诗词鼓与呼。在此后的26年时间里，国成老师不断地为中华诗词的发展摇旗呐喊。尤其是他在1998年12月被聘为《中华诗词》特约编审后，更是如此。例如，他2002年3月发表的题为《呼吁重视中华诗词》和2006年2月在中国作协第六届六次全委会上发言：“从中国作协做起——起码应给中华诗词跟其他文学样式相同的平等待遇，别把中华诗词排斥在文学乃至诗歌之外，即中国作协组办的一切事情，如发展会员、诗歌评奖、作家深入生活、作家培训出访、作品出版研讨等等，都把中华诗词纳入视野，列入议事日程”。

其次，他主张“编风正、刊风正、诗风正”。1999年12月他发表在《文化月刊》上的题为《〈中华诗词〉的启示》的文章，明确地指出：“近两年来，它（指《中华诗词》）订户猛增，已有近两万之多；刊物越办越好，仍在逐月上升，确实令人振奋，引人深思。”“为什么在许多文学报刊特别是诗歌报刊，包括那些已经创办几十年之久的老牌报刊很不景气、发行量锐减的情势下，《中华诗词》却能一枝独秀、广受青睐？经过一番仔细的认真考察，我终于发现了其中的奥秘，从而得到许多有益的启示。”他认为：“首先是编风正”，“其次是刊风正”，“再次是诗风正”。并强调指出：“《中华诗词》之所以广受读者青睐，借用孔老夫子的话说，‘一言以蔽之，思无邪’，就是因为他们不搞歪的、邪的，编风、刊风、诗风比较纯正。‘三风’不正，却想扩大订户，只能是缘木求鱼，事与愿违。”2002年，他在另一篇《有感于〈中华诗词〉发行剧增》的文章里进一步强调：“作者既是同胞姐妹，编者就要甘心作嫁，不能自倨自傲，不能‘身在曹营心在汉’，不务正业，乃至把正业当副业。文学爱好者常说一句话：‘编辑是老爷’。不错，确有一些编辑，在初学写作者直至小有名气的诗人面前，摆出一副‘老爷’架势，指手画脚，盛气凌人。等而下之者甚至勒索钱物。作者只好敬而远之。《中华诗词》的编辑们，虽然从年龄上说堪称老人，从成就上说多为名家，但是，他们从不以老大自居，对待新老作者一视同仁，亲亲热热，耐心相助，情愿‘为他人作嫁衣裳’；对待编辑工作一丝不苟，兢兢业业，无私奉献，只图‘一生事业略存诗’。”此后，他与《中华诗词》杂志社的同仁一起，把这“三风”坚持到如今。

再次，他积极地为中华诗词的长远发展大声呐喊。一是在2004年的中国作协六届四次全委会上，他提出了诗词“三进”的建议。他说：“在新的一年里，我向中国作协领导和各地作协领导提点建议，中华诗词是否能有‘三进’：一进领导视野；二进工作议程；三进诗歌评奖。”“所谓进入领导视野，就是希望领导关注诗词创作，重视诗词事业。”“所谓进入工作议程，就是希望作协领导在研究、布置日常工作时，不要忘记诗词事业。”“所谓进入诗歌评奖，就是希望作协领导在举办诗歌评奖活动时，能将诗词考虑在内。”“诗词倘能有此‘三进’，那就不仅是中华诗词事业的幸事，而且也是我国文学事业的喜事。”我相信，这样高调、大胆地说话，这样在作协正式会议上的建议，这样有理有利的做事方式，一定给有关部门和领导以深刻烙印。目前，国成老师当年提出的“三进”问题，都已基本解决。这虽然不能说是他一个人的功劳，但与他的大声呐喊也是绝对分不开的。二是在2008年《中华诗词》上发表《“新诗主体论”可以休矣！》的重要文章。根据多年的实践，他大胆地对自己原来深信不疑的、由伟大领袖和诗人毛泽东提出的“新诗主体论”进行了反思：“坦白承认，我以前不仅无条件信奉，而且在文中卖力宣扬此论。是新旧诗坛的迥异现状引我思考，是诗词事业的飞速发展促我猛醒，顿觉今是而昨非。”并进一步指出：“‘新诗主体论’的所谓‘新诗’，概念模糊，很不科学。”“如果说，‘新诗主体论’提出之初一段时间，基本上反映了和符合于‘五四’以来被人为扭曲了的我国诗坛现实，那么，新时期、特别是1987年以后，它就距离我国的诗坛现状越来越远了。或者说，‘新诗主体论’已经不合乎我国的诗坛实际了，空有其说，而无其实。‘新诗’业已不是主体，因为十分明显，当代中华诗词——所谓‘旧诗’的发展势头，逐渐超过了‘新诗’。这是有目共睹、无可争辩的客观事实。”以及“‘新诗主体论’在理论上不够周严，在实践上也是无益的。扬新诗，抑诗词，严重妨碍了我国诗歌的健康发展。”“对待诗歌形式，我们应取开放态度，不要独尊一体、排斥他体，而要兼容并包、海纳百川。不管什么形式，无论新、旧诗体，只要写出好诗，就是好形式。”“不再提‘以新诗为主体’，对‘新诗’并无丝毫影响，反倒是种解脱，卸下多年负累；对‘旧诗’则无异于一次解放，摆脱了沉重压力。我国诗坛不需要霸主，不必人为去分什么主体、枝体，无须主观硬定什么主流、支流。任其自由自在发展，保持诗坛生态平衡足矣！各种诗歌形式都是姊妹兄弟，大家共存共荣，公平竞赛，互相学习，彼此提携，共同为伟大诗国再创辉煌！”这些大胆的、振聋发聩的声音，“一石击起千重浪”，立即在诗词界和新诗界引起了强烈反响。一时间，数十家报刊转载，好评一片，掀起了诗词评论的热潮。可以说，这是诗词恢复发展以来最有分量的诗词理论文章之一，具有划时代的意义。它已然为诗词受到社会的广泛重视，起到了重要作用，并将继续发挥它的作用。三是主笔撰写了《21世纪初期中华诗词发展纲要》（第四稿），从诗学理论与创作实践相结合的高度，概括阐述了21世纪初期中华诗词发展的方向、目标、原则、方针与工作重点。此文经起草小组和学会领导反复修改后，成为中华诗词学会第三次代表大会的重要文件之一，并在《中华诗词》上公开发表。

许多读者反映：丁国成老师的理论，是文中蕴思想、存大爱、含正气，更是集智慧、展胸襟、见真手笔的人文观照。

二、掖后学、容异见、宽诗体

首先说掖后学。2000 年初，给我这个当时还素不相识的青年作者写了一封长信，信中除对我给予充分肯定之外，还用较大的篇幅对我提出了要求和警示。这段文字对中青年诗人依然有警醒作用，他说：“当然，倘若自满自足，停滞不前，沾沾自喜于一得之功，津津乐道于一时之绩，昏昏然于自我感觉，飘飘然于他人吹捧，那就可能前功尽弃，连保持现状都难，更不要说卓有建树了。当今新诗的作者中，不乏其例，比如我认识的才华横溢的这种诗人就不止一位，结果才华被浪费，前程被断送。还有我不认识的、但读过其诗的青年诗人，友人曾评过他的作品，由我亲手编发于《诗刊》；并且友人劝我也写文章予以评价，我亦有意举荐，可是，还未等我的文章写出来（因全力投入编辑工作，一拖几年，未能成文），他的创作路子已经从正道步入歧途，所写诗作再也不足一观了。我自然全无撰文的兴致了。您说这有多么可惜！但愿您能记取这类教训，珍惜自己的才华，同时广收博采，转益多师，不仅学古人，而且学今人，不止学旧体，也能学新诗（特别是那些真正优秀的新诗，而不是一般的‘流行诗’，包括海内外、港澳台，比如台湾余光中、洛夫等的后期诗——早期是‘全盘西化’的‘现代派’，基本上不足挂齿），那就有可能写出更多更好、品位更高的精品力作来。”

正是在丁国成老师“不仅学古人，而且学今人，不止学旧体，也能学新诗”的启发下，我开始不间断地阅读新诗，学习借鉴新诗，后来提出了“用旧诗的形式创作新诗，以新诗的理念经营旧诗”的“旧体新诗”理论。这不能说不是国成老师的功劳。据我所知，国成老师做编辑工作 30 年来，给作者写信数千封。这里面有名人、有大家，然更多的则是初学者或尚不成熟的作者。例如，他给杨学颖的信就直呼其为“小诗友”，给胡诗词的信则说：“贵县几位女作者，我并不认识，也无联系，是给《中华诗词》杂志看稿时从一篇文章中发现的。那篇文章介绍了8 位女孩的旧体诗，他们是：张品花（1980 年生）、萧灼其（1972 年生）、龙凤（1982 年生）、贺真纯（1975 年生）、梅皎（1976 年生）、范学妹（1974 年生）、高雅（1973 年生）、陶小梅（1976 年生）。她们那么年轻，又生活在农村，却充满才气，写出了那么好的诗篇，不仅合乎格律，而且富有诗味，真是让我惊喜。我立刻想到要编发她们的作品，便 于 1999 年中给文章作者刘梦芙同志写信，一是索取她们的诗作，二是询问她们的地址，以便 建立联系。”可见，丁国成老师是真爱才、真爱诗、真正无私地奖掖后进。

其次说容异见。丁国成老师主持《中华诗词》理论、评论版十几年来，一贯主张艺术民主。对各种不同的学术观点，都采取包容和兼收并蓄的做法，从不搞门户之见，从不设派别界限。一是主张旧体诗、新诗共同繁荣、相互促进。他早在 1996 年就在《诗刊·编者寄语》中以《不薄新诗爱旧诗》为题呼吁“不能排斥旧体诗”。1999 年 5 月又在《中华诗词》等刊物上发表题为《新诗旧体共繁荣》的文章，对“多年来新诗、旧体不是互相学习，而是互相贬抑”的现象提出了批评。并明确指出：“任何一种文学形式，都有其优势，也都有其局限，所谓有一利必有一弊。只有优势、没有局限的形式，或者只有局限、没有优势的形式，都是不存在的。”他还在 2001 年发表在《中国艺术报》上的《异军突起的中华诗词》文章中写道："写旧体的，不妨多读乃至也写新诗；写新诗的，不妨多读乃至也写旧体，互相借鉴，共同提高，力求达到旧体诗的现代化、新体诗的民族化，定然有利于中国诗歌的创作繁荣。"二是主张新韵旧韵并存。2006年他在《中华诗词》卷首语中大声呼吁"都来使用新声韵"。文章中强调了《21世纪初期中华诗词发展纲要》的观点："我们一方面要尊重诗人采用新韵或运用旧韵的创作自由（新旧韵不得混用）；另一方面又要提倡诗词的声韵改革，执行'倡今知古''双轨并行'的方针，即：大力提倡使用以普通话语音声调为审音用韵标准的新声新韵，同时力求懂得、熟悉乃至掌握旧声旧韵。"并说，"重提《纲要》这段论述，是想吁请诗人词家和初学作者，关注新声新韵，共促诗词改革"。看得出来，他是为中华诗词的作者使用旧韵较多、使用新韵较少的实际情况着急。他在2006年3月，以《更多关注声韵改革》为题，再次呼吁加强新声新韵的使用。文章说："我们相信声韵改革理论正确，自然也应相信在其指导下会有成功的创作实践。只是从理论到实践，需要有个较长的时间和过程，不能急于求成。但也不宜听其自然，放弃主观努力。要通过声韵改革的理论探讨，唤起广大诗人词家的创作自觉，让更多的作者都来使用新声韵，同时也不排斥旧声韵。有了量变，才有质变。新声韵作品多了，精品力作就会出现。"这足以证明，国成老师是真正的"倡今知古""双轨并行"方针的倡导者、执行者。三是主张诗词与评论并重。在丁国成老师心里，"振兴诗词事业，离不开理论指导。"（《21世纪初期中华诗词发展纲要》第四稿）"目前的诗词理论批评，还不能适应创作形势的发展。理论队伍尚未形成，理论批评阵地少而又小，因而亟须尽快改变现状。要在马列主义、毛泽东思想和邓小平理论的指导下，努力建设具有民族特色的科学的中华诗词美学体系，指导当代诗词艺术的健康发展。”（出处同前）为此，他积极地、数十年一贯地注重发现和培养诗词评论家和评论队伍。《中华诗词》原主编杨金亭在《中华诗词·十年评论选》序言中写道：“我们的当代诗词评论，需要在久已荒芜的土地上，拓荒重建。要拓荒，则需要一个具有中华诗词文化积淀且又熟悉当代诗词创作现状、还须具有诗歌美学涵养的志愿者的队伍……通过编辑部十年组稿活动，从无到有，终于组织起一支学殖深厚、识见新锐、手笔不凡的评论队伍。”这也是对国成老师主持诗词评论栏目的高度评价。功夫不负有心人，通过国成老师的不断努力，目前中华诗词评论队伍在不断扩大，评论水平在不断提高，已经具有了较大的实力，产生了推动和促进诗词创作繁荣发展的效果。

再次说宽诗体。丁国成老师除了在《中华诗词》任副主编、主管诗词理论版之外，还主编《诗国》。在他主编的《诗国》中，除了编发严格的格律诗之外，新古体诗、自度词、自由曲、新诗，乃至新创诗体（诗体探索），都能获取发表“通行证”。在他的《诗国》园地中，是真正的“百花齐放，百家争鸣”。这与他一贯的主张是一致的。他早在2001年就提出：“诗体众多，便于反映丰富多彩的伟大时代，也是诗艺繁盛、百花齐放的一种标志。因此，一切有益探索，都应得到鼓励。适应时代发展，满足群众需要，是我们的探索方向。诗歌历史证明，一个新的诗体的出现，是长时期众多诗人创作实践的结晶。我们期望的新诗体，也将在新世纪漫长的艺术探索中诞生并走向成熟。”（《21世纪初期中华诗词发展纲要》第四稿）

三、做好人、干实事、说真话

在2013年12月20日，《中华诗词》杂志社与北京诗词学会联谊会上，提起丁国成老师荣获“聂绀弩诗词评论奖”时，《中华诗词》主编郑伯农先生的评价是：“低调做人、高标准做事。”这个虽然只有九个字的评价，却恰恰说到了点子上。国成老师数十年做好人、干实事、说真话的形象，早已印在了大家的心中。

一说做好人。明代谢榛说：“非德无以养其心，非才无以养其气。”（《四溟诗话》）在国成老师胸中，其心是公心，其气是正气。他不但是才华横溢的诗词评论家，而且是厚德载物的谦谦君子。接触国成老师的人，无不被他的人格魅力所感染。第一，编刊公正，从不用关系稿。公正无私地选稿用稿，是当编辑的美德。他选编《中华诗词·十年评论选》结束后，因为许多熟人和老朋友的文论也没有入选，他只好在编后琐记中带着歉意地说：“选编诗论，不看面孔，单看文章，力求做到公平、公正、准确。而且，文章写得再好，不合编选要求，也难入选。因此，纵令熟人密友的精彩文章，也是入选者少而漏选者多。”我们说，只有无私才能无畏，只有无畏才能公正。第二，低调做人、为人谦和。丁国成老师原来是《诗刊》常务副主编，1999年1月（尚未退休）就开始在《中华诗词》作特约编审，后来作副主编、常务副主编，直到现在。是杂志社时间最长、资历最老的同志，但他从不以此自居，而总是谦和为人，并对新同志关心爱护，成为杂志社最受尊敬的同志之一。他从1958年就开始发表作品，1979年加入了中国作协。著有诗论集《古今诗坛》《吟边谈艺》《诗法臆说》《诗词琐议》《诗学探秘》《新旧诗说》

等，主编《中国新时期争鸣诗精选》《中华诗词·十年评论选》等等，可以说是著作等身了。他曾获得第二届“国际龙文化金奖·突出成就奖”“第二届东坡诗词奖·诗论特别奖”和“聂绀弩诗词评论奖”，但他却从不居功自傲，甚至，不少人都不了解他的作品和获奖情况。

二说干实事 。《中华诗词》原主编杨金亭先生在《向当代诗词评论的拓荒者致敬》（《中华诗词·十年评论选》序）一文中指出：“经过十年诗歌批评的拓荒实践，我们已初步组建起一支敢于直面诗词现状，善思考、能写作的评论队伍。”杨金亭老师说这话是2004年初，现在整整过去了10年。《中华诗词》理论批评的拓荒与实践已经有20年了。这其中，丁国成老师付出的心血最多。在编刊之余。他还积极地做一些有利于诗词建设的事。例如，2007年他为中华诗词学会主编《中华诗词学会二十年》（上、下册，与李一信合作）纪念文集，文字都是由他收集、复印、编排、核对。在上千万字的资料中选编了58万字的书稿，可谓是不遗余力，费尽了苦劳，也付出了心血。除了主持《中华诗词》评论栏目和完成中华诗词学会赋予的工作外，国成老师还用业余时间主办一本民刊《诗国》，每年发行四期。用他的话来说：“我在担任公职时候，就积极支持民间包括诗歌在内的文学艺术社团和报刊；如今退休，不在其位，‘职事羁人似马衔’的束缚已经解脱，当然更加全力予以支持。而且，我本人也成了名副其实的民间刊物编辑——承蒙诗友不弃，被聘为《中华诗词》副主编和《诗国》主编，我很感激，尽管心有余而力不足，但心力始终未曾离开过民间。因为我觉得，我们所做的一切，都该为民：为民谋利，为民说话，为民请命，为民效劳。在为人民服务这点上，公与民并无冲突，而且应当是一致的。”应该说，为中华诗词发展做实事，国成老师无论在哪一个岗位上，都做得很好。他的敬业精神，有口皆碑。

三说说真话。丁国成老师无论在文章中，还是在现实生活中，都是敢于说真话的人。在当今社会，说真话也并不容易。丁国成老师为什么敢说真话呢？首先，他有正义感。他曾不无感慨地说：“一些人民公仆蜕化变质，异化成了人民公敌，千夫所指，万人唾骂。如果我们来自民间的诗人、作家、艺术家和民报、民刊的编者、主笔，对此熟视无睹，或者睁一眼闭一眼，视有若无，那就对不起生我养我的父老乡亲和教我育我的国家人民，而与民间身份很不相称了。”（《真诗乃在民间》）俗话说：“不平则鸣”。一个有正义感和社会责任感的人，在遇到事情时，才敢于心底无私地说真话、说实话。这是为人的优秀品德。其实，有胆识挑战权威的人，才敢于说真话。例如，国成老师2008年发表的《“新诗主体论”可以休矣！》，这里就大胆地向权威进行挑战。第一，它挑战的是毛泽东当年所说的话。“新诗主体论”出自于我们的伟大领袖毛泽东同志。他在1957年1月12日《致臧克家等》的信中说：“诗当然应以新诗为主体，旧诗可以写一些，但是不宜在青年中提倡，因为这种体裁束缚思想，又不易学。”此话一出，即成定论。毛泽东同志提出的“新诗主体论”当然也有人产生过疑问，但却从没有人敢写文章来辩论。第二，他挑战的是当前“新诗执政”的权威。为什么很多人都认为“新诗主体论”是错误的，至少是过时了的提法，但却是迟迟得不到纠正或改变呢？就是因为新诗掌管着“诗的政权”。他们不肯、也不敢承认“新诗主体论”是错误的。国成老师敢于向这样大的权威说“不”，着实令人敬佩！第三，心底无私，才敢于说真话。已故诗人雷抒雁有一首《掌上的心》，其中有这样一段：“如果我把心托在掌上，像红红的草莓托在厚厚的绿叶上，那么，你就会一目了然；你就会说，哦，多么可爱的红润。”与国成老师交往、相处，感觉他的心是透明的，一目了然的。

给丁国成老师写篇文章，是早有之念。因为我觉得，向他学习的最好办法，就是通过写他，来进一步认识他、了解他。

刘庆霖

（原载 2014 年 5 月《中华诗词》）

目　　录

新诗旧体共繁荣

“将军本色是诗人”的陈毅同志早在1960年代就说过：新诗作者要看看旧诗，旧诗作者也要看看新诗，以便互相了解，彼此学习，取长补短，共同提高。而且，他还说：“我主张写旧体也写新体，也写民歌。三条腿走路，走的人多了，自然会开辟一条新的诗歌道路。”（参见冯健男《陈毅论诗》）他的话，很值得我们深思。

遗憾的是，多年来新诗、旧体不是互相学习，而是互相贬抑。比如去年有人撰文，除了批评“绝句”“律诗”“大量的都是徒具形式躯壳的伪诗、赝品”外，还批评旧体诗“最后走向消亡”，即“在总体趋势上它的必然走向消失则是无可怀疑的”（见1998年6月号《雨花》文章《形式的困惑》）。今年又有人在文章中借用列宁的话说：“资产阶级的尸体，是不会装进棺材，埋入地下的。它在我们中间腐烂发臭，并毒害着我们。”文章说：“这里的‘资产阶级’是可以置换成变了味儿的‘传统’或者‘国粹’的。当今的旧体诗创作就是这样。”（见1999年6月份《北京广播电视》报文章《变了味儿的旧体诗》）这显然也是从总体上彻底否定旧体诗。旧体诗确实存在一些弊端，予以适当批评，理应受到欢迎。但是，说它在思想上“毒害着我们”，则是颠倒是非，未免太过分了，因为在思想内容、感情倾向方面，旧体诗远比其他任何一种文学形式、包括新诗在内，都更积极、健康，对精神文明建设是有贡献的，根本谈不到“毒害”。还有人明确表示“不同意”把旧体诗“写入中国现代文学史，不同意给它们与现代白话文学同等的文学地位。这里有一种文化压迫的意味。这种压迫是中国新文学为自己的发展所不能不采取的文化战略。”（见1999年第2期《诗探索》文章《论现代新诗与现代旧体诗的关系》所引）如果新文学到了依靠压迫旧体诗才能发展的可悲地步，那么，所谓的新文学恐怕也不会有什么更好的发展前景。至于贬斥新诗的现象，当然也屡见不鲜。旧体诗与新诗争主流、争阵地，同样存在。也有一些人预言“新诗即将死亡”，“认为新诗掉进了低谷还略嫌委婉，实际上新诗正在衰亡”，“诗歌对于这个时代不再具有价值”，如此等等。只是比较而言，否定新诗，没有否定旧体诗那么严重——来势那么凶猛，时间那么持久。

不管怎么说，互相贬低，彼此攻击，都是不恰当的，没有任何益处。这也是“文人相轻”的恶习在作怪。过去有句俗话，叫作“贬低别人，抬高自己”。实际上，贬低别人，抬高不了自己。原来是个侏儒，即使把别人的头按下去，自己也仍然变不成巨人。鲁迅先生有句名言：不要竭力抹煞别个，而要努力跨过那站着的高大的前人，抹煞别个的结果，只能是使别个和自己一样的虚无。这话说得非常深刻，至今仍有现实意义。

过去有个口号，叫作“比学赶帮超”。我以为，这个口号很好，需要重新提倡。不仅人与人之间、行与行之间，而且连同行之间、同仁之间，也可以来个“比学赶帮超”。比，就是互相竞赛；学，就是取长补短；赶，就是承认落后，不甘落后；帮，就是切磋琢磨，互相启发；超，就是突破自己，超越前人。新旧体诗人都取这种态度，力争做到这些，那就既有利于诗人团结，又有助于创作繁荣。要在新诗与旧体之间造成一种“比学赶帮超”的风气，得有一个前提，那就是陈毅同志说的；先要互相了解，承认各有所长。

事实上，任何一种文学形式，都有其优势（长处），也都有其局限（短处），所谓有一利必有一弊。只有优势、没有局限的形式，或者只有局限、没有优势的形式，都是不存在的。我们只能结合具体的表现对象，来谈具体的表现形式，才能确定哪种形式更适宜于哪种表现对象。这就是哲学上说的内容决定形式。自然，形式也不是消极的，而要给内容以影响。比如，要歌颂党、歌颂祖国、歌颂英雄人物，最适宜的形式莫过于政治抒情诗；而要暴露黑暗、抨击腐败、鞭挞不正之风，表达嬉笑怒骂、嘲讽戏谑之情，最好采用讽刺诗的形式；如果寄意深长、婉而托讽，那就以寓言诗的形式最为便当。倘就新诗和旧体两种形式来说，也是各有施展所长的一定领域，哪种形式都不是“放之四海而皆准”的。比如抒写个性解放、表达狂飙突进的激烈情绪，自由体的新诗就更为合适，所以郭沫若的《女神》用的是惠特曼式的自由诗，而不是格律森严的旧体诗；而要表现深沉的思想感情、冷静的人生感悟、复杂的生活体验，格律体的旧诗就比较擅长，因此郭沫若后期的诗作就大都是旧体诗，而极少新诗，即使勉强写出新诗，也是“诗多好的少”。

当然，这只是就大体而言，并非绝对的，一成不变的。形式比较自由，是新诗的一大特长；格律比较严谨，则是旧体诗的一大优势。如果不掌握分寸，强调过分，特长就会变成特短，优势就会成了局限：新诗过分自由，必然流于芜杂不精的散文化；旧体过于严谨，只讲格律，不问其他，就可能变为毫无诗味的“格律溜”——如同“顺口溜”一般，甚至等而下之。正如陈毅同志一针见血指出的："写旧体最难摆脱书卷气，沾上这个气便是骸骨迷恋；写新诗常与中国诗传统脱节，容易流为洋八股。"（同前）也就是古人说的："物无美恶，过则为灾"。

我们大都是搞旧体诗的。对于我们说来，当前最重要的事情，不是贬斥新诗——新诗是贬不倒的，也不是去争主流——主流是争不来的，而是要下功夫了解新诗，多读新诗，不只是中国的新诗，也包括外国的新诗，努力学习新诗和民歌的长处，借鉴外国诗歌的艺术经验，真正做到取长补短、扬长避短，最终目的在于写出自己的精品力作。毛泽东同志说：旧体诗一万年也打不倒。因为有精品摆在那里，可以万古流芳。如果没有精品，写不出精品，那么，旧体诗就会不打自倒，不消自灭。

多看看新诗，多比比旧体，就能发现旧体诗确有不少短处，新诗确有不少长处。新诗比较自由，容易流于散漫，所以新诗作者就要格外小心，必须把诗写得精巧。他们一般都比较重视作品的艺术构思，注重选择表现角度，特别强调大胆想象，十分讲究时空错位，注意运用多种表现手法，尤其是意象化、陌生化等等。一般作品，都有强烈而鲜明的时代精神和现代意识，这些往往正是旧体诗的不足之处。确有一些旧体诗，思想、感情、立意不新，语言、手法、意境陈旧，不少诗作，看不出是现代人写现代生活的现代作品，放在古典诗歌中，也分辨不出来。令人百思不得其解的是，一些作者还把写得如同古人古诗作为自己的追求目标。这就很值得研究了。连古人选编自己的诗集，都把"觉似古人"的作品淘汰出去，因为那种作品缺乏自己的独特创造和艺术个性，根本没有存在的价值。

试举台湾诗人余光中的两首短诗为例，以见新诗长处之一斑。《乡愁》：

小时候
乡愁是一枚小小的邮票
我在这头
母亲在那头

长大后
乡愁是一张窄窄的船票
我在这头
新娘在那头

后来啊
乡愁是一方矮矮的坟墓
我在外头
母亲在里头

而现在
乡愁是一湾浅浅的海峡
我在这头
大陆在那头

这首诗具有思想美（祖国之爱，民族之恋）、感情美（个人之情，乡关之思）、结构美（历史感，地域感，现实感）、意象美（邮票、船票、坟墓、海峡意象单纯而内涵丰富）、语言美（明白如话，不事雕琢，言少意丰）、音乐美（回环往复，一唱三叹）、形式美（每节字数、行数、排列完全一样，和谐对称，整齐而有变化）……至少七美并具，能不精彩！再如《别香港》：

如果别离是一把快刀
青峰一闪而过
就将我剖了吧，剖
剖成两段呼痛的断藕
一段叫从此
一段叫从前

断不了的一条丝在中间
就牵成渺渺的水平线
一头牵着你的山
一头牵着我的眼
一头牵着你的楼
一头牵着我的愁

这首诗，构思别致，比喻新颖，出人意料，又在人意中，妙趣横生。全诗由一句成语“藕断丝连”生发出来，生得自然，写得巧妙，不枝不蔓，一气呵成，空灵飞动，诗味盎然。如果照实写去（旧体诗多有过分泥实的毛病），那就很难写出这样难舍难分的情思、含蓄隽永的韵味。两首诗都是自由体新诗，都极具民族特色和时代气息。假如我们用旧体诗去写《乡愁》《别香港》，会写出什么样的作品来呢？能写得这样新颖别致、不同凡响吗？我们可否从中学到一点东西，赶上乃至超过余光中呢？可以断言，旧体诗的现代化，新体诗的民族化，对于新诗旧体的共同繁荣，都是至关重要、不可忽视的！

1999.7.25

（1999.5《中华诗词》，2000.1澳门《中华诗词学刊》，收入《中国新时期文学研究资料汇编·中编·诗歌卷》）

《中华诗词》的启示

由中华诗词学会主办的全国性会刊《中华诗词》，原来订数只有8000份左右。尽管与绝大多数地方文学报刊和少量中央文学报刊相比，订数并不算少，但是，对于拥有12亿之众、素有诗国之称的泱泱大国说来，还是少得可怜。然而，近两年来，它订户猛增，已有近两万之多；刊物越办越好，仍在逐月上升，确实令人振奋，引人深思。

为什么在许多文学报刊、特别是诗歌报刊包括那些已经创办几十年之久的老牌报刊很不景气、发行量锐减的情势下，《中华诗词》却能一枝独秀、广受青睐？经过一番仔细的认真考察，我终于发现了其中的奥秘，从而得到许多有益的启示。

首先是编风正。《中华诗词》纯属“三无”单位：一无编制，二无经费，三无办公地点——现在的办公室还是中华诗词学会老会长钱昌照慷慨捐赠的，仅有15平方米，却要容纳7位具有高级职称（其中6位原为司局级领导）和1位聘请外地的编辑，兼做仓库，没有、也放不下那么多办公桌，每人只有一把椅子、一个抽屉。8位工作人员，除了1位青年编辑部副主任秋枫（按：后离开）外，其他7位都是离退休干部。他们不图名，不图利，不图位，不图玩（“玩诗”仍很时髦），图的就是有所作为、干点事业，一心扑在编辑工作上，全力以赴，克职尽责。他们还经常举办大型诗歌活动，人们，包括我在内，原以为他们一定财力雄厚、待遇不薄，岂不知他们实行的是“战时共产主义”：从主编刘征、社长梁东以及常务副主编杨金亭、周笃文，直到普通编辑，每人每月只有250元报酬。唯有秋枫“享受特殊待遇”：每月500元。但她没有工资收入，而她的职责却是“常务编辑”：不仅常住编辑部，日夜值班，没有休息日，而且还兼管收发、通联、日常事务（连同打扫卫生）、编辑、出版、发行等许多繁重工作，那点报酬同她的付出实在不成比例。编辑部穷得买不起电视机、电风扇，在如此炎热的北京晚上，她看不了电视节目，只好挥扇驱暑……没有一点无私的奉献精神，谁能做到这些呢？！

其次是刊风正。他们的办刊宗旨是坚持“二为”方向和“双百”方针。这跟其他报刊并无二致，所不同的是他们扎扎实实面向广大读者和作者，虚心听取读者批评，比如刊物版面改竖排成横排、变小字为大字、新辟一些专栏等，都是采纳读者的意见。该刊创作与理论并重，提高与普及兼顾，继承与借鉴相融，改革与创新俱倡，美刺齐收，雅俗共赏。比如诗词用韵：他们提倡新韵，但也不废旧韵；诗歌理论，他们注重刊发学术性强、理论性高的诗论，但决不排斥富有知识性、趣味性和辅导性的文章……这就可以满足不同年龄、不同层次的作者和读者的各自要求。尤其可贵的是，他们认识到作者队伍老化、后继乏人的严峻现实，采取了一系列的具体措施，注意发现、培养青年作者，比如举办青年作者培训班和诗词讲座及改稿会，介绍、推荐“吟坛新人”，千方百计地呼吁“让中华诗词走进校园”……《中华诗词》因而受到各类读者的欢迎，自在情理之中。

再次是诗风正。也许是由于矫枉过正，或者是因为缺乏辩证思维，诗歌界往往易走极端：由过去的假大空，一变而为现在的假小空，不少诗人热衷于“表现自我”，沉醉于“个人化写作”，不厌其烦地咀嚼一己的小小悲欢。《中华诗词》对此始终保持着清醒头脑，既不忽视诗歌的大众化，又不否定创作的个性化，强调所发作品不仅要有诗人的独特感受和个性追求，而且要与人民的爱憎、民族的喜怒、国家的兴衰、时代的情绪息息相通。“新诗日日千余言，诗中无一忧民字”（明·袁宏道），是当前许多作品遭到读者唾弃的根本原因。针对晦涩成风、玄虚成病的不良诗风，他们力主明白如话而非清淡似水、通俗易懂而非一览无余，反对以艰深文饰浅陋，抵制用晦涩掩盖虚无，倡导诗人要有感而发、读者能喜闻乐见。虽然不能说所发作品都达了这些要求，但是他们的艺术追求是应予肯定的，也得到了读者的广泛认同。

当然，旧体诗中普遍存在的弊端，比如某种复古倾向、“三应”（应酬、应付、应制）诗作、概念化现象、“格律溜”（合格律而无诗味）作品等，在《中华诗词》上并未完全绝迹，但是，比较而言，程度轻些，相对少点。这仍然需要编者继续加以改进，不断提高刊物质量，以便赢得更多订户。

《中华诗词》之所以广受读者青睐，借用孔老夫子的话说，“一言以蔽之，思无邪”，就是因为他们不搞歪的、邪的，编风、刊风、诗风比较纯正。“三风”不正，却想扩大订户，只能是缘木求鱼，事与愿违。目前，《中华诗词》雄心勃勃，意欲赶超国内诗歌的一些大刊大报。我衷心祝它百尺竿头，再进一步，力争后来居上！同时，殷切期望所有诗歌报刊都能自励自强，扬长避短，取长补短，端正风气。这大概也是读者之愿、作者之望、诗国之幸、编者之福吧！

1999.7.10于雅斋

（1999.12《文化月刊》）

异军突起的中华诗词

人们常说，只有民族的，才是世界的。中华诗词作为中华民族文化的组成部分，最具有民族特色，已经成为全球文化宝库里的珍品、世界文学艺苑中的奇葩。

汉字即华文，由形、声、音、义构成，内涵非常丰富，张力十分巨大，是人类语言中独一无二的精美文字。而中华诗词则将汉字的精美绝伦发挥得淋漓尽致，不仅是中华民族的文化瑰宝，而且也是人类语言的艺术奇迹，堪称“精妙世无双”。经过三千多年锤炼锻造而形成的中华诗词的一整套格律规范，由平仄粘对产生的抑扬顿挫，既符合人类发声系统的生理机能，又符合客观世界存在的辩证法则，具有极其严密的科学性和玲珑剔透的艺术性。有人提出，声韵美、整齐美、对称美、参差美是诗词格律的“四大美人”（李汝伦），不无道理。因而中华诗词的精华部分和独特韵味，是其他语种无法翻译的。比如析字词：“何处合成愁？离人心上秋。”“愁”字由“心”字上边加一“秋”字组成，而秋风萧瑟、秋叶飘零最易引发离人的“愁”思。这些含义，用外文怎么翻译？再如谐音诗：“雾露隐芙蓉，见莲不分明。”“芙蓉”谐音“夫容”，“莲”谐音“怜”，也是不能翻译的。其中的言外意、味外味，只可“悠然心会，妙处难与君说”。至于诗词内含的民族正气、爱国精神、忧患意识、悲悯情怀和艺术魅力，早已融入中华民族的血脉之中了。

然而，近百年来，中华诗词一直遭到歧视、压抑、排斥、打击，处于半死不活的停滞状态。“五四”时期，由于先驱者们缺乏辩证分析、全盘否定传统，中华诗词被一脚踢开，失去文学领域的立足之地；新中国成立后，又被列入“不宜提倡”，仍然命运多舛，可谓历尽艰难，饱受挫折。

直到历史新时期，随着拨乱反正和改革开放的不断进展，中华诗词才由复苏走向兴旺。其现状可用八个字概括：异军突起，空前活跃。诗词作品数量激增，艺术质量有所突破。诗词出版也很火爆；诗词报刊或公开或内部地大量问世，绝不少于新诗；诗词社团到处涌现；诗词人口包括作者、论者、编者、读者、爱好者和支持者，保守估计也有百万，中华诗词学会现有8000多个人会员、200多团体会员，远远超过中国作协；诗词活动诸如各类大赛、年会、笔会、研讨会等频繁举办……海外则凡有华人、华文存在的地方，就有中华诗词在顽强生长。这表明，中华诗词深深植根于炎黄子孙的心灵里，犹如“蒸不烂煮不熟捶不扁炒不爆响珰珰一粒铜豌豆”（关汉卿），具有永久旺盛的生命力，“一万年也打不倒”（毛泽东）。更为可喜的是，诗词创作逐渐出现了鲜明个性，例如刘征的山水诗词，丁芒的军旅诗词和自由曲，李汝伦的咏史诗词和戏剧杂咏，中青年王亚平、刘梦芙的长调古风，贺敬之、顾浩以及台湾范光陵的新古体诗等，都显露出了与众不同的艺术特色。

当然，空前活跃不等于空前繁荣。中华诗词要想达到繁荣程度，还须走过漫漫长途。目前存在的主要问题，一是概念化、公式化、口号化相当严重，或者写得实而又实，照搬生活，合乎格律而缺乏诗味，实乃非诗，《中华诗词》主编杨金亭先生称之为“格律溜”，平庸之作过多，诗词精品太少；二是泥古、仿古、复古倾向较为普遍，时代精神不强，让人百思不解的是，一些作者竟然以“似古”来自我标榜或互相赞许；三是诗词理论批评落后于创作实践，而且局限于“圈子”之内；四是由于有关部门重视不够，许多诗词组织陷入“一无经费、二无编制、三无办公地点”的困境和得不到与其他文学门类同等对待的窘境。

总之，“中华诗词”起于民间，遍布全国，波及海外，还在升温。1994年创刊的《中华诗词》已经发行到20000多份，每年还在增加。2001年初，中华诗词学会公布了《21世纪初期中华诗词发展纲要》，提出了“开创社会主义时代诗词新纪元”的响亮口号，对未来发展做了理论探讨和宏观规划。其根本之点在于：适应时代需要，进行诗词改革创新（包括声韵改革，势在必行）；借鉴人类一切文明成果；实施精品战略；培养诗词新人，推动诗词进入校园（已经得到中央领导和教育部的支持，正在落实）；建立诗词发展基金；创办诗词文化学院等。

在中央领导以及中国作家协会（主管单位）和海内外诗友的亲切关怀、广泛支持下，中华诗词的发展前景看好。希望各界、特别是新诗界与理论界予以关心，大力襄助。诗坛不断涌现的“两栖诗人”，是个有趣的诗歌现象。新诗、旧体联姻，取两者之长，弃双方之短，已经生出诗的宁馨儿，如自度词、自由曲等，很有可能进而创立新的诗体。因而雁翼、刘征、丁芒等诗人在这方面的大胆探索，值得重视。写旧体的，不妨多读乃至也写新诗；写新诗的，不妨多读乃至也写旧体，互相借鉴，共同提高，力求达到旧体诗的现代化、新体诗的民族化，定然有利于中国诗歌的创作繁荣。

2008.8.16

（2001. 12. 21《中国艺术报》，2003. 4. 8《香港文学报》，2004. 12. 26《华夏诗报》）

有感于《中华诗词》发行剧增

近些年来，《中华诗词》的发行量逐年猛增，今年竟然跃居全国所有诗歌报刊之首。消息传来，令人振奋。

若论刊龄，《中华诗词》创办于 1994 年，时间不长，有比它早 37 年的全国性和地方性诗歌刊物；若论条件，《中华诗词》属于“一无编制、二无经费、三无办公地点”的“三无”单位，无法与创刊早而条件好的兄弟诗刊相比；若论编辑，《中华诗词》确属“夕阳刊物”，因为诗词被诬为“夕阳文学”，它的编辑人员都是年近黄昏的离退休老编辑；若论发行，《中华诗词》目前尚无特殊的发行渠道和网络，不过同为邮局发行而已……就是这样一家明显处于劣势的纯文学、纯艺术刊物，何以发行剧增、一变而有优势？尤其是在诗歌报刊如林、竞争异常激烈的情势下，《中华诗词》究竟有何制胜秘诀？

其实，说穿了，无非就是两条：奉读者为衣食父母；尊作者为同胞姐妹。

读者既是刊物的衣食父母，编者就要小心侍奉，不能自行其是，不能以己度人，乃至强加于人。报刊出版界流行一句话：“读者是上帝。”多半都是说说而已，有几个拿它当真，并且身体力行？《中华诗词》的老年编辑，不说这种唬人的大话，只是实事求是地将读者当作衣食之源：读者不买账，刊物就无法生存，常被喊得震天响的“为人民服务，为社会主义服务”就流于空谈。因此，他们采取多种方式：或开读者座谈会，或通过读者来信，或借外出机会调查研究……这些毫不新鲜，只不过有些人调查完了即搁置一边，研究过了便束之高阁，他们则落实在行动上：认真倾听读者呼声，按着读者要求而不是编者的偏嗜偏爱，设置专栏，刊发诗文，增强可读性，真正把刊物办到读者心坎上，读者自然热烈欢迎。

作者既是同胞姐妹，编者就要甘心作嫁，不能自倨自傲，不能“身在曹营心在汉”，不务正业，乃至把正业当作副业。文学爱好者常说一句话：“编辑是老爷”。不错，确有一些编辑，在初学写作者直至小有名气的诗人面前，摆出一副“老爷”架势，指手划脚，盛气凌人。等而下之者甚至勒索钱物。作者只好敬而远之。《中华诗词》的编辑们，虽然从年龄上说堪称老人，从成就上说多为名家，但是，他们从不以老大自居，对待新老作者一视同仁，亲亲热热，耐心相助，情愿“为他人作嫁衣裳”：对待编辑工作一丝不苟，兢兢业业，无私奉献，只图“一生事业略存诗”。刊物着重向无名作者倾斜，向名家名作倾斜，向中青年作者倾斜。编者热诚执著，赢得作者感动、信任和支持，优秀诗文源源而来，至有作者捐助办刊。刊物质量因而得以提升，销路当然看好。

这些也许都是老生常谈，然而常谈常新，因为完全做到实非易事。而一旦真的付诸行动，收效定然十分可观。倘若不信，就来试试。

2002.2.2

（2002.6.1 宁夏《夏风》，2002.5. 广东《岭南诗报》，2002.6《新国风诗刊》）

为“红豆诗赛”辩诬

2002年1月20日，我受中国作协党组成员、书记处书记兼《诗刊》主编高洪波推荐，当了一回江苏红豆集团赤兔马公司与作协创联部合办的“十万大奖马年征联”评委。还在1月26日出席征联颁奖会期间，与老诗人刘征一起提出倡议，有缘同红豆集团董事局主席周耀庭、董事长周海江等商定，由红豆集团斥资总计百万元、头奖20万元，和《中华诗词》等共同举办“七夕红豆相思节”诗词大赛，至8月15日在江苏无锡举办了颁奖大会，诗赛尘埃落定。令人意想不到的是，这次诗赛除了广受赞扬之外，也招来不少报刊文章的诘难诬辞。作为诗赛的评委、倡导者和实际组织者之一，我有责任说明情况，进行辩诬。

诬辞之一是：“对古体诗如此重奖很难不让人怀疑赞助者别有居心。”（2002.9.2《北京青年报》）“赞助者”红豆集团究竟有何“居心”？诘难者未予明言，但其用意十分明显，即认为“赞助者”“居心”不良。其实，红豆集团毫不隐讳自己的“居心”，其创始人、全国人大代表周耀庭先生早已昭告世人：“传统文化是中华民族的根基所在。”他有句名言：“名牌的一半是文化。”因此，他带领红豆 集团艰苦创业，在致力企业经济发展的同时，不遗余力地加强以爱为核心的企业文化建设。他说：“牛郎种田，织女织布，牛郎织女是劳动人民的代表。我们‘红豆’（集团）的‘红’字就是女‘工’在织‘丝’，代表织女，‘豆’字代表种豆的牛郎，加之唐代诗人王维的红豆《相思》诗，我认为我们红豆集团应该、也愿意为宣传推广‘七夕相思节’做出自己的努力。”由此可见，红豆集团早在创业之初就以弘扬民族文化为己任。从2001年开始举办了“七夕红豆相思节”系列活动，并且不惜重金，准备用5到10年左右时间，恢复久已被人淡忘的“七夕节”，让这个古老的民族传统节日重放光辉，用以取代一些人趋之若鹜的西方“情人节”，免得西方文化吞没中华民族传统文化。诗赛只不过是其系列活动中的一项而已，决不仅仅止于赞助诗词事业。而体现在具体行动上的这种“居心”，到底是良与不良，无须争论，实践已经做出了肯定的回答。这不由得使我想起一句古老的熟语：“燕雀安知鸿鹄之志哉！”甚至“怀疑”起诘难者倒是“别有居心”。我想借用已故诗人聂绀努《推磨》中的两句诗，寄托我的期望：但愿都能“把坏心思磨粉碎，到新天地作环游”。

诬辞之二是：“有奖”“重奖”的“兴奋剂”，“吃多了是绝对有百弊无一利的”（2002.9.4《中华读书报》）。诘难者不会不知道：现在国内各行各业都是“有奖”直至“重奖”的，各单位包括大学以及政府各部门几乎都有“奖励条例”之类的规定，把奖励作为一种机制建立起来。诘难者本人也必定处在这种奖励 机制的运行之中，大概并未觉得“有奖”“重奖”“多了”，何以独对“文学创作”“七夕红豆相思节诗词大赛”的“有奖”“重奖”如此看不过眼、激烈反对？总不至于“吃不到葡萄就说葡萄酸”吧？文学包括诗词创作，是一种艰苦复杂的脑力劳动，其精品是无价之宝，所费劳动更多，社会理应按劳分配，付给作者报酬，直到“重奖”。连革命导师列宁都主张：“应该奖励有才气的人。”

（《一本有才气的书》）这种“兴奋剂”，只能激励广大作者的创作热情和积极性，促进创作繁荣，何“弊”之有？中国作家协会在其《章程》中明文规定：“对优秀的创作成果和文学人才，给予表彰和奖励。”中国作协主办的全国优秀诗集评奖已举办三届，全国性的“鲁迅文学奖”也已举办两届；遗憾的是，诗歌评奖独把中华诗词排斥在外。作为国家的“专业性人民团体”，中国作协在诗歌评奖中只评新诗，不评诗词，暴露出少数领导的狭隘与偏见，是不能辞其咎的。对于优秀诗词人才和创作成果，国家不予奖励，难道还不许社会贤达予以奖励？！富有社会责任感和历史使命感的企业——红豆集团慷慨出资，给以“重奖”，应当说，这弥补了中国作协的缺憾，为国家、为民族做了一件大好事，于国于民于诗于人都 “是绝对”有百利而无一弊的，何必痛加挞伐、兴师问罪！而且，可以预期：企业与文化联姻，将是在市场经济条件下发展社会主义文化事业的一条重要途径。于企业，于文化，两全其美，多多益善，何乐不为？

诬辞之三是：“提倡旧体诗跟收藏旧物一样”，“都是我们这个时代复古思潮的体现”，是“重复古代”（2002.9.5《文学报》）。诘难者在这里犯了一个根本性的错误：只看形式，不看内容；只知其一，不知其二；只看树木，不见森林。不错，当代的中华诗词，在形式上，确是旧体，但在思想内容上，完全有别于旧体。因为它反映的是崭新的时代面貌、崭新的社会生活，表达的是现代人的感情、意识与现代人的感悟、体验，所以，从本质上说，应当称之为“新诗”（不专指自由诗），是广义新诗的组成部分和一种体裁，就像中国的十四行诗、汉俳、楼梯式的诗、散文诗等都是新诗一样，同属新诗的家庭成员。正因如此，中华诗词才有“旧瓶装新酒”的流行说法。“原汁原味”地“重复古代”现象，也确实存在。但是，第一，它是当代诗词创作中的一种不良倾向，而且只是支流，尚未形成潮流，当然更非主流。“复古思潮”云云，也就无从谈起。第二，它已受到诗词界有识之士的普遍抵制与尖锐批评。中华诗词学会在2001年初发表的《21世纪初期中华诗词发展纲要》中明确指出：“中华诗词必须坚持改革创新，反映新的时代。”“诗词改革需要处理好继承与发展、借鉴与创新的辩证关系——继承决不是生吞活剥、食古不化，而是吸收营养，促进发展；借鉴也不是盲目模仿、全盘照搬，而是为我所用、以求创新。单纯继承和借鉴，只能成为前人影子与洋人克隆，无法实现超越；盲目发展和创新，则有可能数典忘祖与走火入魔，无法达到目的。所谓‘原汁原味说’和‘重起炉灶论’都 是偏执一端，不足为训。”事实上，“原汁原味”地“重复古代”已在诗词界成了复古的代名词，变得臭不可闻，而诘难者却盛赞什么“如果真能原汁原味地重复，那算是很牛的了”，但他又以反对“复古”自诩，岂不是自相矛盾、自打嘴巴！

诬辞之四是：“对古体诗如此重奖”，就是“弘扬‘落后’文化”（2002.9.2《北京青年报》）。“古体诗”即指中华诗词，是否“落后文化”，有古今作品摆在那里，白纸黑字，客观存在，不依任何个人、团体的主观好恶为转移，随心所欲地褒之上天或贬之入地，都是无用的，必须实事求是地予以评价。列宁关于每个民族都有“两种民族文化”的论断，毛泽东关于民传统文化中存在着民主精华和封建糟粕的论断，至今仍有指导意义。列宁说：“每个民族的文化里面，都有一些哪怕是还不大发达的民主主义和社会主义的文化成分，因为每个民族里面都有劳动群众和被剥削群众，他们的生活条件必然会产生民主主义的和社会主义的思想体系。”（《关于民族问题的批评意见》）这就是毛泽东所说的民主性的精华。中国古典诗词不仅是中华民族的文化瑰宝，而且也是世界文化宝库中的璀璨明珠。其中当然存在封建性的糟粕。但是，正如《纲要》所说：“它以浩然长存的民族正气、忧国忧民的忧患意识、爱国爱民的爱国主义、天下为公的道德胸襟、悲天悯人的悲悯情怀、万古长新的艺术魅力，融入中华民族的血脉之中。三千多年来，不知熏陶、感染、教育、鼓舞了多少代人，已经变为中华民族形成、凝聚、发展、振兴的一种精神力量。”中华诗词与古典诗词一脉相承，既继承并发展了传统诗词精美绝伦的艺术形式，又吸收并弘扬了民族文化博大精深的思想内容。因此，《纲要》做出了合乎实际的正确结论：“在21世纪民族振兴的历史性进军中，中华诗词必将为社会主义精神文明建设发挥应有的巨大作用。”可见，中华诗词非但不是“落后文化”，反而正是先进文化的典型代表。在这里，诘难者犯了一个低级性的知识错误：他将“古诗体”等同于古典诗词，又将古典诗词等同于“落后文化”。

诬辞之五是：“旧体诗之所以弄到对旧诗传统成事不足败事有余的地步，主要是因为弄旧体诗的人的素质实在不敢恭维”，“弟子的不肖和堕落是会连累乃师的”（2002.9.5《文学报》）。毛泽东说过：“任何有人群的地方，大致都有比较积极的、中间状态的和比较落后的三部分人。”毛泽东的话并非句句真理，但他此说则是千真万确的。他是从政治上进行概括的。如果从“人的素质”即包括政治、思想、品德、学识等在内的整体上来划分，则凡人群都有优、中、劣之别，用诘难者的话说，“劣”叫作“不肖和堕落”，与之相对的是贤良和上进，以及介乎中间者。我想，“弄旧体诗的人”，如同其他人群例如弄评论的、弄新诗的人一样，也有优、中、劣的区别；如果因为其中混有劣者，便把优秀人才、中间人才也一概抹煞，通统斥为“不肖和堕落”而“不敢恭维”，并且认为“此言可谓鞭辟入里，极富穿透力”(2002.10.24《文学报》)，那岂不是以偏概全、荒谬绝伦吗！实际上，比较而言，“弄旧体诗的人”中的优秀人才、中间人才所占比例，也许要比弄评论、弄新诗的人中的同类比例更大一些。这从他们的作品倾向上可以看得出来，例如至今尚未见到“弄旧体诗的人”弄什么“全盘西化”呀、“下半身写作”呀等等这类让人耻于出口、而在弄评论、弄新诗的人那里却屡见不鲜、真正称得上“不肖和堕落”的时髦货色。谓汝不信，请看其文：“对下半身的强调本质是在强调鸡巴。”(伊沙)“男的亮出了自己的把柄，女的亮出了自己的漏洞，我们都 这样了，我们还怕什么？”请看少女尹丽川的诗《为什么不再舒服些》：“喔，再深一点/再浅一点/再轻一点/再重一点”。赤裸裸地“将肉体的在场感，直接演绎成追求荷尔蒙狂欢的性暴露”。这不是灵魂的堕落又是什么？“弄旧体诗的人”有谁弄过“诗歌从肉体开始，到肉体为止”之类的文字垃圾？

诘难者对于红豆诗赛的诬辞、对于获奖诗人的攻击，还有一些，荒诞无稽，不值一驳。如同全国任何一次评奖活动一样，我们举办的红豆诗赛，由于主观、客观限制，也存在着这样那样的不足与缺憾，理应总结经验、汲取教训，同时欢迎各界实事求是的善意批评，以利今后办得更好。但对各种不实的主要诬辞，不能不加辩驳，敬请识者教正。

2002.10.29

（2002.6《中华诗词》）

呼吁重视中华诗词

新一届国务院总理温家宝同志，在2002年3月18日回答采访“两会”的中外记者提问时，两次朗吟中华诗词：一是把林则徐《赴戍登程口占示家人》中的两句诗“苟利国家生死以，岂因祸福避趋之”，当作自勉自励的座右铭；二是以国民党元老于右任的哀歌《望大陆》（一题《国殇》），激励两岸同胞为争取早日实现和平统一而奋斗。

温总理两次动情吟诵中华诗词，至少说明三个问题：一则表明中华诗词作为中华民族的文化瑰宝和世界艺术宝库的璀璨明珠，具有无比强大的生命力。正如毛泽东同志所说：“一万年也打不倒”，是先进文化的组成部分，完全可以为我们所利用，绝对不像有些人诬称的那样，是什么“落后文化”。二则表明温总理十分熟悉中华诗词，善于运用中华诗词，用得恰如其分、恰到好处。林则徐的两句诗用了一个典故：春秋时代的著名宰相郑国大夫子产，由于坚持政治、经济改革而招致诽谤，子产仍然坚定不移，回答说：“何害？苟利社稷，死生以之！”古代宰相，大约就相当于现在的总理吧。温总理也要像宰相子产一样，实行政治、经济改革，即他所说农村、企业、金融和政府机构四项改革。尽管改革已经取得了举世瞩目的伟大成就，但是，还有许多困难和问题。温总理就是要如林则徐所说，要像子产那样，不避个人祸，不趋个人福，不计个人进退荣辱，为了国家和人民而以生命作奉献。诗句充分表达了温总理的坚定决心。三则表明温总理高度重视中华诗词，提醒我们要让中华诗词为全面建设小康社会的宏伟目标服务，仍然是个不容忽视的重要课题，值得我们——尤其是文学工作者认真加以研究和落实。

如今，随着改革、开放的不断发展，中华诗词开始走向兴旺。其现状可用八个字概括：异军突起，空前活跃。具体表现在：诗词作品数量激增，艺术质量有所突破；涌现一批优秀诗人，特别是青年作者有所增加；诗词出版也很火爆，个人诗集、多人合集（多到一两千人）、鉴赏辞典、诗词选本多不胜数；诗词报刊或公开或内部大量问世，绝不少于新诗；诗词人口保守估计也有百万，中华诗词学会会员连同团体会员，已超过一万多；诗词活动包括各类大赛、年会、笔会、研讨会频繁举办……2001 年《中华诗词》与红豆集团等合办“七夕相思节红豆诗词大赛”，参赛者超过 3 万人，作品达到 11 万多首，奖金总计 40 多万，是空前的，在海内外产生了广泛影响。中华诗词学会主办、中国作协主管的《中华诗词》，2001 年发行量已达 25000 份，跃居全国诗歌报刊的首位；2002 年改双月刊为月刊，订数未减（1 月份稍减，2 月份又涨上去了），等于翻了一番。而且，发行量还在增加。中华诗词学会公开发表了《21 世纪初期中华诗词发展纲要》，为振兴诗词制定了总体规划。这些情况证明：中华诗词不愧为传统文化的瑰宝，“中华诗词热”起于民间，遍布全国，涉及海外，方兴未艾，应当引起我们的足够重视和关注。

可是，遗憾得很，实际情况恰恰相反，中华诗词非但没有受到应有重视，反而招致一些报刊作者的无理攻击。例如“红豆诗赛”之后，《北京青年报》（2002.9.2）和《中华读书报》（2003.2.19）发表文章，认为“对古体诗如此重奖”，就是“弘扬落后文化”。《文学报》（2002.9.5）则说：“提倡旧体诗跟收藏旧物一样”，“都是我们这个时代复古思潮的体现”。甚而至于攻击到诗词作者，《文学报》（2002.9.5与10.24）再次重复“旧体诗之所以弄到对旧诗传统成事不足败事有余有的地步，主要是因为弄旧体诗的人的素质实在不敢恭维”，“弟子的不肖和堕落是会连累到乃师的”。这类评论，显然不是批评诗赛活动，而是攻击中华诗词，这就让人难以容忍。

即就“红豆诗赛”而言，人们完全可以批评，多么尖锐都不过分，但有一点，必须实事求是，不能夸大其词，更不该无中生有。这次诗赛，确实存在一些缺陷和不足，作为诗赛的发起者与组织者之一，我愿承担责任，接受批评。但是，若说诗赛“全盘失败”“砸锅了”、评奖是“暗箱操作”，则毫无根据。有人化名“史谈”，攻击大赛评委“腐败、失职、草率与不负责任”，诬蔑著名老诗人刘征“利欲薰（“熏”之误）心，不负责任，‘掩耳盗铃’，‘瞒天过海’”，“善骂人”，“带头腐败和失职”，“头号腐败”（《“红豆诗赛”“砸锅”浅评》）。还有化名“辛九”者，其《红豆诗词大赛杂咏》说：“风流赛事爆奇闻，评委头头第一名。掩耳盗铃真计拙，骚坛腐败数刘征！”姑且不说上述诗、文是否出自一人之手，也不论其手段如何卑劣，单说其造谣诬陷，就已到了登峰造极的地步。

不错，刘征在“红豆诗赛”开始征稿时，经过大赛组委会研究、集体决定，并征得刘征同意，确实担任过评委会主任——2003.2.19《中华读书报》所谓“杨金亭等人事前自作主张”，“明显带有前现代社会熟人私交色彩”，以及刘征“不知情”等，纯属无稽之谈。由此引申出来的所谓“隐藏在程序正义之下名、实的可能悖离”也系子虚乌有、无的放矢。——可是，不久，刘征同志就书面提出“为着回避，辞去评委会主任职务”，这既符合一切大赛的惯例，又符合“红豆诗赛”的规定，即：“本次大赛的所有组委会成员，包括初评小组成员、评委、顾问，均不参赛，如已参赛，必须退出大赛组织机构。”刘征本人有权利、也有自由选择参赛而不当评委会主任。而且，组委会也正式在《文艺报》上发表了声明启事，已向社会、诗界公布；并且刘征也从未参与这次评奖的任何活动，“史谈”说刘征“第一次至红豆集团以评委第一主任之身份”，“辛九”说刘征获奖是“评委头头第一名”，都是造谣生事，难道一旦接受评委主任的聘任就再也推不开、辞不掉、伴人终生吗？而刘征“第一次至红豆集团”时，“红豆诗赛”连个影子都 没有，又何来“评委第一主任之身份”？真是荒唐至极！刘征诗品、文品、人品俱佳，他为诗恣肆，为文严谨，为人宽厚，富有社会责任感和历史使命感，多次获奖，广受称赞。这在文坛诗界早有共识。如果说刘征“腐败”，那么，文坛诗界就很难找出清廉的人来。凡是真正了解刘征的人，都会赞同我的这种说法。

至于“红豆诗赛”，如果中国作家协会或中宣部派人调查一番，那么，我敢断言，定会得出正确结论：这是一次非常成功的诗赛，也是一次十分公正、公平的诗赛，得到海内外作者、读者的广泛赞扬。我参加过许多诗赛的组织、评奖活动，稍作比较，就会发现：这次诗赛的评奖，不仅公正、公平，而且非常清廉。第一，评奖从始至终，评委没有收过任何礼品或变相送礼；第二，没有任何参赛者的任何幕后活动，比如托人情、走后门等等；第三，评委之间，除了讨论、制定《评奖办法》，以及讨论刘征退出评委会问题（始有分歧，后来统一）外，没有再做任何交流、商讨，尤其没有一言一句商量评奖给谁之类的问题——本来有人建议在评奖打分（实行百分制）前先开会交流一下看法（一般情况下，为保证评奖准确，这是允许的，也是必要的，高水平的评委不会受其左右），由于评委会主任杨金亭等不赞成，连这样的评委交流会也未开成；第四，评委给隐名编号的入围作品打分，互不通气；外地来京评委是在宾馆各自房间打分的，在京评委全是各自在家分头打分，然后将“打分表”密封起来，交给《中华诗词》编辑部，最终在评委会全体监督下统计分数，排列名次，按得分多少，定出获奖名单；第五，这次评奖，连以往评奖常见的“微调”都不曾搞过。红豆集团曾有人提出把一等奖评给绝句的建议，以便于他们用作宣传，我们未予接受，明确表示：必须尊重评委意见，哪个作品得分多，哪个作品就是一等奖。刘征作品得分 1037 分——当时只知是“198 号《红豆曲并序》”，比排在第二位的二等奖首名绝句“10 号《送别》”（甄秀荣）得分 953 分，高出 84 分，理所当然地荣获一等奖。因为所谓“微调”，就是调换少量获奖者及其名次，尽管经过协商，也是不够尊重评委多数意见，实质则是一种不公正和不公平。“红豆诗赛”评奖如此之严、如此之廉、如此之公正公平，为历来评奖所少见。其他评委例如比我参加评奖还多的主任评委郑伯农同志（原中国作协党组成员、《文艺报》总编）等均认为，这次评奖比较干净、纯正（他已写了文章发表）。

这次诗赛遭到一些报刊作者的猛烈攻击，掀起轩然大波，固然也有媒体热衷于炒作大赛的所谓“问题”（比如《中华读书报》头版连发两文，却对大赛成绩异常冷漠、只字不提），但其原因比较复杂：有诗词界的内部矛盾，也有奖大（一等奖20万元）招风、让人心理失衡……而其深层的根本原因，我认为还是“五四”以来中华诗词被排斥打击、1949年以后诗词“不宜提倡”的余音未绝；相当一部分人总是不愿意用正眼看诗词，对于目前的“中华诗词热”心存反感，怀有抵触。一些文学领导部门，有意无意地忽视、轻视甚至蔑视中华诗词，比如不让诗词作者加入作协，不准诗词作品参加中国作协举办的文学评奖，不许诗词与各类文学活动沾边，诗词组织处境尴尬，较少得到关注支持……

有鉴于此，我呼吁社会：重视中华诗词；并郑重建议：先从中国作协做起——起码应给中华诗词跟其他文学样式相同的平等待遇，别把中华诗词排斥在文学乃至诗歌之外，即中国作协组办的一切事情，如发展会员、诗歌评奖、作家深入生活、作家培训出访、作品出版研讨等等，都把中华诗词纳入视野，列入议事日程。这是温家宝总理巧用诗词给我们的一点启示。

2002.3.20

（2007年第1期河北《东方文学》）

诗词“三进”

——在中国作协六届四次全委会上的发言

在新的一年里，我向中国作协领导和各地作协领导提点建议，中华诗词是否能有“三进”：一进领导视野；二进工作日程；三进诗歌评奖？！

所谓进入领导视野，就是希望作协领导关注诗词创作，重视诗词事业。新时期以来，由民间兴起、席卷海内外的诗词热潮，可谓一浪高过一浪，至今方兴未艾，还在升温，理应引起作协领导重视。若从全局说，中华诗词是我国精神文明建设的重要方面；若从局部说，中华诗词则是整个文学事业的组成部分，文学的发展也包括诗词事业的振兴。作为文学事业的群众团体和管理机构，作协领导似乎应予适当关心。我认为，地方省市作协，例如黑龙江省作协领导，在这方面为我们树立了榜样。他们眼里心中装有诗词事业，时时事事想到诗词，不仅大力支持诗词活动，而且亲自参与诗词事业的领导工作。他们的宝贵经验《强力推进黑龙江诗词工作》（陈修文）已在《中华诗词》（2003.12）上发表，不知能否推向全国，并请各级作协领导参考、借鉴？

所谓进入工作议程，就是希望作协领导在研究、布置日常工作时，不要忘记诗词事业。比如：年初制订文学发展规划和工作计划，也把诗词工作列入其中；年终总结文学工作，也对诗词的成败得失进行总结；作协发展会员，能否适当吸收一些创作有成就、影响较广泛的诗词作者进来；组织作家活动，诸如深入生活、采风写作、中外交流、作品研讨、理论进修等等，能否邀请一些诗词作者参加？……这对于提高作者水平、促进诗词创作、振兴诗词事业、弘扬传统文化，定然大有助益。由于诗词是文学的一种形式，诗词工作自然应在整个文学工作中占有一席之地，这好像并非外加给各级作协领导的。

所谓进入诗歌评奖，就是希望作协领导在举办诗歌评奖活动时，能将诗词考虑在内，这是因为新时期以来，诗词创作成就突出，诗词新人不断涌现，诗词出版异常活跃，诗词佳作层见叠出，所以，需要社会、特别是文学界给以实事求是的恰当肯定和应有鼓励。而且，《中国作家协会章程》中已有明文规定："对优秀的创作成果和文学人才，给予表彰和鼓励。""创作成果和文学人才"显然包括诗词，并未把诗词成果和人才排斥在外。第一届"鲁迅文学奖·诗歌奖"评奖未评诗词，原因在于那时的作协领导不大了解诗词的创作实绩。当然，更主要的原因还是领导思想重视不够。在作协领导初步审定的评奖启事中，写的是"新诗奖"，不含"诗词"；我当时作为诗歌奖评委会副主任，参加讨论，坚持应用含有"诗词"的"诗歌奖"取代"新诗奖"。我的意见终被采纳。评奖启事公开发表时做了修改，但仍声明暂时不评诗词。现在情况大为好转，大概没有任何理由再把诗词排除在诗歌评奖之外了。

诗词倘能有此"三进"，那就不仅是中华诗词事业的幸事，而且也是我国文学事业的喜事。

2004.2.21

（2004.4《中华诗词》，2004.3 宁夏《夏风》）

中华诗词需要科学批评

诗词批评，并非没有，缺少的是科学批评。无论在报刊中，还是在网站上，抑或研讨会里，我们见到的一些所谓诗词批评，要么一味赞扬，捧之上天；要么一笔抹煞，按之入地，既无益于诗词创作，又无助于诗界团结，可谓有百害而无一利。

清末陈衍说："所谓批评者，一则能抉古人胸中欲吐之妙，以剖千古不决之疑；一则援引商略，判然详尽，以自见其赅博。——倘语意平常，不如无批；轻薄率易，尤为可厌矣。"（《与邓彰甫》）他对批评的界定，似嫌狭窄。诗词批评应当包括诗词的审美鉴赏、文体阐释、倾向评论、流派研究、思潮辨析、理论探讨、诗人品题、诗事评议等等，凡与诗词有关的问题都可商略决疑。但他对诗词批评的批评，却是一针见血的，至今仍有现实意义。当代批评的不良倾向，不仅依然存在"语意平常"和"轻薄率易"，而且愈演愈烈，诸如管窥蠡测、牵强附会、党同伐异、称霸诗坛，甚至假借批评以泄私愤，挟嫌报复，造谣诬陷，人身攻击，已经超出了正常批评。这就更加需要开展科学的诗词批评，予以匡正。宋代黄升说："诗之有评，犹医之有方也。评不精，何益于诗；方不灵，何益于医！"（《诗人玉屑·序》）真是金玉良言！治疗人体疾病，要有灵方妙药；针砭诗坛时弊，亦须确论精评。

然而，确论精评谈何容易！还是陈衍说得好："工诗难，言诗尤不易。"（《石遗室诗话》）清代薛雪也说："评论诗文，品题人物，皆非美事，亦非易事。"（《一瓢诗话》）

现代社会，情况复杂，更增加了批评的难度。其一，知之甚难。对于批评对象，一知半解，或者全然无知，批评必然流于偏颇。鲁迅先生说过："我总以为倘要论文，最好是顾及全篇，并且顾及作者的全人，以及他所处的社会状态，这才较为确凿。要不然，是很容易近乎说梦的。"（《"题未定"草》）现在有些诗词批评，就因为不了解或不愿了解全面情况而成了瞎子摸象和痴人说梦。"实事"尚且不知，何以能够"求是"？其二，主观臆断。人皆存爱憎好恶，谁都有利害得失，如果不能出以公心、评以客观，那就难免影响他的是非判断，趋利避害，终至荒谬。即薛雪所谓"一则眼力不齐，嗜好各别；一则阿私所好，爱而忘丑。如某之与某，或心知，或亲串，必将其声价逢人说项，极口揄扬；美则牵合归之，疵则宛转掩之。……他人纵有杰作，必索一瘢以诋之。"（同上）其三，崇己抑人。大言不惭，高自称许；文人相轻，于今为甚。这也难怪。人们往往私于自是，暗于知人。毛泽东同志说："文艺家几乎没有不以为自己的作品是美的"。正如俗话所说："看自己，一朵花；看他人，豆腐渣。"倘把这种心理倾向带入诗词批评之中，那便可能模糊自己的批评标准，好坏不分，毁誉失当。其四，信伪迷真。批评的基础是确凿的事实。事实伪而失真，批评便如沙上大厦，立不起来，纵然富丽堂皇，也是七宝楼台，拆碎下来，不成片段。而在市场经济条件下，一些人见利忘义，为了一己或同伙之私，常常捕风捉影，造谣生事，如果不加分辨，据以为文，信口衍说，则距真理不啻十万八千里矣！

究竟是知难而退，还是迎难而上？任何一位富有社会责任感和历史使命感的诗人论家，都会鄙弃前者而选择后者，积极投入诗词批评，并且努力使之臻于科学。第一，真正通晓、严格遵循艺术创作和诗词事业的发展规律，自觉成为诗词内行、知音，批评方能切中肯綮。有人说："不会写作最好不要谈创作"（见2004.9.15《中华读书报》）。这与宋人"诗必与诗人评之"、"诗非本色人不能评"（刘克庄）之类的狂言如出一辙。当然，若说批评者必须懂得创作规律、成为内行，那是对的；但是，若说除了诗人词家之外，他人不能批评诗词，则是极不恰当的，因为那就剥夺了广大普通读者对诗词的发言权。而且，"世固有不能诗而知诗者"（明·钟惺《简远堂近诗序》）。事实的确如此，能诗者未必能评，能评者未必能诗。鲁迅先生甚至说："批评家兼能创作的人，向来是很少的。"（《看书琐记》）第二，全面掌握材料，多方了解情况，摆事实，讲道理，批评自然令人信服。明代胡应麟说："诗不可以一首之得失概一人终身。"（《诗薮）薛雪也说："诗有通首贯看者，不可拘泥一偏。"论诗评人，无不如此。以点代面，以偏概全，定会失于片面。第三，坚持马克思主义的理论指导。梁代刘勰说："目瞭则形无不分，心敏则理无不达。"（《文心雕龙》）宋代严羽说："看诗须着金刚眼睛，庶不眩于旁门小法。"（《沧浪诗话》）如何达到"目瞭"、"心敏"、并"着金刚眼睛"呢？办法非止一端，最为重要的就是力求精通和运用马克思主义。古代没有马克思主义，因而古人难以完全做到"目瞭""心敏"；我们则可以借助于马克思主义这个望远镜和显微镜，洞悉一切，明察秋毫。

2005.3.14

（2005.3.1广东《清远日报》，2005.4《中华诗词·卷首语》）

都来使用新声韵

2001年初，新的千年伊始，中华诗词学会就研究、制定、公开发表了《21世纪初期中华诗词发展纲要》。其中明确指出："声韵改革，势在必行。……举凡近体律绝、词曲诸体的格式，平仄对粘法则，以及曲调谱式，应保持不变，不应以改革为借口任意改动。同时，我们也应当看到当代声韵变化的语音实际，不加改革则无法适应时代，走向大众，难以展示诗词声韵之美。鉴于目前声韵使用的实际情况，我们一方面要尊重诗人采用新韵或运用旧韵的创作自由（新旧韵不得混用）；另一方面又要倡导诗词的声韵改革，执行'倡今知古'、'双轨并行'的方针，即：大力倡导使用以普通话语音声调为审音用韵标准的新声韵，同时力求懂得、熟悉乃至掌握旧声旧韵。"重提《纲要》这段论述，是想吁请诗人词家和初学作者，关注新声新韵，共促诗词改革。

光阴荏苒，转眼五年。但声韵改革收效甚微。时至今日，几乎无人不知七百多年前的古韵——"平水韵"的弊端。中国音韵学家王惠三教授早就说过："以迄清初所颁通行至今之《佩文诗韵》，均属大半沿袭、小半修改之杂音，俱未能指定一地方言为标准，以区域千万里、时逾千百载之杂音冶为一炉，虽名韵书，而读音各异，以此统一，虽至愚亦知其无效也。"（《汉语诗韵》自序）"至愚"都晓，何况"大智"！要以新声韵取代"平水韵"，是诗史发展的必然趋势，也是诗韵改革的唯一出路，因为诗韵发展应当不断完善，决无倒退之理；而且，诗词用韵意在求得音韵和谐上口，强使旧韵，在学用普通话的广大读者读来，则只有诘屈聱牙之病，毫无音韵铿锵之美，岂不适得其反、“韵”与愿违？！难道写诗填词只为孤芳自赏或者圈内捧场吗？凡写诗词者，除了个别守旧者，如今好像无人再为“平水韵”大唱赞歌了，也没有谁不赞成使用新声韵。然而，除像当代诗词大家霍松林老先生率先用新声韵进行律绝创作、取得成功者外，可惜的是，多数作者言行不一、言而不行——不是反对新声新韵，只是因为旧韵驾轻就熟，使用方便，不肯为韵多付辛劳。不然，何以那么多新声新韵倡导者所写作品，照旧使用“平水韵”？翻开每期《中华诗词》，新声新韵作品凤毛麟角，难得一见。这就不能不让惯用普通话的广大读者大伤脑筋、大费力气、很不方便了！我们编者倡导不力，难辞其咎；但“巧妇难为无米之炊”，也是常识。诗人用韵，固然有其自由，他人无权干涉，但将诗韵改革置于不顾，对读者呼声充耳不闻，恐怕也很难说是一种积极负责的创作态度吧？

“纸上得来终觉浅，绝知此事要躬行。”（陆游《冬夜读书示子聿》）《纲要》规定，诗家倡导，多归纸上谈兵；如何实践，写出佳作，尚须身体力行！本刊先从自我做起：近时在承德召开编辑部工作会议，决定特辟《新声新韵》专栏，加大倡导力度，推进诗韵改革，敬请新老诗人赐稿支持！我们坚信，定有更多作者而且必将越来越多的作者使用新声新韵，写出精品力作。借用两句古诗：“闻道千金求骏骨，不应龙种在人间。”（镏绩《画马》）古代叶公好龙而见真龙；燕国昭王市骨而得神骏。本刊虽无昭王之金，却有叶公之诚，但愿“真龙”、“神骏”如期而至，不再飞驰作者内心、埋没混沌世界。

当然，“买骨须求骐骥骨，爱毛宜采凤凰毛。”（徐夤《偶题二首》）驽骀尽管是马，终非骐骥；野雉虽称凤凰，实属山鸡。本刊梦寐以求的，决非徒有其表的驽马、山鸡，而是名副其实的骐骥、凤凰，因为所求之宝，不图私用，专为献给千万订户，所谓“堆金求骏骨，将送楚襄王”（李贺《马诗二十三首》）——我们的帝王，不是昏庸无道的楚国襄王，而是明智有德的读者诸君。

2005.7.4

（2005.7.14广东《清远日报》，2005.8《中华诗词·卷首语》，2006.2《文化月刊·诗词版》、2006.4《九州诗词》等转载）

向中国作家协会建言

——在中国作协六届六次全委会上的发言

这些年来，中国作家协会工作卓有成效。我就经常听到来自作协内外的由衷赞扬，连作协系统的干部家属都啧啧称道。这同作协领导班子齐心协力、团结合作密不可分，也与副主席、党组书记金炳华以及各位领导乐听意见、善纳建言息息相关。

正因如此，我想提点具体建议：中国作协能否在今后的文学活动中，给中华诗词以更多关注？比如近期可否考虑吸收中华诗词学会为“团体会员”，并按《章程》规定，同时给予一个全委名额？如果这个建议在年底的全国第七次作代会前解决不了，那么，我还有个补充建议：邀请中华诗词学会，作为“特邀代表”，派人参加七次作代会！以便让中国作协和作家代表也能听听我国诗词界的声音。

我提这个建议，起码有两点根据：第一，中华诗词是我国民族文化的重要组成部分。2005 年 12 月中共中央、国务院《关于深化文化体制改革的若干意见》中，明确指出：在中华“文化开放格局”中，要“以民族文化为主体”，同时“吸收外来有益文化”。我认为，这个规定富有战略眼光，极具全局意识。因为当今世界，经济一体化与文化国际化的浪潮汹涌澎湃；一个国家的民族文化，如果不能独立，那就有被世界文化吞没的危险。加强民族文化建设，繁荣社会主义文化，是提升我国综合国力的迫切需要。而振兴中华诗词，正是发展民文化的题中应有之义。第二，中华诗词学会完全符合《中国作家协会章程》规定的“团体会员”条件。中华诗词学会与“全国性的产业作家协会”一样，“赞成本会章程，并有相当数量本会会员和健全的办事机构”，愿“向本会提出申请”。

中华诗词学会成立于1987年5月端午节。中共中央政治局委员习仲勋到会祝贺并讲话，给以支持。他说：“对我国古典诗词这一优秀的文化遗产，不仅要努力加以抢救和研究，一定要不断创新，使我国的古老文化能够发扬光大。这是摆在我们面前的一个重大任务。”首任会长是已故诗人、全国政协副主席钱昌照；二任会长是已故诗人、全国人大常委会副委员长周谷城。2004年12月该会严格按照《中华诗词学会章程》，在京召开第二次全国会员代表大会。乔石、朱镕基、李瑞环为之欣然题词。大会民主选举诗人、全国政协原副秘书长孙轶青为会长，诗人、中国作协原党组成员郑伯农为常务副会长。机构健全，组织严密，制度完备，工作正规。该会下设办公室 、组联部、宣教部、学术研究部、青年部、出版编著中心、诗教委员会、诗书画委员会、《中华诗词》杂志社等。前几年还成立临时党支部，在中国作协机关党委领导下开展活动。“会长办公会议”为常设办事机构，由在京顾问和正副会长、秘书长、各部门负责人参加，每周举行例会。年逾八旬的孙轶青会长、年逾七旬的一些顾问每会必到，长期坚持。办公室、组联部、杂志社行政人员和编辑等，每天上班，坚守岗位。20年来，该会在国家发改委、中宣部、民政部等的大力襄助和中国作协的具体指导下，为振兴中华诗词、发展民族文化，做了大量工作 ，取得了有目共睹、有口皆碑的显著成就。金炳华同志《在中华诗词学会第二次全国会员代表大会上的祝词》说："中华诗词学会团结诗词界、普及中国古典诗词知识、组织诗词创作、开展诗词研究、培训诗词人才，为繁荣中华诗词作出了宝贵贡献。"

有鉴于此，我敢说，像中华诗词学会这样按部就班工作、循规蹈矩运行、真心实意奉献的文学社团，不说绝无仅有，也是凤毛麟角，接纳其为"团体会员"，对于我国文学事业有利无害。敬请中国作协各位领导考虑定夺！切切此意！！

（据 2006 年 2 月 23 日在中国作协第六次全委会上的发言整理，并上报作协领导）

蒸蒸日上的中华诗词

中国一向称为“诗国”，中华诗词广受青睐，只是到了现代五四新文化运动时期，遭遇形而上学和民族虚无主义的沉重打击，才被赶出历史舞台，从此一蹶不振。1944年，南社柳亚子甚至断言：“旧诗必亡”，“平仄的消灭，极迟是五十年以内的事情”（《旧诗革命宣言》）。几十年来，中华诗词一直受排斥、被压制，在文坛诗界没有立足之地。前些年还有人公开贬之为“夕阳文学”、“复古思潮”、“落后文化”（2002.9上海《文学报》、《北京青年报》）。

然而，世事茫茫难意料。曾几何时，中华诗词不仅出现“热潮”，而且还在升温，至今热浪滚滚。中华诗词非但不是“夕阳”，反而成了“旭日”，蒸蒸日上！具体表现，亦有诸多方面：一是创作兴旺。由于中华诗词深入人心、吟诗遣兴为民所好，一旦环境适宜，人们的创作热情便不可遏止地爆发出来。可以说，“凡有华人、汉语存在的地方，就有中华诗词的传播、创作和吟诵”（2001.2.《21世纪初期中华诗词发展纲要》）。仅以2002年《中华诗词》举办的“红豆相思节”诗词大赛为例，在短短三个半月时间内，就收到全国（包括台、港、澳）和英、美、法、日等十个国家的11万首诗词作品（比《全唐诗》所录多一倍以上）。据中华诗词学会组联部同志提供：全国“每年发表诗词作品近20万首”。二是队伍庞大。“诗词人口即作者、论者、编者、读者、爱好者等，保守估计也有百万大军。”（《纲要》）除西藏、台湾外，全国诗词组织已达2000多个。而“这种诗词组织的外围人员，接受过中华诗词熏陶的群众队伍，据估计可以千万来计”。三是评论活跃。沉寂了半个多世纪的中华诗词，如今成了热门话题，时或见于各类报刊网站媒体。单是1994年创刊的《中华诗词》，截至2006年3月，业已发表1200多篇、260多万字的评论文章。中华诗词学会到2005年已举办19届全国中华诗词研讨会，到会多为大学教授和海内外诗词专家、学者、工作者等，共达3100多人次，发表论文3000多篇，约有1000多万字。论文的学术水平也越来越高。至于各地诗词组织的研讨活动和理论文章，那就更多。四是出版火爆。诗词创作和诗词评论的大量涌现，必将促进诗词出版。各种类型的诗词专集、诗词选集、诗词鉴赏、诗词大典、诗词年鉴、诗词丛书、诗词理论、诗词韵典等等，不断问世。仅只中华诗词学会，就先后组织专家编辑出版了《中华诗综》、《中华词综》、《中华曲综》、《当代中华诗词集》、《中华诗词十五年年鉴》（1987－2002）、《中华诗词年鉴》（2002－2003）、《中华诗词·十年作品选》、《中华诗词·十年评论选》、《中华新韵》，以及会员作品选 、历届诗词大赛获奖作品集、历次全国中华诗词研讨会论文集等，计有数十部。为了适应诗词出版需要，2003年3月，中华诗词学会成立图书出版编著中心。目前正在筹划编撰出版《诗词书库》：近代诗词10卷，现代诗词10卷，当代诗词20卷。这是一项具有历史意义的浩大工程。全国出版的诗词报刊600余种（包括公开发行和内部发行）。《中华诗词》已从季刊、双月刊发展为月刊，发行量已达25000多份，跃居全国诗歌报刊之首。在文学报刊普遍低迷的情势下，《中华诗词》日趋高涨，独领风骚。五是活动频繁。各种诗词活动异彩纷呈，接连不断，例如诗词大赛、诗词笔会、诗词年会、诗词采风、诗词讲座、诗词培训、诗词评奖、诗词研讨、诗词走进校园等等。这里只说两点：诗词大赛——中华诗词学会先后组织举办了大规模的“首届中华诗词大赛”“李杜杯”“鹿鸣杯”“回归颂”“世纪颂”“嵩山杯”“嗣同杯”“钟山杯”“轩辕杯”“群玉杯”“秦皇杯”“红豆相思节”“纪念毛泽东诞辰110周年”“纪念邓小平诞辰100周年”等多次诗词大赛，都有很大影响。其中“红豆相思节”诗词大赛，赞助单位江苏无锡红豆集团斥资百万，一等奖高达20万，引起国内文坛震惊、海外诗界瞩目。让诗词进校园——面对诗词后继乏人、范围狭小的尴尬现状，中华诗词学会除了开办诗词培训班外，还在教育部和各地有关部门支持下，广泛深入地开展了让诗词走进大、中、小学校园，以及评定“诗词之乡”“诗词之市”“诗教先进单位”等的活动。截至目前，已在全国评出19个“诗词之乡”、2个“诗词之市”（地级）、15个“诗教先进单位”，并且由中华诗词学会正式授牌。为使全国诗教更有成效，中华诗词学会成立了诗教委员会，由中科院院士、国务院学术委员会委员杨叔子教授为主任，已经召开了4次全国诗教工作经验交流会。这些活动，不仅推动了诗词事业发展，而且促进了精神文明建设。

总而言之，中华诗词正在全国乃至海外蓬蓬勃勃、热火朝天地兴盛起来，势如破竹，不可阻挡，令人振奋，应予重视。但也无须讳言，中华诗词还有不少问题：平庸作品多而精品力作少；守旧泥古多而创新突破少；壮年老年多而青年少年少；圈内热火多而圈外热心少……如不尽快扭转，必将制约中华诗词的全面振兴与真正繁荣。

中华诗词之所以突飞猛进、迅速兴起，一是因为社会环境适宜、客观现实需要。新时期以来，经过拨乱反正和思想解放运动，人们冲破了“不宜提倡”的种种禁锢与清规戒律，为中华诗词发展打下了坚实的思想基础。改革开放以后，随着物质文明和精神文明“两手一齐抓，两手都要硬”的建设进程，迫切要求弘扬优秀的传统文化；而在世界经济一体化、文化国际化的严峻现实面前，我国文化独立的根本出路，在于保持先进的民族文化和革命的人文精神，同时学习借鉴世界的进步文化。当此之际，以传承优秀民族传统文化为己任的诗词组织应运而生，诗词复兴应时而起。二是因为经济快速发展、物质条件允许。孔子早在2500多年前就说过：“行有余力，则以学文。”（《论语·学而篇第一》）毛泽东同志也讲过，随着经济建设高潮的到来，必然会有一个文化建设的高潮。改革开放带来我国经济迅猛增长，自然就会促进我国文化包括中华诗词发展起来。三是因为党政领导支持，诗词赖有后盾。从中央到地方直到部门，各级领导的有识之士，高度重视中华诗词，给以人力、物力、财力的具体扶持。2000年在朱镕基总理关怀下，财政部拨款300万元，作为中华诗词发展基金。全国政协还给了一层楼，作为学会办公用房。此外，中宣部、文化部、民政部、教育部、中国文联、中国作协、国家发展改革委员会等，都在襄助诗词事业，实属少见。许多党政高级领导，亲自参与诗词活动，极大地鼓舞了骚坛诗界。四是因为中华诗词学会组织得力，协调有方；诗人词家，共同奋斗。这是中华诗词得以振兴的重要关键。试看中华诗词学会成立前后，诗词状况判若霄壤，人们便可一目了然。

关于中华诗词学会，我想多说几句。该会成立于1987年5月端午节，中共中央政治局委员习仲勋到会祝贺并讲话。他说："过去，我们从来没有这样一个诗词组织。现在，把这个空白补起来了。""对我国古典诗词这一优秀的文化遗产，不仅要努力加以抢救和研究，一定要不断创新，使我国的古老文化能够发扬光大。这是摆在我们面前的一个重大任务。"首任会长为已故诗人、全国政协副主席钱昌照，二任会长为已故诗人、全国人大常委会副委员长周谷城。2004年12月，中华诗词学会严格按照《章程》，在北京召开了第二次全国会员代表大会和理事会议，一致推举诗人、书法家、全国政协原副秘书长孙轶青为会长，诗人、理论家、中国作协原党组成员郑伯农为常务副会长。学会现有全国会员14000多人，团体会员220多个。机构健全，组织严密，制度完备，工作正规。学会下设办公室、组织联络部、青年部、宣教部、学术研究部、图书编著中心、诗书画委员会、诗教委员会、《中华诗词》杂志社等。在京顾问和正副会长、秘书长以及各部门负责人参加的"会长办公会议"，为常设机构，每周举行例会，研究处理日常工作。年逾八旬的孙轶青会长和年逾七旬的一些顾问，每会必到，风雨无阻，长期坚持，颇为不易。学会办公室、组联部和杂志社行政人员与编辑，每天上班，坚守岗位，更为难得。一些离退休老干部，成了中华诗词学会的骨干力量。他们不计名利，无私奉献，一心为了弘扬中华诗词的优良传统，促进社会主义的精神文明建设。除了少量车马费外，他们实无报酬。孙轶青会长非但分文不取，反而自掏腰包，资助学会活动，例如为办"学习毛泽东诗词征文"，捐款3万元。在孙老亲自主持下，

2001年2月，学会制定并发布了《21世纪初期中华诗词发展纲要》，从理论与实践的结合上，比较深刻地阐述了诗词事业的未来发展，为中华诗词的全面复兴做出了整体规划，重点在抓“实施精品战略，繁荣诗词创作”，得到了全国骚坛的积极拥护和热烈响应。目前，学会已与全国521个诗词组织建立了联系，重点联络的有80多个。同时，还与港、澳、台地区和美、日、泰、新加坡等国家的诗词组织建立了友好联系。同全国会员、诗人词家、诗词组织联络的主要渠道，一是内部期刊《中华诗词学会通讯》；二是公开刊物《中华诗词》；三是现代通信手段。学会把繁荣创作、活跃理论、多出精品、多出人才作为重点工程，狠抓落实，抓出成效。正如中国作协副主席、党组书记金炳华同志《在中华诗词学会第二次全国会员代表大会上的祝词》所说：“中华诗词学会团结诗词界、普及中国古典诗词知识、组织诗词创作、开展诗词研究、培训诗词人才，为繁荣中华诗词作出了宝贵贡献。”

头雁高飞群雁随，头羊领路群羊追。中华诗词学会就像领头的雁、带路的羊。在中华诗词学会的带领下，全国诗词组织和各地诗人词家，正为开创社会主义时代诗词新纪元而共同努力，开拓奋进。

2006.3.24

说明：文中一些重要数据和情况，除组联部同志提供外，多依据2006年3月16日《中华诗词学会简介》。文章系应中国作协主办《作家通讯》主编高伟之约而写。

（2006.4湖北《心潮诗词》，2006.7下第14期《当代小说•诗文专号》，2006年第4期《作家通讯》）

“新诗主体论”可以休矣！

“新诗主体论”出自于我们的伟大领袖毛泽东同志。他在1957年1月12日《致臧克家等》的信中说：“诗当然应以新诗为主体，旧诗可以写一些，但是不宜在青年中提倡，因为这种体裁束缚思想，又不易学。”此话一出，即成定论。

如今看来，此论值得商榷。不错，就总体精神、基本原则来说，毛泽东思想、包括文艺思想和诗歌理论，经过实践检验证明，是完全正确的。但是，毛泽东同志的话并非“句句真理”。他的这段话，至少有两个论点需要讨论：一是“旧诗不宜提倡说”——对此，早就有人提出异议。中华诗词学会会长孙轶青同志在《旧体诗不宜在青年中提倡吗？》一文中，“进行了历史的、辩证的、中肯的、细致的全面分析。他一方面肯定了毛泽东诗论的正确‘教导’，另一方面又指出其中的偏颇之处，条分缕析，实事求是，入情入理，令人折服，机智而又巧妙地回答了这个棘手的敏感问题。”（见拙文《诗词事业的理论纲领——读孙老轶青的〈开创诗词新纪元〉》，2007.8.30《文艺报》）无须我来置喙。二是“新诗主体论”，似乎至今无人质疑。

坦白承认：我以前不仅无条件信奉，而且在文中卖力宣扬此论。是新旧诗坛的迥异现状引我思考，是诗词事业的飞速发展促我猛醒，顿觉今是而昨非。其实，同我一样转变者大有人在。著名前辈老作家舒芜同志虽然年迈，却比我醒悟早得多。他原先甚至断言“新诗要代替旧诗，是自然的，无足怪的，必然的，无法阻止的”，“旧体诗词横竖要‘断种’”，多么坚定决绝。但他在1998年即已转变观念，在11月28日的《文汇读书周刊》上公开发表文章，肯定《另有一个诗坛在》，即旧体诗的勃然兴起，我国已有新、旧两个诗坛并存了。10年之后，我以为“新诗主体论”更是到了应该休止的时候了。

一

“新诗主体论”决非空穴来风，也非毛泽东同志的个人所好。恰恰相反，毛泽东同志对新诗一向不甚满意。他一面肯定“新诗的成绩不能低估”（臧克家《毛泽东同志的新诗观》），另一面又多次说过：“现在的新诗不能成形，我反正不看新诗。”（陈晋主编《毛泽东读书笔记解析》）“用白话写诗，几十年来，迄无成功。”（1965.7.21《致陈毅》）作为党和国家的领袖，毛泽东同志特别注意防止以个人好恶去评判事物、制定政策，而总是瞻前顾后，照顾全局，从实际出发，为人民着想。

往前看，新诗自1917年开始诞生，到1957年已有40年的历史了。经过1919年五四运动的文化洗礼，新诗在中国革命和建设中，在人民群众的文化生活中，发挥了巨大作用，成就的确不容低估。这是必须首先肯定的。然而，由于形而上学思想和民族虚无主义的严重影响，五四运动先驱者们把新诗捧到至高无上的地位，如同汉代“独尊儒术”一般；古典诗歌和旧体诗词则被贬到十八层地狱，亦如汉代“罢黜百家”一样。结果导致偌大诗国仅存自由体诗一棵独苗，顶多加上新诗脱胎的母体——西方翻译诗。几十年来，我国诗坛是新诗的一统天下；旧诗遭到蛮横排斥，毫无立足之地，完全息影诗坛。诗人不能写旧体诗词，谁若胆敢写上几句，就被斥为“骸骨迷恋”“遗老遗少”“封建余孽”；哪个报刊敢发一点旧体诗词，便被视为“异端”“投降”“复古”，有人甚至说是“新民主主义革命白搞了”。一般旧诗作者和报刊编者，纵有英雄虎胆，也不敢轻举妄动。

更为可怕的是，这种独尊新诗、罢黜旧体的趋势，让人耳濡目染、潜移默化，形成一种社会思潮和集体无意识，乃至人们习非成是，变为文坛公众的习惯势力，实在难以抵挡。这几乎是诗国公民的普遍共识，也是诗国实际的客观存在。毛泽东同志不可能脱离诗国历史和社会现实，尽管他从切身感受和个人爱好来说并不十分认同，却也不能不勉强地、甚至违心地做出“诗当然应以新诗为主体”的论断。由于身处特殊地位，加以其时“个人迷信”有增无减，而且又以无可辩驳、不容置疑的口吻说出，他的话自然成了“最高指示”，不可违抗。这就进一步扩大了“新诗”与“旧诗”之间业已存在的鸿沟。

当然，毛泽东同志也说了“旧诗可以写一些”——这等于将“旧诗”从五四时期所判死刑中拯救出来，免去一死；而他所谓“不宜提倡说”，又让旧体诗陷入半死不活状态。这种局面，一直延续到历史新时期。

二

“新诗主体论”的所谓“新诗”，概念模糊，很不科学。

何谓“新诗”？诗的新旧，相对而言。科学的解释，所谓“新诗”，应当包括内容和形式两个方面，而内容又是本质的、决定性的因素，也就是说，只要内容和形式有别于古典诗歌（包括词、曲等），就是“新诗”。由此，我们可以推导出“新诗”的狭义和广义两种概念：狭义“新诗”，即指内容和形式都不同于古典诗歌的现代自由诗；广义“新诗”，则应包括内容不同、而形式近似于古典诗歌的当代诗词。换句话说，从本质上看，从广义上看，当代诗词也是现代“新诗”，是其中的一种形式，称为“旧体”则可，视为“旧诗”则不可。著名诗论家、教授诗人、《军歌》词作者公木早在1980年代就明确指出：“毛泽东同志所说的‘可以写一些’的‘旧诗’，是仅就‘体裁’说的，乃是今人利用旧形式创作的新诗，自应算作新诗或现代诗歌，不得徒以形似而把它们视作旧诗或古典诗歌。”（《中国诗歌史论》）

非常明显，毛泽东同志所说“新诗”，指的是自由体的狭义“新诗”，与广义“新诗”——“旧诗”即当代诗词相对而言。由此可见，“新诗主体论”的“新诗”概念本身，已经有欠准确，含混不清。而在执行“新诗主体论”的实践过程中，我们又把它进一步地推向了错误的极端。按照毛泽东的原意，我国诗坛本应以“新诗”为主，以“旧诗”为次，主次共存共荣；而实际状况却并非如此：说是新诗“为主”，变成了新诗“唯一”；说是“旧诗可以写一些”，变成了少数人的专利——除了个别领导、名家能发少量“旧诗”之外，一般诗人、普通百姓根本无法染指。这显然是不正常的，理所当然地需要加以改变。

“新诗主体论”有欠科学，主要不在名词概念，而在违背事物发展规律。世上万事万物，从自然世界到人类社会，多样统一是普遍规律。大至宇宙，不同行星共存于同一天体之内；中至地球，各种生物共生于同一星球之上；小至人类，众多种族共处于同一人类社会之中。如果尊一黜万，恐怕世界也就不复存在了。

当然，由于事物的复杂性，世上难免出现某些特殊情况。一切都以时间、地点、条件为转移。例如地球，有的地方适宜长草，以草为主，便是草原；有的地方适宜生树，以树为主，便是森林；有的地方草木不生，以沙为主，便是沙漠……但是，作为整个大自然界，既不可能都是草原，也不可能都是森林，更不可能都是沙漠。而且，即使草原，也不是空无一树；即使森林，也不是渺无一草……大千世界，无论宇宙自然，还是人类社会，都必然是多样化的辩证统一，这才符合客观世界的发展规律。唯其如此，人类才能得以生存发展。

诗界亦然。诗国生态，自然形成了多种形式、风格、流派乃至表现手法，也是多样统一。这主要是由三种因素决定的：①诗的表现客体——客观世界的多样性；②诗的创作主体——诗人主观世界的多样性；③诗的接受对象——读者群体鉴赏的多样性。正因如此，我国诗歌不能强求一律、定于一尊；否则，便与诗歌发展规律和社会需要背道而驰。

我国三千多年的诗歌历史早已证明，多样统一是诗歌发展的艺术法则。民歌是诗歌的最早源头和直接乳母。由春秋时代的《诗经》，而战国时代的《楚辞》，直到汉魏乐府、唐诗、宋词、元曲、明歌，尽管一代有一代的代表诗歌，却从未独尊一体，更未排斥其他诗体；相反，历朝历代诗歌都是兼容并蓄的，五言生而不废四言；七言、杂言生而不废四言、五言；词出而不贬诗；曲出而不贬诗、词……都是多样并存，共同发展。而且，每个时代的代表诗体，都是后人为着表述论证方便才提出来的，决非各个朝代的自我标榜。何以诗到现代当代，非得独尊“新诗”、罢黜“旧诗”不可呢？

客观规律，包括诗歌艺术发展规律，我们只能研究它、认识它、把握它，从而遵循它、适应它、运用它，而绝对不能无视它、违背它，甚至肆无忌惮地抗拒它。任何违抗客观规律的实践结果，都不美妙：必为客观规律所惩罚。“新诗主体论”纯粹是我们不顾诗歌艺术发展规律、有悖诗歌生态平衡而主观臆造出来的，自然经不起社会实践的检验和历史时代的淘汰以及广大民众的选择。

三

如果说，“新诗主体论”提出之初一段时间，基本上反映了和符合于“五四”以来被人为扭曲了的我国诗坛现实，那么，新时期、特别是1987年以后，它就距离我国的诗坛现状越来越远了。或者说，“新诗主体论”已经不合乎我国的诗坛实际了，空有其说，而无其实。“新诗”业已不是“主体”，因为十分明显，当代中华诗词——所谓“旧诗”的发展势头，逐渐超过了“新诗”。这是有目共睹、无可争辩的客观事实。

1987年5月31日（端午节），全国性的诗词组织——中华诗词学会在北京正式成立，标志着我国的诗词发展进入了一个崭新的阶段。1994年7月15日，中华诗词学会会刊《中华诗词》公开出版发行，进一步推动了中华诗词的蓬勃发展。如今，中华诗词学会个人会员已达15000多人，团体会员220多个；全国诗词组织2000多个；诗词队伍以百万计。《中华诗词》杂志发行量业已跃居所有诗歌报刊之首。全国诗词报刊包括内刊已达600多种，远远超出新诗报刊（含内刊）。

概括说来，诗词创作兴旺，队伍庞大，评论活跃，出版火爆，活动频繁。除了诗词研讨（全国性会议开过 21 届）、评奖、笔会之外，中华诗词学会在全国进行“诗词之乡”（包括“诗词之市”，计有 35 个）、“诗教先进单位”（计有 23 个）的评选活动，引起广泛关注，得到积极回应。一些地方像“申办奥运”一样，主动要求承办“全国中华诗词研讨会”（每年一届）。中华诗词学会还与北京中华典籍图书编著中心达成协议：共同编辑出版卷帙浩繁的《中华诗词文库》——广泛选收近代、现代、当代的诗词作品和理论文章，以及名家专集、合集、各省市（含港澳台）的诗词选集。这是一项空前浩大的利在当代、功在千秋的诗史工程，现已开始陆续出版。……总而言之，中华诗词从来没有像现在这样龙腾虎跃、生机勃勃，可以说是出现了复兴的良好势头。自然，无须讳言，在发展中还有不少问题和困难需要解决。但是，中华诗词的初步振兴、开始繁荣，却是不可否认的铁的存在。

相比之下，“新诗”发展现状就要逊色多了。连褒扬“新诗”、贬抑“旧诗”的教授诗论家吕家乡都说：“一方面是旧体诗的日益兴旺，另一方面是近年来新诗领域的不够景气，旧体诗对新诗的较量似乎有转败为胜之势。”（《新诗的酝酿、诞生和成就——兼论近人旧体诗不宜纳入现代诗歌史》，见 2007.2《中外诗歌研究》）新诗的权威论者教授谢冕也说：“现今，却是诗歌（按指新诗）受到了愈来愈甚的冷淡。一种不断弥散的不满是当下的事实。”（2006.9《诗刊》）必须承认：“新诗”确有巨大进步，成绩显著，不容低估；但是，在当前诗坛情势之下，继续称之为“主体”，恐怕就有些名不副实了。不能说“旧诗”艺术质量完全超过

“新诗”，起码也是两者难分轩轾、并驾齐驱了。1998 年舒芜同志指出的《另有一个诗坛在》，应该说，是合乎我国诗坛实际的。10 年后的今天，“新诗”、“旧诗”两个诗坛同时存在，更加不容置疑。

当前，我们的重要任务，不是去分什么主次、争什么“主体”，也不是火上浇油、雪上加霜，无端加剧矛盾、扩大分裂，而是努力整合两个诗坛，增进理解，尊重对方，互相学习，取长补短，以利我国诗歌事业的繁荣昌盛。新诗、旧体应如一对鹏鸟，比翼齐飞，振翅蓝天；该像一双神骏，奋蹄并驱，驰骋华夏，那该多好！

四

“新诗主体论”在理论上不够周严，在实践上也是无益的。扬新诗，抑诗词，严重妨碍了我国诗歌的健康发展。

新诗被捧到至高无上的地位，一些新诗作者便沾沾自喜，自以为老子天下第一，昂首向天，目中无人，对传统诗词嗤之以鼻，不闻不问，不屑一顾。有的诗人公然声称：“我写新诗，比你们写旧体诗容易多了。你们胸藏万卷还不够，还要借助于工具书，去查什么典故、找什么韵律、对什么词谱曲谱。我只要有纸、有笔，就可以写诗了。”有的诗人片面曲解严羽的“诗有别材，非关书也”的正确论断，不读书，不看报，甚至认为读书反会影响创作，忽视了严羽“非多读书、多穷理，则不能极其至”的观点。这是新诗自“五四”以来脱离传统的弊端始终未能很好解决的重要原因之一。

新诗形式，主要来自西方，也就是许多论者说的，是“横的移植，而非纵的继承”。我个人认为，这话对了一半：前句是事实；后句并不十分准确，因为新诗实际上也是我国民歌和词曲发展的必然结果。我国元明清民歌尤其是明代民歌相当繁荣，堪称一代之诗。而“明歌”有不少作品就是自由体的新诗——尽管其自由有限，要讲一定的音韵格律，以求能唱。例如明代民歌《月》：

青天上月儿恰似将奴笑。高不高，低不低，
正挂在柳枝梢；明不明，暗不暗，故把奴来照。
清光你休笑我，且把自己瞧：缺的日子多来也，
团圆的日子少。

完全是一种自由新诗。而且，在艺术表现上，用的是颇富现代意味的移情手法，将抒情主人公的主观情感移到所写的客观事物上，为中外现代新诗所常见。

再如散曲，元代关汉卿的《沉醉东风·别情二首》其一：

咫尺的天南地北，霎时间月缺花飞。手执着
饯行杯，眼搁着别离泪，刚道得声保重将息。痛
煞煞教人舍不得。好去者望前程万里。

明代杨慎的《驻马听·舟行》：

明月中天，照见长江万里船。月光如水，江
水无波，色与天连。垂杨两岸净无烟。沙禽几处
惊相唤。丝缆停牵。乘风直上银河畔。

关汉卿将《别情》写得淋漓尽致。杨慎写《舟行》，风景如画。其形式与现代新诗，究竟还有多大差别呢？说新诗与这类民歌、散曲的形式因素葆有某种联系，大概不算离谱吧！

本来移植的新诗嘉苗，倘能得到民族传统的阳光雨露，是可以长成参天大树的。遗憾得很，偏嗜欧化形式，偏废民族传统，独沽一味，缺乏营养，新诗变得面黄肌瘦，虽已年届 90 岁，却仍然难成壮汉。

“旧诗”遭受压制，有时还被连根拔起，自然无法生长，一直处于停滞乃至倒退状态，几十年不能正常发展。如若不然，现代的一些诗词大家，当今的许多精品力作，可能早就亮相我国诗坛了。

“旧诗”本身停滞，同时影响到“新诗”，致使我国“新诗”失去现实的、直接的相互学习对象。两者既不能互学其长，又不能相鉴其短。缺乏营养，势所必然；重蹈覆辙，在所难免。“新诗主体论”表面上扬新抑旧，实际上对“新诗”、“旧诗”都造成了伤害。

五

诗坛文界不分青红皂白地扬新抑旧，造成另一不良后果：“新诗”“旧诗”作者情绪对立，积怨甚深，长期不能很好地团结起来，共谋我国诗歌发展。“新诗”诞生之初，因为形而上学思想和民族虚无主义作怪，先驱者们对待传统诗词以及“旧诗”作者，采取一概否定、彻底打倒的错误态度：新就是绝对的新，一切皆新；旧就是绝对的旧，一切皆旧；新即是好，捧之上天；旧即是坏，贬之入地。这就必然造成新旧诗体作者矛盾重重，对垒分明，势不两立，彼此瞧不起，互相起争议。“新诗”作者独霸诗坛，不许“旧诗”作者占有一席之地。“旧诗”作者心怀怨愤，寻机发泄。这种对立情绪甚至影响社会各界。据臧老克家生前回忆，1940年代，当朋友介绍他“是新诗人臧克家先生”时，一位名流就曾当面羞辱他：“唔，唔，大狗叫叫，小狗跳跳。”（《诗与生活》）

新中国成立后，这种对立现象少得多了，但是，问题并未解决。“新诗主体论”一出，重又加深了新旧诗体作者之间的裂痕。“新诗”作者力保“主体”地位，气势汹汹；“旧诗”作者为争生存之权，不甘下风。双方明争暗斗，互不相让，有时竟致不可开交，尽管很少见诸报刊，多在私下场合。

因为“新诗主体论”在许多人脑子里根深蒂固，所以他们总是戴着这种有色眼镜去观察诗坛现状、处理诗歌问题。倘为普通百姓，倒还罢了；偏偏正是不少文坛诗界的头面人物，也持此种态度，影响可就大了。例如中华诗词入奖、入史，在首届鲁迅文学奖制定诗歌评奖条例时，中国作协有关领导提出的文本赫然写着鲁迅文学奖“新诗奖”，根本未把中华诗词放在眼里。作为诗歌奖评委会副主任，我当时就提出：诗歌评奖不能把中华诗词排斥在外，因为诗词也是我国诗歌的一种形式，并且成绩显著，而鲁迅文学奖属于国家大奖，必须面对我国诗歌整体。在一般人的印象里，“新诗”只指自由诗，不包括中华诗词即“旧诗”。因此，建议改“新诗奖”为“诗歌奖”，以求涵盖所有诗体。此议虽被采纳，但文本后面仍然括注“诗词暂不参评”（大意）。直到如今，鲁迅文学奖诗歌奖已经评过四届，中华诗词一直无缘此项大奖。虽然有些中国作协领导例如党组书记、副主席金炳华等同志曾给中华诗词以极大支持，但可惜这样开明的领导和公正的评委还不很多，——不管诗词作品如何优秀，也都进不了他们的法眼之中。这种极不公平的做法，引起了诗词界的强烈不满。他们心怀耿耿，在所难免。许多有识之士，纷纷撰文呐喊，呼吁诗词入奖、入史。

可是，2007年又连续有人发表文章，公开反对诗词入史。作为学术争鸣，这种讨论无可非议。问题在于反对诗词入史者不能自圆其说，多属强词夺理，带有极大偏见。什么叫作“文学史”诗歌史？顾名思义，就是文学（包括诗歌）或诗歌的发展历史。曾获首届鲁迅文学奖优秀理论评论奖的研究员、博士生导师陈伯海指出：“文学史就是围绕着文学作品的生成、演化与实现所开展的人的文学活动史。”（《文学史的哲学思考》，2007.12.2《文汇报》）凡是同一历史时期发生的、具有较大影响的文学现象或诗歌现象（包括作品、作家），都应载入同期“文学史”或“诗歌史”，这才可望成为信史；否则，单凭个人好恶、偏见而随意取舍的所谓“文学史”或“诗歌史”便是残缺不全的伪史，不足为据。现代当代诗词尽管饱受压迫（有人公然主张继续实行这种“文化压迫”，反对把旧体诗“写入中国现代文学史”。见1999年第2期《诗探索》文章《论现代新诗与现代旧体诗的关系》所引），却压而不死、迫而未亡，依然顽强生长：既有诗词大家（非止一人），又有诗词精品（非止数首），而号称现当代“文学史”或“诗歌史”，居然可以不理不睬，视有如无，纵有千万个理由也是说不通、立不住的！更何况中华诗词已成我国诗歌的半壁江山，其影响之大，不亚于“新诗”，为什么不能入史呢？以“实事求是”、“科学态度”自诩的一些学者何以视而不见呢？真是让人不可思议！

我们殷切期望：诗坛实现团结和谐之日，当是诗歌发展突飞猛进之时！

六

在所有文学样式中，诗歌是最重形式的一种体裁，包括内形式和外形式。在特殊情况下，有时甚至是形式决定体裁：有诗的内容，无诗的形式，可以成为小说（诗体小说仍是小说）、戏剧、电影、电视，却不一定是诗。反过来说，仅有诗的形式，而无诗的内容，则肯定不是诗。这就是为什么“顺口溜”、“格律溜”（杨金亭语）、汤头歌诀之类徒有诗的形式而不能称之为诗的根本原因。由此可见，内容重于形式，形式也有反作用。是否是诗，不能不看形式，也不能光看形式，仅有“新诗”的自由体，或仅有“旧诗”的格律体，还不能确定其是不是诗。这就启示我们：不能唯形式，也不能无形式。只重形式，轻视内容，便是“新诗”与“旧诗”出现散文化、“格律溜”不良倾向的一种重要原因。

任何一种文学包括诗歌的形式，都有其优势（长处），也都有其局限（短处），所谓有一利必有一弊；只有优势、没有局限的形式，或者只有局限、没有优势的形式，都是不存在的。我们只能结合具体的表现对象，来谈具体的表现形式，才能确定哪种形式更适宜于哪种表现对象。这就是哲学上说的内容决定形式。自然，形式也不是消极的，而要给内容以影响。就“新诗”、“旧诗”而言，各有施展所长的一定领域，哪种诗体都不是“放之四海而皆准”的。比如抒写个性解放、表达狂飙突进的激烈情绪，自由体的“新诗”就更为合适，所以郭沫若的《女神》用的是惠特曼式的自由诗，而不是格律森严的旧体诗；而要表现深沉的思想感情、冷静的人生感悟、幽远的生活体验，格律体的“旧诗”就比较擅长，因此郭沫若的后期诗体就大多是旧体诗，而极少自由诗，即使勉强写出“新诗”，也是如同郭老自言：“诗多好的少”。

当然，这只是就大体而言，并非绝对的一成不变的。形式比较自由，是“新诗”的一大特长；格律比较严谨，则是“旧诗”的一大优势。如果不注意掌握分寸，强调过度，失去控制，特长就会变成特短，优势就会成了局限：“新诗”过分自由，必然流于芜杂不精的散文化；“旧诗”过于严谨，只讲格律，不问其他，就会变为毫无诗味的“格律溜”。正如陈毅同志一针见血指出的：“写旧体最难摆脱书卷气，沾上这气便是骸骨迷恋；写新诗常与中国诗传统脱节，容易流为洋八股。”（见冯健男《陈毅论诗》）

对待诗歌形式，我们应取开放态度，不要独尊一体、排斥他体，而要兼容并包、海纳百川。不管什么形式，无论新、旧诗体，只要写出好诗，就是好形式。形式本身，并无高下好坏之分，各种不同形式，都有可能写出好诗，也有可能写出次品。因而不能孤立地褒贬形式，只应联系诗作内容和形式，来谈诗好诗坏，褒扬一类形式，贬抑另类形式，既违背诗歌的艺术规律，又不符合诗歌的历史和现实。

“新诗”比较自由，容易流于散漫，因而新诗作者大都注意把诗写得精巧。他们一般都比较重视作品的艺术构思，注重选择表现角度，特别强调大胆想象，十分讲究时空错位，运用多种表现手法，尤其是意象化、陌生化等等。一般作品都有强烈而鲜明的时代精神和现代意识……这些，正是“旧诗”的不足之处。确有许多诗词作品，思想、感情、立意不新，语言、手法、意境陈旧，严重缺乏时代气息，不少诗词作品放在古典诗歌中也分辨不出来。令人百思不解的是，一些诗词作者还把写得如同古人——所谓模唐仿宋、古色古香——作为自己的追求目标。这就值得研究了。连古人编选自己诗集，都把“较似古人”的作品淘汰出去，因为那种东西缺乏自己的独特创造和艺术个性，根本没有存在的价值。我们的诗词作者必须认真加以反思。

不再提“以新诗为主体”，对“新诗”并无丝毫影响，反倒是种解脱，卸下多年负累；对“旧诗”则无异于一次解放，摆脱了沉重压力。我国诗坛不需要霸主，不必人为去分什么主体、肢体，无须主观硬定什么主流、支流。任其自由自在发展，保持诗坛生态平衡足矣！各种诗歌形式都是姊妹兄弟，大家共存共荣，公平竞赛，互相学习，彼此提携，共同为伟大诗国再创辉煌！

2007.11.3 草稿

2007.12.12 改稿

（2007 年 11 月 4 日在“中国新诗 90 年纪念·太原论坛”大会发言，2008 年第 3 期《中华诗词》，2008 年 5 月《诗国》，2008 年 3 期河南《焦作文学》，2008 年 4 期宁夏《夏风》，2008 年 11 月四川《安州诗词》等转载）

话说诗道

诗人韩富品在其诗集《心语迹·涂鸦者语》编后记中说，他“既不懂诗论，也不谙诗道”。这话显然是他的自谦之辞。从他所选诗末标注的写作时间看，最早一首《听传达林彪出逃摔死温都尔汗系列文件后感怀》写于1972年1月，最晚一首《翻阅参加自卫还击作战照影诗感怀》写于2009年7月，整整经历37年半。写作时间如此之长，写作诗联如此之多，而且兼写新诗、旧体，不时见诸报刊，若说完全“不谙诗道”，恐怕无人相信。但若说熟“谙诗道”，纵是诗坛大家巨匠，也不敢轻易出此狂言。因为诗道虽然比较稳定，却总是处于变化之中——世上万事万物，永远变动不居。艺无止境，诗艺尤然。

何谓诗道？据我理解，诗道似乎就是诗的创作规律和艺术规则，总括谓之诗法。中华诗词学会代会长、著名文学理论家郑伯农指出：“规律应该是比规则更大的东西。文艺理论、诗词理论都是要研究规律，规律是根本，末的东西可能是一些具体规则。”（《诗词规则与诗词规律》，见2009.11《中华诗词》）规律与规则密不可分，既有联系，又有区别。规律是社会实践中客观存在的，虽经人的主观研究而发现，却不以人的主观意志为转移。它永恒存在，万古不磨，适用于古今中外和不同民族。规则是人们根据实践需要主观规定的，有些永远适用，有些也会过时，还可重新创立。在文学艺术创作中，充满了各式各样、无穷无尽的规则。越是高雅、精粹、珍贵的艺术，其规则也就越多、越严、越苛。所谓不精不粹，不足以为美。但不管怎样的艺术规则，都必须符合而不能违背艺术规律。

规则是从规律中衍生出来的，是规律的具体化。正如郑伯农所说："规则是从哪儿来的，它是主观的一种规定，但这种主观规定必须符合客观规律。"（同上）因为规则一旦背离了艺术规律，就必然破坏了艺术，终至泯灭了艺术。所以，规则从属于规律，规律制约着规则："规律是根本"，规则是枝叶。是否可以说，规律决定艺术品质，规则决定艺术体裁？合乎艺术规则，未必能成艺术；合乎艺术规律，则必定就是艺术。例如诗的体裁：严守诗词格律的是格律体（旧体诗）；诗词格律不严的，是新古体；完全不讲格律的，是自由体；如同散文一般的，是散文诗体……规则不同，体裁有别，却都是诗的一种形式。至于是不是诗，则由诗的艺术规律——形象思维和诗意诗味所决定。这也正是格律诗与"格律溜"（杨金亭）、自由诗与顺口溜的区别所在。

诗歌艺术的基本规律，诗人们只能信守，唯有遵从；谁若背离，谁将受到规律的严厉惩罚。像马凯同志说的："繁荣和发展中华诗词，要尊重艺术规律。美是艺术的本质。艺术规律就是追求美、反映美的规律，这是永恒的。"（《如何繁荣和发展中华诗词》，见 2009. 11《中华诗词》）诗歌艺术的各项规则，诗人们也不能轻易践踏，而应给予应有的尊重与敬畏。这正如一个运动员，倘若去打篮球，就须遵守篮球的竞赛规则；倘若去踢足球，就须遵守足球的竞赛规则……否则，便会遭到红牌罚下，没有资格参赛。

不过，艺术规则与体育规则有所不同，有时在特定条件下，可以适当变通，仍然不失其为艺术。例如，只要真正是诗，不合诗词格律体，可以是新古体；不合新古体，还可以是自由诗……当然，不得冒名顶替，切忌名实两乖。而且，根据内容需要，诗人可创立新的艺术规则，直至创制新体，——不必如体育竞技那样，改变规则还得经过一定组织程序批准后才能执行。旧的规则过时了，逐渐消失；新的规则创立了，得到认同——关键在于约定俗成，而非行政命令。即使如同体育规则那样得到行政部门批准，新的艺术规则也难于畅行无阻，因为人们都有创作自由，他人无权干涉。例如新声新韵的运用与推广，自由曲、自度词等新体的出现和流行，旧声旧韵和入声字的使用正在减少并将过时，恰像17世纪法国批评家圣•艾弗蒙说的，是“已被时间推翻了的规则”（《论对古代作家的摹仿》，见《西方文论选》上）。然而，仍然有人照用不误。

我们的诗人词家，敢于弃旧图新，理当顺应时代，坚持与时俱进，力求熟谙诗道，不断进行探索。规律对人的确是种束缚，唯有努力把握、自觉运用诗的创作规律，才会从束缚中获取自由；规则对人也是一种限制，只要认真遵循、主动驾驭诗的艺术规则，便能在限制里探寻突破。但我们必须小心谨慎，切莫落入艺术陷阱：错把违规当突破，误认随意为自由！俄国伟大作家列夫•托尔斯泰说：“正确的道路是这样：吸取你的前辈所做的一切，然后再往前走。”（转自《俄国文学史》下卷）让我们牢牢记住他的金玉良言。“功夫不是天生就，全在平时勤苦攻。”（《感赋蓬莱八仙过海处》）韩富品的诗句道出了诗友们的共同心愿。

2009.12.10 一稿

（2010.3.30广东《清远日报》，此文系读诗感悟，改后题为《也说规律与规则》，2010.9《中华诗词》，2011年第1期宁夏《夏风》，2011年第1期《甘肃诗词》，2011年夏广东《松山文艺》）

作诗先做人

这是一个老而又老的陈旧话题，却也是个常谈常新的永恒主题。多年以来，诗风不正；广大读者，啧有烦言。这已成了人所共知的不争事实。诗出于人，人如其诗；诗品一如人品，诗风源自诗人。尽管人品完美不一定写出完美诗篇，人品有所欠缺也不一定其诗都差，但是，诗风出了问题，则必定是人品有了毛病。因此，欲正诗风，必须先正诗人；要作好诗，定要先做好人。

要求诗人个个都成圣人，自然并不现实，也不客观公正。“自非上哲，难以求备。”（刘勰《文心雕龙·程器》）然而，期待诗人做个好人，有个健康的人格，总在情理之中吧？！宋代杨万里有诗道：“要入诗家须有骨，若除酒外更无仙。”（《留萧伯和仲和小饮》）“骨”指气质、品格。要想进入诗家行列，必须得有一定的气质和品格。

首先，作诗必先做人，这为诗歌创作规律所决定，不以人的主观意志为转移。人们常说，文学是人学，诗学是情学。诗的本质在于言志抒情。无论诗歌作品抒写什么题材，也不管它表达何种情绪，只要我们承认“修辞立其诚”（《周易》）、“诗人要说真话”（艾青），那么，其诗所展现的，必定都是诗人的思想感情和美学理想，因为诗是生活外在的客观世界和诗人内在的主观世界的心灵化。只有真善美的心灵，才有可能写出真善美的诗篇。古今中外的诗人论者，都有这种共识。德国的伟大诗人歌德说过：“在艺术和诗里，人格确实就是一切。”（《歌德谈话录》）清代诗论家叶燮也说：“诗是心声，不可违心而出，亦不能违心而出。……故每诗以人见，人又以诗见。使其人其诗不然，勉强造作，而为欺人欺世之语；能欺人一时，决不能欺天下后世。”（《原诗》）这话说得都有道理。诗人可以作伪，诗中能说假话。但是，矫情和伪饰是诗美的大敌和诗人的败笔，只能欺人于一时，却不可能永欺于后世。“心画心声总失真，文章宁复见为人。高情千古《闲居赋》，争信安仁拜路尘。”（元好问《诗论三十首》）西晋诗人潘岳（字安仁），可谓善于伪装，算是说假话的老手，但他谄事奸佞、望尘而拜、趋炎附势、人格卑下的真面目，终被后人识破。诗人要想写出格高调雅的优秀诗作，就得力求先做品格高尚的优秀诗人。所谓“人品高，则诗格高；心术正，则诗体正”（清•纪昀《诗教堂诗集序》），“有第一等襟抱、第一等学识，斯有第一等真诗”（清•沈德潜《说诗晬语》）。这是诗歌创作的基本规律，不能违背。

其次，作诗先要做人，这是诗歌接受群体的要求，决非好事之徒强加于人。诗歌作品一经发表，即成社会产品，就要进入消费领域，经受广大读者的检验。作为诗歌的接受群体，人民群众希望诗歌能够给他们以人生教育、思想启迪、心灵抚慰的美感享受。也就是说，诗歌要“有益于生灵”（唐•孔颖达《毛诗正义序》），裨补于世道，从而达到“厚人伦，美教化，移风俗”（《毛诗序》）的社会效果。如果诗人品格不端、大节有亏，那么，作为人格的外化与物化，这种诗人写出来的作品，难免流露出卑污、低俗的思想情绪，无法引起人民群众的心灵共鸣，难以满足广大读者的正当需要。有些奉行“下半身写作”的诗人，比如炮制淫诗的于坚之流，不是已经肆无忌惮地制造出令人恶心的文字垃圾吗？

“若求兴谕规刺言，万句千章无一字。”（唐·白居易《采诗官》）激起读者不满，遭到群众批评，终被人民唾弃，正是理所应然的。诗人只有加强自己的人格修养，努力使自己的人品完善起来，让自己的心灵高尚起来，才有可能创作出深受中国老百姓欢迎的优美诗篇。

几代党和国家领导人，从毛泽东、邓小平，直到胡锦涛同志，都对我国的文艺工作者、包括诗人，寄予厚望，要求他们成为“人类灵魂的工程师”，为人民群众提供健康的精神食粮，为建设社会主义的文化强国做出应有的贡献。我们的诗人，理应以此自励，力求与人民同心，跟时代同步。这样才会不辜负国家和人民的殷切期望。

再次，作诗先要做人，这是诗人艺术追求所必须，完全出于优秀诗人的自觉自愿。常言说得好：“人往高处走，水往低处流。”每个诗人都有自己崇高的艺术追求。为了达到至高的艺术境界，便须修练无上的思想品德。尽管诗人品德不能决定一切、代替一切，但是，高尚的品德却是创作优秀诗篇不可缺少的重要条件。宋代爱国诗人陆游说：“汝果欲学诗，工夫在诗外。”（《示子遹》）“诗外工夫”可有多种，而要作好诗、先做好人则是最为根本的“诗外工夫”。一个真正的优秀诗人，必然注重自己的人格修养。“笃行信道，自强不息。”（《孔子家语》）在他们心目中，立德重于立言，做人先于作诗。他们都是有强烈的社会责任感和历史使命感，心怀家国，情系万民，意牵世界，怀抱人类，有着高尚而又博大的心灵，自觉做到“个体”与“群体”相融，“小我”与“大我”相通，进而达到“先天下之忧而忧，后天下之乐而乐”的做人佳境。

自暴自弃、自践自毁的诗人，当然有之；但是，人而至此，则不足以与其言诗，更无须与其论艺矣！自尊自爱、自信自强的诗人，毕竟是大有人在。名家们说得好：“只要自尊自爱，就能行得正，立得稳。”（法国埃德蒙·龚古尔、茹尔·龚古尔）“自尊自爱，作为一种力求完善的动力，却是一切伟大事业的渊源。”（俄国屠格涅夫）自律不懈，自强不息，同样是我们端正诗风、繁荣创作的可靠保证。待到那时，就可高唱：“美哉诗人作，展矣君子心。”（宋·智圆《读白乐天集》）

2012.4.16 北京

（2012.6.2《清远日报》，2013.8《诗国·新一卷》）

试论诗人的忧患意识

一

“天下兴亡，匹夫有责。”明代顾炎武的这句名言，几乎家喻户晓、妇孺皆知。对于国家的兴亡、民族的盛衰、社会的进退，国民都有责任，每人应怀忧患，不独诗人为然。历届党和国家领导（近年为最）一贯强调，公务人员要有忧患意识。但是，诗人属于特殊社会群体，不仅感情丰富，而且感觉敏锐，能够“月晕而知风，础润而知雨”，因而尤应肩负重任，更具忧患意识。宋代苏轼有诗道：“人生识字忧患始，姓名粗记可以休。”（《石苍舒醉墨堂》）作为进步的知识阶层，诗人从识字的那天开始，就已注定将与忧患陪伴终生。幸耶？不幸？

忧患意识是对现实的理性洞察，是对未来的深邃思考，是对命运的真情投入，充满了视生命如至宝的人生关怀、以天下为己任的家国关怀、将人类当所怀的普世关怀，纯系进步诗人的一种纯洁高尚的精神风貌和道德品格。它是诗人高度智慧与人类良知的艺术结晶。忧患意识的主要内涵，即是忧国忧民，忧时忧世，忧生忧死，忧道忧贫；既忧当下，更忧未来；既忧一国，更忧世界；既忧种族，更忧人类……乐府古辞《西门行》有句：“人生不满百，常怀千岁忧”，唐代杜甫所谓“忧端齐终南，澒洞不可掇”。

忧患意识是一种否定性的逆向思维，永远不满现状，甘于救助苦难，因而富有责任意识和担当意识；经常忧虑未来，乐于防患未然，因而具备自觉意识和防范意识。

忧患意识的实质，是一种追求完美的理想主义和关怀生命的人道主义。进步的诗人，均有美好的理想。而真善美是其理想的精髓。真诚地讴歌真善美，无畏地鞭挞假恶丑，是诗人为改变丑恶现状、实现美好理想的具体行动。执著地追求理想，不懈地创造未来，正是诗人忧患意识的思想根源。真正的诗人，都是感情的富翁。而爱与恨是其感情的核心。爱之欲其生，恨之欲其死。恨亦由爱而生，恰如诗人所说："怨无大小，生于所爱。"（宋·辛弃疾《沁园春·将止酒戒酒杯使勿近》）因此，博爱情怀，大爱心志，正是诗人忧患意识的情感基础。多情的诗人善于推己及人、由近及远，以爱广被种族和人类。杜甫一家茅屋为秋风所破，他不是忧思个人，而是推及同类："安得广厦千万间，大庇天下寒士俱欢颜，风雨不动安如山。"（《茅屋为秋风所破歌》）王安石因而为《杜甫画像》："宁令吾庐独破受冻死，不忍四海赤子寒飕飕。"白居易《新制布裘》，不满足于一人稳暖，同样念及天下寒士："丈夫贵兼济，岂独善一身。安得万里裘，盖裹周四垠；稳暖皆如我，天下无寒人。"他在《新制绫袄成，感而有咏》中再次唱出："百姓多寒无可救，一身独暖亦何情！心中为念农桑苦，耳里如闻饥冻声。争得大裘长万丈，与君同盖洛阳城。"宋代黄澈《碧溪诗话》说："或谓：子美诗意，宁苦身以利人；乐天诗意，推身利以利人：二者较之，少陵为难。然老杜饥寒而悯人饥寒也；乐天饱暖而悯人饥寒也。忧劳者易生于善虑，安乐者多失于不思。乐天宜优。"无论自身寒暖，诗人心中念念不忘、重重忧虑的都是天下百姓。这种推己及人的人道精神，正是诗人忧患意识所由产生的思想依据。

二

忧患意识，古已有之，是我国诗歌文化源远流长的优秀传统。忧患意识，作为一种文化，不是凭空出现的，而是客观世界在人们的头脑中的一种主观反映。几千年来，中华民族历尽劫波，饱经忧患。灾荒，战乱，剥削，压迫，强盗，土匪……致使劳苦大众、平民百姓长期处于水深火热之中，备受艰辛，饱尝苦难。先进的人们自然而生忧患情结，并且见诸文字。《尚书·君牙》："心之忧危，若蹈虎尾，涉于春冰。"《左传·襄公十一年》："居安思危，思则有备，有备无患，敢以此规。"《战国策·楚策》引用古语："居安思危，危则虑安。"《三国志·吴书·吴主传》："存不忘亡，安必虑危。"孔子《论语·卫灵公》："人无远虑，必有近忧。"《孟子·告子下》："生于忧患而死于安乐。"……诸如此类，不一而足。忧患意识，堪称中华民族智慧的结晶、传统文化的核心所在，可谓百代传承，历久不衰。

诗歌是民族传统文化的组成部分，是文学宝库的璀璨明珠。历代诗人，作为先知先觉的社会精英，大都富有忧患意识。从我国最早的一部诗歌总集《诗经》，到楚辞、汉魏乐府、唐诗、宋词、元曲、明清民歌，忧患意识如同红线，一以贯之，成为我国诗歌的宝贵灵魂。《诗经》开创了爱国主义诗歌的先声，也开启了诗人忧患意识的先河；而忧患意识与爱国主义又密不可分，互为因果，各成表里。如《诗经·邶风·柏舟》："心之忧矣，如匪浣衣。""忧心悄悄，愠于群小。"《诗

经　·王风·黍离》:“知我者谓我心忧，不知我者谓我何求。”忧虑朝政，愠怒小人，爱在国邦，前所鲜见。屈原是我国第一位伟大的爱国诗人，其忧国忧民的忧患意识刻骨铭心:“岂余身之惮殃兮？恐皇舆之败绩……长太息以掩涕兮，哀民生之多艰。”（《离骚》）“心絓（挂）结而不懈兮，思蹇产而不释。”（《九章·哀郢》）为“皇舆”担忧，替“民生”叹息，心心念念，系于家邦。其后，忧患之作，爱国之什，不绝如缕，屡见不鲜。如三国时的曹植有《杂诗六首》:“闲居非吾志，甘心赴国忧。”曹操《短歌行》：“慨当以慷，忧思难忘。何以解忧，惟有杜康。”唐代的忧患诗作多如牛毛：杜甫的“穷年忧黎元，叹息肠内热”（《自京赴奉先县咏怀五百字》）、“乾坤含疮痍，忧虞何时毕”，李白的“中夜四五叹，常为大国忧”（《经乱离后天恩流夜郎忆旧游书怀赠江夏韦太守良宰》），白居易的“心有千载忧，身无一日闲”（《秋山》）、“但伤民病痛，不识时忌讳”（《伤唐衢二首》），刘长卿的“惟有家兼国，终身共所忧”（《湖南使还留辞辛大夫》），张为的“向北望星提剑立，一生长为国家忧”（《渔阳将军》）。宋代陆游有爱国名篇忧民佳作:“位卑未敢忘忧国，事定犹须待阖棺”（《病起书怀》）、“残虏游魂苗渴雨，杜门忧国复忧民”（《春晚即事》），楼钥有诗：“一生忧国心，千古敢言气”（《送刘德修少卿潼川漕》）。明代袁宏道为诗，批评创作的不良倾向：“新诗日日千余言，诗中无一忧民字。”（《显灵宫集诸公以城市山林为韵》）清代刘岩有诗《赠人》，肯定“古人大业成，皆自忧患始”……

到了近代、现代，由于统治阶级昏聩无能、黑暗腐朽，加以列强欺凌、入侵瓜分，中国面临内忧外患的重重灾难，割地赔款，丧权辱国，闹得民不聊生、国无宁日。中华民族陷入前所未有的痛苦深渊。救亡图存，共赴国难，成了中国先进分子的唯一出路，自然也成了爱国诗人的创作目标。恰如孙中山创立的“兴中会”的《章程》所呼唤：“亟拯斯民于水火，切扶大厦之将倾。”

诗人丘逢甲有首《春愁》：“春愁难遣强看山，往事惊心泪欲潸。四百万人同一哭，去年今日割台湾。”面对良辰美景、绚丽春光，诗人无心去赏；为遣忧愁，强行看山，谁知反倒进一步加深忧愁，悲泪欲滴：因为不仅兵连祸结、灾难深重的“往事”让人“心惊”，而且连祖国的大好河山——台湾，都于去年（1895年中日甲午海战中国惨败割让国土）割给日本、沦入敌手，更使人心痛。举台同悲，诗人能不哀痛！至今读来犹能令人悲愤难忍。女诗人秋瑾有诗道：“浊酒不销忧国泪，救时应仗出群才。”（《黄海舟中日人索句并见日俄战争地图》）“漆室空怀忧国恨，难将巾帼易兜鍪。”（《杞人忧》）“好将十万头颅血，一洗腥膻祖国尘。”（《赠蒋鹿珊先生言志且为他日成功之鸿爪也》）魏源也有诗：“不忧一家寒，所忧四海饥。”这些诗作，都是忧患酿就，爱恨激成。爱之愈深，恨之愈切，忧患随之愈重。似乎可以说，近现代诗人的忧患意识达到又一峰巅，诗作的爱国精神臻于新的极致。爱国主义与忧患意识成了这个时期中国诗歌乃至整个文学创作的主旋律，压倒一切杂音与噪声，应了那句“国家不幸诗家幸，赋到沧桑句便工”（清·赵翼《题元遗山集》）的老话头。

总而言之，深沉而又强烈的忧患意识，纵贯历代诗人诗作，形成了一道异常独特的人文景观和极其宝贵的诗歌传统。优秀诗人那种忧国忧民、爱国爱民、救国救民、为国为民的忧患意识与担当意识，经千年而不泯，历万劫而不磨，至今犹在诗歌史上熠熠闪光，耀耀生辉，引人共鸣，启人深思，让人感奋不已。

三

忧患意识，的确是我们的“文化国宝”“诗歌国宝”。著名诗人公刘生前说过：“忧患意识、悲悯心态和历史沧桑感，正是我诗国之宝，是足赤的金饭碗，是流贯于中国古诗、新诗血管中的血液，堪称命脉之所系。”（《忧患、悲悯及历史沧桑感——论新诗不可丢了自家的金饭碗》，见丁国成主编《中华诗词·十年评论选》）又说：“许多歪门邪道的‘理论’，全指向了‘淡化’，教年轻人去游戏人生，远离社会。忧患意识这个文化国宝，反而遭受嘲笑和调侃。”（致桂汉标的信，见2000年5月总第128期《五月诗笺》文《从五月诗社诗歌创作看中国新诗走向》）诗人发自肺腑的金玉良言，我们不该忘记，因为他说得在情在理。

从社会学上看。诗歌自古以来就被誉为“经国之大业，不朽之盛事”（魏·曹丕《典论论文》），虽然未必准确，但也不无道理。如今，诗歌连同文化，已被纳入国家的综合国力之中，成为重要的软实力，亟待予以加强。“国计民生”一向都是相提并论的，因为“民生”决定“国计”，“国计”关乎“民生”。亦即古人所说：“民惟邦本，本固邦宁。”（《尚书·五子之歌》）“以人为本，本治则国固，本乱则国危。”

（《管子·霸业》）而要“本固”，就必须最大限度地满足人民群众的物质、文化生活需求。作为诗歌精神和人文精神核心的忧患意识，自然显得更加重要和珍贵。

而且，诗歌历来不是诗人的个人私事。它是最具个性化的艺术，却又是极有普泛化的事业。古今中外，莫不皆然。世界文豪高尔基说得好：“文学家以为文学是他的私事……这是最有害的胡说。文学从来不是……个人的事业，它永远是时代、国家、阶级的事业。”（《论文学及其它》）诗歌来源于民歌，艺术扎根于群众。诗歌艺术即是人民群众所创造，理当为他们所了解和利用，反映他们的思想、感情、愿望和呼声。“文章盛衰，关乎世道。”（汲修主人）诗人能否将个体与群体、“小我”与“大我”结合起来，其诗是否具有忧国忧民的忧患意识，社会效果大不相同。显然，富于忧患意识的诗人，更为社会所需要；充满忧患意识的诗作，更受群众所欢迎。

从哲学上看。自然世界，人类社会，普遍存在矛盾；而且，在一定条件下，矛盾还可以互相转化。忧患与安乐同样是对矛盾，相融相谐，互动互变。乐里存忧，安中有患，如果不加警觉，缺乏应变能力，乐可成忧，安能遗患。也就是古人说的：“祸兮福之所倚；福兮祸之所伏。”（《老子》五十八章）正与邪，善与恶，盛与衰，存与亡，进与退，成与败，生与死……莫不如此。它们共处于统一体中，既有矛盾性，又有同一性，还可彼此转化。然而，矛盾只有揭露出来，方能得以解决。如果长期掩盖、隐蔽，矛盾非但不能解决，反而越积越大，终致酿成巨祸，世人遭殃。诗人满怀忧患意识，富有哲人眼光，能够洞见未来，发现隐忧，透过现象看出本质，于无声处听到惊雷，那就不仅会在变动不居的复杂世界中，自身不被矛盾所困扰，而且可以主动自觉地向世人发出警醒呼唤，为社会进步、人类发展做出独特贡献。

从心理学和诗美学上看。诗中的忧患意识是诗美的培养基，是心理的平衡器。恩格斯在《反杜林论·政治经济学·对象和方法》中，引用古罗马诗人尤维纳利斯的诗句，指出：“‘愤怒出诗人’，愤怒在描写这些弊病或者在抨击那些替统治阶级否认或美化这些弊病的和谐派的时候，是完全恰当的……到现在为止的全部历史中的每一个时代，都能为这种愤怒找到足够的资料。”诗的本质，重在抒情。愤怒与忧患虽属两种不同的情感类型，却都出于同一失衡心理，互为因果，彼此相生。而情感心理失衡，必然寻求发泄，即唐代韩愈所谓“大凡物不得其平则鸣”（《送孟东野序》）。陈兆仑认为：“盖乐主散，一发而无余；忧主留，辗转而不尽。意味之深浅别矣。”钱钟书说得更为明白：“欢乐‘发而无余’，要挽留它也留不住；忧愁‘转而不尽’，要消除它也除不掉。用歌德的比喻来说，快乐是圆球形，愁苦是多角物体形。圆球一滚而过，多角体‘辗转即停’。”（《谈艺录》）忧患愁苦，凝如结，重如石，的确“转而不尽”，需要着力排遣，摆脱苦闷，以求心理平衡。而遣闷的最佳方式，就是吟诗作赋。清代李渔深有体会：“予生忧患之中，处落魄之境，自幼至长，自长至老，总无一刻舒眉。惟于制曲填词之顷，非但郁藉以舒，愠为之解，且尝僭作两间最乐之人。”（《闲情偶寄》）当代诗词巨匠聂绀弩也有如此体验。而且，无论是因愤怒而忧患，还是因忧患而愤怒，发而为诗，均易成为佳作，创造诗美，打动读者。古人常说：“欢愉之辞难工，而愁苦之言易好也。”（韩愈《荆潭唱和诗序》，见《韩昌黎全集》）“往往欢娱工，不如忧患作。”（清·纳兰性德）英国诗人雪莱也认为：“悲愁中的快感，比那从快乐本身所获得的快感更其甜蜜。”（《诗辩》，《西方文论选》下卷）因为愁苦之言、忧患之作既能最大限度地调动作者的创作激情，又能极其强烈地引发读者的心理共鸣。英国生物学家赫胥黎说得好：“痛苦与忧愁叩打我们的大门，比幸福与快乐发出更大的声响；它们的沉重脚印也更不容易抹去。”（《进化论与伦理学》，旧译《天演论》）一般说来，诗作产生共鸣的强弱多少，表明其艺术魅力和审美价值的大小高低。同是杜甫描写花鸟的成功之作，“留连戏蝶时时舞，自在娇莺恰恰啼”（《江畔独步寻花七绝句》），就不如“感时花溅泪，恨别鸟惊心”（《春望》）更为摄人心魄、入人骨髓，便是由于前者属于“欢愉之辞”，后者则是“愁苦之言”，其社会效果和美学价值，比较而言，尽管皆能给人审美愉悦，但后者显然更大更高，是一种恒久而又沉重的悲壮美。也许正因如此，法国诗人波德莱尔才说：“几乎不能想象，任何一种美会没有‘不幸’在其中的。”

1949 年 12 月，当苏联汉学家费德林表达他对毛泽东在长征途中所写诗词的赞叹时，诗人毛泽东深有体会地说过：“现在连我自己也搞不明白，当一个人处于极度考验，身心交瘁之时，当他不知道自己还能活几个小时，甚至几分钟的时候，居然还有诗兴来表达这样严峻的现实，恐怕谁也无法解释这种现象……当时处在生死存亡的关头，我倒写了几首歪诗，尽管写得不好，却是一片真诚的。现在条件好了，反倒一行也写不出来了。”（朱向前《毛泽东诗词的一种解读》）这大概是一种带有普遍意义的文学现象：愤怒多出诗人，忧患易生佳作。

四

遗憾得很，当前诗界，包括新体诗与旧体诗两个诗坛，都有些人对于忧患意识从理论到创作随意否定，妄加轻蔑。

一种理论，可称为“无益论”：“正如歌里所唱的，‘不要把地球扛在自己肩上’，这句话对极了。每天，全世界都有犯罪、饥饿、不孝、不公正、堕落、罪恶在发生。如果我们选择关注所有这一切，那么这只会把我们拖入更彻底的绝望之中。爱惜自己吧！别这样折磨自己。”（《你为何如此疯狂》，2002.9 中国盲文出版社版，见《书摘》）由于价值观念不同、人生信仰有别，对待忧患意识的态度、结论也就截然相反。苏联作家、世界文豪高尔基认为：“诗人是世界的回声，而不仅仅是自己灵魂的保姆。”因此他要求诗人“不要把自己集中在自己身上，而要把全世界集中在自己身上。”（《给基·谢·阿胡米英》）一个富有社会责任感、历史使命感和人道主义精神的优秀诗人，就是要忧国不忧身、忧民不忧己、忧道不忧贫，心甘情愿地“把地球扛在自己肩上”，为国家、为民族、为世界、为人类忧劳不止，死而后已，因为他懂得人要活得有价值，就必须创造价值，只为自己苟活毫无意义，社会并不需要他，人类也不缺少他。

另种理论，可称为“过时论”：“忧患意识已不应也不能再成为提倡的审美意识。……忧患虽然是封建社会优秀的传统意识，但其本质是为维护旧秩序服务的，忧患说到底，除了伤害自己的身体，不能触动腐朽事物的一根毫毛。……忧患毕竟是属于过去。”（王林书《让诗心永远年轻》，见粤北文学丛书第一辑《追寻永远的美丽》）此论不能自圆其说。“优秀的传统意识”与“维护旧秩序”自相矛盾，不能并存。恰恰相反，忧患意识的出发点就是要改变“旧秩序”，以求完善。忧患意识是个历史的概念，其内涵随着时代的前进也在不断变化，在不同的历史时期、不同的社会制度乃至不同的国家民族，有着完全不同的含义。但是，其本质则是一致的，即爱国爱民的爱国主义和推己及人的人道主义，也就是以人为本的博爱精神。从古到今，由中至外，忧患意识都是利于国家、益于民族、裨于人类的崇高的思想道德。不管社会怎样发展、世界如何变化、国家是否兴亡，只要人类存在，这种博爱精神就永远需要，而绝对不会过时。它将恒久地推动社会进步、促进人类和谐。

唐代吕温有诗道:“四月带花移芍药，不知忧国是何人。”（《贞元十四年旱甚见权门移芍药花》）千年之叹，又见如今文坛。我们的一些诗人、作家不知忧国为何物，却热衷于玩诗码字，陶醉于自娱自乐，沉浸于自叹自怜，迷恋于自怨自艾，脱离现实，躲避崇高，缺乏担当意识，丧失人文关怀。他们无视国内泛滥成灾的享乐主义、拜金主义、极端个人主义，面对官场腐败、社会丑恶、道德沦丧、世风堕落而哑言失声。这样的诗人、作家，怎么可能写出振聋发聩的优秀作品来呢？从水管里流出来的，自然只能是水——被人宽容地称为“小文人诗歌”。写的是小天地、小感觉、小情趣、小哀怨、小感悟、小哲理。儿女情多，风云气少。求之以有益无害，已属过甚期望，遑论其裨于家国人类！不少诗人，毫无忧患意识，贪图逸豫享乐，似乎一切都已完美无缺，耽于游山玩水、吟风弄月，真的“似鹤如云一个身，不忧家国不忧贫”（唐·杜光庭《偶题》）。青年诗人康卓然予以批评：“岂知今日文章事，花月春风总不休。”（《怀杜甫》，见

2004.12《中华诗词》）对于这种创作倾向，古人早就痛下针砭："若求兴谕规刺言，万句千章无一字。"（白居易《采诗官》）

等而下之者，沉湎于"下半身写作"，炮制淫诗脏诗，毫无节制地制造文字垃圾；或以"持不同政见者"自居，杜撰异端诗词，肆无忌惮地污染精神环境。这是道德品位大幅滑坡、价值观念严重倾斜、思想意识极其混乱的突出表现。令人奇怪而不解的是，这类丑陋东西居然堂而皇之地获得国家大奖——例如"非毛化"（不是一般批评毛泽东错误）的诗词家攫取了全国性的"华夏诗词奖"；有写"下半身"新体诗的《只有大海苍茫如幕》（作者于坚）竟被中国作家协会授予"第四届鲁迅文学奖全国优秀诗歌奖"！！后者引起世界华文诗人的强烈不满，遭到诗坛内外读者的严厉批评，直至有人告到全国人大副委员长陈至立那里，中国作协才给陈至立写了"报告"，承认评奖"尚有缺欠"，承认"于坚的这几首诗作的确格调不高，文字粗疏"（见2009.4.25《华夏诗报》报道）。但这只是"内部"上报中央领导的检查报告，既未公开承认评错，更未纠正错评、收回"获奖证书"。尽管诗坛批评一直未断，中国作协却至今沉默不语。非特此也，且于2009年9月，"中国作家协会/鲁迅文学奖评奖办公室选编"《第四届鲁迅文学奖获奖作品集诗歌卷》，由中国作协所属作家出版社公开出版，内收于坚近照、小传及获奖诗集中的18首诗作，为书特制宣传"腰带"，上面一边大书："国家最高级别文学大奖/最权威选本/中国作家协会唯一授权/代表2004——2006年度中国文学最高成就"；另一边大书："第四届鲁迅文学奖获奖作品集首度面世/中国当

代文学新经典 / 值得阅读和珍藏 / 作家出版社隆重推出”。哪里存有认错之意？分明掩盖错评之非！！咒骂鲁迅“乌烟瘴气鸟导师”、大写淫诗的于坚因而仍被国内一些报刊竞相追捧。这就是中国文坛诗界铁铸一般的现实！

当然，从整体看，无论新诗，还是旧体，成绩都是主要的，有目共睹，不容否定。但是，存在的严重问题也不容忽视，亟待认真加以解决，方能促进中国诗歌走向真正繁荣。

五

自古以来，忧患意识的思想内涵，主要表现为忧国忧民、爱国爱民。到了现代，科学高度发达，技术异常先进，因而地球变小了、世界变窄了，不仅正面信息传递快捷，而且负面影响也扩展迅猛，直抵宇宙空间。诗人的忧患意识再也不能囿于一国一民、一种一族、一洲一地，而是必然有了极大的丰富与拓展。特别是环球生态急剧恶化，迫使进步诗人开始忧虑生存环境和整个人类，亦即忧天忧人了。

中国古代，出现过“天人合一”思想：“天地与我并生，而万物与我为一。”（《庄子·齐物论》）人类世世代代繁衍生息于天地之间，同时也与天地自然并生共荣、圆融不分，所谓“大人者与天地合其德”（《易经》）。如果现代科技不加限制，人类随便污染宇宙、破坏自然，那就是人类自毁家园、自取灭亡。中国古代的“杞人”曾“忧天地崩坠，身亡所寄”（《列子·天瑞》），如今已不再纯属笑话和寓言了，而将成为可能与现实——因为科学业经证明：宇宙空间所有天体包括地球和太阳系，都有生成、发展与消亡的过程。2011年度诺贝尔物理学奖获得者索尔·佩尔穆特、布赖恩·P.

施密特和亚当·G. 里斯研究"Ia 型超新星，并发现宇宙在加速膨胀"，也就是"在蕴藏于空间结构中的某种未知能量的推动下，宇宙正在分崩离析"（2011.10.15《羊城晚报》小宇文）。"天地崩坠"最终无论如何是避免不了的；倘若人类不加自我控制、为所欲为，那就必定加快"天地崩坠"的进程，以使"身亡所寄"早些到来。所以，忧天忧人，忧生忧死，已经成了人类贤达和诗人词家的自觉意识。

据科学专家组成的研究小组为地球所做的"全身检查"发现，当今地球至少面临九大危机：海洋酸化、臭氧层空洞、淡水枯竭、物种灭绝、氮循环失衡、田地匮乏、气候变暖、气溶胶"超载"（影响气候和农作物产量，导致人类肺心病）、化学污染等（参见 2010.6.25《解放日报》文章《地球面临的 9 大危机》）。比之为自然的"天地崩坠"，绝非危言耸听。如果说，这些既是"天灾"、又有"人祸"——"天灾"夹着"人祸"，"人祸"加重"天灾"；那么，以下种种恶行则纯属"人祸"：现代化冷战危险、核军备竞赛与核威胁、民族纠纷、地区冲突、局部战争、人口爆炸、科学主义危害（如基因改造人类等）、浪费破坏资源等等。而"世界自然基金会（WWF）最新发布的《地球生命力报告 2010》显示，人类对于自然资源的需求已超出地球生态承载力的 50%。换句话说，现代人向自然'巧取豪夺'的生活方式需要 1.5 个地球来支撑。""如果参照阿联酋或美国的平均生活水平，人类将需要 4.5 个地球。"（见 2010.10.22《文汇报》任荃报道）又据报道，美国加紧研发（20 年前起步，2003 年加速）"即时全球打击"武器，即"在发射后 1 小时内实现打击"，"能以精确至数米的精度打击世界任何一处目标"，一旦用于实战，必将给人类带来“新的不安全因素和更多的麻烦”（参见2010.7.14《文汇报》郭继述《警惕“即时全球打击”武器背后的霸权》等文）。世界很不安全，生存遭受威胁。作为最富爱心和人类良知的进步诗人，在危机四伏的人类和险象环生的地球面前，怎么能不痛心疾首、忧心如焚呢？诗人的忧患意识由于关爱人类、关注地球而具有更为广阔的视野、倍加深沉的思虑和益发博大的爱心！

六

面对如此千疮百孔的人类世界，诗人不能闭目塞听、不闻不问，理应关心现实、洞察未来，自觉忧国忧民、忧天忧人。

而要树立忧患意识，首先须在思想上，正确认识“小我”与“大我”、个体与群体的辩证关系。历代诗人的忧患意识，有个共同特点：都把叹老嗟卑、哀贫愁病、忧身虑己乃至身家性命置之度外，而将国家存亡、民族兴衰、社会进退放在首位。诗人“小我”与人民“大我”、作者个体与社会群体浑成一体。清代郑板桥说得极好：“叹老嗟卑是一身一家之事，忧国忧民是天地万物之事。”遂以“一身一家”融入“天地万物”之中，“天地万物”居于“一身一家”之上。他们极力推崇、真诚心仪“圣人”：“圣人不利己，忧济在元元。”（唐·陈子昂《感遇三十八首》）不仅“忧国不忧身”（隋·杨素《出塞三首》），而且牢记“先师有遗训，忧道不忧贫”（晋·陶渊明《癸卯岁始春怀古田舍二首》），“一心忧国不忧家”（宋·赵万年《偶成》），真正做到了“忧民怀凛凛，谋己耻营营”（陆游）。近代诗人林则徐的名句广播人口：“苟利国家生死以，岂因祸福避趋之。”（《赴戍登程口占示家人》）当代诗人邓拓在《过东林书院》中曾经宣称："东林讲学继龟山，事事关心天地间。莫谓书生空议论，头颅掷处血斑斑。"写的是东林书院及其党狱冤案，谁料竟然诗语成谶：邓拓终因"事事关心"、忧国忧民，在"文化大革命"中惨遭迫害，真如东林党一样付出血的代价。他们不是窃窃私语，咀嚼一己悲欢，而是朗朗高吟，唱响民众呼声，为此不惜牺牲身家性命。历史上为国为民抛掷头颅的诗人词家多不胜数。这是何等崇高的思想境界与奉献精神！诗人只有认识清楚，才能选择恰当。

其次，须在感情上，唤醒诗人的爱心，葆有人类的良知。悲天悯人，同情弱小，秉持正义，坚守公道，是优秀诗人的必备品格与有无大爱的显著标志。德国美学家狄德罗说过："画家应该在画室的门口大书：'室内有一双眼睛，为不幸人洒同情之泪。'"诗人也同画家一样，应当富于悲悯情怀：既要悲天——宇宙自然，又要悯人——同胞人类。诗人有着鲜明的是非、强烈的爱憎。好好先生与忧患意识向来绝缘；混混公子同人道精神永远相悖——因而成不了诗人。俄罗斯诗人涅克拉索夫说得干脆："谁要是在受着苦难的兄弟的病床前，／不流眼泪，谁要是心理没有一点同情，／谁要是为了黄金而把自己出卖给别人，／这种人就不是诗人！"漠不关心的艺术难以产生；无情无义的诗人并不存在。真正的诗人敢爱敢恨，能爱能恨："利于国者爱之，害于国者恶之。"（《晏子春秋》）并且做到"爱民如亲，忧民如己"（见《宋诗纪事》）。德国戏剧家、诗人布莱希特有言："如果艺术本身不被人的命运所感动，那么，它怎能感动人呢？如果我自己对人类的痛苦无动于衷，他们怎么会对我的写作感兴趣？如果我不努力为他们找到一条从他们的痛苦里走出来的道路，那他们怎么会找到一条通向我的作品的道路？”（见1998.6.9《文艺报》语录）这话说得何等好啊！诗人对世上万事万物冷若冰霜，对宇宙精华（人类）无关痛痒，那他的作品又如何会让广大读者有动于衷、好恶相联呢？！有位打工诗妹郑小琼一语道破天机：诗人词家“没了疼痛感，诗歌便没了灵魂”（《南方周末》实习记者成希、潘晓凌《郑小琼：在诗人与打工妹之间》）。诗人如果丧失赤子之心，丢掉博爱之义，那么，除了狭隘的患得患失的一己私利，他就难有宽广的忧国忧民的忧患意识，其诗必然变得失魂丢魄。

再次，须在行动上，深入实际，扎根生活，贴近世界，扩大视野。实践出真知，行动酿真情。身在民众之中，甘苦同尝，荣辱与共，忧乐相关，感同身受，诗人与民众自然息息相通；心存环宇之上，关注地球变化，了解人类需求，掌握世事动态，尤其是熟知小国寡民、弱势种族，诗人同人类便会心心相印。因有真情实感需要表达，又有切身体悟亟待抒发，诗人无暇玩弄技巧，而是满腔忧怀不吐不快。正像马克思说的：“谁要是经常亲自听到周围居民因贫困压在头上而发出的粗鲁的呼声，他就容易失去美学家那种善于用最优美最谦恭的方式来表达思想的技巧。他也许还会认为自己在政治上有义务暂时用迫于贫困的人民的语言来公开地说几句话。”

“不是无端悲怨深，直将阅历写成吟。”（清·龚自珍《己亥杂诗》）“阅历”固然包括诗人亲历。但世界之大，宇宙之广，事物之博，个人精力有限，不可能样样亲经。诗人却可五官开放，凭借现代科技，扩大视听感知。这也是种“阅历”，依旧能够“成吟”。

现代社会，一般条件较为优裕，对于诗人个体，可能是“欢乐较多愁较少”；但对于广大民众，尤其是落后国家、贫困民族，则是“不如意事常八九，可与语人无二三”（宋•方岳《别才子司令》）。诗人理应“道情为重利为轻”，不以个人忧乐为念，而将社会群体放在心上。诗人的博爱情怀与艺术追求，决定了他们摒弃世俗幸福，而选择高雅忧患。优秀诗人永远为人类的大痛苦、大愤怒、大欢喜、大希望而引吭高歌！

当然，物极必反，过则为灾。任何事物都不能绝对化。两极反复，错则如一。我们倡导诗人的忧患意识，绝不是要求每个诗人、每首诗作都写忧患。民众需要铜琶铁板，也需要象牙拍板，不能因为强调忧患意识，就否定安乐意识。小花小草也要一片蓝天。而且，只要写得精美，小花小草也会产生佳作。只是古人说得好：“不关风化体，纵好也徒然。”（明•高明《琵琶记》）其社会价值毕竟有限。希望铜琶铁板式的黄钟大吕成为时代的主旋律！

2007.11.23《中华诗词》“青春诗会”发言稿

2010.8 乳山，12 北京

（2011 年第 4 期湖北《东坡赤壁诗词》，2011.12 第 4 期北京《诗国》，2012.6《文艺理论与批评》，2014•4 第三期《心潮诗词评论》）

诗人的博爱情怀

宋代陆游有诗道:“诗家事业君休问,不独穷人亦瘦人。”因为从古以来,诗都很不值钱。唐代李白诗说:“吟诗作赋北窗里,万言不值一杯水。”所以,唐代杜荀鹤有诗:“江湖苦吟士,天地最穷人。”这种状况,一直延续至今,没有太大改变。

然而,换个角度看,诗人也可以说是天地最富豪——每个诗人都是感情的富翁,堪称世间首富,无人可比。因为诗的本质专在抒情,无情寡情,写不出诗来。艾青说:“对生活所引起的丰富的、强烈的感情是写诗的第一个条件,缺少了它,便不能开始写作,即使写出来了,也不能感动人。”(《诗与感情》)鲁迅先生也说过,感情已经冰结的人,对诗必然隔膜,当然更难成为诗人。唯有激情澎湃、感情丰富,才能诗如万斛泉源,滔滔汩汩,不择地而涌出。

人秉七情,应物斯感。七情之中,爱是根本。宋代辛弃疾有句词:“怨无大小,生于所爱。”实际不止是怨,连喜、怒、哀、惧、恶、欲皆从爱中派生出来。德国哲人波丁沙托有句名言:“爱是生命的精华。”俄国作家列·托尔斯泰也说:“爱是生命。”德国的奥尔巴赫则说:“人世间没有比爱更珍贵的财富。”即使亿万富翁,也不能同诗人相比。

是的,诗人的爱广被天地苍生,不问国籍种族,博及世间万物,不管动植物种。试问:世界那么多富翁,有谁能达到这种境界?且看其诗。

三国时代魏国的曹植有诗说："长者能博爱，天下寄其身。"这里说的"长者"，还不是诗人，而是指当政者。其实，真能博爱的，既有当政者，又有诗人，而能博爱的当政者多半也是诗人。唐代杜甫诗《茅屋为秋风所破歌》："安得广厦千万间，大庇天下寒士俱欢颜，风雨不动安如山！呜呼！何时眼前突兀见此屋？吾庐独破受冻死亦足！"身受饥寒，诗人最念及的是"天下寒士"，只要众生得到饱暖，自己即使冻死也不足惜。宋代王令《暑旱苦热》："昆仑之高有积雪，蓬莱之远常遗寒。不能手提天下往，何忍身去游其间。"暑热难当，诗人首先想到的是"天下"苍生。世有昆仑、蓬莱那样的清凉世界，诗人便想"手提天下"同去避暑；倘若做不到，独自一人也不忍前去消热。王令还有《暑热思风》诗："坐将赤热忧天下，安得清风借我曹？"同样表达了拯救天下苍生脱离火海的博爱胸怀。诗中所写"暑热"，既可当作写实，又可看成虚拟——以暑热难当的意象，象征古代赋税沉重、人民负担不起，以清风驱热的意象，呼唤执政者推行仁政、减轻人民负担。宋代刘克庄《清平乐·居厚弟生日》词："乞取净瓶一滴，普教大地清凉。"与王令诗的用意完全相同。宋代李纲《病牛》诗："但愿众生皆得饱，不辞羸病卧残阳。"借病牛写抱负：甘为天下"众生"，不辞独自瘦病。明代于谦《咏煤炭》诗："但愿苍生俱饱暖，不辞辛苦出山林。"以煤为喻，抒写自己愿送饱暖给普通百姓，也是一种兼济天下的博爱情怀。清代李方膺《题画梅》："挥毫落纸墨痕新，几点梅花最可人。愿借天风吹得远，家家门巷尽成春。"表面题写画梅，实则抒发一种普济天下、家家成春的爱民胸襟……

由此可见，我国历代诗人都有博爱情怀。这里我想重点谈谈唐代白居易的博爱诗篇。他有 3 首诗写到布裘。第一首题作《新制布裘》，为五言古风，先写布裘精美，寒冬披之温暖如春；后写披裘感慨：“中夕忽有念，抚裘起逡巡；丈夫贵兼济，岂独善一身？安得万里裘，盖裹周四垠；稳暖皆如我，天下无寒人！”第二首《新制绫袄成，感而有咏》写其感叹：“百姓多寒无可救，一身独暖亦何情！心中为念农桑苦，耳里如闻饥冻声。争得大裘长万丈，与君都盖洛阳城！”两诗立意一样：即爱民如子，兼济天下。如果和杜甫诗做个比较，则杜诗是因自己饥寒而悯人饥寒；白诗是因自己饱暖而愿人饱暖，都是推己及人的人道主义精神。第三首《醉后狂言酬赠萧、殷二协律》：“我有大裘君未见，宽广和暖如阳春；此裘非缯亦非纩，裁以法度絮以仁。刀尺钝拙制未毕，出亦不独裹一身；若令在郡得五考(唐制：五次考绩，才可转官，意谓做满杭州刺史任期)，与君展覆杭州人。”对于“大裘”，诗人自己做了解释：此裘既非丝织，又非细绵，而是“法度”与“仁”政结合而成，即以“法度”做剪裁，由“仁”政做棉絮，是说他做刺史，定要执行法度，推行仁政，施爱于平民百姓。这表明，白居易诗中的“大裘”，既有写实，又有虚拟；既是形象描绘，又是意象创造。诗人的博爱情怀，不是直说出来的，而是通过精美的诗歌艺术表现出来的，让千余年后的现代读者，除了受到深刻的精神感染之外，还能得到优美的艺术享受。

作为诗人词家，我们作者也从历代诗人的博爱情怀中获得极大教育和启发：不能只是关心鼻尖底下的小小天地，也不该仅仅抒写一己之私的小小悲欢，而应具有忧国忧民的忧患意识、悲天悯人的悲悯情操、推己及人的人道精神，真正做到胸怀宇宙人生，心爱天下黎民，像宋代刘仙伦《满江红·题快阁和徐宰韵》词中所说："也不种闲桃李，也不玩佳山水。有新诗字字，爱民而已。"更像明代郭登《送岳季方还京》诗中所言："但令四海歌升平，我在甘州贫亦乐。"有了这种博爱情怀，诗人就能达到人类精神的最高境界。恰如美国的洛威尔说的："世界上所有美丽的情操都不及一点点爱的行动来得有分量。"

2009.10.15

（2009. 12. 18《中国纪检监察报》，2010. 1. 28 广东《西江日报》，2010. 1 北京《诗词月刊》）

一首古诗的启示

宋代王令有首诗，题为《暑旱苦热》：

清风无力屠得热，落日着翅飞上山。
人固已惧江海竭，天岂不惜河汉干。
昆仑之高有积雪，蓬莱之远常遗寒。
不能手提天下往，何忍身去游其间！

这首诗，语言朴实，不假雕琢，诗味浓郁，意境深邃，内涵丰富，思想深刻，起码可以给我们四点启示。

第一，人品与诗品密不可分，人品决定诗品，人品既高，诗品必然随之而高。这首诗写暑热难当，诗人欲往清凉世界避暑。但是，个人能够逃脱酷热，而无法“手提天下”一同避难，诗人便不忍心抛弃天下而独自前往。诗中那种强烈的忧国忧民的忧患意识和爱国爱民的博爱精神，及以天下为己任的宽广胸怀，确实令人动容、动心、动魄，千载而下，犹能激动我们现代的读者。主要不是诗中的艺术技巧，而是贯注其中的人文精神，是诗人的崇高人格和博大心胸，感染着我们。

本来暑热是最具个人特质的主观感受。但是，诗人不局限于狭隘的自我，而是推己及人，由个体扩到群体，从小我想到大我；而且扩展得那么自然、真切，绝对不是故作大言所能表现得出来的，因而令人感动。

它给我们的启示太大了。诗人写诗不能脱离自我。没有个人的独特感受，是写不好诗的；勉强写来，也只能是千人一面、千诗一腔的大路货色。但是，仅止于个人感受，只写一己的蜗角之情，也很难写出动人心弦的精品力作，尤其是写不出充满大气的传诵千古的杰作。古人说：“人高则诗亦高，人俗则诗亦俗，一字不可掩饰，见其诗如见其人。”（徐增《而庵诗话》）因此，诗人要加强自我修养，不断完善自己的人格品德；这是写好作品的基础和关键。

也许有人会说，我根本不愿去写那种大气之作，也不想传之千古名不朽。人各有志，不必强求。甘于抒写自我，安于自我欣赏，别人无权干涉，只能各随其便。但那注定成不了大气候，则是确定无疑的。

第二，不管写什么题材，都要写出特色，也就是我们常说的：艺术贵在独创。创新是一切文学艺术的生命；诗歌不能例外。这首诗，之所以能够超越古今，超越时空，为古今中外广大读者所喜爱，除了诗中的激动人心的博爱精神以外，最重要的一点，就是因为它有自己的独创性，让人过目不忘，留下极深的印象。

这首诗，不是一般化人云亦云地描写暑热，而是独具特色地展现出描写对象的极致，一下子就打入人的脑海里，可谓刻骨铭心。如果写热只是笼统地随从众说：暑热难耐，大汗淋漓，“赤日炎炎似火烧，野田禾稻半枯焦”，那也可以成诗，但是，很难引起人们的审美惊喜与快感，不易打动人心。作品将热写到极致。“清风无力屠得热，落日着翅飞上山”，着一“屠”字，写出暑热之强大和威猛，远胜于风；同时将两者拟人化；尽管风有“屠热”之心，却无驱暑之力，从而给人以热浪滚滚、充塞天地之感。首句写热之猛，似乎热到极限；次句写热之久，几近热到无期——如果大热只是短暂一瞬，那还可以挨挺过去，可是炎炎赤日本已落下，却又好像插上翅膀一般，重新飞上山巅，永不落地。这种大热让人无法忍受。作品并未到此为止，继续予以夸饰：“人固已惧江海竭，天岂不惜河汉干。”江海虽然广阔，尚存枯竭之虑；河汉尽管浩淼，犹有干涸之虞——暑热引起了人神俱忧。作品确实将暑热写到了极致，纵然再热，也无以过之。

由此可见，诗人无论写什么，都应当写到极致，这样才能摆脱一般化，创造出新的动人境界。

第三，倾注全力，创造富有生机的鲜活意象。诗人的笔墨，不能停留在所写对象的表面，而要深入开掘，写出其中的丰富内涵。画虎类犬不行，画虎只是虎也不成——那无异于一幅虎的动物图片，可以作为科学挂图，却难以成为艺术作品。同样，诗人写热，不限于热，下止于热，而是从中发掘出更为深广的思想意蕴。大热弥天，暑气蒸腾，不但独自一人难忍，而是天下众生难当。这种充塞宇宙的暑热，立即使人想到为害甚广的某种社会问题，倒如无所不在的腐朽统治、苛捐杂税、繁重徭役乃至黑暗制度给平民百姓造成的危害。永不落地、长挂山尖的毒日，让人想到滥施淫威的封建统治者，或其他丑恶势力，凶焰万丈，恶势冲天，不可一世。如此毒日，可以是暗指横征暴敛的封建帝王。以日比君，古诗常见，日象即天象，暑热即淫威，也就是封建皇帝的象征。这也许不尽合乎诗人王令的创作初衷，但其意象内涵丰富。诗人未必然，读者未必不然。读者完全可以根据诗人创造的艺术形象和诗的意象，进行合理再创造，去做各自的符合作品内在逻辑的自由联想。

可以说，凡是杰出的艺术作品，不仅作品本身思想开掘深，而且其形象往往大于诗人思想，其意象常常超越作者主观，为读者的艺术再创造提供了坚实基础与可能条件。这就使得作品具备了深广的社会内涵，容量因而大增。

反之，如果诗人写热囿于热、止于热，那么，作品就会太实，不仅流于直白浅露，而且也将缺乏诗味，势必成为平庸之作。因此，诗人写作，一定要注意做到虚实结合，以实带虚，化实为虚，虚实相映，直至创造诗的意象。这才可能产生耐人咀嚼的隽永诗味，从而形成独特的艺术魅力。

第四，诗人要善于联想和想象，也就是要有丰富而又大胆的想象力。古人说：“赋水不当仅言水，要于水之前后左右言之。”指的就是联想和想象。已故著名诗论家、教授诗人吴奔星说：“联想和想象是作家、尤其是诗人，不可或缺的心理机制。缺乏联想和想象，一切艺术技巧都要枯萎或瘫痪。”（《诗美鉴赏学》）所有优秀诗作，都离不开诗人的联想和想象。王令此诗，在这方面也十分突出，值得借鉴。诗人由暑热干旱联想到“江海”可能枯竭，想象出“河汉”也会干涸，引起“人”“天”忧虑，进而由“热”联想到“寒”：“昆仑之高有积雪，蓬莱之远常遗寒。”昆仑山上的冷雪，蓬莱仙境的清凉，让人神往，欲游其间。诗人正是借助这些合情合理的联想与想象，表达出了胸怀天下、甘愿与民同此凉热的博爱思想和人道主义精神，从而使这首诗作超越了题材本身的限制，抒写出了具有广泛社会意义的思想内涵。而这，正是作品的可贵之处。

宋代陆游有两句诗：“夜阑卧听风吹雨，铁马冰河入梦来。”日有所思，往往夜有所梦。诗人原本是写夜里风雨大作，但他不限于风雨，而由风雨联想到战场的金戈铁马，借以表现他的报国情怀。同代辛弃疾有两句词：“醉里挑灯看剑，梦回吹角连营。”同样不单写剑，而是驰骋想象，展开联想，从剑写到抗金部队“沙场秋点兵”的威武阵容以及横戈跃马（“马作的卢飞快，弓如霹雳弦惊”）、收复祖国河山（“了却君王天下事，赢得生前身后名”）的战斗生活。可惜，这只是他醉梦中的幻想（“可怜白发生”）。词人正是借此联想和想象，抒发了他忠君爱国思想以及壮志不酬的悲愤心情。

当然，诗人的联想和想象，不能脱离诗人的思想和感情。没有忧国忧民、爱国爱民的情怀，王令不大可能联想和想象到“江海竭”“河汉干”，更不会因为“不能手提天下往”，便甘心忍受酷暑，也不肯独自躲到清凉世界；陆游和辛弃疾大概不会因为听到风雨、看到宝剑，就立即联想和想象到收复失地的战斗场面。

同是联想和想象，有的女诗人，由《独身女人的卧室》一下子就联想到“同居”，并且在诗中反复强调、呼唤“你不来和我同居”；有的男诗人，由一道瀑布、一座雪山（九寨沟，诺日朗男神），马上联想到“性冲动、性发泄、性和谐”的“性图腾崇拜”（参见杨金亭批评文章《莫把腐朽当神奇》）……其卑劣灵魂与庸俗格调暴露无遗。这正如鲁迅先生所说：“从喷泉里出来的都是水，从血管里出来的都是血。”

由此可以看出，诗人的人格修养与艺术造诣，从根本上决定着其作品的成败得失与高下美丑。

2000 年代初旧稿

2010.8.10 乳山定稿

（2011. 1 湖北《东坡赤壁诗词》，2011.7《中华诗词》，2011.8.22 广东《西江日报》）

“自古诗人少显荣”

当前，我国正处在市场经济时期。商品大潮惊涛拍岸，冲击一切。高雅文学包括诗歌原本脆弱，在这股商潮冲击下，更加显得狼狈不堪。一些诗人、作家、诗歌爱好者弃诗而去。诗歌作者出版诗集难，诗歌报刊维持生存难。作为高雅文学之冠，诗歌经受着严峻考验，诗人面临着重大选择。

我认为，诗歌，是人类的精神家园，绝非可有可无，而是不可或缺。作为个体，人们可以不爱诗、不读诗；但作为民族，堂堂中华却不能抛弃诗、扫荡诗。尤其是素有“诗国”之称的古国、大国，更不能没有诗。孔子说：“不学诗，无以言。”那是古代。现代不存在无言的忧虑。但是，无诗令人俗，有诗使人雅，倒是千真万确的。一个无诗的社会，必将成为精神沙漠，还侈谈什么精神文明建设？！要想振兴中华，振兴经济，先要振兴民族精神；精神不振，其他一切所谓振兴，都将流于空谈！而诗同其他高雅文学一样，是精神文明建设的重要组成部分。

精神文明，确实重在建设。要搞建设，就不能忽视精神文明的各个部门、各种形式，弃置不顾，谈何建设？而建设又不是一件轻而易举的事，需要我们付出艰辛的努力和巨大的牺牲。从国家来说，要适当给以必要的支持与扶植，比如政府予以重视、倡导，肯于投资——在商品社会，指望“不花钱，也办事”，那是很难做到的；从作者来说，要想有所为，就必得有所不为，要想有所得，就必然有所失。鱼与熊掌，不可得兼。一个人的精力是有限的，用于此，则难以用于彼。彼此兼顾，说起来容易做起来难。而且，兼顾只是相对而言，总不如全力以赴更易成功。比如，要经商，就不易写诗；要写诗，恐怕也难得经商，起码是时间和精力受到限制。既经商，又写诗，当然很好，但结果可能顾此失彼，商与诗彼此受损。

在这种情势下，一些诗人做出抉择：“戒诗”而去。一位在全国有相当影响的诗人季振邦在《文汇报》（1993.8.3）上公开发表文章，题为《戒诗》。他“戒诗”，即如“戒烟”“戒酒”之类，“戒”掉“不良嗜好”，其原因，除了“诗的领地还在日益缩小，诗满为患比人满为患更为严重”，以及“读诗的人少之又少”外，“深一层的原因”是“二十年诗坛笔耕，除了微有薄名外，身无长物。在当前，一夜苦吟，搔破头皮，还抵不来一顿早茶。长此以往，怎么得了？夫人贤惠，纵不怪我，儿子衣食，能不考虑？所以，便寻思着要‘下海’。诗者，思也。心思一乱，灵感便作鸟兽散，还能写出什么诗来？”他说得实实在在，并无半点夸张。我觉得，对于下海的诗人，不应指摘，而应予以理解。更何况“下海”者的动机和用意又各有不同，不能一概而论。对于那些继续爱诗、写诗、坚守诗歌阵地的作者、诗人，应当给以鼓励。

选择写诗，实质就是选择了一种灵魂的追求、一种精神的信仰。说诗是一种心灵的宗教，也未尝不可。著名诗人公刘生前就说过：“诗是宗教。”许多人爱诗入迷，写诗成癖，为诗如醉如痴，似癫似狂，能够甘于寂寞，安心清贫，古人称之为“诗魔”。唐代诗人白居易在《与元九书》中说自己写诗：“劳心灵，役声气，连朝接夕，不自知其苦，非魔而何？”又有诗说：“唯有诗魔降不得，每逢风月一闲吟。”没有安贫乐“诗”的思想准备，经受不住灵魂炼狱的痛苦折磨，干什么都行，最好不要写诗。因为“诗人少达而多穷”（欧阳修《梅圣俞诗集序》），唐代司空图说：“自古诗人少显荣”（《白菊三首》），宋代陆游说：“诗家事业君休问，不独穷人亦瘦人。”（《对镜》）又说：“行遍天涯等断蓬，作诗博得一生穷。”（《贫甚戏作绝句》）金代元好问也有诗说：“莫怪门前可罗雀，诗家所得是清贫。”（《赠罗友卿》）……这在当代，也是真理。

我国古代有个比较流行的诗歌理论，叫作“诗穷而后工”。宋代欧阳修在《梅圣俞诗集序》中说：“……盖愈穷则愈工。然则非诗之能穷人，殆穷者而后工也。”唐代杜甫就曾说过：“文章憎命达，魑魅喜人过。”白居易也说：“诗人多蹇（时运不济），如陈子昂、杜甫，各授一拾遗（小谏官），而迍剥（没有升迁）至死。李白、孟浩然辈不及一命（最小的官），穷瘁终身。”（《旧唐书·白居易传》）而早在汉代，司马迁就说过：“屈平正道直行，竭忠尽智以事其君，谗人间之，可谓穷矣。信而见疑，忠而被谤，能无怨乎？屈原之作《离骚》，盖自怨生也。”（《史记·屈原列传》）所谓“穷”，通常的解释是“失志”（宋·欧阳修）、“不遂其志”（元·刘将孙），也就是政治上“不得志”（明·王慎中），仕途坎坷，阻塞不通。明代方孝孺则说：“困折屈郁之谓穷，遂志适意之谓达。人之穷有三，而贫贱不与焉。心不通道德之要，谓之心穷；身不循礼义之涂，谓之身穷；口不道圣贤法度之言，谓之口穷。”在封建社会，诗人在政治上失意，壮志难酬，或遭贬官，或被放逐，受到不公正的压抑打击，因而发出怒号。再加上他们在贬逐之后，便有可能接近下层人民，洞察社会黑暗，反映群众呼声，从而写出优秀作品。这大体可以说是一条规律，或者确切地说，是一种常见的文学现象。而在当代，这些则不成问题。诗人只要愿意，可以随时随地深入生活，接近人民，可以任意歌颂光明或暴露黑暗，不受政治干扰，享有创作自由。因此，“诗穷而后工”，作为规律性现象，从其本意、原意说来，在当代已不存在。

但是，如果从诗人很“少显荣”的角度看，写诗要耐得寂寞，受得贫穷，诗人不可能成为百万富翁、亿万富翁，那还是带有普遍意义的。唐代李白说得好：“吟诗作赋北窗里，万言不值一杯水。”宋代戴复古也说：“千首富，不救一生贫。”

（《望江南》）可谓古今同慨，于今为甚！

事实上，古代诗人的“穷”，也不仅仅限于仕途潦倒、不得其志，在生活上也是贫贱穷困的，并非“贫贱不与焉”。最突出的例证，如唐代杜甫“一生穷饿”。他自己也说：“朝扣富儿门，暮随肥马尘。残杯与冷炙，到处潜悲辛。”（《奉赠韦左丞丈二十二韵》）他还写诗自嘲与反讽：“囊空恐羞涩，留得一钱看。”孟郊叹贫：“借车载家具，家具少于车。”（《借车》）贾岛哭寒：“鬓边虽有丝，不堪织寒衣。”宋代苏轼贬谪黄州，政治上不得志，生活上遭贫困，但在诗歌创作上，却写出了传世名篇《念奴娇·赤壁怀古》及《赤壁赋》等等。他说：“诗人例穷蹇，秀句出寒饿。”（《病中大雪数日未起观》）又说：“诗能穷人，所从来尚矣，而于轼特甚。”清代赵翼也说：“童年回忆旧艰辛，天下无如我最贫。”古代许多诗人在日夜讽咏的同时，几乎都与贫寒朝夕相伴。

当代诗人身陷困境，经济拮据，更是屡见不鲜。著名诗人公刘曾经为文，声称自己生活在“纸器时代”：连普通家具都买不起，只能使用纸箱、纸盒、纸袋等纸器，可能与孟郊、贾岛的处境相去不远。荒芜著有《纸壁斋说诗》，因为住房不足，只好以纸为壁，隔出书房，以供写作，其清贫困窘，可以想见。诗人阿拉坦托娅有首诗《孩子，你不要……》，道出了当代诗人的尴尬：“孩子，你不要苦恼，/你爸爸就是没有钞票！/因为纵下三天发财的雨，/它一个雨点也不往/你爸爸的头顶上掉。//孩子，你不要烦躁，/你爸爸就是没有钞票！/因为纵刮六天发财的风，/它一缕风丝也不往/你爸爸的耳根上浇。//孩子，你不要哭闹，/你爸爸就是没有钞票！/因为虽九死而犹未悔者，/是一个诗字迷心穷——/刮风下雨又哪知道？”（1993年8月新加坡《赤道风》）明代桂彦良说：“以文名世者，士之不幸也。”（《九灵山房集序》）这话只说对了一半。“诗能穷人”，固为不幸；但穷而工诗，泽及后人，又是诗家的大幸、国家的大幸、民族的大幸、人类的大幸！因而尼采说：“人生的幸运，就是保持轻度贫困。”

“穷”后之诗，何以能“工”呢？我认为，原因主要有五——

一是“穷”者富有真情实感。他们因为志大不酬，道大不容，材大不用，报国无门，所以怀有一腔不平之气，且对民间疾苦了然于心，发而为诗，自然真挚深沉，富有社会意义，恰如清代龚自珍所说：“我论文章恕中晚（唐），略工感慨即名家。”杜甫身经天宝之乱，一生颠沛流离，耳闻目睹盗贼群起、民生涂炭，情动于中，感生于怀，其作品自然寄托遥深，充满爱国爱民的忧患意识。如果不是感于时、发于己，而是无病呻吟，那么，其诗必不能工，更不可能成为诗史。

再如苏轼，因为写诗揭露新法的弊病，被以“谤讪朝政”的罪名，于1079年（元丰二年）下御史台狱，即“乌台诗案”，险些丧生，后贬黄州达五年之久。但他并未放弃写作，继续吟诗作赋，而且越写越好，佳作迭出，流传千载。可以说，政治上的失意期，正是他创作上的丰收期、艺术上的高峰期。从诗文角度看，苏轼的确是因祸得福：他因写诗而招祸，又因招祸而诗更佳，恰如宋代王十朋《游东坡十一绝》所说：“再闰（古历法，三年一闰，五年两闰）黄州正坐（因）诗，诗因迁谪更瑰奇。读公赤壁词并赋，如见周郎破贼时。”称赞苏轼词赋不仅使人如见周郎其人，如临破贼之境，而且让人感到作者苏轼亦如大将登坛，指挥若定，先声夺人，势不可当，具有大家风度和气派。之所以如此，就是因为苏轼经历了宦海沉浮，积累了丰富的真情实感和深刻的人生体悟。“其歌也有思，其哭也有怀。”（唐·韩愈《送孟东野序》）

二是“穷苦之言易好”。 韩愈说过：“欢愉之辞难工，而穷苦之言易好也。”（《荆潭唱和诗序》）这是因为穷苦感情比较凝重，挥之不去；而欢愉感情比较轻松，容易发散。张煌言说：“欢愉则其情散越，散越则思致不能深入；愁苦则其情沉着，沉着则舒籁发言，动与天会。故曰：‘诗穷而后工’，夫亦其境然也。”陈兆仑也说：“盖乐主散，一发而无余；忧主留，辗转而不尽。意味之深浅别矣。”钱钟书说得更为通俗明白：“我们常说‘心花怒放’‘开心’‘快活得骨头都轻了’和‘心里打个结’‘心上有块石头’‘一口气憋在肚子里’等等，都表达了乐的特征是发散、轻扬，而忧的特征是凝聚、滞重。欢乐‘发而无余’，要挽留它也留不住，忧愁‘转而不尽’，要消除它也除不掉。用歌德的比喻来说，快乐是圆球形，愁苦是多角物体形。圆球一滚而过，多角体‘辗转即停’。”正如司马迁所说，他遭祸后“虽累百世，垢弥甚耳！是以肠一日而九回，居则忽忽若有所亡，出则不知其所往。”（《报任安书》）穷苦忧愁，凝如结，重如石，“转而不尽”，需要加以排遣，摆脱苦闷，以求心理平衡。而遣闷的最佳方式，就是吟诗作赋。因此，便把精力集中到文学创作上，进而写出精品力作。清代李渔谈到他的创作体验：“予生忧患之中，处落魄之境 ，自幼至长，自长至老，总无一刻舒眉。惟于制曲填词之顷，非但郁藉以

舒，愠为之解，且尝谮作两间最乐之人。”（《闲情偶寄》）

三是穷苦诗人肯于精心锤炼作品。富贵显荣之人，也就是达者，志得意满，无心于诗。而且，他们热衷于“经营应接”（明·许学夷），“尽心力于职业之中，固不暇为文”（桂彦良）为诗，作品自不能工。而穷者“则奋其志虑于文字之间”（同上），日锻月炼，冥搜苦思，既有时间，又有精力，更有耐心，字斟句酌，反复推敲，可以写出精品力作。贾岛有诗自道其创作：“二句三年得，一吟双泪流。”足见用力之勤、之久。杜甫也有诗道：“为人性僻耽佳句，语不惊人死不休。”亦显锤炼之细、之精。他们的诗作因而能够达到“笔落惊风雨，诗成泣鬼神”（杜甫）的艺术境界。

四是能够听到真诚的批评，不断修改、完善自己的作品。富贵显荣之人，大多无暇为诗，即使偶尔写出作品，哪怕写得不好，也无人肯于当面说出真话，迎和吹捧尚嫌不及，怎么可能指出瑕疵呢？而“不知诗病，何由能诗”？对于穷苦者，人们恰恰相反，无所顾忌，敢讲真话，乐道其诗病，以求其诗美。这就是许学夷说的：“惟贫贱无显誉之人，人得指其瑕疵，造诣未成，则困心横虑，日就月将，无虚声而有实得，是以穷者多工耳。”

五是爱诗如命，肯于钻研，达到诗艺娴熟，乃至臻于佳境。苏轼说过：“人生如朝露，意所乐则为之，何暇计议穷达……”元代戴表元也说：“人少而好之，老斯工矣；其穷也亦好之，而诗始工也。其不好者，虽老且穷犹不工也。”这话很有道理。孔夫子早就说过：“知之者，不如好之者；好之者，不如乐之者。”因为只有爱好喜欢，才能自觉自愿地去钻研诗歌艺术，掌握写作技巧，并且甘之如饴，乐此不疲，进而把诗写好。如果对诗一无所好，见诗如见仇，那么，纵然穷到骨髓，也还是无法工诗，甚至连诗为何物，恐怕也说不清楚。

当然，“诗穷而后工”，并非绝对的、一成不变的。世上没有绝对真理。凡真理都是相对的，绝对真理只能寓于相对真理之中。清代查慎行有《题宋山言学诗图二首》之二：“从今不信庐陵（即欧阳修）语，穷乃工诗岂定评。看取风流宋公子，才名已占又科名。”应当说，能否工诗，主要不在穷达。不能工诗者，虽穷亦不工；能工诗者，虽达亦工。当人们的精神处于亢奋状态，积极向上或热烈追求美好理想之时，而又熟悉社会生活、把握时代脉搏，即使并未穷愁潦倒，也可以写出好诗。如曹操北征乌桓东临碣石，写出名诗《观沧海》。杜甫有些诗作，如《重经昭陵》《高都护骢马》《刘少府山水歌》《玉华宫》《九成宫》《曹霸丹青》《韦偃双松》等等，“皆在不甚饥窘时”。因此，“穷而后工”只是相对而言，大体如此。

令人高兴的是，许多有识之士，包括在座各位，都已认识到“诗是吾家事”（杜甫），把写诗当作一种神圣的事业，放着“大款”不当，偏偏要做诗人，非得写诗不可；有人甚至提出：“不当‘万元户’（如今看来，已不值一提），要做‘万诗户’。”而且愿意为诗投入，包括精神投入和物质投入，这是十分可喜的现象。据《文艺报》（1993.7.24）报道，著名作家陈忠实历时五年，写出长篇小说《白鹿原》，引起轰动，“风靡关中，名噪京华”，被认为是高雅文学创作的一大突破，是“民族灵魂的秘史”，思想艺术达到新的“高度和深度”。著名评论家冯牧说：“由此看来，严肃文学还是有出路的，是可以攀登高峰的。与其下海，不如攀登。”下海经商，并非不好，而写诗为文更为高雅，要知难而进。陈忠实的体会是：“长篇写作，是一种最孤苦伶仃也最诚实的劳动。”他为了写这部小说，查阅大量资料（几个县的县志、党史、文史资料），摘抄了30多万字；辞去了行政领导职务，回到简陋的乡村，闭门创作，一写就是五年。一般人谁能忍受？的确值得赞扬！而像陈中实这样深入底层、安于写作的诗人词家，不在少数。

著名诗人丁芒有一首散曲说得好：“笔尖儿奔驰如风，诗兴儿赶来起哄，真情滚滚似潮涌，词彩儿听凭调动。一腔赤血淋漓送，人生至此不算穷。”（见1993·9《诗刊》）诗人、作家在政治上、经济上、生活上也许是穷困潦倒，不甚得志，但在道德精神上、思想感情上、文学艺术上，非但不能称之为穷，反而应当说是天下最富有的人，恰如宋代史弥宁称赞杜甫所说：“诗名千古杜陵翁，身不胜穷道不穷。”欧阳修亦有诗道：“惟有吟哦殊不倦，始知文字乐无穷。”

1993.9.23在《文艺报》笔会（雷达主持）上的讲稿

2010.8.12改定于山东威海乳山海林花园小区

（2011.4北京《诗词月刊》）

永远唱不尽的颂歌

——序胡锋编《祖国颂》

中国，为世界四大文明古国之一，是一个国土辽阔、历史悠久、民族众多和睦、人民勤劳善良的伟大国家。只是到了近代以后，由于朝廷昏庸腐败、经济贫穷落后，国家屡遭外敌侵略掠夺，乃至一蹶不振。然而，振兴的伟力仍旧存在。因此，法国的拿破仑一世早就预言："中国，那是一个沉睡的巨人……当他醒来时，他将震撼世界。"（《3000年世界名言大辞典》）美国的富兰克林·罗斯福也说："在将来，一个仍然不可战胜的中国将不仅在东亚，而且在全世界，起到维护和繁荣的适当作用。中国对世界的未来将有重要意义"（同上书）如今，这些预言已经无可辩驳地成为现实。经过30年的改革开放，到了2009年10月1日新中国成立60周年，祖国虽然还属不甚发达的第三世界，但已开始繁荣富强，从政治、经济，直到科技、文化，呈现出一派辉煌灿烂的美丽景象。举世公认，决非自夸。海外华人无不为此而欢欣鼓舞；域内国民更是欢呼雀跃、手舞足蹈。诗人词家诗兴大发；书画艺人灵感频至，纷纷挥笔泼墨，讴歌新中国60华诞。精品时见，佳作迭出。诗友胡锋所编《祖国颂——庆祝中华人民共和国成立60周年诗书画作品选》，从中选优拔粹，汇集成书，让我先睹为快，感受颇深。

革命导师列宁说过，"千百年来巩固起来的对自己祖国的一种最深厚的感情"，即是爱国主义。热爱祖国，是所有国民的光荣义务；歌唱祖国，则是诗人词家的神圣天职。从古至今，我国的诗人词家都有为国而歌的优良传统。每当国家兴旺发达之际，便是吟功咏圣的颂歌涌现之时；而当国家遭遇灾祸、陷入危难，必有救亡图存的战歌应运而生。“国家不幸诗家幸，赋到沧桑句便工”（清•赵翼《题元遗山集》），就是国家有难，诗家容易写出好诗，所谓“欢愉之辞难工，而愁苦之言易好也”（唐•韩愈《荆潭唱和诗序》，见《韩昌黎全集》）。因此，无论颂歌，还是战歌，爱国主义始终都是我国诗歌传承不衰的宝贵精神。

《祖国颂》可以说是进行爱国主义教育的最好教材。当代诗人词家继承并发扬了我国古典诗歌的爱国主义的优良传统。书中所收作品，不管诗与词，抑或书与画，全部充满了作者的爱国激情，感人至深。如诗：“锦绣中华添锦绣，文明祖国更文明。”（肖声通《庆祝新中国60华诞》）“和风吹绿神州地，丽日映红赤县天。”（雷文斌《新中国60周年颂》）“民因改革家家乐，国赖科研事事荣。”（阎克珍《国庆60周年放歌》）如联：“共和六十年，四海承风无限美；华夏五千载，九天揽月已成真。”（吴贤章《国庆60周年联》）……欣赏诗词书画，读者会同作者一道，为60年来翻天覆地的巨大变化而感到无比骄傲，为祖国日新月异的飞速发展而感到异常自豪，从而增强中华民族的自尊心、自信心和凝聚力，遂致更加热爱自己的伟大祖国。

有人扬言，他热爱的不是一个国家，而是整个人类；他抒写的不是家国之情，而是人性之尊。这话似是而非，适足见其不自量力而已。家庭是国家的细胞；国家是人类的细胞。人必爱家，而后始能爱国；由于爱国，终至爱及人类。一个自私自利、不爱家庭的人，却能热爱祖国，古今未有；一个见利忘义、不爱祖国的人，反能热爱人类，中外皆无。法国的罗曼·罗兰说得好："必须经过祖国这一层楼，然后更上一层楼，达到人类的高度。"（《日记》）那些空言人性、人道、人类之爱豪言壮语的人，还是首先爱家爱国吧，以免更上层楼流于荒诞虚妄，竟致贻笑大方。我们的诗人词家，倾情倒意，抒发实感，纵情歌唱，礼赞祖国，显示出了至为可贵的爱国热情，表现出了纯洁崇高的精神境界，令人肃然起敬。

祖国是中华民族的故土，是炎黄子孙的家园。歌唱祖国必然与民族和人民联系在一起。民族兴，人民富，祖国方能强盛；反之，民族衰，人民穷，祖国定会贫弱。而祖国富裕强大，也给民族和人民带来福祉。如今祖国，正逢盛世，尽管仍然时有灾祸发生，但是总体来看，不能不承认处于国泰民安、家和事兴之际，逐步走向繁荣昌盛。古人有言："利于国者爱之，害于国者恶之。"（《晏子春秋·内篇谏上七》）对于诗人来说，"利于国者"，不仅"爱之"，还应歌之；"害于国者"，不仅"恶之"，还要斥之——也就是既要高唱颂歌，深情礼赞，又要谱写战歌，痛下针砭。"反腐清除祸国鬼，尧天舜日乐升平。"（姜登榜《庆建国60周年》）"最怕党员成党棍，岂能公仆压公民。"（星汉《贺建国60年》）"祸鬼"不灭，"党棍"不除，定会由国及民，祸延百姓。遗憾的是，整部诗书画集，颂歌有余，战歌不足。不错，国家蒸蒸日上，民众欣欣向荣，多唱颂歌，理所当然。但是，老话说："一人向隅，满座为之不欢。"一处遭灾，八方不安；户族有难，家邦受累。唯有迎难而上，战而胜之，才能达到社会和谐。这便需要我们的诗人词家积极投入反腐倡廉、惩恶扬善之中，不但身体力行，还要为之鼓呼。这是诗人词家的神圣职责，不容任何侵犯与丝毫懈怠。

国家是历史的产物，也将在历史中消逝。在国家消亡之前，祖国必定常存。因而诗人词家就有永远唱不尽的颂歌与战歌。正是："倾情蘸尽三江水，谱写辉煌建国篇。"（巫志文《国庆60华诞感赋》）"河清海晏千秋颂，国富民强万代讴。"（林志《祖国颂》）

2009.12.6

（收入胡锋编《祖国颂》）

"诗贵真"

——学习艾青《诗论》一得

如何把诗写好？前人教导我们要做到"三多"，即多读、多写、多商量。通过"京华金秋笔会"，我们写了很多，也商量很多。各位诗友都有收获。其中收获最大的一点，也是学习艾青《诗论》体会最深的一点，我认为就是诗人要说真话。这是已故诗坛泰斗艾青论诗反复强调的一句话。

艾青早在1938年至1939年写的《诗论》中就曾提出：诗人"必须说老实话"，"我们必须讲真话"。新时期以来，他又多次要求"诗人必须说真话"，"诗人要忠实于自己的感受。所谓感受就是对客观世界的反映”（《艾青诗选·自序》）。真，是对诗的最起码的、也是最重要的要求，即明代袁宏道所谓“大抵物真则贵”（《与丘长孺》）。

其实，古今中外的诗人、作家无一不强调诗要说真话。《周易》有言：“修辞立其诚”。明代陆时雍《诗境总论》也说：“诗贵真。”现代作家鲁迅多次讲过：作家写作要“有真意，去粉饰，少做作，勿卖弄”（《作文秘诀》）。巴金生前亦倡导作家要说真话。法国作家左拉指出：“作家全部的努力，都是把想象藏在真实之下。”（《论小说》）足见“诗可数年不作，不可一作不真”（清·刘熙载《艺概·诗概》）。

何谓诗之真？据我理解，诗之真义，主要有三：一是诗人主观的真诚。杜甫有句诗，叫“直取性情真”。诗人在其作品中要以真面真情、真心真意出见世人，无须乔装打扮，不能弄虚作假。这是诗之真的主导方面、关键之处，因为人一作伪，诗便流于虚假。马克思说得好：“不真实的思想必然地、不由自主地要伪造不真实的事实，因此也就会产生歪曲和撒谎。”（《马克思恩格斯全集》卷一）而歪曲和撒谎是道义上的灭亡。二是客观现实的真实。诗人凭借外物的描写，来抒发感情，即由客体表现主体。如果客体扭曲、本质失实，其所表现的主体也会随之失真。三是揭示人生真谛。诗人咏物言志、写景抒怀，最终意在表达人生感悟，揭示客观规律，反映生活真理。

概括说来，诗之真，就是真实抒写——表现主观世界；真实反映——再现客观世界；真实揭示——对于主客观世界要有所发现。一句话：就是抒真情、写真事、求真理。这是我对诗贵真的粗浅理解。

诗，何以要真？主要原因有四：第一，真实是艺术的生命。文学艺术包括诗歌都是现实生活的真实反映。真实与否，是衡量作品优劣的重要标准，也是作品成败的关键所在。万古常新，只有一真。艾青说得好：“诗与伪善是绝缘的。诗人一接触到伪善，他的诗就失败了。”（《诗论·道德》）第二，唯有真实，才能打动人心。人人喜欢真话，讨厌假话。《庄子·渔父》说：“真者，精诚之至也。不精不诚，不能动人。故强哭者虽悲不哀，强怒者虽严不威，强亲者虽笑不和。真哭无声而哀，真怒未发而威，真亲未笑而和。真在内者，神动于外，是所以贵真也。”诗人只能以他的由衷之言、真实之诗去摇撼人们的心灵。假大空早就倒了读者胃口，败坏了诗歌声誉。“天安门诗歌”之所以激动人心、引起共鸣，就是因为它真实地喊出了人们的心声。第三，艺术真实必须建立在生活真实的基础之上。诗歌创作不但允许、而且需要大胆想象、极度夸张，需要天马行空式的幻想、移花接木式的虚构；但是，所有这些都离不开生活真实。“画松一似真松树，待我寻思记得无？曾在天台山上见，石桥南畔第三株。”（《画松》，见何文焕《历代诗话》下）题画诗以假作真，说明画作逼真，甚至可以从现实中找到所画的实物。画松如此，咏松同样如此，不能违背生活真实。然而，艺术真实又不等同于生活真实，写诗不能照搬和摹拟生活。法国画家马蒂斯说：“精确不是真实。”鲁迅也说：“创作则可以缀合，抒写，只要逼真，不必实有其事也。”（《致徐懋庸信》）又说：“倘若画了全副的头发，即使细得逼真，也毫无意思。”（《我怎么做起小说来》）写作重在传神、写意。而且，艺术真实源于生活真实，还要高于生活真实，因为艺术既是生活的真实反映，更是理想的自觉创造。这就是生活真实与艺术真实的辩证关系。第四，追求真实，是诗人的神圣职责与庄严使命。人们常说，严格的现实主义可以通向严肃的马克思主义，因为真实能够达于真理。真话未必都是真理，但真理必定都是真话。人类社会需要的是真话、真理，而摒弃虚假、荒谬。不大真实的作品，歪曲现实的诗文，“若行于时，则诬善恶而惑当代；若传于后，则混真伪而疑将来”（唐·白居易《策林》），必为正直的诗人所不取。“心画心声总失真，文章宁复见为人。高情千古《闲居赋》，争信安仁拜路尘。“（金·元好问《论诗三十首》其六）像西晋潘岳（字安仁）那样谄事权奸、趋炎附势却又伪装“高情”、淡泊名利的诗人，必然遭到世人唾弃。艾青说：“诗的情感的真挚，是诗人对于读者的尊敬与信任。”（《诗论·道德》）“心画心声总失真”的创作现象，实在不足为法。忠于生活，忠于时代，忠于自己的感受，这是正直诗人不可推卸的应尽义务。

诗要做到真实，绝非易事。首先，要求诗人须有胆量。因为说真话要冒风险。艾青对此体会最深：“说真话会惹出麻烦、甚至会遇到危险；但是，既然要写诗，就不应该昧着良心说假话。”（《艾青诗选·自序》）他多次说过：“说真话太危险了。说真话容易触犯权势者，说真话会招来严重的后果。说真话得到的惩罚是家破人亡。”又说：“历来的文字狱都是可怕的，而且规模太大了，延续时间太长了，受株连的人数太多了。”（《新诗应该受到检验》）艾青自己就是说真话的受害者之一。现在，政治比较清明，国家实行法制。言论自由、创作自由有所保障。但是，什么事情都不是绝对的。喜欢歌功颂德，讨厌刺世讥邪，仍然存在。胆小怕事的诗人，往往是口将言而嗫嚅，足将进而趑趄。让他们写出敢怒敢骂的真诗来，简直比登天还难。因而鲁迅说："必须敢于正视，这才可望敢想，敢说，敢作，敢当。"（《论睁了眼看》）

其次，要求诗人须有识见。现实生活错综复杂，有时真假难辨。诗人唯有具备一双洞察隐微的明眸慧眼，方能透过事物的表面现象，发现生活的本质真实。而且，一般的真话，还不等于真理。诗人既要说出真话，又要说出真理；没有真知灼见，那就无法做到。艾青说得好："真理是平易却又隐藏在事物内里的"，诗人"必须有勇气向大众揭示真理"（《诗论·服役》）。

再次，要求诗人富于爱心。因为敢爱，他才敢恨；因为富于同情心，他才能有正义感，能够路见不平、拔刀相助。正如艾青所说："他们常常鄙视人所珍爱、珍视人所唾弃，向君王怒视，又向行乞者致礼。"（《诗人论》）他说："诗人首先要做一个诚实的人，做一个正直的人。如果连一点正义感也没有，连一点同情心也没有，倒真可以问一问：'要这些人干什么？'"因此，艾青说：诗人"个人的痛苦与欢乐，必须融合在时代的痛苦与欢乐里，时代的痛苦与欢乐也必须糅合在个人的痛苦与欢乐中"，"诗人应借'我'来传达一个时代的感情与愿望"。

最后，要求诗人须有才艺，掌握艺术规律，讲究表现技巧。诗人要说真话，不是平平淡淡说出，而是用诗来说，用艺术来表达，也就是要让形象说话。一般地说真话，还不是诗：演绎逻辑概念，堆砌标语口号，那是哲学论文；直说事实过程，议论是非得失，那是散文随笔；塑造人物形象，叙述曲折情节，那是小说故事；唯有借景言情、咏物抒怀、创造独特意象、营构优美意境，才是诗歌在说真话。用艾青的话说，就是诗人要“永无止息地为人类开垦智慧的处女地，劳役于艺术形象的生产”。

德国诗人歌德说过：“对天才提出的头一个和末一个要求都是‘爱真实’。”诗贵情真、景真、事真、意真、物真、理真。真则精金美玉，伪则瓦砾粪土。清末梁启超说：“自己腔子里那一团优美的情感养足了，再用美妙的技术把它表现出来，这才不辱没了艺术的价值。”（《中国韵文里头所表现的情感》)让我们牢牢记住古今中外哲人先贤的金玉良言。

总而言之，诗人要关注社会、反映时代，尤其需要勇于直面严酷的现实，敢于正视淋漓的鲜血。应当承认，改革开放确使国家富强了，社会进步了。但是，还有严重的腐败乃至黑暗，还有疯狂的邪恶乃至血污。诗人既不能置身事外、冷眼旁观，又不能睁一眼、闭一眼，更不能闭上双眼，或者熟视无睹。诗人的最大价值、主要作用，就在为人民鼓与呼。如果抱定“紧钳着三寸舌，方免得一身祸”的消极态度，那就丧失了诗人应有的良心和爱心。愿与诗友们共勉！

2009.10.7

（此文系在“《中华诗词》2009年京华金秋笔会”上的总结发言，2010.1《中华诗词》）

诗是创造

——“南通诗会”书面发言

中国自古至今就是诗的国度。“境添吟咏真诗国，兴入笙歌好醉乡。”（白居易）人们爱诗、诵诗、背诗、用诗，乃至学诗、写诗，不分男女，无论老幼，遍及城乡，广布各界。“天意君须会，人间要好诗。”（白居易）我们作为从事诗歌事业的诗人、词家、论者、编辑，有责任、也有义务多为“人间”提供“好诗”。

什么是“好诗”？“好诗”标准多种多样，但有一点是共同的：“好诗”就是创造。正如托尔斯泰所说：“愈是诗的，愈是创造的。”一切文学艺术都是创造，“好诗”尤其如此。而诗是最重形式的一种语言艺术。仅有诗的内容，没有诗的形式，可以是小说、散文、戏剧，却不一定是诗。散文诗虽然也是诗，但它毕竟只是诗的一种形式，并无普遍意义。意大利美学家克罗齐说过：“诗人或画家缺乏了形式，就缺乏了一切，因为他缺乏了他自己。诗的素材可以存在于一切人的心灵，只有表现，这就是说，只有形式，才使诗人成其为诗人。”（《美学原理·美学纲要》，见王治明编《欧美诗论选》）苏联文豪高尔基也说：“必须寻求还没有为人找到的东西：新的字句、新的韵节、新的形象、新的画面。诗人是世界的回声，而不仅仅是自己灵魂的保姆。”（《给基·谢·阿胡米英》，同上书）如果我们寻找不到新的诗的字句、诗的韵节、诗的形象、诗的画面，或者说，寻找不到诗的形式，那么，尽管也能成为“世界的回声”，但那定然不是“诗人”，而可能是小说家、散文家或者戏剧家。因而列宁说：“形式是本质的，本质是有形式的。”足见形式对于诗歌、对于诗人是多么的重要。诗人李广田说得极好：“只有在表现上，艺术家才存在，艺术家的力量才有用武之地。‘内容决定形式’，一点也不错，然而并不是有了内容便直接有了形式；形式，并不是自流地从内容中产生出来，而是由诗人，为了表现那一定的内容，而创造出某种形式来。”（《论新诗的内容和形式》），见杨匡汉、刘福春编《中国现代诗论》）

遗憾得很，新诗产生将近百年了，虽经几代诗人的不懈探索，也取得可喜成果，但创体较少，不甚成型。我们一直忽视诗的形式，过分强调诗的内容。内容当然须要强调，可是一旦过分，便会走向反面。由于轻视形式创造，忽略诗体建设，导致中国新诗停滞不前，近些年来，竟然跌进了诗的低谷。正像已故诗坛泰斗艾青所说：“形式上的长期停滞状态，并不能认为是文化发展中的好现象。”（《诗的形式问题——反对诗的形式主义倾向》，同上书）广大读者弃诗而去，这固然有着新诗内容脱离时代、脱离现实的种种问题，同时也有新诗形式脱离群众的严重问题。诗人兼诗论家郑敏教授说过：“将近一个世纪以来，诗歌文学的目光，一直停在欧美与前苏联的诗歌上。……向西方借鉴成了依赖性的借债行为。”这种“借债”实际就是对西方诗歌形式的生硬模仿和简单移植。它缺乏中国作风、中国气派，不为中国老百姓所喜闻乐见。而新潮诗人盲目照搬西方现代派那一套，包括其内容和形式。王一川承认：“诗一向扮演文学界文体革命的先锋角色”。他说，“周伦佑《自由方块》（1986）由诗、散文诗、散文、引语、插语和图案等多种语体片断无逻辑地拼贴而成”，鼓吹所谓“跨文体写作”。赵卫峰也说：“先锋与形式是不可分割或至少‘连体’的，因此，将形式建设的努力视作必然的先锋性行为”，一味地“反传统，反常规，反现成，反时尚”（《煤场诗札：形式论》，见 2007.8《山花》）。这类冒诗之名而实为不同文体的大杂烩，彻底背离了中华民族普通百姓的审美情趣与欣赏习惯，遭到唾弃，实属必然。古人说：“诗与文同谓之言，亦各有体而不相乱”（明·李东阳《匏翁家藏集序》）。又说：“虽无严郛（犹划界的城墙），难得踰越”（南朝梁代·刘勰《文心雕龙·定势第三十》）。不同体裁之间虽未隔着万里长城，可以彼此取长补短，但又不能互相混杂，以致模糊了文体界限。

“因情立体，即体成势”（刘勰，同上）。我们就是要根据表达思想感情的需要，来创立体裁；按照不同的体裁特点，来确定写法。英国诗人艾里略说：“创造一种形式并不是仅仅发明一种格式，一种韵律或节奏；而也是这种韵律或节奏的整个合式的内容的发觉。”内容不止是题材、环境、思想，而是经过诗人主观体验的审美情感；形式也不止是体裁，还是格式、结构、手法、韵律等，包括内形式和外形式。创造一种中国特色的新诗体、新形式，自然也就涵盖着能够体现诗人和中国百姓审美情感的新内容、新思想。为了生动地表现壮丽多彩的历史时代，深刻地反映忧乐频生的现实生活，精美地抒写丰富复杂的国情民意，以便满足中国百姓的多种需要，我们的论者、诗人，就是要深入研究、不断探索富有中国特色的新诗体。“不创前未有，焉传后无穷。”这是伟大时代赋予我们的历史使命，这是英雄人民托付我们的社会责任，这是诗人词家的自觉要求和理应负起的光荣义务。创体维艰，任重道远。让我们所有诗人、词家、论者、编辑团结起来，共同努力，创建出富有中国特色的如毛泽东所说的“新体诗歌”，以便满足中国百姓的多种需要。

2011.5.29

（2011.7.30 广东《清远日报》）

“只是征行自有诗”

——纪念毛泽东同志《在延安文艺座谈会上的讲话》70 周年

为了纪念伟大的马克思主义者毛泽东同志《在延安文艺座谈会上的讲话》（以下简称《讲话》）发表 70 周年，我谈一点学习体会。那就是文艺工作者包括诗人要深入生活、深入群众，向生活学习，向群众学习。这是繁荣社会主义文艺创作的根本问题、关键问题。

《讲话》发表于抗日战争时期的 1942 年 5 月。随着历史条件和社会实践的变迁，其中的个别论点和提法不再适用于现在。但是，《讲话》的基本精神和整体理论，永远不会过时，因为它是马克思主义文艺理论与中国革命具体实践相结合的产物，它是真理。《讲话》指出：“作为观念形态的文艺作品，都是一定的社会生活在人类头脑中的反映的产物。”人民生活“是一切文学艺术的取之不尽、用之不竭的唯一的源泉”。这就揭示出了文艺创作的艺术规律，千年不变，万载不磨。文艺，包括诗歌，始终离不开生活。诗歌，同其他文艺一样，都是生活的反映，生活则是诗歌创作的唯一源泉。离开生活，诗歌就成了无源之水、无本之木。恰如宋人所说："法不孤生自古同，痴人乃欲镂虚空。君诗妙处吾能识，尽在山程水驿中。"（陆游《题庐陵萧彦毓秀才诗卷后》）又说："闭门觅句非诗法，只是征行自有诗。"（杨万里《下横山滩头望金华山四首》）因为只有"山程水驿"的现实生活，才能激发诗思、催生诗法；也就是唯"见得真，方道得出"（清·查慎行《初白庵诗评》）。即使是天马行空的艺术想象，也不可能完全脱离实际生活的某种启示。所以，古代诗人讲究"读万卷书，行万里路"。唐代诗人李白、杜甫都有漫游祖国名山大川的亲身经历。这与我们现在所说的深入生活含义不尽相同，但在接触实际、接近人民方面，还是有其相通之处的。正因如此——当然不止于此，李白成了诗仙、杜甫成了诗圣。

据说，宋代女诗人李清照"每值天大雪，即顶笠披蓑，循城远览以寻诗"，有了诗作，"必邀其夫赓和，明诚每苦之"（宋·周辉《清波杂志》）。又说，李清照"易安以重阳《醉花阴》词函致明诚。明诚叹赏，自愧弗逮，务欲胜之。一切谢客，忘食忘寝者三日夜，得五十阕，杂易安作，以示友人陆德夫。德夫玩之再三，曰：'只三句绝佳。'明诚诘之。答曰：'莫道不销魂，帘卷西风，人比黄花瘦。'正易安作也。"（参见《琅环记》《济南府志·列女传》）这里自然有艺术修养上的高下之别，但更主要的原因，恐怕还在于李清照有生活实感，而赵明诚则"闭门觅句"、刻"镂虚空"。

我们所处的时代，是一个改革开放的伟大时代；我们所干的事业，是一项前无古人的英雄创举。如果我们不能投身于其中，却想写出反映现实、讴歌时代的优秀诗篇，那就无异于缘木求鱼。要出精品，只能是句空话。

诗人，连同所有文艺家，永远离不开人民群众。《讲话》指出："一切革命的文学家艺术家只有联系群众，表现群众，把自己当作群众的忠实代言人，他们的工作才有意义。"又说，他们"必须到群众中去，必须长期地无条件地全心全意地到工农兵群众中去"。邓小平同志也说："人民，是文艺工作者的母亲。""人民需要艺术，艺术更需要人民。"艺术，包括诗歌，之所以"更需要人民"，不仅因为人民群众创造了沸腾的生活，给艺术提供了"唯一的最广大最丰富的源泉"，而且因为人民群众哺育了艺术家和诗人。古人论诗，强调诗品出自人品，"人品既高，其一謦一欬、一挥一洒，必有过人处"（清·薛雪《一瓢诗话》）；"有第一等襟抱、第一等学识，斯有第一等真诗"（清·沈德潜《说诗晬语》）。尽管诗品与人品两者并非总是一致的，但我们是诗品与人品的辩证统一论者，反对"两重人格说"。要出诗的精品，必须要有人的高品。恰如鲁迅先生所说："从喷泉里出来的都是水，从血管里出来的都是血。"（《革命文学》）容不得矫饰作伪。人格卑下的作者，写不出诗格高尚的佳作，勉强写来，必定造作，流于诗的赝品。邓小平同志说："一切进步文艺工作者的艺术生命，就在于他们同人民之间的血肉联系。"他还要求我们文艺工作者要"努力成为名副其实的人类灵魂工程师"。为此，就要到生活中去观察体验，到人民中去学习提高，以便吸取丰富的精神营养，从而树立正确的世界观、人生观、价值观、艺术观，坚持正确的创作思想。这才有可能写出真正为人民所需要的精品力作。如果割断了自己同人民的血肉联系，诗人、艺术家不要说成为“人类灵魂工程师”，就连自己的艺术生命也将枯萎。即使硬性写作，也只能制造出于国无益、于民有害的文字垃圾。因此，我们的诗人、艺术家，既要自觉自愿地到人民的生活中汲取诗情，又要积极主动地向生活中的人民吸取营养，以求不断完善自己的人格、提高自己的人品。这是创造出优秀作品的基础。古人说，人品胸襟乃是“诗之基”，信然。

对于深入生活，似乎存在一些误解。有人说，到处都有生活，谁不在生活之中，难道处于生活之外吗？这话似是而非。是的，每个人都在生活，世上没有人能够离开人的生活而存在。问题在于毛泽东、邓小平所说的“生活”，不是指这种一般的人生世上的所谓生活，而是有特殊含义的特定概念。据我理解，当指人民群众创造历史的实践活动，即各民族人民改造自然、改造社会和反抗侵略的伟大实践；在当前，首先是指改革开放和现代化建设第一线。这种生活，显然不同于一般人的琐屑生存，而是关乎国计民生的重大社会活动。要求我们的诗人、艺术家深入这种生活，从中“汲取题材、主题、情节、语言、诗情和画意”（邓小平），创造出能够激励人民团结奋斗的优秀作品，是完全必要的，也是合乎实际的。特别是在一些诗人多年以来严重脱离现实、疏离人民、远离时代，热衷于抒写一己之私和蜗角之情的实际情况下，吁请诗人深入生活、接近群众，有着极强的现实意义，对于繁荣中国特色的社会主义文学至关重要。

至于深入生活的方式，可以采取不同形式，不必拘于一格。毛泽东同志后来曾提出过“走马看花”“下马看花”和“安家落户”（《在中国共产党全国宣传工作会议上的讲话》）三种形式。我想，针对不同作品类型和不同作者情况，要求不能完全一样。著名诗人徐迟生前说过：“小说家要蹲，诗人要跑。”我认为，这话基本正确，因为比较而言，小说家更需要细致的体验；而诗人只要有了新鲜的感受和独特的发现就行。游山玩水，“走马观花”，对小说家来说，也许不大解决问题，但诗人却有可能写出好诗来。

不管采取什么形式，我们的“寻诗经”，都不能像清代乾隆皇帝那样，只在花园小路上徘徊游荡，而要通向人民群众创造历史的伟大实践。我在《诗刊》工作的时候，曾先后组织部分全国诗人去山西“万家寨引黄工程”与河南“小浪底工程”深入生活、进行采访，写出一批反映时代精神的优秀诗作，在刊物上发表。当时诗人们感到，尽管时间不长、来去匆匆，但总比困于书斋、凿空强作好得多。各族人民为实现“四化”、振兴中华的艰苦奋斗精神、无私奉献精神、团结协作精神、科学求实精神等的高尚思想和巨大贡献，打动了诗人们的思想感情，激发了诗人们的创造热情。这是“暗中摸索”无法得到的。有感而发，方能激动人心；无病呻吟，永远难以企及！

2012.5.7

“亲到长安”

——在2010年《中华诗词》“金秋笔会”闭幕式上的发言

这次“金秋笔会”，大家都有收获。我不想多说什么，只提一个问题，以供大家思考。不叫“小结”，算是发言，题目为《亲到长安》。

金代元好问《论诗三十首》第十一首：

眼处心生句自神，暗中摸索总非真。
画图临出秦川景，亲到长安有几人？

意思是说，诗人的眼睛处于实境，亦即观察现实，心灵由此产生真情实感，写出诗来，自然入神。脱离生活，闭门造车，凭空想象，暗中虚构，这样写出的东西必然失真。杜甫的诗作之所以能把秦川美景描绘得栩栩如生、真切动人，充满诗情画意，就是因为他身在秦川，“眼处心生”，其诗自然美妙入神。如今，像杜甫这样“亲到长安”深入生活，能有几人？简直是寥寥可数了。

杜甫从天宝五载（35岁）到天宝十五载（45岁）在长安生活了整整十年，亲眼目睹了秦川的风物人情，积累了丰富的生活体验，创作出了一大批“画图临出秦川景”的优秀诗篇。略举数例，以见一斑。写《丽人行》：“三月三日天气新，长安水边多美人。”写《曲江对酒》：“桃花细逐梨花落，黄鸟时兼白鸟飞。”写《同诸公登慈恩寺塔》（即大雁塔）：“七星在北户，河汉声西流。……秦山忽破碎（人君失道），泾渭不可求（清浊不分）。俯视但一气，焉能辨皇州（心忧天下，纲纪已失）？”写他担任左拾遗在值夜班《春宿左省》：“星临万户动，月傍九霄多。”写《曲江二首》：“一片飞花减却春，风飘万点正愁人。”还有妇孺皆知、耳熟能详的诗句“酒债寻常行处有，人生七十古来稀”，也是写于此时。施国祁《元遗山诗集笺注》说：“凡兹景物，并近秦川一带，登临俯仰，独立冥搜，分明十幅画图都在把酌浩然，旷怀游目一一写照也。”霍松林在《诗圣颂》中说，杜甫“仕进无路，十载沉沦。……洞察隐患，忧国忧民。发为吟咏，动魄惊心。”杜诗让人“动魄惊心”的，不仅是秦川美景，而且还有忧国忧民的实感真情。

元好问这首诗，借评杜甫“亲到长安”、写出佳作，阐述了一个极其重要的诗学命题：现实生活是诗歌创作的唯一源泉，诗人唯有到生活中去，方能写出好诗。在这里，长安，对于杜甫说来，是实指；对于广大诗人词家说来，则是虚拟，是一种意象，象征着客观现实，即自然世界和社会生活。我们的所有诗人词家，要想写出好诗，特别是写出忧国忧民的好诗，必须像杜甫那样深入生活——“亲到长安”，从中汲取诗情。正如宋代杨万里诗说：“闭门觅句非诗法，只是征行自有诗。”（《下横山滩头望金华山四首》）清代张问陶《论诗十二绝句》也说：“写出此身真阅历，强于饤饾古人书。”“凭空何处造情文，还使灵光助几分。”“灵光”来自“阅历”；“阅历”催生“灵光”。

古有“寻诗”一说。诗仙李白，诗圣杜甫，其他许多诗人，都有漫游的经历，即所谓“读万卷书，行万里路”，既能接近民众，又可寻觅诗情。据记载，唐代诗人李贺，经常骑着瘦马，外出寻诗，还让仆人背着破旧锦囊，觅得好句，便记在纸上，投入囊中，回家后再进行整理、补充，写成一首首诗作。母亲见状，心疼儿子，常说："是儿非要呕出心来，才肯罢休！"李贺被称为"诗鬼"，诗风奇诡，诗思怪异，独树一帜，与他深得"江山之助"不无关系。

宋代女词人李清照也常游览寻诗。她在丈夫赵明诚任南京知府时，一到雪天，就戴着斗笠，披着蓑衣，绕城浏览，寻觅诗情，每有诗作，必请丈夫赓和，致使赵明诚苦不堪言。而且，还将两人作品混在一起，请人评定甲乙。从中选出的最佳诗句，都是李清照的，而非赵明诚的。夫妻二人，一个诗思泉涌，佳句迭出；一个诗思滞涩，作品平庸，除了其他因素，可能主要原因就在是否接触生活、贴近现实。宋代陆游《题庐陵萧彦毓秀才诗卷后》说："法不孤生自古同，痴人乃欲镂虚空。君诗妙处吾能识，正在山程水驿中。"清代袁枚《遣兴》诗也说："但肯寻诗便有诗，灵犀一点是吾师。夕阳芳草寻常物，解用都为绝妙词。"

但愿我们的诗人词家，切莫自囚一室、闭门造车，而要迈开双脚、外出寻诗。"千寻翠色供诗笔，一派湖山作画图。"（秋瑾）从自然美景到社会人生，从宇宙空间到人类生存……可以说是万象纷呈，饱蕴诗情，只待我们的诗人词家前去寻觅，收入诗囊。

2009. 6. 12 北京

2010. 8. 9 乳山（山东威海）

（2010. 12《中华诗词》）

农民要做诗歌的主人

全国第五届新田园诗歌大赛，在山西省乡宁县台头镇李子坪村的大力支持下，即将举办。“征稿启事”已在《中华诗词》《诗国》等全国性报刊陆续发出。由农民参与主办的全国诗赛正式启动了。这恐怕是有史以来破天荒的第一次！它表明：中国农民从此要做诗国诗歌的真正主人，不仅亲自从事诗歌创作，而且直接主持诗歌活动，为中国诗歌的健康发展和创作繁荣做出自己的独特贡献。我怀着兴奋和敬佩的心情，向李子坪村党支部书记、村委主任魏大平同志，向村党支部副书记、大学生村官文冠军同志，向村委副主任吴玉平同志以及全体村民，表示衷心的感谢和热烈的祝贺！我预祝这次全国新田园诗歌大赛圆满成功！

这次诗赛，是在一个大的诗歌文化背景下举行的。从负面看，突出问题有两点：第一，诗歌现状很不景气。改革开放带来西方诗歌的艺术借鉴，增强了我国诗歌风格的多样性和表现技法的丰富性，应予充分肯定；与此同时，西方现代主义和后现代主义的消极影响，也不可低估。一些诗人盲目照搬西方，“躲避崇高”，淡化时代，疏离群众，“表现自我”，“下半身写作”……竟成时尚。以晦涩掩盖虚无，用艰深文饰浅陋。广大读者对于中国诗歌深度失望，啧有烦言，怨声载道。而中国作家协会公然将国家大奖——“第四届鲁迅文学奖（2004-2006 年）全国优秀诗歌奖”，评给了“下半身写作”的“格调不高，文字粗疏”（中国作协）的于坚脏本诗集《只有大海苍茫如幕》，有意无意在为诗歌颓风推波助澜，更加助长了诗坛的歪风邪气。第二，乡土文学载不动乡愁。据2009年8月30日《文汇报》文章：新时期的乡土文学，不止是诗，而且连同小说，也在表面繁荣的背后“面临绝境”，隐藏着深刻“危机”。文章指出，当今作家笔下的乡土，没有了独特迷人的地理性与文化性，变成了演绎概念的空壳，乡村仅仅是现代社会的一个元素、一个肌体，不附着任何其他更为本源的象征或寓意。不免让人沮丧。

从正面看，也有令人欢欣鼓舞之处，那就是：一，新田园诗歌经过十多年的倡导推动，开始活跃起来，受到读者欢迎。单说山西省，除了举办四届全国新田园诗歌大赛，出版了四部获奖作品集和两部新田园诗论外，还成立了“新田园诗书画研究会”，创办了面向农民的《诗书画》杂志。仅翼城县就有近百名农民写诗，其中30人被授予“农民诗人”称号，7位农民编了诗集，3位农民出了诗集，还有农民（路玉香）在全国诗赛中获奖。形势的确喜人。二，农村文化活动出现新的发展势头。据2009年8月30日《解放日报》报道：“上海金山朱泾镇开始探索为期三年的‘千宅万户种文化’活动，让农民由原来的‘旁观者’摇身一变成为了参与表演的‘主角’，让文化在农村土壤里深深‘扎根’，一年四季‘滋润’乡村生活。”所谓“种文化”，就是“采取政府主导、社区参与、城乡联动的方式”，开展农村群众文化体育活动，达到“村村有活动，宅宅有歌声，户户有笑声”。这显然不是一城一镇、一村一户的事情，而是预示着全国农村文化的发展势头正在走旺。

当此之际，李子坪村农民挺身而出，主动参与举办全国新田园诗歌大赛，完全符合全国农村文化的发展方向与未来趋势，可谓得风气之先，因而意义不同一般，影响非比寻常。

最为重要的深远意义，起码也有四点：第一，对于端正我国诗风，必将发挥积极作用。中国诗歌主要包括两类：一是新诗，即自由体诗；二是旧诗，即格律体诗。两类诗歌都有成绩，不能否定；也都存在严重问题，不容忽视。新体诗在西化之风劲吹的情势下，亟须民族化；旧体诗处于复古之气甚浓的环境里，亟须现代化。而在新田园诗歌中，既有新体诗——却无新诗西化之弊；又有旧体诗——但无旧体复古之习。新田园诗歌在内容上，关注现实生活，表现时代精神，反映群众呼声，思想积极，感情健康，催人奋进；在艺术形式上，具有中国老百姓喜闻乐见的中国作风和中国气派，尊重平民百姓的艺术趣味和审美习惯，但不排斥、而且努力吸收西方诗歌有益的思想艺术营养，用以丰富自己，为中国诗歌的健康发展辟出一条康庄大道。第二，弥补农村文化缺失，满足群众精神需要。农村本是一块沃土，常年遭受文化干旱，过去依赖城市“文化下乡”，怎奈远水不解近渴，滴水难救大旱。如今举办诗赛，定会在农村这块肥田里，种植出新田园诗歌的花草树木来，结出精品力作的文化甘果。美味不独农民自食，还要同全国诗爱者一起品尝。第三，促进农村移风易俗，推动精神文明建设。与城市比较起来，农村的陈规陋习甚多，在经济发展起来后，又有死灰复燃、沉渣泛起之势。开展诗赛，可以把农民的目光和心思，吸引到读诗、学诗、写诗、赏诗上来，投入高雅向上、健康有益的文化活动，精力自然无暇旁骛。例如山西全国劳模李鸿海去世，亲朋好友撰写了 60 副挽诗挽联，挂了满院，进行祭奠，既挽死者，又慰生者。文明高雅的祭奠新风，取代了过去死人都要焚烧纸人、纸马之类的迷信旧俗。第四，潜移默化培养新人，不断提高农民素质。诗赛火种，一经点燃，便会燎原，越烧越旺——调动起农民、尤其是富有文化的青年农民的参与意识和进取精神，推动他们奋发向上、努力拼搏、积极钻研、刻苦学习。陕西的王老九、河北白洋淀的李永鸿、湖北刁久兰式的农民诗人，说不定就会从他们中间涌现出来。著名诗人刘章，就是回乡务农的知识青年，是纯粹的农民诗人，现在已成我国诗坛大家，既写新诗，又写旧休，还写散文，也写评论，样样俱精，谁敢小觑？纵然不写诗词，只是接受熏陶，农民的诗歌鉴赏能力和人文修养程度也会在不知不觉中有所增强。随着农民素质的提高，最终促进农村经济和社会的自身发展与进步。

《国际歌》里有两句词：从来没有救世主，全靠自己救自己，确是至理名言，极富现实意义。新中国成立后，广大农民（毛泽东同志说，中国军队是武装起来的工人和农民，农民为主）使自己在政治上得以翻身，做了国家主人。新时期改革开放，首先从农村开始，农民又使自己在经济上摆脱贫困，生活变得富裕，迈进小康社会（当然，全国各地并不平衡）。如今，农民要在文化上彻底解放，真正成为诗歌的主人，进而成为文化的主人，——这是富裕起来的农民兄弟和父老乡亲的必然要求。李子坪村也许是个微不足道的小小农村，却要力争做出惊天动地的伟大事业。不管这次诗赛结果怎样，成效如何，都将是一次具有象征意味的创造性开拓：沿着文化征途，在向诗坛进军——农民要做中国诗歌的主人！

2009.9.15

“春在溪头荠菜花”

宋代辛弃疾有两句词：“城中桃李愁风雨，春在溪头荠菜花。”（《鹧鸪天·代人赋》）我以为用来形容我国城市诗与新田园诗的发展现状，比较恰当。

1980年代，山西省太原市文联主办过一份刊物《城市文学》——文学包括诗歌、小说、散文、戏剧等等；“城市诗”的名目由此而生，一直沿用至今。只是相对说来，“城市诗”已经不大景气了，而且，出了一些变种：“知识分子写作”“口水诗”“下半身写作”……有些步入歧途，甚至落入魔道。以“城中桃李愁风雨”，说明“城市诗”处于风雨飘摇、生存困境之中，大概不算过分。

1990年代，也是太原，中央人民广播电台山西记者站主任翟生祥同志等曾与北京《诗刊》合办过几届“新田园诗”大奖赛。从此，“新田园诗”（也称之为“新乡土诗”）大行其道。经过诗人的不懈探索和论者的多年研究，“新田园诗”在创作和理论上，都取得了一些可喜收获，出版了几部获奖诗集、两部《论新田园诗》和《论新田园诗三百首》理论集。其他地区也编辑、出版过类似著作，例如贵州省诗词学会编出的《情系三农诗词选》，湖南江堤、彭国梁、陈惠芳主编的《新乡土诗派作品选》，以及《世纪末的田园》《家园守望者》诗选和《新乡土诗研究资料》诗论多部，江西景德镇诗词学会举办过“浮瑶仙芝杯”国际茶诗大赛，出了一批茶诗佳作——茶诗亦属“新田园诗”范畴……可以说，“新田园诗”正像田野溪边的荠菜花一样，春意盎然，生机无限，有着美好的发展前景，真的可谓“春在溪头荠菜花”。

我认为，“新田园诗”确实需要我们倍加重视、大力倡导。这是因为——

第一，以人为本，是我们一切工作的基本出发点，当然更是文艺创作包括“新田园诗”的出发点。人们常说，文学是人学，诗学是情学。古人论诗，主要有两种观点：一是“言志说”——“诗言志，歌永言”（《尚书·舜典》）；二是“缘情说”——“诗缘情而绮靡”（陆机《文赋》）。无论“言志”，还是“缘情”，都是描写人、表达情的，也就是以人为本。

以人为本，不是以市民为本，也不是以知识分子为本，更不是以党政官员为本——尽管“官本位”影响根深蒂固，而是应以全体人民为本，尤其是以基层百姓、普通平民为本。其中农民占了我国国民的绝大多数。如果以人为本，把农民排斥在外，不闻不问，那就大半成了空话。“新田园诗”把广大农民包括茶农、渔民、牧民等等作为自己的研究对象和表现对象，恰恰贯彻和体现了以人为本的指导思想。

第二，为人民服务，是我们一切工作的根本落脚点，自然也是文艺创作包括“新田园诗”创作的落脚点。毛泽东同志在《讲话》中明确指出：“我们的文学艺术都是为人民大众的，首先是为工农兵的，为工农兵而创作，为工农兵所利用的。”毛泽东的论述，非常准确、科学，过去在执行过程中，出了“左”的偏差：只讲工农兵群众，忽视其他阶层，显然是不对的。但强调工农兵的主体地位并没有错，今天看来，同样正确。工农兵、特别是农民，仍然是人民的主体，这种状况丝毫没有改变。

要为人民服务，为广大农民服务，内涵起码包括三点：一是作品要写农民，反映农村、农业的现实生活，表现农民的思想感情，表达农民的要求、愿望、理想；这就是毛泽东同志讲的："为工农兵而创作"。二是作品要给农民看，尊重广大农民的欣赏习惯、艺术趣味、审美心理，要让农民看得懂、喜欢看；这就是毛泽东同志讲的"为工农兵所利用"。三是不断发现、培养农民作者，要让农民自己动手，来写自己。农民诗人写"三农"、写亲历，定然要比局外人更熟悉，更容易写得好。

在为人民服务、尤其是为农民服务方面，我们应当学习"山药蛋派"已故作家赵树理。他眼睛盯着农村，心里装着农民，笔下写着农业，可以说一生不离"三农"，一直在用农民了解的语言、农民欣赏的形式、农民喜闻乐见的风格，在为农民写作，深得广大农民以及各行各业读者的喜爱。像赵树理这样写农民、为农民的作家、诗人实在是太少了。我们倡导"新田园诗"，既要学习赵树理真心实意为农民写作的创作态度，又要努力发现和培养一批像赵树理这样的农民作家、诗人。

第三，振兴中华大业，迫切需要"新田园诗"。我们应从振兴中华大业、建设小康社会的高度，来认识"新田园诗"的创作问题，因为"三农"问题，非同小可，关系重大。经过 30 年的改革开放，我国经济社会有了突飞猛进的迅速发展。但是，国民经济的总体结构没有大的改变，"三农"问题仍然是国民经济的基础。正因如此，多年以来，党中央、国务院异常重视"三农"问题，把它当作各项工作的"重中之重"，并且不断出台各项优惠政策，直至全面减免农业税收。这是几千年来中国历史上从未有过的促农政策。

再从物质文明和精神文明建设角度来看“新田园诗”。两个文明建设，关系密切，不可分割。物质文明建设为精神文明建设提供物质基础，精神文明建设又为物质文明建设提供智力支持和精神动力，两者缺一不可。我们要建设社会主义现代化强国，必须同时建设先进文化。国家要富强，精神要富有。一个文化落后、精神贫乏的民族，不可能进入世界强国行列，这就是党和政府之所以一再要求文艺大发展、创作大繁荣的原因所在。

第四，倡导“新田园诗”，有利于端正诗风。“新田园诗”贴近社会现实，贴近历史时代，贴近普通群众，关注人民大众的生存、发展，没有“知识分子写作”的虚无缥缈，也没有“下半身写作”的低级庸俗。它健康活泼，清新可喜，引人向上，催人奋进，能够给人以真、善、美的思想感染与精神享受。这无疑会改变污浊的不良诗风，极大促进我国诗歌的健康发展。

一切富有历史使命感和社会责任感的诗人词家，理应为党分忧，为国分忧，为民分忧，自觉肩负起繁荣文艺特别是社会主义诗歌的历史重任。努力创作“新田园诗”，此其时也！

2008.6.3—2009.4.5

（2010.3《贵州诗联》）

人类应当反躬自问

——何斌《问天·问地·问人》读后

何斌同志的《三问集》，可以说是对战国时代我国第一位爱国诗人屈原《天问》的承继与发扬。人生世间，至关重要的根本问题，一要生存，二要发展。对于古人，生存固然艰难，但无危机；社会落后，急需发展。因此，《天问》探寻的，虽然不无生存、但主要是发展的真理。对于今天，科学高度发达，社会相当先进，而生存反倒成了问题。因此，可以说，何斌的《三问集》探求的，尽管不无发展、但主要还是生存的真理。

《三问集》告诉我们：人类从原始社会发展到现代社会，真是突飞猛进，一步一层天。无论多么看似荒诞不经的幻想，都可以梦想成真；不管怎样属于虚无缥缈的神话，都能够变为现实。横穿宇宙，跨越太空，往返月球，探索火星……人类几乎无所不能。不怕做不到，只怕想不到；只要想得到，就会做得到。人类实在是太聪明了，远远超过地球上所有的动物，不愧为万物灵长。

然而，“聪明反被聪明误”。《三问集》真实地揭示出：人类在私心利益的驱动下，为所欲为，几乎丧心病狂，不仅肆无忌惮地破坏自然生态、毫无节制地污染生存环境，而且贪得无厌地劫掠社会财富、惨无人道地自相残杀。人说“春秋无义战”；现代社会的侵略战争，又有何正义可言？高科技武器，大规模杀伤，古人闻所未闻，今人屡见不鲜；战争电钮一按，便是杀人如麻，尸横遍野，血流成河，灭绝人性，惨不忍睹。由于人类的疯狂榨取，地球资源遭到掠夺式的浪费开发，生态环境陷于难挽回的彻底失衡。诗中说："联合国的调查显示：／到2030年／必须要有二个地球的资源／才能开支今日地球的人类！／地球一旦丧失供给／且看人类如何生存？"难道这还不是人类面临的极其严重的生存危机？人类到了反躬自问、彻底醒悟的时候了！

长诗写道："当今的中国／政府提倡／'和谐社会'／人民希望／'爱心工程'　／和谐凝聚力量／爱心织造幸福"。这是诗人为人类开出的拯救世界的唯一良方：没有"和谐社会"，中国难以求得发展；缺乏"爱心工程"，人民无法获取幸福。中国如此，世界皆然。因此，诗人大声疾呼：全人类的"'大同世界'何时实现？'和谐社会'何时到来？"人类需要的是"和谐"而不是"战争"，是"爱心"而不是掠夺！掠夺必将导致战争，战争终将带来毁灭。毁灭地球的蠢事，聪明的人类再也不要干了！

何斌的《三问集》从头到尾充满了可贵的忧患意识。何斌忧的，不是一人一家，也不是一族一国，而是整个地球、全体人类。但他并非杞人。他是极富爱心而又极具敏感的诗人，再加上他钻研天文地理、关注世界大事，从而达到先知先觉。他的这部长诗，对于人类，无异于当头棒喝，必将触动良知：有似于醍醐灌顶，定会催人猛醒！

2009.11.7于北京

（2011.5广东《中华名人艺术家》）

中华诗词要与时俱进

——学习中央领导李长春、刘云山《贺信》有感

2010年5月31日至6月2日，中华诗词学会第三次全国会员代表大会在京召开。中共中央政治局常委李长春，中共中央政治局委员、中央书记处书记、中央宣传部部长刘云山同志，分别发来《贺信》。对于纯粹民间的群众团体，此举并不多见，意义非比寻常。它表明：中央领导对中华诗词学会工作的充分肯定，对民族传统文化的高度重视，对广大诗人词家寄予厚望！我们不能辜负中央领导的殷切期望，要认真学习《贺信》，领会其精神实质，并且贯彻到今后的诗词工作之中。

学习两个《贺信》，我感受最深的一点是，中华诗词要与时俱进。李长春和刘云山同志不约而同地都要我们要“紧跟时代前进的步伐”。云山同志还以明清之际的画家石涛的名言“笔墨当随时代”来勉励我们。因为诗文艺术都是客观现实在诗人、艺术家主观头脑中反映的产物；时代生活是文艺创作的唯一源泉，所以诗词创作不能脱离时代，不能脱离现实。一旦脱离时代现实，诗词之河就会成为无源之水，终将断流；诗词之树就会变成无本之木，必定枯萎。时代在前进，社会在发展，恰如云山同志所说：“我们正处于一个大发展大变革的时代”。人事物态，因时而变更；世道人心，随世而迁移。作为物态、人心真实反映的中华诗词，就不能不跟着时代而有所变化。南朝梁代的文论家刘勰说得极好：“时运交移，质文代变，……歌谣文理，与世推移。”（《文

心雕龙•时序》)俄罗斯文学评论家车尔尼雪夫斯基也说:“文学……就其本性来说，它不能不是时代愿望的体现者，不能不是时代思想的表达者。……只有那些在强大而蓬勃的思想底影响之下，只有能够满足时代底迫切要求的文学倾向，才能得到灿烂的发展”（《车尔尼雪夫斯基论文学》）中华诗词要想真正复兴、再创辉煌，就必须紧跟时代，与时俱进，成为名副其实的“时代愿望的体现者”和“时代思想的表达者”。

事实上，不仅诗词界，而且连新诗界在内的我国整个诗歌界，都存在着远离时代、脱离现实、疏离人民的创作倾向。一些诗人词家热衷于模唐仿宋，沉迷于古香古色、原汁原味;一些新潮诗人“躲进小楼成一统，管它冬夏与春秋”(鲁迅《自嘲》)，一味抒写纯粹个人的一己之私;等而下者还搞什么“下半身写作”，制造精神垃圾。当此之际，中央领导提出“紧跟时代”的要求，这对我们既是关心，又是爱护，更是提醒，很有指导意义，有助于我国诗歌的健康发展。

历来的诗歌经典，往往都是紧跟时代步伐、关注现实生活、反映时代精神的精品力作。唐代伟大诗人杜甫的诗作，之所以被称为“诗史”，就因为杜诗真实地抒写了他所生活的唐代的社会现实，显示了唐代由盛转衰的历史过程。这在古代典籍中有着明确记载，决非后人的牵强附会。例如唐代孟棨《本事诗 • 高逸第三》：“杜逢禄山之乱，流离陇蜀，毕陈于诗，推见至隐，殆无遗事，故当时号为‘诗史’。”宋代李朴在《余师录•与杨宣德书》中说:“唐人称子美为‘诗史’者，谓能记一时事耳。”宋代欧阳修、宋祁等著《新唐书•杜甫传赞》也说：“甫又善陈时事，律切精深，至千言不少衰，世号诗史。”杜甫自称的“百年歌自苦，未见有知音”（《南征》）并不准确。同代和后人的这些记录与评价，应该说就是他的“知音”。

诗歌之成为“诗史”，又与历史典籍截然不同。俄罗斯的文学评论家别林斯基曾说，史学家和哲学家都与诗人有别：“哲学家用三段论法，诗人则用形象用图画说话，然而他们说的都是同一件事。”“一个是证明，一个是显示”，不过是“一个用逻辑结论，另一个用图画而已”（《别林斯基选集·1847年俄国文学一瞥》二卷）。诗歌创作的基本规律是形象思维，即用形象说话。如果从“记事”的角度说，史学和哲学都止于忠实记录与正确评价；而诗歌则不能仅止于此：它还要借“记一时事”“善陈时事”以表达世道人心，也就是反映时代精神，表达社会情绪。称之为“诗史”，也不仅仅是诗人所处时代的社会史，还要成为当时人民的心灵史。这是“诗史”与历史的根本区别之一。因为人民是社会的主体、时代的主人，是历史的创造者，人民的思想、感情、要求和愿望总是同历史的发展、社会的进步相一致，所以，人民必然成为时代精神的体现者和代表者。任何时代的诗歌经典，都是通过记一时之事、抒一时之情，以表达人民的要求和愿望，反映当时的时代精神。

古今中外的杰出诗人，无不具有强烈的社会责任感和历史使命感，自觉紧跟时代，积极关注现实，努力反映人心，推动社会前进。德国伟大诗人歌德说：“要是只能表现自己那一点点主观感情，他是不配称为诗人的；只有当他能驾驭世界和表达世界的时候，他才是个诗人。那么他就是永不衰竭的。”又说：“人们常常谈论古人的著作；但是古人著作里除了说注意现实和尝试去表现它，还有什么意义呢，因为古人在世时所作的不过如此。”歌德是这样说，也是这样做的。他的诗歌作品，密切“注意现实和尝试去表现它”，热情歌颂18世纪德国人民反抗封建专制暴力的英勇斗争。恩格斯指出：“这个时代的每一部杰作都渗透了反抗当时整个德国社会的叛逆的精神。”（《马克思恩格斯全集》第2卷第634页）也就是突现了当时德国的时代精神。歌德的密友席勒也是伟大诗人，同样在自己的作品中反映德国的时代精神，尽管马克思曾经指出席勒作品的某种概念化倾向，即“把个人变成时代精神的单纯的传声筒”（《马克思恩格斯选集》第4卷第340页），但这只是美中不足，当然也值得我们警惕。

不错，每位诗人词家都享有充分的创作自由，想写什么，就写什么，他人不能随便干涉，更无权力强加于人。而且，即使小花小草，也要享有一片蓝天，写得精致，也会成为优秀作品，不该加以排斥。但是，那种东西毕竟是儿女情多、风云气少。而且，杰出的诗人词家不能满足于此，应有更高的追求、更大的抱负。别林斯基说过：“在构成真正诗人的许多必要条件中，当代性应居其一。诗人比任何人都应该是自己时代的产儿。”（《论巴拉廷斯基君的诗》）俄罗斯文学评论家普列汉诺夫也说：“伟大的人物的最主要的个人的特性，‘最高的独创性’（读者都记得朗松这个用语）表现在这里，就是他在自己的领域里比别人更早或者更好、更充分地表现出他那个时代社会的或者精神的需要和憧憬。”（《论西欧文学》）这是至理名言。一切有出息、有作为的诗人词家，理应紧跟时代，与日俱进，力争为民族、为国家乃至为世界创造出历久不衰、传诵千古的鸿篇巨制。

2010.6.25—28

（2010年第3期《中华诗词学会通讯》）

强化诗体意识，促进形式建设

——“南通诗会”小结

由《诗国》与江苏中华文化促进会主办、江苏综艺集团和南通市文联承办的“南通诗会”，的确别开生面。它起码开创了我国诗界的四个先例：

一是诗会规格空前。这次诗会，除了少数地区，几乎每个省区都有代表出席，是名副其实的全国诗会，连台湾、香港都有诗友莅会。而且，与会者均为诗坛名家：写诗的，堪称大家——既有新体诗大家，又有旧体诗大家，还有新古体诗大家；写评的，可谓权威——许多诗论家足称著作等身的诗学权威，对于诗学理论不仅深有研究，而且卓有建树，在当代诗坛享有盛誉。若从在职不在职的诗刊诗报等主编、副主编来看，就有30余位；若从原为省部级领导、将军以及作为省市文联作协领导的诗人词家来看，也有多位光临。这次邀请与会者，主要考虑的，不是其社会地位，而是其诗坛影响。各位都是忙人，加以年事较高，平时很难搬动他们，如今莅临诗会，确实分外赏光。——应当说，这是诗人顾浩同志面子大，有着异常的吸引力。让我们再次真诚感谢所有与会者的鼎力支持！

二是研讨议题空前。这次诗会的议题“创建中国特色新诗体”，是顾浩同志与老诗人贺敬之同志商定的。恕我直言，这个题目有点犯忌！因为诗体毕竟是个体裁问题、形式问题，容易被人误解，乃至诬为“形式主义”。1950年代，何其芳、卞之琳同志倡导“现代格律诗”，就曾遭到围攻：除了称之为“形式主义的观点”，还上纲到“主观唯心论”“资产阶级的艺术趣味和个人主义倾向”等13项错误。过去常说，诗歌“无论哪种形式的产生，都不是由某个天才的拟定而成的”（艾青《诗的形式问题——反对诗的形式主义倾向》）。这话有一定道理，但不全面。诗体的产生，无论民间还是诗人，总要有人创立，即第一位“某个天才”“拟定”，否则新体从何而来？只不过新体的最后形成，是要经过众多诗人的创作实践和历史检验的。更早一些，有人甚至坚持：“新诗之没有一定的形式，正是新诗的一种好处，正是新诗的生命之所托。”（李广田《论新诗的内容与形式》）在这种情势下，一般人谁还敢谈论创建诗体？避之唯恐不及。

长期以来，我们总是强调，内容决定形式，形式服从内容。这当然也有一定道理。但是，物极必反，过则为灾。内容强调过分，形式长期忽视，必然影响到我国诗歌发展。包括毛泽东同志在内的许多有识之士，几乎都认为中国新诗还不成型。不错，经过几辈诗人的不解探索，新诗成就不容低估。然而，诗体缺乏建设，形式不够成熟，导致诗歌读者丧失、群众怨声载道。这是不争的事实。我们就是要冲破一些旧的思想禁锢，偏来研讨中国特色的新诗体，共商创建毛泽东同志提出的“一套吸引广大读者的新体诗歌”，而不止是何其芳等人当年所提的“现代格律诗”。这是新诗有史以来，从未如此集中众多名家研讨过的重要课题（个别研究不乏其人，报刊讨论，仅限“现代格律诗”），可以说是破天荒的一次壮举。

三是两个诗坛聚会空前。著名前辈老作家舒芜早在1998年就提出《另有一个诗坛在》，即旧体诗坛的勃然兴起。

我国现有新、旧两个诗坛并存。如今这已成了大家的共识。而且，两个诗坛已经开始改变以前彼此贬低、互相排斥的错误做法，关系大有好转。现在，两个诗坛的重要人物，如全国省市新诗学会、新诗协会、诗词学会，以及新旧诗坛的名家，正副主编和报刊代表，欣然聚首，共论诗体，诚如著名“两栖诗人”刘征老所引晋代王羲之《兰亭集序》的话：“一觞一咏，亦足以畅叙幽情。”这在以前也是不可想象的。

刘征老的贺联说：“春风暖诗国；古韵创新声。”是改革开放与和谐社会的“新风”吹暖了“诗国”——决不仅仅是纯粹民办的同仁刊物《诗国》杂志，更是两个诗坛和海峡两岸携手共进的中华诗国；无论新体诗，还是旧体诗，都要完善现有体式、创建新的诗体。这次盛会，也是《诗国》所倡、并且得到许多有识之士大力支持的“整合新旧两个诗坛”的一个重要标志。

四是学术水平空前。新诗将近百年，虽为首次集中研讨诗体建设，但积百年之经验教训，与会者变得聪明了。现在也有人倡导“第三次诗界革命”，如诗论权威吕进教授、著名老诗人邵天任同志（年过九十）等。但大家记取了“五四”新诗革命的教训，一不搞绝对化。新诗、旧体并非水火不能相容、冰炭不可共器，正如邵天任老所说：“新体产生，旧体不废。”顾浩同志也说：“新诗体与多体式是辩证统一的。”（《创建中国特色新诗体》）二不带破坏性。创建新体不必也无须破坏旧体。恰恰相反，创建新体，倒是须要“向对方靠拢、学习，互融互补”（丁芒），在继承中创造，在借鉴中出新。采取实事求是的科学态度，就能保证我们的诗体建设取得一定成果。

围绕“创建中国特色新诗体”，大家提出许多极具学术价值的新鲜见解。概括起来，主要谈了三个问题。

第一，诗体需要创新。与会者首先肯定，百年新诗确实取得了不容否定的伟大成就。同时指出,“五四文学革命”“只完成了载体的更新，即从文言到白话的转变，而没有完成诗体的建设”（万龙生）。即“新诗始终没有找到一个比较完备的审美规范，尤其是在形式方面”（浪波）。“新诗已经被散文化逼上了绝路，离民族化越来越远了。因此，创造有中国特色的新诗体确实是当务之急”(高平)。有人认为,“民族文化美”“汉语语言美”“格律形式美”正在“日渐衰减”（赵恺）。而“后期朦胧诗已经走火入魔，玩文字游戏，严格地说，连文字游戏也不是，文字游戏还讲究文字的和谐、对称、节奏、华美呢”（浪波）。“时下一些新潮作品，无规无矩，无韵无味。太自由惯了，误以为把汉字分开行便是诗，有时还有人叫好。”（刘章）新诗的最大弊病“就是割断了新诗与古典诗歌这一母体的脐带”，“极端的个人化；形而下的恶俗化；唯利是图的商业化；唯权是吹的官场化；拉帮结派、互相吹捧的山寨化；各行其是没有审美规范与游戏规则的无序化”（李元洛）。

近些年来，旧体诗坛异常活跃，新人辈出，佳作迭现。但是，弊病也很突出：一些人死守诗词格律，限用旧声旧韵，不许越雷池一步；少数人甚至公开打出“复古”旗号，一味“模唐仿宋”，讲究“原汁原味”；至于概念化、公式化、“三应诗”等更是屡见不鲜。

这种状况，如不改变，中国诗歌要想真正的大发展、大繁荣，那是难以实现的。而“中国诗歌史也是一部诗体变更史”。“三千多年来，经历了一次又一次的诗体变更，造成了一度又一度的诗歌繁荣，耸起了一个又一个的诗歌高峰”。可见，“诗体的变更对于诗歌的繁荣关系极大。我们既要看到，内容决定形式；又要看到，形式反作用于内容。孤立地强调哪一方面都是片面的”。而且，“神州盛世呼唤着诗体创新”（顾浩）。“一切文化形式都是为内容服务的，诗歌内容的创新固然重要，形式的创新即求正容变，同样是重要的，不能忽视的。随着内容要求的变化，形式也必然或迟或早、或多或少地随之要有所变化，以更好地与变化了的内容相适应，这是常理，是事物发展的规律。”（林平）

第二，诗体创新猜想。有人认为，“创造有中国特色的新诗体，是中国诗歌发展的必由之路”。“诗体创新务必稳步前进”（刘国藏），既不能束之高阁，又不可操之过急。由于缺乏实践，对于新诗体，现在谁也说不清楚。不过，根据广大读者意见和许多诗人思考，还是可以做些初步猜想的。

大家认为，“在诸多文学样式中，诗歌艺术具有更强烈的民族特色。正确的道路，应当是有继承有创造”（浪波），即旭宇所谓“新古典主义道路”。这种新诗体，“从旧体脱胎，将新诗改革，汲取民歌营养”（武正国）。“同时，也要学习西方好的有用的东西”，“更重要的是要有我们自己的独特创造”（刘润为）。一些人提出，“最佳途径是‘求本促变’”：“本”主要包括言志、抒情、美语三个方面；“变”则是指诗本、诗体都要变化（王同书、陈广德、孙国文）。“内容上关注国计民生，关注当代人生活，关注人民冷暖；形式上将中国古典诗词营养引入新诗，讲意境，讲韵味，绝非仅仅是古典与民歌融合一体。”（刘章）有人认为，它应当具有“八大特色”：“整齐中有错落，精炼而无雕痕，蕴藉而不晦涩，和谐而有波澜，历史现实兼顾，格律适当放宽，语言以今为主（适当保留仍有生命力的古语汇），声韵由新代古（声即四声，由新的阴、阳、上、去取代古代的平、上、去、入；韵即韵脚，由现代汉语为基础编辑的新诗韵取代平水韵）”（武正国）。

对于新诗体的格律，大家谈得较多，而且略有不同意见。有人认为，要“在约束中显自由，在自由中显约束”，以使“新诗求得形式的规范化定型”（骆寒超）。“破多立少的新诗必须要在‘立’上革命，新诗人必须要有形式感，必须要有融合‘变’与‘常’的智慧与功力”。而“格律体新诗的形成就是一种必须的‘立’”（吕进）。也有人认为，“在格律上应该顺其自然，但也不放任自流”（袁忠岳）。“真正的诗，肯定存在于一定的格律之中”；但他又主张“不要给它设定太多的规矩”，因为创作与评论不同；评论注重“自圆其说”；而创作就是要“自以为是”（高凯）。“要求过严，统一标准，恐怕也不适合新诗的健康发展。”（董培伦）

台湾的范光陵博士，被誉为“三冠才子”：即台湾的“电脑之父”“企业名家”“新古诗人”。他是宋代大文学家、大军事家范仲淹的后裔。范博士多年倡导“新古诗运动”，并在海峡两岸和海外产生很大影响，为中国诗歌赢得声誉。他认为，新古诗是“介乎新旧之间的中国第三种诗”。大陆也有诗论家持此观点：“新古诗即新古体诗、包括新古体词，可以说是中国诗歌的第三条道路”（丁毅）。

近些年出现的“自由曲”、“自度词”（或“自由词”）、“白话格律诗”也备受关注，值得重视。贺敬之多年从事新古体诗的创作；顾浩则创作新古体词。两位都是硕果累累，好评如潮。顾浩对新诗体的猜想主要有四条：（1）“精炼的语言”；（2）“和谐的韵律”；（3）“简短的篇幅”；（4）“多样的体式”。他说：“古人作诗填词，虽规矩甚严，但也没有视作‘天条’而不敢触犯。”

大家认为，“真正的诗，都是同爱、青春、生命与创造联系在一起的。没有盈盈爱意，没有青春激情，没有生命活力和创新智慧，不能给人以美感享受，就不是诗。……病态不是诗。虚伪不是诗。卑劣不是诗。肮脏不是诗。丑恶不是诗”（晓雪）。无论是格律体，还是自由体，都不要定于一尊。正像顾浩说的：“多样的体式，将是中国特色新诗体的突出特征。”

第三，创体决非易事。大家认为，“艺术创造是一项艰苦复杂的需要付出很大的生理和心理代价的劳动。倘若太容易、太轻松了，那肯定不是艺术”（刘润为）。因此，“创造中国特色新诗体”,“是一件宏大的历史工程”(王同书等)，是“重大的时代命题”（顾浩），“需要几代人坚持不懈的探索”（刘润为）。

一些人认为，“一种新体的确立需要有六大要件：一是时代和诗歌本身的发展要求；二是有大量的规范完美的榜样；三是有众所认同的体式；四是有志趣、功力俱优的队伍（创作新体的诗人群体）和对新体喜闻乐见的广大读者；五是有社会和执政当局给以认可、发展、成长的条件；六是有足够成长的长治久安的时间”（王同书等）。有人认为：“开创新诗体应三管齐下”，即（1）“要有一支创作实践队伍”，要有公认的“代表作、代表人物和流派”；（2）“要有一支理论队伍”进行研究，“指导创作”；（3）“要有一批文艺团体积极倡导”，出版作品，“给以推动”。新诗体现在“还处于萌芽阶段”，将来会“逐步形成旧体诗、新诗和新诗体三足鼎立、共同发展之势”（武正国）。

大家认为，“要对新诗发展作出真正贡献，需要我们的诗人有全面的修养，既要有渊博的文学及其他方面的知识积累，又要有高尚的人格，还要有真切、深沉的人生体验”（浪波）。香港女诗人蔡丽双博士，现任香港文学促进会会长、香港当代文学研究会会长、国际华文作家协会主席、《香港文艺报》主编等多职，因故不能到会，特地派来代表张继征先生。张先生说：“诗人必须放下自命清高的心态，走出书房，走向生活，走进群众，写大众所熟悉、所关心的家事国事、人间亲情、民俗风貌、大好河山等等，大处着眼，小处着手。”

顾浩同志指出：“判断诗歌优劣的标准，也和判断其他任何事物一样，要看群众喜欢不喜欢、满意不满意。”他说：“我们一定要让中国诗坛走出困境，创建一种具有中国特色、中国风格、中国气派，为中国老百姓喜闻乐见的新诗体。”他的话代表了所有与会者以及广大读者和诗人词家的共同心声。因为“走向大众，服务人民”，“这是它的出发点，也是它的落脚点”（林平）。而“探索建设有中国特色和时代风采的新诗体，是每个有志于中国诗歌建设者的共同担当”（冯亦同）。

“南通诗会”开得异常成功，取得了可喜的学术成果。可以说，这是一次总结的会。各位比较深刻、全面、实事求是地总结了中国百年诗歌的成败得失，并且上升到理论高度，能够给人启发。这也是一次鼓劲的会。诗坛名家权威热情呼吁新旧两个诗坛关注诗体创新，重视形式建设。他们与“人微言轻”相反，可以说是“人尊语重”。他们的话是有分量的，相信能够击起一些声浪。这还是一次誓师的会。到会的诗人词家、教授、论者、编辑以及有关人士，将要并且已经各以自己的独特方式，积极投身到诗体创建中来。“中国诗歌让我们手牵手，中国特色新诗体让我们肩并肩，博大精深的中华文化让我们心连心”（高经俭）。“致力于诗歌精神的重建和坚守诗歌本身的圣洁，是当代诗人不可推卸的责任”（李自国）。

会上所谈，当然只是个人见解、一家之言，绝对不是定论。诗体研究，刚刚开始，还要进行下去。希望“诗词界相机召开专题研讨会”，切莫再等百年，以便及时“交流创新诗体的情况和经验，保证中国当代新诗体更好地登上诗坛”，“创新诗体并非否定古体，而是适应时代要求，使中华文坛不断出现新的奇葩”（方祖岐）。我想，只要能够促使骚坛诗界树立诗体意识，强化形式建设，思考诗体理论，支持诗体创新，那么，“南通诗会”的目的就算圆满地达到了。

2011.6.6—14

（2011 年第 3 期《诗国·创建中国特色新诗体》，2011 年第 4 期《文艺理论与批评》）

诗国·《新古体诗特辑》小引

新古体诗，目前处境不佳。它因讲究部分格律，而被自由体新诗当作弃儿遗弃路旁；它又因叛逆格律，而被格律体旧诗视为逆子遭到排斥。新古体诗因而走投无路，只好到处流浪。纯粹民办的《诗国》，甘当新古体诗的收容院，愿意收养它，并且善待它。因为我们相信，它是诗歌家庭中的一员，现在虽然孱弱，有些面黄肌瘦，也不够俏丽，但它十分健康，充满活力，富有生机，经过调养、打扮，说不定将来有一天它会长成壮汉，乃至成为“诗国”栋梁也未可知。我们从这期《新古体诗特辑》中已经可以看出端倪。世事茫茫难逆料，奇迹常常出现于人们的意料之外。

新古体诗不是自由诗，属于半格律体；它也不是严格意义上的格律诗，属于半解放体。它在新诗、旧体两边都不讨好，势所必至，理有固然。天下事物充满了辩证法，有一利必有一弊。众美皆备于我，凡丑尽属于他，只能出于想象，世上并不存在。对于新诗和旧体，新古体诗未能尽收两者之长，却可兼补两者之短：它比自由体诗更加严谨整饬，而无其散漫芜杂；它比格律体诗更加灵动自由，但无其陈旧板滞。由于丢掉了部分新诗的自由、牺牲了部分旧体的格律，新古体诗的艺术表现受到了某些局限和一定伤害，必须予以正视，同时还要想方设法在其他方面找补回来。老话说：“救寒莫如重裘，止谤莫如自修。”新古体诗要想关住他人之口，就须先求自我完善，达到出类拔萃，别人自然无可挑剔。所谓不精不粹，不足以为美。比如，在作品的立意、构思、技巧、语言上精益求精，出奇制胜；在学习新诗、吸收民歌、借鉴西方、营造意象上敢于创新，大幅超越，新古体诗完全可以创造出艺术奇迹。

让我们拭目以待！

2009.6.25

（2009年1期总第4卷《诗国》）

钢刀需要石上磨

古罗马诗人、理论家贺拉斯（前65—8）在其《诗艺》中说：“我不如起个磨刀石的作用，能使钢刀锋利，虽然它自己切不动什么。”（见《西方文论选》上）贺拉斯把创作比作钢刀，把理论批评比作磨刀石，这是非常恰当的。创作的钢刀，需要不断在理论批评的磨刀石上磨一磨，才能经常保持锋利。

可是，自从1931年鲁迅先生说过“不相信‘小说作法’之类的话”（《答北斗杂志社问——创作要怎样才会好？》）以后，包括“小说作法”之类在内的文学理论，常被鄙薄乃至否定。没有磨刀石，钢刀固然可以照用，但是，必然一天钝似一天。

诗人主要从事创作，不必精研（能则更好）理论，但起码应当通晓理论。因为正确的理论能够指导创作、明确方向，可以使自己少走许多弯路。所谓理论，是指社会实践成败得失的科学总结，也是客观事物发展规律的理论升华。诗歌理论，反映出诗歌创作的艺术规律。懂得了诗歌理论，不一定会成为诗人，但他可以找到学诗、写诗的前进目标。正像贺拉斯所说，科学理论会告诉人们：“正途会引导他到什么去处，歧途又会引导他到什么去处。”（同上）而不至于变成“盲人骑瞎马，夜半临深池”（《世说新语·排调》）。

而且，诗人懂得了科学理论，掌握了创作规律，就能从必然王国进入自由王国。在科学理论指导下，进行创作，诗人会变盲目为自觉，变被动为主动。例如赋、比、兴，是《诗经》开创的古老的艺术法则，凡是诗人没有不会用的；但是，唯有真正理解和通晓赋、比、兴者，方能主动而又自觉地运用它。一切文艺创作，包括诗歌创作，都是有法可循的，决非杂乱无章。“天下之事，莫不有法；法之于文也，尤精而严。”（清·包世臣：《艺舟双楫》卷一）因此，孟子说：“大匠诲人，必以规矩。”（《孟子·告子上》）把“小说作法”“诗歌作法”之类绝对化、模式化，当然不妥。连宋代苏轼都说：“赋诗必此诗，定非知诗人。”（《书鄢陵王主簿所画折枝二首》）因为所有艺术法则，都是活法，不是死法。诗有大法，但无定法。“所谓活法者，规矩备具而能出于规矩之外；变化不测而亦不背于规矩也。”（宋·吕本中《夏均文集序》）毛泽东同志曾说：“掌握了格律，就觉得有自由了。”（舒湮《我又见到了毛主席》，见《毛泽东诗话》）他说的是诗词格律；扩而大之，掌握了艺术规律——也就是文艺理论，我们就会觉得进入一种“从心所欲，不逾矩”（《论语·为政篇第二》）的自由境界。自由是对必然的正确认识。只有认识了必然、掌握了必然，我们才能获得真正的自由。因此，别林斯基也说：“自由是至高的必然性，凡是不见必然性的地方就没有自由，有的只是任意，其中既没有智慧、意义，也没有生命。”（《乌格林诺H·波列沃依的作品》）

通晓文艺理论，还有助于诗人多出精品力作。人们常说："不以规矩，不能成方圆。"（《孟子·离娄上》）要想写出精品力作，必须遵循诗的各种规矩。美国大作家马克·吐温曾经撰文《库柏对文学原则的种种冒犯》，列举前辈作家库柏违背了小说创作的22条原则，证明库柏写作"犯规"，不是一个真正的艺术家，其作品当然也是平庸之作。小说如此；诗歌创作也是这样——不依诗的规矩，任性而为，随意挥洒，自然难成诗的"方圆"，更谈不上精品力作。艾略特说过："对于有心创作好诗的人，没有一种诗是自由的。"（见沈奇编《西方诗论精华》）诗歌巨匠只有在规矩之中施展本领，精品力作也只能在规矩之内出奇制胜，亦即宋代黄庭坚所说："领略古法生新奇"。

诗人要想宝刀不老、佳作频出，行之有效的办法，就是要在理论批评的磨刀石上，不断加以磨砺。

2009.11.5

（2010年第1期《东坡赤壁诗词》）

贺敬之的诗体探索

——接受大型文献专题片《诗人贺敬之》摄制组采访

我见到贺老敬之最早的诗，是他 1939 年写的《北方的子孙》，到现在已有 73 个年头了。贺老特别注重诗体探索。他在文章中说过：“我从学写新诗以来，在形式方面曾作过各种尝试和探索，其中包括对我国旧体诗词的某些因素和特点的借鉴与吸收。”（《贺敬之诗书集·自序》）贺老的诗体探索，取得丰硕成果，值得我们认真学习和研究。

贺老最先是写自由诗的。这与“五四”以来的新诗一样，形式比较自由，缺乏诗人自己的突出特色。贺老对此并不满足，因而在诗体方面开始进行探索与创新。他花费了大量时间和精力，探索诗体，直到现在老年，始终没有中断。

首先是民歌体。贺老在延安生活过、战斗过。他对陕北民歌“信天游”情有独钟。他在诗中说：“‘信天游啊’，不断头，/回回唱起来热泪流！”（《又回南泥湾——看话剧〈豹子湾战斗〉》）可见他对“信天游”充满感情。他热爱陕北民歌，学习“信天游”的表现手法，早在 1940 年代中期就曾尝试写过民歌体的新诗；新中国成立后，他又创出了广为传诵的民歌体新诗《回延安》（1956 年）、《桂林山水歌》（1959—1961 年）、《西去列车的窗口》（1963 年）等，已经成为我国新诗的经典作品。

其次是楼梯体。与此同时，贺老又注重并善于借鉴外国诗歌，尤其是苏联早期的革命诗人马雅可夫斯基的楼梯式的诗，写出了政治抒情诗《放声歌唱》（1956 年）。但贺老借鉴外国不是生吞活剥、机械照搬，而是根据中华民族的审美习惯和艺术趣味，加以改造，也就是力求使之“民族化”。比如：“春风。/秋雨。/晨雾。/夕阳。……轰轰的/车轮声。/踏踏的/脚步响。/……五月——/麦浪。/八月——/海浪。/桃花——/南方。/雪花——北方。”用楼梯式排列诗行，以传统手法创造意象。外国诗人学习和翻译中国古典诗歌，创造了“意象派”。像古诗中的“鸡声茅店月，人迹板桥霜”（唐·温庭筠《早行》），“枯藤老树昏鸦，小桥流水人家，古道西风瘦马。夕阳西下，断肠人在天涯”（元·马致远《天净沙·秋思》）……贺老采用的就是这种创造意象的传统手法，不如此，不足以表现大幅度的时空跳跃和天马行空式的艺术想象以及昂扬澎湃的革命激情。

再次是新古体。贺老最早的新古体体诗，是写于 1962 年的两组古绝，一组题目为《南国春早》，是两首五言古绝，如其一：“红豆相思子，木棉英雄花。南国春无限，海角连天涯。”另一组题为《访崖山》，是 5 首七言古绝，如其一：“青山断处崖门开，明灭灯塔古炮台。此时花发英雄树，南海烟波入境来。”（以新古体诗闻名于世的台湾范光陵在世界范围内开展“新古诗运动”，是从 1984 年开始写作新古诗的，比贺老晚了 22 年。）1970 年代以后，贺老的新古体诗创作，基本未断。公开发表新古体诗，则在 1990 年的《光明日报》发表 15 首《故乡行》（1987 年）。

贺老的新古体诗，可分两类：一类偏重于学习民歌，如《三门峡——梳妆台》，如其一节：“望三门，三门开：‘黄河之水天上来’！神门险，鬼门窄，人门以上百丈崖。黄水劈门千声雷，狂风万里走东海。”三、五、七言，不受句数限制。民歌韵味更为浓烈。语言明白晓畅，通俗易懂，朗朗上口，更适宜朗诵。因而很多读者都能背诵。思想感情比较单纯，热情讴歌新中国的建设成就；这与新古体的民歌风是协调一致的。

另一类偏重于学习古典诗词，如《故乡行》《富春江散歌》等。如《故乡行》的《访友倾谈》：“愚不可及宁武子，难得糊涂郑板桥。虽见玄坛纵黑虎，岂信黄粱新宋朝！”语言较为典雅，文字古奥，思想深沉，感情复杂。诗中用典较多，意在借古讽今。“玄坛”，即道教所奉财神，俗称“赵公元帅”，坐骑黑虎。“玄坛纵黑虎”，是说“金钱至上”正在大行其道；意谓精神文明建设未能与物质文明建设齐头并进。此诗写于1987年。诗人眼见“两个文明建设”未能一起抓，也就是“一手硬，一手软”，已经造成严重后果，又不愿像“宁武子”那样“邦无道则愚”（《论语》），更不想像郑板桥那样“难得糊涂”，毅然作歌，予以抨击，表达自己忧国忧民的忧患意识和爱国爱民的爱国情愫。由于不少作品针砭现实，而且触及当时在位的中央领导，因而诗人说：“诗无律而思有邪，不敢广为示人。”名之为“邪”，实是反话，在广大人民心目中，恰恰是“思无邪”。直到形势改变之后的1990年，这类新古体诗才得公之于世。

以上所说民歌体、楼梯体、新古体等，基本上是从形式方面划分的。还有从题材内容划分的诗体——政治抒情诗。

在我国诗人中，可以说，贺老是写作政治抒情诗的圣手和巨匠，有的评论家称他为“新中国政治抒情诗的开拓者和奠基人之一”（王迩宾《贺敬之与政治抒情诗》，见

2006.7.6《文艺报》）。我以为，这个评价十分准确，贺老当之无愧。他的《雷锋之歌》（1963年），是贺老自己的政治抒情诗的代表作，也是我国诗坛政治抒情诗的经典之作。诗人贾漫在《诗人贺敬之》评传中，把雷锋比作“一颗威力强大的精神原子弹”，把《雷锋之歌》比作“多级火箭”，“对于学习雷锋，对于弘扬革命的骨气与正气”，起到了“多级火箭”的助推作用。我认为，这两个比喻非常恰当。《雷锋之歌》这个“多级火箭”至今还在发挥作用，因为现在还常有人在晚会或集会上朗诵《雷锋之歌》的片段，照样受到广大听众的热烈欢迎。这说明《雷锋之歌》富有很强的艺术生命力。我相信，它会传之后世。因为无论任何时代，都要正确解决做人问题，而《雷锋之歌》提出和解决了这个根本问题：“人，／应该／怎样生？／路，／应该／怎样行？”后边做出回答：要像雷锋，“人啊，／应该／这样生！／路啊，／应该／这样行！”

在艺术上，这首长诗的突出特色，主要是吸收了多种诗体的长处。借用唐代元稹评论杜甫的话说，就是“尽得古今之体势，而兼人人之所独专”（《杜君墓系铭并序》）。

在诗中，我们看到了民歌体的影子——如民歌常用的复沓手法，反复叠唱，强化抒情；关于人生的前问后答，亦属复沓叠唱。再如民歌的比兴手法：“八万里／风云变幻的天空啊／今日是／几处阴？几处晴？”这里的“阴”“晴”显然不指自然天气，而指社会现象。“我看见／海浪滔滔的／母亲怀中——／新一代的太阳／挥舞着云霞的红旗，／上升啊／上升！”这些描写，都非实指，而有比兴意义。

在诗中，我们也看到了新古体的影子——古诗的意象创造，随处可见；而用得最多、最好的，是古诗的对仗艺术：既有词语对仗，又有诗句对仗。如“滚滚湘江水呀，/闪闪延河灯……”即是词语对仗；而“湘江水”“延河灯”又属意象，具有象征意味。至于诗句对仗，那就更多了：“让我一千次选择：/是你，/还是你啊/——中国！/让我一万次寻找：/是你/只有你啊/——革命！”再如：“这里有/永远/不会退化的/红色种子；/这里有/永远/不会中断的/灿烂前程！”皆为对仗，不胜枚举。只是贺老诗中的对仗艺术，比较灵活，整散兼行，张弛有度，不像古典诗词、尤其是律诗那么严格。

在诗中，我们还看到了楼梯体的影子——从总体上看，它是自由体的新诗，形式比较随意，任情挥洒，意到笔随；从细部上看，它又有民歌体和新古体的因素；诗行排列，有时还用楼梯式，断断续续，高高低低，给人的感觉是节奏鲜明，错落有致。

在此之前，贺老已经成功地做过多种诗体的创作尝试。在写《雷锋之歌》时，他把积累起来的所有的艺术经验和诗体技巧，集中用于此诗。完全可以说，《雷锋之歌》充分发挥了多种诗体的优长，淋漓尽致地抒发了诗人的豪情胜慨。

2012 年 4 月 18 日访谈，4 月 19 日整理

（2016 年第 2 期《诗国》）

学习郭小川，为人民歌唱

1950年代，我国诗界文坛就有“郭贺李闻”之称，即郭小川、贺敬之、李季、闻捷。四大诗人并称，犹如戏剧界的“四大名旦”，足见郭小川及其诗作影响之大。郭小川在诗歌艺术上始终是位积极探索、大胆尝试的创新者。他坚持不懈地进行了多种诗体试验：自由体、民歌体、旧体诗、赋体诗、楼梯式……真是五花八门、变化万千。经过反复试验，他终于在1960年代创造出了中国现代格律诗——“郭小川体”。我国现当代诗人盈千累万，究有几人能为诗坛创出一体？屈指可数！一切艺术贵在独创。小川在诗歌艺术上的探索创新精神，就很值得我们认真研究、学习和借鉴。

但我以为，我国当前诗坛迫切需要的、小川诗品人品中最应学习的，是他满怀激情、始终不渝地为人民而歌唱的高尚情怀。

诗界有人曾把“表现自我”当作新鲜发现，拼命加以宣扬。其实，我国古代一再强调“诗之中须有人在”（清·吴乔《围炉诗话》），“诗中无我不如删，万卷堆床亦等闲”（清·张问陶《论诗八首》）。这是古人的经验之谈，至今仍有现实意义。郭小川的诗中，从来不曾缺“我”，从来都是表现诗人自我的——不管诗中是否出现“我”字。即使没有“我”字，诗中只有“我们”，其所表现的，依然是诗人自我的独特感受与发现。问题不在诗中有无“我”字，而在诗中之我到底该是怎样的角色？

小川诗中之我，既是具有小川个性的独特自我，又是通向人民群众的普泛自我。其诗所写，都是作者自我的所见、所闻、所感、所思；作品所传，均为诗人自我的所喜、所忧、所爱、所憎。但他的思想胸襟，决非一己之私心，而总是同人民相一致；他的感情愿望，也非狭隘之私情，而总是与群众相融合。试读他那不同时期的作品，就会发现，诗人的喜怒哀乐，深刻体现出了特定历史阶段广大群众的爱憎褒贬。因而，他的诗作能够反映出时代的脉搏，表现出社会的情绪，传达出人民的呼声。这就是老诗人贺敬之在《〈郭小川诗选〉英文本序》中正确指出的“诗人的‘自我’跟阶级、跟人民的‘大我’相结合”（《贺敬之谈诗》），可谓知言。

诗人与群众、作者与人民的关系问题，是诗歌创作和诗学研究的重要问题，而且是每个诗人的创作实践和每个论者的理论研究，都无法回避的重大理论问题。看看他们对这个问题的具体回答，他们究竟是否人民的诗人与人民的论者，就可一目了然。世界上的伟大诗人和论者，对此问题均有鲜明而又深刻的论断。德国大诗人歌德说：“要是只能表达自己那一点点主观感情，他是不配称为诗人的；只有当他能驾驭世界和表达世界的时候，他才是个诗人。这样，他就是永不衰竭的。”俄国大理论家别林斯基说：“任何伟大的诗人之所以伟大，是因为他的痛苦和欢乐深深植根于社会和历史的土壤里，他从而成为社会、时代和人类的感官和代表。”匈牙利大诗人裴多菲说得更为明确：“诗人，必须为人民而歌唱。”……我们的诗人和论者，如果真想对社会有大贡献，对历史有大价值，那就应当毫不犹豫地跟时代同步，与人民同心。面对底层群众的重重苦难，我们不能闭上眼睛；面对平民百姓的种种欢乐，我们也不该噤若寒蝉。小川为我们做出了典范。

2009.8.11

（2011.3.17广东《清远日报》，2011.5香港国际炎黄文化出版社版《郭小川研究》第3—4合集）

在“创建中国特色新诗体”的背后

新诗从诞生到现在，将近百年，经过几代诗人的不懈探索，取得了巨大成就，其中包括诗体建设。这是必须首先肯定的。例如贺敬之、郭小川、阮章竞、李季、严阵、沙白、刘章等等创造的民歌体诗、楼梯诗、现代格律诗等，就颇受欢迎，广获赞誉。但是，存在的问题也不容忽视。突出的一点，就是新诗还不成型，亦即形式不够成熟，未能尽如人意。著名诗人、诗论家郑敏教授说：“将近一个世纪以来，诗歌文学的目光一直停在欧美与前苏联的诗歌上。……向西方借鉴成了依赖性的借债行为。”这种“借债”，实际多半就是对西方诗歌形式的简单移植和生硬模仿，甚或“全盘西化”。

新诗文体最常见的是自由体诗：篇无定节，节无定行，行无定字，字无定音，比较随意，十分自由。岂不知诗体自由应有限度，过分自由，难免流于散文化。这是新诗脱离传统的必然结果。著名诗论家吕进教授说得好：“初期的新诗有一个致命的弱点：夸大和古诗的界限，忽视与散文的区别。

‘诗国革命何自始，要须作诗如作文’，这是在美国留学期间胡适对‘诗国革命’的设计。”致使文体混乱给新诗“留下了长期的后遗症”（《新诗文体学·诗的审美视点》）。已故诗坛泰斗艾青也说：“形式上的长期停滞状态，并不能认为是文化发展中的好现象。”（《诗的形式问题》）

新时期以来，曾被“五四文学革命”打倒的旧体诗，又从复苏渐至复兴，蓬蓬勃勃地发展起来，大有压倒新诗之势。从文体上看，旧体诗，又称中华诗词、当代诗词，包括古风、格律诗（又称近体诗）、词、曲等形式。作品之多，诗人之众，报刊之繁，读者之广，可谓少见，已经超过新诗。

实际上，我国现存两个诗坛：新体诗坛和旧体诗坛。如果说，新体诗主要问题是脱离传统，缺乏民族化；那么，旧体诗主要问题则是泥古守旧，不够现代化。从意境到语言，从内容到形式，不少旧体诗真的比较陈旧。有人甚至公开打出“复古”的旗号，反对革新，主张复旧，坚持“模唐仿宋”、“原汁原味”，严守旧声旧韵、诗词格律，不许越雷池半步。因此，可以说，新旧两个诗坛，走向两个极端：新体诗过分自由，与一些散文划不清界限；旧体诗过分严谨，同千年古董分不出真假。尽管所有诗人都在努力创作，但是，总的看来，许多诗人的形式意识不强，文体自觉欠缺，大都随人作计，照猫画虎；而猫类品种不多，且不成样，画出的猫来，也就不易像虎，自然难得精美。

创建新的诗体，还应当有个正确方向，那就是要有中国特色，具备中国作风、中国气派，能为中国老百姓所喜闻乐见。不少诗人词家，也在朝着这人方向努力，例如近些年来出现的新古体诗、新古体词、自由词、自由曲等，已经取得显著成绩。但是，确有一些创体实验，未免流于偏颇。比如某些新潮诗论家认为:“先锋与形式是不可分割或至少是‘连体’的，因此，将形式建设的努力视作必然的先锋性行为”，一味地“反传统，反常规，反现成，反时尚”（赵卫峰《煤场诗札：形式论》，2007.8《山花》）。王一川则说，“周伦佑《自由方块》由诗、散文诗、散文、引语、插语和图案等多种语体片断无逻辑地拼贴而成”，鼓吹所谓“跨文体写作”(见赵卫峰文)。这类冒诗之名而实为不同文体的大杂烩，固然也是一种诗体探索，可是方向出了偏差，彻底背离了中华民族普通百姓的审美情趣与欣赏习惯,遭到唾弃,实属必然。

有鉴于此，著名诗人、原江苏省委副书记、现省文联主席顾浩同志，倡议举办一次全国性的诗歌研讨会，而且，规格之高（原省部级领导、将军诗人就有多位，重要诗报诗刊在职不在职的主编、副主编也有二十多位），地区之广（大陆除各别省区无人基本都有代表与会，连港台都有诗人光临），议题之新（研讨形式问题容易犯忌），前所未见。顾浩同志经与诗坛巨匠、中宣部原副部长、文化部原代部长贺敬之同志商量，提出“创建中国特色新诗体”这样新诗有史以来从未研讨过的诗会议题。

顾浩同志一向关心我国诗歌事业。在他担任江苏省委副书记期间，不仅亲往看望省内著名老诗人，帮助解决生活困难，赢得诗界的一片赞扬，而且积极倡议、全力支持创办省内诗刊，不辞劳累，四处奔波，终于在1999年7月促使《扬子江诗刊》创办成功，又获文坛的普遍称颂。如今，他从领导岗位退下来了，对于诗歌的热情，非但没有减弱，反而更加炽热，执著追求诗艺，坚持业余写作，几近痴迷，令人感动！他已出版《金陵春草》《浩斋琴韵》《胜日乐章》等七部新古体词集，亲自进行形式实验，探索新的诗体，并且得到包括已故著名老诗人吴奔星教授在内的许多诗论家和报刊的充分肯定与高度评价，在诗坛产生了较大影响。他鼎力支持《诗国》举办这次“南通诗会”，也是出于他对我国诗歌事业的无限热爱与极大关注，一心要为我国诗歌的发展繁荣做出自己的实际贡献。他提出的这个诗会议题，具有深远的历史意义和强烈的现实意义，因为它既是学术理论问题，又是创作实践问题，并且带有根本性质。一个时代有一个时代的诗歌，正如唐诗、宋词、元曲、明歌（民歌）那样。我们所处的伟大时代，也要有与之相称的伟大诗歌。那就让我们先从创造中国特色的时代新诗体开始吧！

2001.6.1 北京

【注】原拟在“南通诗会·新闻发布会”上的发言。6 月 9 日、10 日飞机两次因南通烟雾无法降落，北京人员到不了南通。“新闻发布会”被迫取消。

（2011 年第 3 期总第 12 期《诗国·创建中国特色新诗体》）

旭宇教你学书法

——旭宇《艺术随谈》序

旭宇同志本是诗人，早年虽曾热爱、研习书法，却是以诗名世，诗名掩盖书名。他任《诗神》主编多年，未到退休年龄，只因主动让贤，提前离开主编岗位。于是重操旧业，书名鹊起。先任河北省书法家协会主席，后任全国书协副主席，连续举办书法作品展览，不断出版书法作品专著。近些年来，报刊、电视接二连三地推介其书法，可谓好评如潮。旭宇书名远超诗名，乃至除了诗界少数，一般只知其为书法家，而不知其为诗人。

旭宇同志书法，造诣甚高，风格独特，深得书家赏识，广受观众青睐。更为可贵的是，他在从事书法创作的同时，还热心传播书艺，普及书法知识。或在大小培训班上讲授书法，或在长短文章中论述书艺，努力弘扬书法文化，积极教人学习书法。

第一，旭宇提醒人们，学书之前，需要衡量一下自己有无艺术才华，就是通常说的艺术细胞，亦即悟性如何。他说："艺术需要才华，需要先天素质。无论书法、绘画、歌唱，都需要先天素质。"（《艺术家成名，应归功于时代》）又说："悟是天性，不是人人都有这种能力。"（《艺术是"悟"出来的》）因此，"不能人人都搞艺术，也不会人人都搞艺术"。当然，才华或悟性，后天也可适当培养，但是，经过启发诱导，仍然"悟性差或缺少悟性"（同上），那就应当考虑放弃。旭宇明白无误地指出："搞艺术的人，不要单纯地、简单地光下苦功。下苦功是要在悟的基础上下苦功，是在明了的基础上下苦功，那就事半功倍。如果不明白，不悟，一头扎下去，找不到方向，再怎么做也是成效甚微，甚至起到相反的效果。"（《艺术是"悟"出来的》）平常学学练练书法固无不可，倘若执意要做书法艺术家，可能"永远找不到艺术的钥匙"（同上），岂非误入迷途、虚掷年华！这不是旭宇无故在泼冷水，实在是对书法爱好者的关怀爱护，让你少走弯路。

第二，要学书法，先学做人。因为言为心声，书为心画，所以唐代书法大家柳公权有言："用笔在心，心正则笔正。"其心不端，其书自然难正。尤其是当代书法，旭宇认为，"它不再是简单的写字，而是真正的写心"（《艺术至高境界——雅俗共赏》）。旭宇说："字如其人，画如其人，人的气质与艺术的气质是相通的。艺术家有什么样的气质、境界，就有什么样的艺术作品产生。"（《"超越古人"说不合规律》）可以仿改宋代陆游诗说，汝果欲学书，功夫在书外。书外功夫很多，其中最为重要的，就是完善书家的内心，提升自己的人格，以求达到人品与书品的辩证统一。旭宇说："要提高思想，提高精神上的境界。只有有了高境界的思想、情感、品质，才能产生高境界的艺术家。"（同上）这是千古不易的至理箴言，学书法者应当谨记在心。

第三，学好书法，还要"取法乎上"（《再说晋格》）。旭宇认为，所谓"取法乎上"，"就是找到源头，找到创作的最高的参照对象，即找到最高境界的人——艺术家，和最高境界的作品，然后作为自己学习的榜样，作为自己临习的榜样。"（同上）他从宋代严羽论诗得到启发。严羽要求学诗者"入门须正，立志须高"，即要"学其上，仅得其中；学其中，斯为下矣。"。如果"路头一差，愈骛愈远"（《沧浪诗话·诗辨》）。学书也是如此。旭宇说："比方咱们的太行山，八百公尺高，在我们心目中已经是高山仰止、很高了，如果你学习太行山得乎其中，只能得一半，充其量只四百公尺高。你要是学习珠穆朗玛峰，珠穆朗玛峰是八千八百多公尺高，你学了一半，得乎其中，还是四千多公尺高，远比太行山要高得多。"（《再说晋格》）他认为，"魏晋时代”、“历史大家”就是书法上的珠穆朗玛峰，应当认真学习。他说：“要记住魏晋时代，要学习二王（王羲之、王献之）的东西，要学习魏碑，要学习历史大家，把他们的东西吸收过来，你就高了，青出于蓝而胜于蓝，你比我要高。”旭宇非常谦逊，不让学书者“简单地模仿自己，重复自己”，而是“给学生指出一条前进的道路”（同上），将前人的书法经验和自己的创作体会毫无保留地告诉他们。

第四，学习、继承只是手段，发展、创新才是目的。旭宇反复强调：“从艺术创作讲，我们对魏碑首先是继承它，然后是发展它，继承不是目的，是一种手段，发展才是真正的目的。要把继承和发展结合起来，使魏碑和帖结合起来，走出一条崭新道路，这是我们当代书家 应该探求的。”（《说魏碑》）书法同所有艺术一样，贵在独创出新，最忌一味模仿。初学书法，固然需要临帖，但是不能独守尺寸、停滞不前。他说：“沉湎过去，中规中矩，不动前人法则，不越前人尺度，对前人艺术行为只有顶礼膜拜，以为唯此才是艺术，这是艺术的守旧。”必然“会迟滞艺术的发展与艺术的时代性”（《艺术至高境界——雅俗共赏》）。因此，“书家要突破古人比较规规矩矩的、模式的、规范的、呆板的约束，寻找如何表现自己的个性，一种自由自在的个性，那就是抒情了。”（《书法与抒情》）许多书法大家，例如“沈鹏先生、欧阳中石先生也各有自己的任意挥洒处”，即“在书写上有了新的时代的自由度”（《艺术至高境界——雅俗共赏》）。

第五，“诗书原本一体，同出心源”（《诗书随感》）。旭宇言外之意，似在告诉学书者亦应知诗。这不仅仅因为他是诗人书法家，对诗有所偏爱，“初看似个人兴趣”（同上），而且因为懂得诗韵、诗美，有助于创造书韵、书美。他说：“我讲诗书一体，着眼诗意书法，以求虚实互见，也是强调诗书是精神审美活动，务要找到感觉。如果只见诗书形式特征，则不免因隔而无法致美。勿以为书以诗则可得诗意，勿以为诗入书必能成书韵。惟善解诗意，善品书韵，方能化诗之美为书之美，写出东方神韵。”他指出，尽管“诗与书是不同的艺术形式”，但“诗书都具有抒情性，都是审美精神的物化存在”，有着“相通又相融的审美品格与个性特征”，可使“诗美书美遂毕至而尤佳”（同上）。这大概是诗人书法家旭宇的独得之见、独到之处。

此外，旭宇还对具体的书法艺术，例如创立当代楷书即旭宇首倡“今楷”的理论主张与审美特征，《兰亭序》的艺术魅力特别是其20个“之”字的各具妙态，魏晋书法的神妙独到秋毫间等等，旭宇都有详尽精到的深刻论述。善学书者，定会从中得到启发。

你想学习书法吗？著名书法家旭宇同志的《艺术杂谈》不可不读；你要书法有成吗？诗人书法家旭宇同志的谆谆教诲不可不听！

2009.5.6于北京

（2009.6.12《中国艺术报》，改题《书法的钥匙——读旭宇〈艺术杂谈〉》，2009.8河北教育出版社版《旭宇艺术随谈》）

答《南风窗》杂志社记者问

记者：我是与您联系过的被外界誉为“中国政经第一刊”《南风窗》杂志驻北京记者章剑锋。最近在做一条关于李成瑞老先生的稿子，知道您与他相熟，故想与您交流下面的问题：一，您是怎么认识李老的？电话里您讲到，对他印象很深刻，能说说这都是什么深刻的印象么？

丁答：我是《中华诗词》的评论编辑。先从刊物上读到李成瑞同志的诗作《千人断指叹》，而后才认识李老的。接触并不很多，但印象极为深刻。李老是名副其实的革命老前辈，新中国成立后又长期担任国家统计局局长。既是革命功臣，又是建设闯将。最让我无比景仰的是：李老功高不居功，名重不自傲，而且敢于坚持真理，能置个人功名于度外。李老不是理论专家，但他具有真正理论家的理论勇气，曾下大力气研究马克思主义理论，执著追求真理，肯于仗义执言。——这在老一辈革命家中绝非人人都能做到的。李老不是专业诗人，但他富于诗人的忧患意识，关注社会现实，体察群众疾苦，愿为人民请命——十分明显，他写诗不是为名，也不为利（写诗无利可图），只想为民鼓与呼，以尽我们许许多多诗人未能尽到的历史使命和社会责任。这是我敬重李老的根本原因。与此同时，他还非常关心培养青年一代……

记者：二，他得奖的那首诗没有媒体敢发表，你们为什么敢发表？请介绍一下经过。

丁答：我虽不管作品，但李成瑞老的《千人断指叹》在2003年11月号《中华诗词》上的发表情况，我还是多少有所了解的，因为它不是一般作品，而是属于揭露阴暗面的力作。此诗在给《中华诗词》前曾投寄多家报刊，未得发表。我知道，许多报刊编发这类作品都比较小心，深怕“触雷”。我们也很谨慎。主编杨金亭同志定的办刊宗旨是“切入生活，兼收并蓄，求新求美，雅俗共赏”，印在刊物封面上，头一条就是“切入生活”，而不是疏离生活、远离生活。杨金亭同志反复强调我们要继承与发扬我国古典诗歌的美刺传统，该歌颂（美）的歌颂，该揭露（刺）的揭露，《中华诗词》要与时代同步，跟人民同心。这赢得了杂志社所有同仁的一致认同，并得到了认真执行。大家认为，李老的这首诗正是“切入生活”的优秀之作，相当真实地反映了我国某些企业尤其是私营企业中存在的极其严重的社会问题。作品思想虽然尖锐，却又不失分寸。金亭同志异常欣赏其中的“奈何红旗下，主人成羔羊”的佳名、警句，多次朗诵、引用，同时指出，作品不是否定一切，并未让人灰心丧气：“工人有力量”，“东方出太阳”，暗示前途仍然美好。发表这样抨击现实的诗作，可能招致误解、惹来麻烦，但应相信真理、相信群众。而且，如果过于谨小慎微，变成谦谦君子，那就必将一事无成，定然办不好刊物。人生世上，只要做事，就得敢冒一定风险。这是我们编辑的共识。

记者：三　，中国有那么多知名和不知名的诗人，你们为什么独独把奖发给他的《千人断指叹》？请介绍一下评奖经过和理由。您对此作何评价？

丁答：李老的《千人断指叹》荣获中华诗词学会和湖南省常德市委、市政府共同设立（业务由中华诗词学会负责，经费由常德市承担）的“第一届华夏诗词奖”一等奖。我不是评委，未参加评奖，因而不了解具体的评奖经过。但作为中华诗词学会的副会长，我参与了评奖条例和评奖办法的制定与讨论。时任常务副会长、评委会副主任，现任代会长、评委会主任的郑伯农在《代序——〈第一届华夏诗词奖获奖作品集〉前言》中说得清楚：这次评奖的基本标准，评奖条例中已经有了最简略的表述，总的要求是思想性和艺术性的统一。据我了解，评委们在遴选佳作的时候，大约都考虑到以下几点：“一、真情实感”，“二、时代精神”，“三、诗词韵味”，“四、诗歌意象”；他又说：“评委们是努力按照科学的标准来评判和遴选作品的。”伯农说得比较准确。李老的《千人断指叹》完全符合这些标准。

我个人认为，全国范围的“第一届华夏诗词奖”获奖作品基本倾向是好的；评奖对于推动诗词创作、推出骚坛新人、推进精品产生起了积极作用，应予充分肯定。然而，无须讳言，“第一届华夏诗词奖”也有个别作品思想欠佳、不该获奖，少量作品艺术粗疏、获奖勉强。绝大多数作品获奖理所应当，例如李老的诗作获一等奖，当之无愧；如今看来，仍然堪称精品力作，可以传诸后世。正如伯农所说：“文艺评奖也要接受实践的检验，这就是群众的检验和时间的检验。”历届“华夏诗词奖”都要继续接受“实践的检验。”

2010.5.10 于北京

（2010 年第 2 期总第 7 卷《诗国》）

杨金亭主编对《中华诗词》的突出贡献

杨金亭同志原任中国作协《诗刊》副主编，1970年代以来一直兼管“旧体诗”专栏，为中华诗词的生存、发展做过积极努力。他参与了中华诗词学会的发起、筹建工作，被选为第一届理事。但他未以个人名义作为“发起人”，而是以“诗刊社”作为“发起单位”。这样影响更大，纯为金亭之功。离休后他到中华诗词学会，曾任两届副会长，现为顾问。1998年末担任《中华诗词》常务副主编，1999年任主编直至2010年7月。

在金亭同志主持杂志工作之前，《中华诗词》也取得了很大成绩：培养了一大批诗文作者，发表了不少优秀诗文，尤其是破天荒创办了这份全国性诗词刊物，功不可没，必须肯定。但是，杂志也存在不少问题：经济亏损严重，据说每年要赔20多万元；杂志管理混乱，有人还挂着“美术编辑”“版面设计”的空名，——有其名，无其人，冒领多年补贴，而无人知晓；杂志质量不高，编校粗糙，差错甚多——2004年我编《中华诗词·十年评论选》时，选了此前所发文章，均须重新进行编辑加工；刊物内容定位不甚准确——侧重于学术研究……因而刊物发行量较少。这当然不是否定此前工作，而是说，金亭同志主持工作后，刊物面貌焕然一新，不仅发行量跃居国内外诗歌报刊之首，远远超过那些创刊已达半个世纪之久的新诗刊物，而且刊物质量也大大提高，已经名列诗歌报刊的前茅，足以代表诗国诗词的最高水准。

第一，金亭同志亲自制定了《中华诗词》的编辑方针。这就是印在杂志封面的提纲挈领的四句话：“切入生活，兼收并蓄，求新求美，雅俗共赏。”他说，诗坛泰斗臧老生前曾同刘征和他谈过办刊方针。而且臧老手书的这16字方针，还在《中华诗词》封二发表。可以说，这个16字方针，是在继承臧老、刘征办刊经验的基础上制定的。十多年来，杂志一直遵循着这个编辑方针，在编刊物，不仅将“二为方向”和“双百方针”的办刊宗旨具体化，而且将其落到实处，体现在编辑工作之中。因此，避免了刊物的左右摇摆和趋时守旧的不良倾向。

与此同时，金亭同志还毅然决然地大胆改变了刊物的原来定位——变侧重学术为侧重创作。他认为，中华诗词学会是全国性的诗词组织，是诗人和诗词爱好者学会，不是学人团体，虽有学人，但也不多，其主要任务在于多出人才和多出作品。《中华诗词》则是中华诗词学会主办的全国性的诗词刊物，理所当然地要把发现人才、培养作者和繁荣创作、推出精品作为自己的首要职责。金亭同志认为，《中华诗词》应属创作刊物，不是学术刊物，要以发表诗词作品为主；同时兼顾诗词理论，评论文章能有学术性当然更好，但其旨在为创作服务。这就从大政方针上保证了刊物的稳定发展。

第二，金亭同志为《中华诗词》物色、调集了一批思想正派、业务精通的编辑骨干。毛泽东同志曾引用斯大林同志的话说过：“政治路线确定之后，干部就是决定的因素。”（1938.10）这话还是正确的。要想编出全国一流的刊物，没有全国一流的编辑，那是不可想象的。因而金亭费尽心思，想方设法，广泛寻觅人才。他主动争取并且得到了中华诗词学会领导及有关同志的大力支持，先后为杂志社调来丁国成、张文联、赵京战、蔡淑萍、王亚平等人——经过他努力联系，尚未调来的拔尖人才，还有好几位。其中有些仍然在职，未到退休年龄，金亭同志就主动找上门去，事先做好动员工作，如张文联、王亚平、丁国成等，一有可能（张文联始终未退）便把他们请了过来。在用人问题上，他注意做到两点：一是大胆放手使用，充分发挥人才作用。例如实行分工负责制度，采取轮流值班办法，使之各司其职、人尽其才。二是敢于承担责任，不怕得罪人。一旦发现问题，勇于出面处理，决不回避矛盾。例如看到编发不当诗文，不管出自谁手，他都果断撤稿，然后打电话或当面说明理由。再如部分人员私分售书现金以及拿了双份工资，他都令其检讨并予退回……尽管他们也有这样那样的缺点（比如我的毛病就很多），但他们在《中华诗词》确确实实做了许多卓有成效的具体工作，从而改变了杂志的面貌，扩大了刊物在海内外的威信和影响。完全可以说，没有他们，就没有《中华诗词》的今天。这是骚坛有目共睹的客观事实。

第三，金亭同志还为《中华诗词》制定了一个发现和培养新人特别是青年作者的战略方针。他认为，编辑工作要有“三个倾斜”：“向未名作者倾斜，向中青年作者倾斜，向名家名作倾斜。”这也同样吸收了臧老和前任刘征的办刊经验。既要高度重视名家，又不盲目崇拜名家；既要坚持“在稿件面前人人平等”的编辑原则，又不忽视无名作者，要积极发现和培养骚坛新人。

针对中华诗词队伍后继乏人、青年作者极少的实际状况，金亭同志借鉴《诗刊》的办刊经验，主持、创办了每年一届的“青春诗会”。如今已办了8届（金亭主持7届）。每届10多人，年龄在35岁以内。在《中华诗词》上，面向社会，公开征稿，从中选优，加以辅导，不仅细论其作品得失，而且引导他们走上健康的创作道路。举办“青春诗会”，决不止是组织一批好稿，而是重在发现和培养一批新人。其社会导向意义，超过编辑编刊价值，的确具有战略眼光。目前业已培养出了一批青年诗人，其中好多位现在成了骚坛中坚，例如高昌同志就是参加“青春诗会”的作者，现已担任《中华诗词》执行主编（还任过《文化月刊》主编）。

第四，金亭同志为《中华诗词》创议、开辟了几个名牌栏目：“青春诗会”之外，还有《吟坛百家》《耆旧遗音》《新诗之页》等，评论方面如《诗美探索》《诗词自由谈》等，都是他亲自拟定的栏目名称。有些栏目的创办，颇费周折。如《新诗之页》，由于习惯势力的影响根深蒂固，诗词界轻视新体诗，亦如新诗界否定旧体诗，不乏其人；《中华诗词》上开辟新诗专栏，因而遇到重重阻力。经过金亭同志的耐心说服、反复工作和不懈坚持，《新诗之页》专栏终于得以办成。实践证明，这个栏目对于促进新旧两个诗坛整合力量、团结奋斗、推动新旧两种诗体互相学习共同发展，大有助益。《吟坛百家》引起了骚坛的极大关注，许多诗人词家以上《吟坛百家》为荣，纷纷主动自荐其诗。广大读者也喜爱这些栏目，因为确有精品美文刊于其中，值得一读。刊物质量因此而得到提升。

第五，在金亭同志和其他领导的带领下，《中华诗词》全体同仁调整办刊思路，开展诗词活动，堵塞各种漏洞，注意开源节流，很快扭亏为盈。经过调查，金亭同志果断撤销冒领补贴多年的“美编”“设计”两个空名，改变涉及经费的某些管理办法，为刊物节约了一大笔开支。同时，每年举办创收活动，如诗词大赛、“金秋笔会”、诗人采风、刊登广告等等，并且主持制定了一系列比较合理的管理办法和规章制度，包括《〈中华诗词〉杂志社工作条例》。每年一届的“金秋笔会”，现已成为《中华诗词》的著名活动品牌，不仅在经济上为刊物创造收益，而且在业务上为刊物出人才、出作品开辟了一条新路。

由于以上种种得力措施，《中华诗词》的发行量不断上升，直到稳定地成了全中国、也是全世界诗歌报刊发行量最大的一家。刊物管理也渐次走上正轨——尽管从刊物质量到发行数量直至行政管理，还存在一些不足，尚有拓展的余地，但是，这些突出成绩是显而易见的。而且，也为将来的更大发展奠定了坚实基础。

第六，金亭主编能够率先垂范，为人正派，办事清廉，出以公心，不徇私情。有人想走他的“后门”，暗送“红包”给他，他都一律拒收，而且有意疏远这种人物。有人想买杂志版面，出资给杂志社，他也明确表示：《中华诗词》接受社会赞助，但是决不出卖版面，谢绝发稿收费。在他影响下，其他编辑也努力坚守纯正编风，不搞“交换文学”，从而使《中华诗词》能在编风荒漠中保持一块绿洲，在报刊污染里守住一方净土。而对自己，他则要求极严：他曾为杂志社拉过赞助和多次广告；按照规定，他完全可以合理合法地得到为数不少的相应报酬，但他自己却分文不取。作为一刊主编，他的工资还不如一个办公室的行政人员工资多。——我曾公开批评他严以律己做得太过。找遍北京、全国，恐怕也找不到对己这样苛刻的单位领导。我半开玩笑地说：由于主编工资低，我们这些“常务副主编”也“跟着受连累”。说他“一身正气，两袖清风，无私奉献，克己为诗”，他是名副其实、当之无愧的。

在金亭主编的严苛管理之下，在全体同志的精打细算之下，《中华诗词》除有几年上缴中华诗词学会部分盈余外，至今业已积累了100多万元资金。如若不然，主编大手大脚，职工分光花净，哪里会有什么积蓄呢？！

当然，像金亭主编那样，严酷对待自己，也许有些不尽合情合理。但他那种为中华诗词事业的奉献精神，已然成了《中华诗词》的优良传统，必将一代又一代地得到继承与发扬光大。现任主编郑伯农、社长李文朝只在中华诗词学会那边领取微薄报酬，而在杂志这里虽然费尽心力，却也分文不取。这就是明证！

2010.7.6 草于北京

2010.8.8 于乳山（山东威海）

2011.7.7 三改于北京

（2012年第1期总第14卷《诗国》）

“一篇珠玉是生涯”

——序张其俊教授《诗艺管锥》

“不羡千金买歌舞，一篇珠玉是生涯”，这是宋代大家苏轼《绝句》中的诗句，用来说明张其俊教授的晚年写作，是再恰当不过的。

张教授退休之前，一直从事教育工作，以教书为业；退休之后，始终热衷创作活动，以写书为乐。他在职时，坚持业余创作；不在其位，则全力投入写作。唐代白居易有诗道：“新篇日日成，不是爱声名。”（《诗解》）说的是写诗，作文亦何莫不然？张教授主要致力于诗论研究，兼写诗歌散文，属于纯学术研究和纯文学写作，在重利轻文的市场经济条件下，自然不大可能声名鹊起、一夜走红。他写诗为文，也不是为了求取声名。诗圣杜甫诗说：“文章一小技，于道未为尊。”如今有人甚至认为，舞文弄墨不过雕虫小技而已，壮夫不为也。诗文不受世俗重视。既然如此，那就不必奢望写作能给自己带来什么声誉。借用两句古诗：“如今不重文章士，莫把文章夸向人。”

然而，张教授仍然乐此不疲，难道写作会是有利可图吗？非也。诗仙李白也有诗说：“吟诗作赋北窗里，万言不值一杯水。”（《答王十二寒夜独酌有怀》）现代社会有所进步，诗文偶尔或有稿酬，尽管微不足道，倒也聊胜于无。但如依此为生，那就难免陷入冻饿；倘若赖以发财致富，则更是缘木求鱼，南其辕而北其辙了。唐代司空图说：“自古诗人少显荣，逃名何用更爱名。”（《白菊三首》）显赫荣耀，轮不到诗人；尊崇富贵，数不上论者。纵然著作等身、汗牛充栋，也照样穷困潦倒、贫寒相伴，即所谓“千首富，不救一生贫”（宋·戴复古《望江南》）。宋代陆游诗说：“诗家事业君休问，不独穷人亦瘦人。”（《对镜》）由于勤奋笔耕，累得形销骨立，体瘦如柴，诗人文伯多半只能困厄终生。

有鉴于此，我们的先人，包括中外文人学者，都学乖了。中国唐代白居易《感兴二首》说：“名为公器无多取，利是身灾合少求。”因为一旦处置失当，“贤而多财，则损其志；愚而多财，则益其过”（宋·朱熹《小学》）。英国哲学家培根说得更为直截了当：“我把财富看作德行的累赘……”（《人生论·论财富》）德国哲学家尼采也说：“人生的幸运，就是保持轻度贫困。”极度贫困，一文不名，怎么生存？如何写作？因而任何教授、作家必须挣钱维持生活，而后才谈得上写作。但是，写作仅只为了捞钱，则断不可取，因为那就必然走到为富不仁的邪路上去；无论他们打着多么冠冕堂皇的招牌，都是自欺欺人。

显而易见，张教授沉溺于写作，主要不是为着赚钱。恰恰相反，他写书、出书，还要搭钱——赔钱的著作，纵使再有价值，也难出版。即如这部《诗艺管锥》，我敢断言，其学术价值不容否定，其中多个长篇均先发表于几家大学学报，尔后又被中国人民大学书报资料中心选中，全文复印刊出；而好些短篇多发表于《中华诗词》及其他诗词刊物。而即使有学术价值，也得教授自费出书；否则，便没有出版社肯于接纳。那么，张教授究竟为何而笔耕不辍呢？张教授虽未明言，却在《后记》中有所透露。据我理解，其一，就是“传道、授业、解惑也”（唐·韩愈《师说》）。张教授热爱教育事业，为了传播知识、宣扬真理，一生诲人不倦。退休之后，虽然不再教书，但育人工作从未稍停，只是方式略有改变：不在教室授课，而在研讨班讲座，或在报刊上发表宏论；传授对象也有不同：不再限于莘莘学子，而扩大到了芸芸众生，诗词老人、普通读者居多。总而言之，仍然是名师出高徒，桃李满天下。其二，教授本色是文人。文人爱文，亦如战士爱枪、农民爱地，顺理成章，天经地义。更何况张教授爱诗成癖、为文入迷，已经到了如醉如痴、欲罢不能的地步，可以说是要我登天易、劝他戒文难！而且，写作虽然苦不堪言，却也乐在其中、妙不可言。人到老年，依然能够文思似水、佳作如泉，所谓“不堪岁月如流水，赖有文章似涌泉”，实在是种幸福，自然让人甘之如饴、乐不可支。古人都有这种体验：“相门相客应相笑，得句胜于得好官。”（唐·郑谷《静吟》）“诗万首，酒千觞，几曾着眼看侯王。”（南宋·朱敦儒《鹧鸪天》）“高声咏一篇，悦若与神遇。”（白居易《山中独吟》）……有此乐趣，谁肯弃之！

世上万事万物都充满了辩证法。名利问题，也是如此：争者不足，让者有余。张教授不求名利，但逃名而名随，避利而利来。主观上并不在乎的东西，客观上却不求自至，你说怪也不怪？唐代齐己有两句诗：“锵金铿玉千余篇，脍吞炙嚼人口传。”（《读李白集》）张教授的文章，还不能称之为字字珠玑、篇篇锦绣，尚未达到脍炙人口、遍传天下的程度，但其数量超过千篇，说理透彻、深刻，见解新颖、独到，合乎听众口味，符合读者需要，既有学术性，又有实践性，堪称锵金铿玉，能够振聋发聩，可以雅俗共赏，因而很受听众、读者包括一些专家学者的热烈欢迎。或者呼吁出版其文，或者寻求争购其书。张教授的声名已经超出校园，传向社会，售书之利自然也就随之而来。这就叫作实至名归、功到利成。也许不足挂齿，而郁借以舒、愠为之解，张教授本人差可自安，他的亲朋好友也聊感欣慰。

如今，张教授已年过古稀，却仍然身强笔健，诗兴正浓，文思尚酣，处于“身外无余事，唯应笔研劳”（唐·张籍《和左司元郎中秋居十首》）之际，时不时地便有论发心中，文成笔下，吐纳珠玉之声；动不动地就会吟出肺腑，诗凝纸上，舒卷风云之色。真可谓穷毕生之力，极笔墨之功，建诗文之厦，为美丽之观。对于广大读者来说，张教授“旧德醉心如美酒，新篇清目胜真茶”（宋·王安石《详定幕次呈圣从乐道》）。大家都在分享，并将永远期待。

2009.4.23 于北京

（2009.10 北京燕山出版社版张其俊著《诗艺管锥》，2010.1—2 辽宁《盘锦诗词》）

诗 痴

——序《美在山水间・王学军诗词选》

诗痴，古已有之。梁简文帝“七岁有诗癖，长而不倦”（《梁书简文帝纪》）。唐代白居易自言：“别来只是成诗癖，老去何曾更酒颠。”（《十年三月三日别微之》）又说：“惟有诗魔降不得，每逢风月一闲吟。”（《闲吟》）诗魔附身，自然吟诗成癖。宋代陈与义“投老诗成癖，经春梦到家”……似乎可以说，凡是诗人，几乎都是诗痴——爱诗入迷，吟诗成癖，只不过程度有所不同罢了。

诗人王学军，堪称现代诗痴。他迷于诗词，耽于吟咏，可谓如醉如痴，似癫似魔。他嗜诗读诗，极度痴迷：饮食起居，与诗相伴；茶余饭后，同诗厮守；日常行踪，以诗助兴；工作之余，赋诗为乐。他爱诗写诗，视诗如命：凝神创作，冥思苦索，专心投入，用志不分，朝夕讽咏，几近忘形，余乐皆无，寝食俱废。不管是出差，抑或去旅游，无论在国内，还是到海外，诗人足迹所践之处，必有诗词留下。唐代崔致远有诗道：“多上散花楼上望，江山供尽好诗题。”（《筑城》）大千世界，亦如散花楼一般，诗人登高望远，无限江山，美在其中，诗藏内里，足供品题。宋代戴复古诗说：“江山花草生诗梦，风雨忧愁长道心。”自然美景足令诗痴产生“诗梦”；社会风雨更让诗人增长“道心”。这大概就是《美在山水间・王学军诗词选》所由创作的来龙去脉。恰如诗痴王学军自己所说：“异卉奇花随处是，春风扶我上云端。”（《咏五指山》）“沧溟蓝天际，诗泻浪花间。”（《赞亚龙湾》）天然的诗，经由诗痴变成文字的诗。

清代蒲松龄说得好：“性痴则其志凝：故书痴者文必工，艺痴者技必良；世之落拓而无成者，皆自谓不痴者也。”（《聊斋志异·阿宝》）痴于诗者，未必全都能诗。但是，我们也可仿造一句：诗痴者情必丰。——这是诗痴王学军给人的启示之一。真正的诗人，确如诗人诗论家杨金亭所说：“都是感情的富翁”。因为诗的本质重在抒情，寡情无情者定然写不了诗词。鲁迅先生有言：“诗歌不能凭仗了哲学和智力来认识，所以感情已经冰结的思想家，即对于诗人往往有谬误的判断和隔膜的揶揄。”（《诗歌之敌》）评诗如此，写诗尤甚。王学军虽然身为官员，但他本色还是诗人，感情异常丰富，思维十分敏捷。因而躬逢秀丽的山光水色，他容易诗兴大发，常有佳篇问世；面对复杂的人世沧桑，他总会诗思泉涌，不断写出新作。

王学军给人的另一启示是：诗痴者心必专。对诗冷漠、心不在焉，或者朝秦暮楚、好高骛远者，而能写出真诗、好诗，古来未有，今世难见。诗是艺术，需要痴心、专心，付出爱心、苦心，方能达到精良的艺术境界。因而白居易说：“日夜秉笔吟，心苦力亦勤。”王学军有志于诗，不仅爱诗、读诗，而且写诗、助诗，一心为诗做出奉献，例如积极参与《诗国》的办刊活动。可谓诗中倾注满腔热情，刊里费尽一番苦心。对他说来，除了本职工作与诗歌，其他别无所好，也别无所务，真可以说是“一生憔悴为诗忙”（宋·梅尧臣），以致“诗役心神惭有魔”（唐·李郢）。这就是我称他为诗痴的原因所在。

但愿学军式的诗痴处处涌现，直到出类拔萃、超凡脱俗；只求精品般的力作时时冒尖，臻于铿金戛玉、出神入化！

2010.4.26 北京

（2010.8 广东《中华名人艺术家》，2010.6 中国书店版王学军著《美在山水间》，2010 年秋广东《松山文艺》）

“诗词教练”李季能

——序李季能诗文集《奔流之音》

展读李季能同志的诗文集《奔流之音》，映入眼帘的第一大组诗作，就是《中国北京奥运冠军题赠》。诗人满怀激情地为北京奥运每项中国冠军高唱赞歌。中国计夺 51 枚金牌，他便写了 51 首七言律诗。而且，每首诗前都有小序，一一介绍夺冠健儿。其诗感人，其情动人。

勇夺金牌的中国奥运选手，不禁让我想到中国的诗歌“国手”。唐代大诗人白居易有一首《醉赠刘二十八使君》：

为我引杯添酒饮，与君把箸击盘歌。
诗称国手徒为尔，命压人头不奈何。
举眼风光长寂寞，满朝官职独蹉跎。
亦知合被才名折，二十三年折太多。

其中第二联“诗称国手徒为尔，命压人头不奈何”，是说刘禹锡（排行“二十八”）作诗出类拔萃，为人名重当时，属于国中英才、诗国作手。唐代是我国作为诗国的黄金时代，而刘禹锡就是当时诗国的“国手”——“国家队员”。只可惜命运不佳，无人赏识，反受打击，先后贬官二十三年。他自己也说：“巴山楚水凄凉地，二十三年弃置身。怀旧空吟闻笛赋，到乡翻似烂柯人……”（《醉乐天扬州初逢席上见赠》）屡遭压制，徒称“国手”，让心怀公道、正直的好友白居易徒唤“奈何”。

如今诗坛，情况大变。诗人尽管仍然不为社会所重，但“命压人头”的事情早已不见了。许多当代诗歌“国手”，也为诗国赢得了世界荣誉，例如诗坛名将臧克家同志获过第七届国际诗人笔会颁发的“中国当代诗魂金奖”、国际炎黄文化研究会颁发的“首届龙文化金奖·终身成就奖”，艾青同志获过法国颁发的“法国文化艺术最高勋章”，绿原同志获过马其顿共和国颁发的“第三十七届斯特鲁卡诗歌节金冠奖”，贺敬之同志获过苏联颁发的“1951 年斯大林文学奖”……这些荣耀，与我国体育健儿所获金牌在本质上并无二致，实际是为中国——诗国在国际上争得了诗的奥运金牌，都是中华民族的骄傲。

奥运冠军，为祖国争得了光荣——尽人皆晓；而培养冠军的体育教练，也给民族赢来荣耀——却鲜为人知。在讴歌奥运冠军的同时，我们也不应埋没各位教练的山海功劳。同样道理，在称颂诗歌“国手”的同时，我们也不能忘了诗国“教练”的丰功伟绩。

有人说过，诗人、作家是不能培养的，亦即无须“教练”。我以为，这话并不十分恰当。不错，文学创作确实需要才能，而才能中的灵气、悟性多半属于天生，的确不易培养。但是，才能除此而外，还应包括学养、胆识、技法等等，却是必须后天学习方能获得的。这就如同体育竞技的各种规矩和方便法门，没有教练传授，个人不易掌握。而旧体诗词的复杂而又严谨的格律规定——新诗虽然比较自由，却也有着约定俗成的诗之为诗的质的规定性，如此等等，便是这种竞赛规则，决非先天带来，纯由后天学练，当然需要老师——“教练”来传授的。

我认为，李季能同志既写诗词，又教格律，而不教写新诗，就是这样的“诗词教练”。

老一辈新诗“国手”，由于条件限制，大都无师自通，或者确切点说，前人著作和社会生活成了他们的诗歌“教练”。新一代诗歌“国手”，则较幸运，不仅可上正规学校学习写作，而且还有各种创作培训机构，可供他们接受训练。一批又一批的诗歌爱好者、初学写作者正在健康成长，真正的诗歌“国手”定会从中涌现出来。

李季能说他“本人……自幼受家父指导，初入格律”，15岁时开始学写诗词。这表明，他的父亲就是他的启蒙“教练”。现在，他是“湄江吟社”——抗战时期竺可桢、苏步青等著名前辈科学家诗人创立的诗词组织负责人，《湄江诗词》副主编，湄潭楹联学会副会长兼秘书长，已成知名诗人词家。但他不忘后生学子，毅然决然地肩负起了“诗词教练”的重担：“被湄潭县求是高级中学聘为诗词辅导教师，任务是教会学生写格律诗”（引文均见来信）。诗人灵气、悟性虽然不易培养，却是可以诱导、启发的，而诗词格律、文字功夫之类，则是可以培养、传授的。这部诗文集《奔流之音》中，收有他的文章，如《格律诗简述——诗词进校园辅导教案之一》《新声韵启蒙——诗词进校园辅导教案之二》等诗词理论，又有他的诗、词、曲、联等创作作品，堪称他这位“诗词教练”的训练教材。诗论文章是他在求是中学课堂上传授诗法，可以视为他的现场训练；诗词作品则是他为培养诗词“国手”所做的“示范动作”。总而言之，他是一位名副其实的“诗词教练”。在他的精心培训下，新的诗词“国手”很有可能就从他那爱好诗歌的莘莘学子中逐渐产生。

我真诚期望，像李季能这样热心诗词事业、训练诗词“国手”的“诗词教练”多多益善，以便能为中华诗国培训出大批诗词“国手”来！

不过，我有一言愿意奉献于“诗词教练”面前。据说，体育健儿能否成为“国手”（国家队员）并夺得金牌，首先决定于他们的自身素质，同时取决于“教练”训练是否得法。如果“教练”训练不科学、传授动作不规范，乃至成了运动健儿的习惯动作，那么，最后纠正起来就要大费周折，其人可能会被取消参赛资格。同样道理，“诗词教练”在训练学员时，亦应严格教以诗词规矩和规范动作，切勿使之养成不良习惯，免得他们在诗词竞赛中因为犯规而遭淘汰！

当然，诗词创作属于精神竞赛和灵魂运动，与体育竞技大不一样。体育竞技，一旦犯规，便无夺取金牌的任何可能；灵魂竞赛，在格律诗里违规，自然就与奖牌无缘，但还可到新古体诗或自由体诗（即新诗）中去一展身手，并且仍有机会成为“国手”和冠军。而且，对于“诗词教练”的要求，也跟体育教练有所不同：体育教练，原来多半都是世界冠军或体育明星，起码也是“国家队员”（亦即“国手”），仅仅熟悉竞技规则还不行；“诗词教练”，只要懂得格律、腹有诗书，谁都能够胜任，而不问他是不是“国手”（亦即“国家队员”），也不管他获未获过奖牌。

2009.5.12 于北京

（2009.6 中国文联出版社版李季能著《奔流之音》，2009.9 北京《诗词月刊》）

一石击起千层浪

——纪念新田园诗赛 15 周年

翟生祥同志既是诗人，又是诗歌活动家。除了自己写诗、编诗，他还热心组织诗歌活动。在他的积极鼓动和具体联络、安排下，我曾代表《诗刊》，与他一起，带领全国各地的一批诗人到山西万家寨引黄水利工地，进行多日采风，创作出不少反映现实生活、表现时代精神的优秀诗作，在《诗刊》上集中发表，对于改变当时疏离群众、远离社会的不良诗风起到了促进作用。

而更值得称赞的是，由他发起，连续成功举办的四届全国新田园诗歌大赛以及新田园诗理论研讨活动。山西诗词学会会长武正国同志赞扬他是全国新田园诗歌大赛“勇敢的发起人、有力的组织者、热情的服务员”，是名副其实、恰如其分的。虽然先有《诗刊》、后有《中华诗词》参与主办，但是，几乎所有活动、包括今天这个纪念座谈会，都是翟生祥同志一手操办促成的。从联系所需经费——这是举办诗歌活动的基本条件，直到具体策划——这是办成任何事情的主观因素，主要是他一人所为。完全可以说，没有翟生祥，以及热心新田园诗赛的江风、杜玉芝等等，就没有新田园诗赛和如今这样丰硕的创作、理论成果。虽然苦不堪言而又难以讨好，他却陶陶然矣乐在其中。

新田园诗赛，如同一块巨石，在全国诗歌的大海里，激起了层层波澜。其一，激发了诗歌作者的创作欲望。新田园诗一直不大被人重视，写的人不多，写出来也不易发表，结果造成了恶性循环。一旦有人倡导，又有地方发表（出版）——至于获奖与否，诗人倒不在乎，重在参与嘛，因而写作的积极性就被调动起来了。每次诗赛，都有几千人参加。尽管还不能算作广泛，但起码将静如止水的诗坛搅动起来了。其二，引起了诗歌论者的研究兴趣。理论出自实践，研究要有对象。人们大概都有这种体验：看到平庸之作，觉得无话可说，甚至产生反感；遇到好诗则不然，会有满肚子的话要倾吐。理论研究者读了优秀新田园诗，自然也就有话要说、欲罢不能了。因为新田园诗赛给他们提供了大量值得研究的宝贵资料、蕴涵丰富的诗歌现象。四部新田园诗赛获奖作品集和其中收录的虽未获奖、但属名家的新田园诗精品力作，以及异军突起、令人瞩目的新田园诗创作现象，大可研究、探讨一番。因此很快编出了两部论文集《论新田园诗》和《论新田园诗词三百首》。这也是我国诗坛少见的一种理论动态。其三，鼓起了报刊编辑的出版热情。《诗刊》《中华诗词》都是全国性的权威刊物，率先发表新田园诗以及获奖作品，必然影响到各地诗词报刊，相继为之开辟专栏，例如《农村新貌》、《情系三农》（《贵州诗词》）、《乡村扫描》（《东坡赤壁诗词》）、《田园放歌》、《田园新曲》等等。而且，创作、理论活跃又带动了诗文出版。除了四部获奖作品集和两部诗论集外，各地也编辑出版了新田园诗集，例如贵州省诗词学会和贵州省农业办公室合编的《情系三农诗词选》，由贵州人民出版社于 2005 年 10 月公开出版，如此等等，不一而足。其四，促进了“三农”问题的合理解决。新田园诗赛，连续发动，多年征稿，数次评奖，几回出书，反复研讨，各地投入……似乎在全国掀起一股不大不小的新田园诗创作热潮，形成一种不强不弱的新田园诗舆论环境。须知那时（1993 年起）全党、全社会还没有像现在这样重视“三农”。这就必然引起各方面——不只是诗歌界和经济界尤其是党政领导部门的密切关注，“三农”存在的诸多问题因而得到了及时处理和恰当解决。九亿农民兄弟当然高兴，诗人、词家更是乐不可支——还有什么能比自己的创造成果推动社会前进更值得高兴的呢？！

新田园诗赛，这块石头之所以硕大而沉重，首先是因为它关涉到“三农”问题，牵扯到九亿农村人口的喜怒哀乐。“三农”情怀，大如海洋，重如泰山。其次是因为党中央重视“三农”，关心农民，把“三农”当作全党全国工作的重中之重。从 2004 年至今，连续多年，党中央发布的“1 号文件”，都是有关“三农”问题，自然加重了直接关系“三农”的新田园诗赛的分量。再次是全国各地党政机关、社会团体包括诗人词家，认真落实、全面执行党的“三农”政策和重大部署。上上下下，老老少少，意气风发，热情高涨，措施得力，成效显著，更为新田园诗的创作和研究推波助澜。可以预见，新田园诗的未来发展，定将一浪高过一浪。

2008.3.19

（2009.5.19 广东《清远日报》）

谈谈新诗和旧体诗的关系问题

没有作发言准备。过去和旧体诗词界来往不多。这次，借此机会向大家学习，多交些朋友。前些日子看到刘征同志在《文艺报》上发表的文章，很受启发。最近《诗刊》社和《中华诗词》联合主办“中华神州之光”诗歌大赛，我们具体承办。大赛包括新诗和旧体诗。

新诗和旧体诗的关系是老话题，纠缠不清。1988 年，安徽文艺出版社准备出三卷《诗学大辞典》，一卷是中国诗歌卷，一卷是外国诗歌卷，一卷是诗歌理论卷。我参加诗歌理论卷的编写（此卷清样已出，但因出版社违约未能出版，连原稿都不知去向！）。当时，大家一起讨论怎么编。我提了一个意见，诗歌卷不应只收新诗，也应收旧体诗。有人反对，认为旧体诗没有可收的。后来收了些旧体诗。但是还是不理想，该收的没收进去。比如，李汝伦是中国作协会员，在旧体诗词界有很大影响的，但没收进去，很遗憾；林从龙、霍松林的旧体词也没收进去。聂绀弩、老舍、郁达夫虽然收进去了一些，但有相当一部分有影响的作品也没有收进去。

新诗和旧体诗的矛盾没有解决，但总的趋势是往好的方向发展。旧体诗从广义上说也是新诗的一种，不能因为它的形式是旧的，就归于旧诗。从本质上说，从广义上说，旧体诗也是新诗的一种形式，像散文诗、寓言诗一样，也是新诗的一种。还有一个奇怪的、不可理解的现象。比如十四行诗也应该是旧体诗，外国旧体诗。最早产生于十四世纪中叶，意大利诗人彼特拉克吸收民间诗歌创作的，到十六世纪传到美国和法国发展起来。我国钱光培编了一本十四行诗集。我国最早写十四行诗的是郑伯奇，1920 年写的《赠台朋友》，后来又有闻一多、李金发、冯至。冯至出了一本十四行诗集。十四行要求很严，讲究行数，讲究押韵，完全是律诗。但是现在却没有人说十四行诗是旧体诗，而说它是新诗。我认为，不能因为它是洋的就不算旧体。

旧体诗也从形式上说是旧的，但反映的生活、思想情感，包括意识都是现代、当代人的。所以从本质上说也是新诗的一种。不能互相排斥，排斥是不对的，应该互相沟通。新诗、旧体诗都有好作品，也都有比较差的作品；各有佳作，也各有伪劣产品。不能因为自己有好作品就互相轻视，那就不好了，还是应该互相借鉴，互相吸收，各取所长，互补所短，共同发展。新旧诗多沟通，多交流，也有益于增强诗人的团结。互相贬斥，硬挑毛病，影响团结，也影响诗歌发展，没有意思。从“五四”以后，这种争论就存在。长期以来，旧体诗词界艰难，坚守一方净土很不容易。我很理解。新诗处境也不妙。中国作协要我们《诗刊》自收自支自负盈亏。大家齐心协力，发展趋势还是好的，有前途的。

现在旧体诗词界有相当一批作者和读者。中华诗词学会，各地诗社、会员都很多，甚至比作家协会会员都多。刘征同志还谈道：我国诗坛是九百六十万平方公里的大花园，应该百花齐放，不能一花、几枝花占领阵地。这从理论上讲没有疑义，但落实到版面上还有相当难度。现在有些刊物的作品，从思想感情、情调到艺术手法，甚至到语言，都差不太多。这种刊物没有多大意义，单调、乏味，读者读不下去。我们《诗刊》也有这类问题。应该多样化，既适应读者的需要，又适应创作的现实，这对扩大刊物发行也有好处。

读者也是各种各样的。有的喜欢读旧体诗，有的喜欢读新诗。《诗刊》偶尔发些叙事诗也有读者。抒情诗、讽刺诗、寓言诗等各种诗体都有读者，包括散文诗。一个地方办的《散文诗》，发行量很大，也拥有一大批读者。办刊物要考虑读者需要。宋代欧阳修在建立醉翁亭和赏心亭时，让手下人在亭子的空地上栽花，手下人问他：栽什么花？他写了一首诗："浅深红白宜相间，先后仍需次第栽。我欲四时携酒去，莫教一日不花开。"（《谢判官幽谷种花》）读者欣赏各种各样颜色，万紫千红才有味道。都一个写法，一种风格，一种语言，就读不下去了。有些新诗读不下去就是太单调。诗歌要发展，必须大家携起手来。《中华诗词》《北京诗苑》所发作品，主要是旧体诗；《诗刊》和其他一些刊物主要是新诗。从总体上讲，从读者、作者、社会需要上看，新诗处于主流地位。当然对此也有不同看法。

诗都属于纯文学。高雅文学在当前市场大潮冲击下都面临同样困难。如果大家携起手来，合作搞些活动，搞些创作，总比孤军奋战更见成效，对诗歌发展、繁荣，对诗歌界的团结，对整体都有好处。现在读者对诗歌不满意，如果大家一起合作，把诗歌创作繁荣起来，真正出现许多精品、力作，读者看了很满意，很欣赏，那肯定是大有好处的。

希望诗友们多联系，也希望大家支持《诗刊》，多出点子，帮助我们把刊物办好。

（1996 年第 3 期《北京诗苑》）

（《诗刊》常务副主编丁国成同志在北京诗词学会召开的中青年诗词座谈会上的讲话，根据记录整理，题目为《北京诗苑》编者所加）

《中华诗词》的评论

——在全国第 24 届中华诗词研讨会上的发言

《中华诗词》的评论篇幅，与《诗刊》原来差不多。《诗刊》的评论编辑，多则 5 人，少则 3 人；而《中华诗词》原来两人负责评论——王亚平和我，领导班子改组后，他当了执行主编，要协助主编郑伯农，负责杂志社全面工作，不能让他再管作品评论了，就由我 1 人来承担。我感到压力很大。好在领导宽容，我可以不坐班，也不管其他；更有各位诗人、论者支持，我还是有信心完成任务的。

《中华诗词》究竟需要怎样的诗词评论？作为评论编辑，我愿介绍一些情况和想法，以供大家参考。

《中华诗词》是中华诗词学会主办的唯一全国性的诗词刊物，理所当然地面向全国诗坛乃至世界汉语诗界说话，贯彻执行“学会”《章程》和所颁布的《21世纪初期中华诗词发展纲要》。《章程》明确规定：“本团体是诗词组织、诗词创作者和研究者、教育者自愿结成的学术性的非营利性的社会组织”。其中虽有“学术性”，但“学会”不是学术组织，而主要是创作团体；会员虽有“研究者”，但“学会”不是研究机构，而主要是诗人荟萃之处。因此，它所主办的《中华诗词》，应是创作刊物，而不是学术刊物；要以发表诗词作品为主，所发诗词评论，能有学术性当然更好，主要是为创作服务，为提高诗人词家的创作水平服务，为多出人才、多出精品服务。我认为，这是《中华诗词》最重要、最根本的办刊目标。达不到这个目标，就没有完成自己肩负的重任。

围绕这个目标，来考虑和编辑《中华诗词》的评论部分。概括说来，可分五大板块：一是理论探讨。具体栏目现有《诗学新论》《诗美探索》等。要想繁荣诗词创作，必须遵循艺术规律。违背艺术规律，只能受到艺术规律的惩罚。而诗词理论，就是探寻创作规律的。研究、通晓诗学理论，掌握、运用艺术规律，诗人词家就会从被动变为主动，从盲目变为自觉，由必然王国进入自由王国，创作水平才能大大提高，而不至于“盲人骑瞎马，夜半临深池”。

二是创作研究。重点研究诗词的写作技巧、艺术表现、语言运用等。这类栏目现有《诗词技巧》《当代诗话》《诗人谈创作》《诗人书简》《诗界访谈》《说古道今》等。如果说，诗词创作可分诗外功夫与诗内功夫，那么，这些栏目侧重研究的则是诗内功夫，也就是袁忠岳所强调的“能写之的功夫”。这是写出精品力作的重要一环。古人说：“诗贵性情，亦须论法。”（沈德潜《说诗晬语》）而且，诗法“精而至博，严而至通”（包世臣《与杨季子论文书》）。“离它不得，却又即它不得；离则伤体，即则伤气”（徐增《而庵诗话》）。如何做到不即不离诗法？需要我们认真探索，不断总结创作经验。力避“死法”，坚持“活法”，做到“规矩备具，而能出于规矩之外；变化不测，而亦不背于规矩”（吕本中《夏均父集序》）。

三是作品评论。现有《诗词解读》《读者评刊》《学习毛诗》《好诗共赏》等专栏。台湾诗人余光中有首诗写李白，大意是说李白“绣口一开就半个盛唐”。我们的诗人词家个个都有锦心绣口，绣口一开，不止半个盛唐，每年超过两个盛唐。这么多诗词作品，可以说是泥沙俱下、瑕瑜互见，亟待论者加以品评、筛选，从中推出好诗；不然，诗词精品都被平庸之作淹没了。而且，优秀诗词的艺术经验也要进行总结，以便学习推广。目前的作品评论不少，遗憾的是选择不够、评论欠精。评论重在实事求是，理应好处说好，坏处说好， 不能一味吹捧、欺蒙读者。真正出以公心、选优拔粹，做到精品广播、好诗共享。

四是诗人论析。刊物辟有《诗人简论》《吟坛新人》《诗家风范》《骚坛忆旧》等栏目。如何做个合格乃至优秀诗人？大家、巨匠怎样成长起来？其中必有规律可循。诗人论析主要包括两个方面：一是论其人品，也就是德、才、学、识，即诗人的生活、思想、修养等；二是论其诗品，也就是诗人的创作、艺术、风格。诗人论可能有褒有贬。无论是褒、是贬，都要如同鲁迅先生所说：“贬痼疾常取类型”，即选择具有代表性、典型性、突出性的诗人词家，加以论列。这样才有普遍意义。深入探讨其人品与诗品的辩证关系，就能给读者、作者以更大启发。

五是思潮追踪。文艺思潮直接影响到诗词人才的成长和诗词精品的产生。《中华诗词》要贯彻中华诗词学会的精品战略，就不能不关注文艺思潮，力求予以正确引导。为此业已开辟《诗词自由谈》《疑义与析》《诗苑杂谈》等栏目。通过讨论与争鸣，澄清一些文艺思潮和模糊认识。同时，借此活跃诗坛、开阔思路，促进诗人团结、创作繁荣。

《中华诗词》的评论内容，主要包括上述五大板块。但作为中华诗词学会的会刊，它不能仅止于谈诗论人，还要贯彻“学会”的宗旨，执行“学会”的决议，传达“学会”的声音，配合“学会”的活动，为“开创社会主义时代中华诗词新纪元”（《章程》）而开展评论。为此辟有《中华诗教》《诗社论坛》《诗坛信息》等专栏。

总而言之，《中华诗词》既是中华诗词学会的刊物，也是所有会员自己的刊物，更是广大诗词作者、爱好者包括海外汉语诗人词家的刊物。但愿文朋诗友都来关心它、爱护它、支持它——为它出谋献策，为它写诗撰文，为它联络作者，为它推荐诗文。

倘给《中华诗词》撰文，我提三点殷切希望：一是宜小不宜大。无论探讨诗学，还是论说诗艺，命题力避大而无当，最好也像写诗一样，能从大处着眼、小处落笔。因为题目太大，容易空泛，不着边际；小则易于论述精深、分析细致，文章又能写短。小题目完全可以写成大文章。文章之大，主要不在题目大、篇幅长，而在有创见、有分量。二是宜短不宜长。洋洋万言，往往离题万里；寥寥数语，常常切中肯綮。我们并不拒绝富于新意、充实精炼的长文，但因刊物评论篇幅有限，还是提倡多写短文。一题一议，言之有物；开门见山，言少意丰。比较而言，读者更喜欢短文。三是宜精不宜粗。评论文章，不仅内容精到、语言精炼，而且引文也极精细，决不粗疏。论证可以旁征博引，但不必叠床架屋、征引过多；评论需要举例说明，但无须连篇累牍、过于繁琐。关键在于引征恰当、例证典型。尤应引起注意的是：引文务必核对精确，切忌仅凭记忆——“想当然耳”最易曲解原意，误导读者，贻害无穷。

从总体来看，评论落后于创作，理论落后于实践，评论队伍远远小于创作队伍，亟须予以加强。《中华诗词》要想搞好评论，全靠诗人理解、论者支持！让我们勠力同心，推动诗学发展，纯洁评论文风。

2010.9.21 北京

9.25 浙江温州雁荡山庄

（2011.1 中国文联出版社版《全国第 24 届中华诗词暨夏承焘、吴鹭山先生学术研讨会论文集》，2011 年第 2 期《中华诗词学会通讯》）

中华诗词理论批评概观

我从 1999 年 1 月开始至今，一直在做《中华诗词》杂志的评论编辑。我就根据自己了解的一些情况，做点诗词理论批评综述。未同他人商量，纯属个人意见，仅供大家参考。

我讲四个问题。

一、诗词理论批评成就

中华诗词理论批评，自 1919 年随着诗词被逐出诗坛以后，便无缘面世，几近绝迹。90 年来，尤其是 1987 年中华诗词学会成立以来的 20 余年，诗词理论批评，从无到有，从少到多，从低到高，从浅到深，逐渐迅猛地发展起来，形成了自身的理论品格与形态特征。

具体表现在：

（1）有了一些理论批评阵地。各种文化报刊，尤其是文艺报刊，都有诗词理论批评文章发表。重点阵地，首先是中华诗词学会主办、中国作家协会主管的《中华诗词》杂志，每年有近 50 万字的评论发表；其次是各省市主办的广东的《当代诗词》《诗词报》《华夏诗报》，湖北的《东坡赤壁诗词》（黄冈）、《心潮诗词》（武汉），吉林的《长白山诗词》，四川的《岷峨诗稿》，北京的《诗国》丛刊等几家公开出版的诗词报刊；再次是各地基层诗词组织内部出版发行的书报刊物。此外，每年全国和各地举办的诗词研讨会也是提供理论交流平台，出版论文集子。

（2）有了一支理论批评队伍。诗词理论批评队伍，基本都是业余写作者。其组成有：诗人词家、报刊编辑、诗词组织工作者、理论爱好者。理论骨干，主要是大学教授和文学研究专家学者，以及原来从事新诗评论的诗论家。人数虽然不多，但已形成了一支理论队伍。《中华诗词》主编杨金亭同志称之为“敢于直面诗词现状、善思考、能写作的评论队伍”，“在深入追踪研究创作现状，不断推出诗词新人、新作的基础上，逐渐积累理论批评成果”（《向当代诗词评论的拓荒者致敬——序〈中华诗词·十年评论选〉》）。他认为，中华诗词的理论批评是在“拓荒”，理论批评工作者自然就是“拓荒者”。这个判断是准确的。

（3）有了一批理论批评成果。20多年来，全国发表了大量诗词理论批评文章，粗略统计，约在3000万字左右；出版了许多诗词理论批评著作，起码也近百余部。理论批评内容比较广泛，涉及诗词理论和诗词事业方方面面，诸如诗词本体论、诗人主体论、因革论、创作论、作品论、诗词组织论、发展论、诗教论等等。尽管所论有详有略、有粗有精，大都努力运用马克思主义，阐述诗词创作和诗词事业的发展规律。

其中特别值得一提的是，2001年初，在已故孙轶青老会长的亲自主持下，中华诗词学会制定、发布了《21世纪初期中华诗词发展纲要》，以及出版了孙老的理论著作《开创诗词新纪元》。可以说，这份文件和这部著作，是我们中华诗词界的理论纲领，应予高度重视、大力宣传，值得我们认真学习、反复思考。

由于“诗词热”不断升温，学写诗词者有增无已，关于诗词基本知识和写作技巧的理论著作，如声韵格律之类的书籍出版甚多，而且十分畅销，大受欢迎。

二、诗词理论批评作用

思想是行动的先导，理论是实践的指南。而在一定的特殊社会环境下，例如中华诗词遭受排斥、打击、“压迫”（有人公开撰文，主张要对传统诗词实行所谓“文化压迫”，并且认为，这是发展现代文学的“必要条件”，见《诗探索》）的特定情况下，诗词理论批评，要比诗词创作显得更为重要。因为写几首诗词无法改变自己被“压迫”的艰难处境，唯有进行实际的理论抗争，才能求得合理合法的生存权。所以，理论批评的最初作用、也是最大作用，就是争取中华诗词的现实生存，而后才是为中华诗词的健康发展进行理论研究和学术探讨。

新时期以来，尤其是中华诗词学会成立以后，理论批评为此通过各种形式，做了大量工作。

一是拨乱反正，正本清源，推倒强加在中华诗词头上的许多不实之词，例如“五四”至今的所谓“封建文学”“骸骨迷恋”“遗老遗少”“复辟势力”“文化垃圾”“夕阳文学”“落后文化”等等罪名，把中华诗词从形而上学和虚无主义的禁锢中解放出来，恢复中华诗词在社会文化生活和文学艺术创作中应有的历史地位。

大量诗词理论文章，充分而又细致地论述了中华诗词在民族文化发展、政治文明建设、精神文明建设、先进文化建设、国民素质教育等方面的重要意义，是不可等闲视之的，其他文化形式和文学体裁无法代替。

一些有识之士，还通过多种渠道，例如在全国政协人大例会上、在中国作家协会文学集会上、在各种创作理论研讨会上、在全国报刊媒体上……提出议案，发表言论，大声疾呼，建议建言，吁请党和国家领导以及有关部门给以重视、解决问题。这是中华诗词在历史新时期得以尽快发展、复兴的重要条件和可靠依据。

二是探讨诗词发展规律。在马克思主义指导下，运用历史唯物主义和辩证唯物主义，紧密结合诗词创作实践，阐述中华诗词发生、发展、繁荣、昌盛的诗学原理，研究、继承、借鉴、发扬中国古典诗学的理论资源，以便推动中华诗词事业的再度复兴。诗词理论批评在创作实践理论化、古典诗学现代化、外来诗学中国化方面，已经取得了一定的诗学理论成就。

让我们聊感欣慰的是，诗词理论批评，基本不存在其他文学领域泛滥成灾的“全盘西化”倾向和脱离政治问题。但我们迫切需要警惕和防范复古主义。

三是研究诗词创作实践，总结中华诗词有史以来、特别是当代诗词的创作经验，提高诗词创作水平，促进诗词精品力作出世。中华诗词学会在做组织工作的同时，注意一手抓创作，一手抓评论。而创作，在组织工作走上正轨之后，尤其放在重要地位，着重加以强调。这就是坚持实施精品战略。从学会每年一届的全国诗词研讨会，直到《中华诗词》杂志的评论版面，都为早出精品、多出精品服务，努力钻研产生精品力作的各种创作问题。这对提高诗词作者的创作水平大有助益。

四是针砭诗坛时弊，及时发现、批评与纠正诗词事业存在的不良现象。矛盾到处存在，骚坛决非净土。对于诗词创作和诗词活动中的各种问题，诸如否定格律、标榜创新的重起炉灶论，死守格律、古色古香的原汁原味说，生吞活剥、食古不化的拟古倾向，反对改革、不思进取的复古主义，自视甚高、嫉贤妒能的文人相轻，臭味相投、党同伐异的宗派情绪，假诗济私、唯利是图的不正之风等等，诗词理论批评积极予以匡正，引导诗人词家和诗词组织的诗词创作、诗词活动、诗词评论的健康发展，发挥了理论批评的正确导向作用。

总之，诗词理论批评在中华诗词事业发展中起到了不容忽视的巨大作用，应予充分肯定。

三、诗词理论批评问题

新时期的诗词理论批评虽然取得了很大成绩，发挥了很大作用，但是，还有许多不足与问题，用杨金亭同志的话说："既然是拓荒，粗疏或不尽人意之处，便在所难免"（同前），需要加以改进和解决。我认为，主要有四个问题应予特别注意。

(1) 最普遍、最突出的问题是：理论落后于实践，评论落后于创作。诗词创作实践发展突飞猛进，全国各地都有大量作品涌现，公开和内部出版的诗集、词集、选集、合集多得很，每年发表的诗词作品更是数不胜数。相比之下，评论文章、理论著作就要少得多，质量也不如人意，难以及时地总结创作的得与失、成与败。而且，诗人词家多以百万计，而理论批评作者却少得可怜，千呼万唤也不出来。这是理论批评落后的重要原因之一。

(2) 理论批评远未形成科学体系，大都是零星散论、吉光片羽，不成系统。而且，还有一些理论空白，属于尚未开垦的处女地。例如杨金亭同志提出的中华诗词基本原理、当代诗词美学，孙老轶青提出的现当代诗词发展史等等。此外，还有诗词修辞学、诗词心理学、诗词鉴赏学、诗词教育学等多种学科存在空白，急待我们加以填补。

(3) 理论争鸣不够，诗词批评不足，尚未形成正常风气。对于仅有的一点争鸣，我们还不习惯。争鸣双方，常常意气用事。争鸣水平，也亟须提高。有些评论，恰如汉代王充所说："世俗所患，患言事增其实。著文垂辞，辞出溢其美，称美过其实。"（《论衡》）理论探讨因而无法深入下去。对于仅有的一点批评，我们也听不进去。作者不愿听，报刊不愿发。实际上，争鸣与批评，对于诗词事业异常重要。争鸣可以促进思维，批评能够弥补不足，都是大有益处的，应当加以改进。

(4) 思想还要继续解放，观念必须不断更新。这是理论批评队伍乃至整个骚坛都需解决的重要问题。比如诗词改革问题、继承创新问题，有些观念，显得过于陈旧；有些思想，实在太近保守，未能与时俱进。观念陈旧，必然束缚研究手脚；思想保守，定会限制理论视野，都将妨碍理论批评和诗词事业的更快发展。

四、诗词理论批评建议

（1）各地诗词组织应重视诗词理论批评，把它列入议事日程，认真抓好。当然，首先要从中华诗词学会做起，做出榜样，定会带动和影响地方。已故孙轶青会长一直重视诗词理论批评，亲自并且号召大家研究理论。郑伯农代会长是全国文学理论大家，还是中国作协理论批评委员会负责人，也很重视理论。但愿能把这项工作落实，抓出成效。

（2）诗词理论不但存在多种空白，而且连最基本的研究资料都极缺乏。因此，我建议先从收集资料做起，并且落实到人。积极、努力、长期、广泛地搜罗资料：一是诗词作品，二是理论著作，三是诗词报刊，四是组织发展，尽可能齐全——资料残缺不全，无法进行理论概括。在此基础上，组织人力尽快撰写两部史书：《中国现当代诗词史》《中国现当代诗词理论批评史》。

同时，我还建议各地诗词组织和所有海内外诗人词家，主动给予支持，积极提供资料。

（3）诗人词家都来关心理论批评。凡有条件、有兴趣的同志，尽力来做理论批评。因为具有实践经验，饱有创作体会，从事理论批评比较容易搞出成绩，起码可以多写一些创作谈，总结自己的创作经验。这类文章，除了帮助初学者提高写作水平外，还可为理论研究提供一手资料。

（4）各地诗词组织，凡有自己报刊的，都为理论批评提供适当版面，尽可能多地发表一些理论批评文章，努力为理论批评做点实实在在的促进工作：一是培养理论批评作者，二是推出优秀理论批评文章。

以上所说，仅供参考。

2008.10.19

（2008.10.26在河南省南阳市“全国第22届中华诗词研讨会”上的发言）

诗论文风亟须改进

诗论文风不正，并非一朝一夕，亟须改进，当自今始。但这有点儿类似于老虎吃天，无处下口。我们还是先从一些具体事情做起吧。

首先需要解决的主要问题是，请把文章写短些！毛泽东同志在《反对党八股》中列的“第一条罪状”，就是“空话连篇，言之无物”，是“懒婆娘的裹脚，又长又臭”，要求“赶快扔到垃圾桶里去”。因为人民群众喜欢短文，无暇去看空洞无物的长篇大论。加以刊物评论篇幅有限，又要加大信息，不宜连篇累牍地刊发长文。而且，文章好坏，不在篇幅长短；分量大小，无关文字多寡；学术水平，也与长短没有直接联系。短文可以写得精彩，言简意赅，新见迭出。所以，我们建议诗论作者：坚决跳出“穿靴”“戴帽”的为文老套。一题一议，言之有物，竭力避免节外生枝；开门见山，短小精悍，和盘托出诗论精华。可以旁征博引，但不宜叠床架屋；需要举例说明，也不搞繁锁哲学。关键在于例证典型，能够证明所论，切忌堆垛杂乱；倘不恰当，纵然例子再多，也难以为证。至于假话、大话、空话、套话，更在禁绝之列。

我们并不一般地反对长文。内容充实、富于创见而又生动活泼的长文，我们同样欢迎。有些重大学术理论，也需要长文阐述；只是不宜过多过滥、大而无当。我们提倡多写短文，也非绝对地以短为好。无论长文短文，都要写得精粹，切忌陈词滥调。

其次亟待处理的重要问题是，请将引文核准些！诗论引文，大体可分两类：一类是评论对象。评论他文，引述不确，势必造成论不对题；不管赞扬，还是批评，都是牛头不对马嘴。如系断章取义，则是强加于人；倘为误引他文，更是无的放矢。二类是引证古今诗文。此乃文坛常见，亦属一种修辞：既使文章丰富多彩、摇曳生姿，又能以作佐证，显示英雄所见略同；还可用为反证，表明鱼龙不可混杂。遗憾的是，不少引用太过草率：一些流传极广、人们耳熟能详的名诗、名文、名句，竟然横遭篡改、增删，乃至颠倒语序。这在我国某些传媒中早已屡见不鲜；本刊也未幸免于“难”，编者同样难辞其咎。例证不胜枚举。有些竟致积非成是、习而不察，对我国珍如拱璧的传统文化造成极大伤害。引者仅凭记忆下笔，不肯仔细核对原文，却要一本正经地打上引号，标明确系“原作”，以炫自己“博学”，致使文章漏洞百出，适足见其刚愎自用而已。或者张冠李戴，或者以讹传讹，真是贻害无穷。

当然，有些古典诗文，由于流传久远，辗转传抄，造成讹误，存有不同版本，字句略有不同，引用自然存在差异。这是正常的，可以理解的，不得视作误引误用。即便如此，也请引者力求以可靠的权威版本为据，切莫自以为是地草率从事；并且，尽可能地加以说明或者标注。

再次应当改进的诗论问题是，请再实事求是些！评论落后于创作，理论落后于实践，突出表现为：论者队伍小，诗论文章少，学术水平低。仅有的诗论文章，又往往缺乏求实精神，有些陷于绝对化与片面性。恰像毛泽东同志所批评：“没有历史唯物主义的批判精神，所谓坏就是绝对的坏，一切皆坏；所谓好就是绝对的好，一切皆好。”更有甚者，好坏混淆，是非颠倒，如以“复古”为荣，以“新声”为耻，以“劣作”为佳，以“赝品”为真……如同文学艺术界的为“人情”而评论，为“金钱”而评论，为“市场”而评论，为“政绩”而评论，在诗词界照样存在；而且某些时候、某些地方甚至有过之而无不及。

文风反映的是学风，体现的是作风。文风不正，说明我们的学风不够严谨，多的是急功近利、好大喜功，缺的是认真负责、谨小慎微；同时，证明我们的作风有欠踏实，未能急人民之所想，不肯供群众之所需。有些文坛诗界的名家大佬，居然也难免此一俗，实在令人叹惋！须知：学风关涉到继承优秀传统文化、加强国家软实力；作风牵连到为人民服务、为社会主义服务的文艺方向，关系重大，切勿小觑。我们实在是不能不慎之又慎，不可不改之再改！这是读者和编者的共同吁求。

2012.5.14

（2012年7月《中华诗词·卷首语》，2012年9月22日广东《清远日报》）

《中国文学史诗》的突出特色

初读《中国文学史诗》，让人大为惊讶！文学史难道还有这样写的吗？厚厚两大册摆在面前，这就是诗人、文学史家臧修臣的独特创造：以诗写史，史被诗化。

中国文学有史，无须考证始自何时，反正年代已经久远，著作汗牛充栋，版本丰富多彩。但在此前，我所见到的文学史书，包括古今中外，一律都是语体书写，全部皆为学术著作。变语体为诗体，转学术作文学，则是臧修臣的首创。这在一般人看来，无异于超越常规，简直是打破习俗，确实是破天荒头一遭。足见作者有胆有识，不为旧套所拘。其独出心裁的创新精神，实在令人敬佩！

既然称“史”，必然要记文学历史、创作现象——叙事无论如何不能免掉；同时还要臧否作家、褒贬作品——评论不管怎样无法回避。这对作者起码提出了两大挑战，而且相当严峻：叙事、评论如何诗化？因为这关系到史诗的写作成败与否。

通读了《中国文学史诗》，我们完全可以说，作者取得了很大成功，不仅创造出了全新版本的、融学术文学于一体的文学史著作，而且开拓成了一片史学写作的崭新领域。

对于上述两大挑战，作者可谓应付裕如，自有高招。

全书从头到尾采取诗的形式，只不过多为古风（亦可称为新古体诗）、也有骚体而已。主要使用的是三言、四言、五言、六言、七言古风。有的一章一体，有的一节一体。基本以节为诗体单位，字句整齐，韵律和谐，或一韵到底，或中间换韵。但不甚调换平仄，不大讲究对仗，也不避忌三平调、三仄尾，也不限制诗句数量，更无粘连一说，因而不是格律诗、包括五七言排律。——此书所用七言诗体，与《中华史诗》、《邓小平史诗》一样，均属古风，即新古体诗。有人说那是“七言排律”（见古柳《〈中华史诗〉的文体意义》、宋毅军《讴颂世纪伟人的一曲高歌》），则将古风与排律弄混了。排律讲究过多，不太适合长篇巨著。臧修臣同志选用古风，确是明智之举，不必让繁琐而又严谨的诗词格律捆住手脚。

书中叙事，不是冷冰冰地铺陈其事，而是同热辣辣的抒情紧密结合起来。作者情动于衷而形之于言。史事，亦即文学历史事实，能否化为诗篇，融于情中是个关键。诗的本质，专在抒情。无情不成其为诗作。因此，作者想方设法调动自己的感情，并且投到叙事之中。其情真如酵母一般，遂使那些平淡无奇的文学史事，顿含诗味。原本时过境迁的古代历史，作者却有情有味地娓娓道来，或者如喜如狂，或者如欢如舞，或者如泣如诉，或者如怨如怒。作者叙事追求客观准确，又力争浸透激情，以使作品不仅具有古风的诗歌形式，而且富于诗的意味。

书中评论，也不是干巴巴地单纯说理，而是伴之以活泼泼的生命律动，即如古人所言：“议论须带情韵以行。”（清•沈德潜《说诗晬语》）所谓“情韵”，就是指的激情、韵味。也就是说，诗不排斥议论，但忌呆板、乏味；诗不禁绝说理，但忌僵化无情。倘与叙事相比，评论诗化更难一些，既要倾情其中，又要注味内里。《中国文学史诗》努力做到论析寓理于情中，褒贬寄意于味外，情味交至，促理生辉，从而使作品动人以情，晓人以理，给人以知识，予人以趣味。诗歌之所以不同于学术论著和哲学讲义，就是因为它注重言志抒情，讲究韵味，能够引人入胜，而不是催人入睡。

在此书中，我们看到，作者将有根有据的史实陈述，同鲜明的是非判断与热烈的好恶言情融在一起，是其所是，非其所非，毫不吞吞吐吐；同时，好其所好，恶其所恶，也不遮遮掩掩。而且，作者尽量摆脱纯粹个人的爱憎好恶与完全偏狭的是非褒贬，力求运用客观的、科学的、公众认同的评价标准，来做曲直衡量和成败论断，因而基本达到了一能信实，二能动人，三能服众。而这，正是兼具学术品格与文学特性的《中国文学史诗》所应实现的最佳社会效果。

当然，作品也存在着比较明显的缺憾。有些地方，由于融情不足而显得淡乎寡味，缺少诗意；有些段落，因受形式限制而未能展开笔墨——或者只有粗线条勾勒，缺乏精雕细刻，或者只是一味突出重点，难以做到条分缕析；有些语言，因为推敲不够而有凑字、凑韵之嫌。如此等等，不一而足，皆属白璧微瑕，非是巨害，倘能再版，或可改进。

2009.5.10 于北京

（2009.5.31 北京《作家报》）

李栋恒将军的忧患意识

人们曾用“将军本色是诗人”，来形容陈毅同志。我认为，这句话移到李栋恒将军身上，也同样适用。诗人本色之一，就是富于忧患意识。而李栋恒将军的忧患意识，尤为突出。

栋恒将军诗说：“深刮肚，苦搜肠。吟哦涂抹似癫狂。难求语汇惊人妙，难愿忧欢吐一腔。”（《戏老来耽诗词》）“难求语汇惊人妙”，实属将军自谦；“唯愿忧欢吐一腔”，确系诗人自谓。他“刮肚”“搜肠”，真如“癫狂”一般。“语词列阵听吾驭，令作新诗争组句。砚池墨饱饷狼毫，我命涂鸦挥不住。”（《玉楼春令·酒后戏作》）战将痴迷于诗，成了笔将；语词列阵应命，变为士兵——将军一声令下，士兵听从指挥：争相组句，即刻成诗。此虽将军戏言，却也不无真实：将军耽于诗词，日夜秉笔苦吟，因而硕果累累、佳作连连。诗中所吐，如用两字概括，不过一腔“忧欢”而已。

“卅载腾飞无悔路，九州巨变有真经。”（《七律两首》）栋恒将军身处改革时代，亲历“九州巨变”，因而欢乐较多忧较少，颂歌为重战歌轻。但他牢记“生于忧患而死于安乐”的古训，时刻提醒自己与世人：“望去征程仍险远，莺歌乱耳莫贪听。”他在高唱颂歌的同时，格外重视抒发忧患、谱写战歌。

栋恒将军忧国。“胸怀阔似海，名利淡如烟。”《感事思李兆书老首长》）诗颂老首长的，也是将军的夫子自道。胸怀广阔，方容得下国家天下；名利淡泊，才能蕴蓄博爱浓情。将军忧国浓情，不自今日始。早在“文革”时期，即已胸怀国家、心忧天下："万民哀绝心将碎，四害谋权眼欲穿。赤县浮沉难入梦，茫茫沧海向何边？"（《七律二首》）1976 年国家祸不单行：伟人辞世、唐山地震、四害阴谋篡党夺权。栋恒当时夜不能寐，深为国家前途、民族命运担忧。将军下定决心："苟能无私为国为民竭绵薄，心地坦然笑慰平生立春秋。"（《赠友人》）这是他慰勉友人，也是激励自己。"安危心上结，关切与年高。"（《退休老将军》）同样是借颂人而自勉。栋恒将军也同老将军一样，始终将国家安危挂在心上，而且，随着年龄的增高，关切之情也在与年俱增。

栋恒将军忧民。"百代兴衰收眼底，万民冷暖系心头。"（《六十述怀》）"百代兴衰"使他深悟：水能载舟，也能覆舟；民能拥国，亦能乱国，即所谓"虏强难击长城破，民弱常将社稷移"（《读史》）。因而关心"万民冷暖"，是立国固邦的根本。他要像周恩来总理那样："为民不问名和利，报国甘当马与牛。"（《挽周恩来总理》）做到"已忧更为庶民忧"（《寄老首长彭仲韬政委》）。西南出现大旱，他焦急万分："安得我身成李靖，挽倒银河，化作甘霖赠"（《苏幕遮·西南大旱》）；耕地无端被侵，他忧心如焚："一旦饥荒至，凭何去对天"（《五律》）；沙尘暴连年不断，他坐卧不宁："更忧农户苦，果黍遍遭摧"（《沙尘暴》）；地震频繁发生，他节日难安："端午今年心境殊，万千泪眼似悬湖"（《七律》），急切盼望"地震何年可预知"（《唐山大地震罹难者名碑》），以免"废墟处处烟尘滚，一片冤魂啜泣声"（《鹧鸪天》）……真的是忧民不忧己、忧道不忧贫。

栋恒将军忧军。作为将军诗人，这正是他的诗作的突出特色，与众截然不同。国仗军强，民靠军壮；弱旅衰军，无以为战。因此，需要“呕心沥血，打磨利剑；殚精竭虑，强固长城”（《沁园春·赠宝珊君》）。事实上，中国人民解放军从来没有像现在这样强壮，可以说是“安危倚仗军人脊，风云咤叱擎天立”（《急行军》），“祖国有我雄师在，不教恶魔玷江山”（《寒冬大风沙中部队演习》）。但是，世界并不安宁，军队仍需强大，还要“正富国强军，精心经略，陆海空天。使命更须牢记，腾飞路，虎翼弥坚。有雄师长锏，纷繁世界方安”（《扬州慢·贺八一建军节》）。尽管喜讯频传，将军依然有忧：“老来闻喜常猜度，辨析藏何错。心如古井气如磐，大树斜凭思索克新难。”（《虞美人·闻喜》）他要像东汉“大树将军”冯异那样，独坐树下，不与诸将论功，单思克服新难。一旦国家有事，他虽老迈，却也“会当长挟雷霆往，卫国谁思两鬓皤”（《三亚登高眺南海》）。军人忧军，理所当然，因为军人的职责就是要壮国强兵、保国卫民。这也表现出栋恒将军强烈的历史使命感和军人责任感，让人为之深深感动和由衷敬佩。

栋恒将军忧世。一般说来，将军爱憎分明、嫉恶如仇；诗人感情丰富、愤世嫉俗——兼有将军与诗人本色的栋恒将军，眼里更是容不得沙子。面对世风浇漓、人心日下，他常怀忧虑、寝食难安：“登高诉我心期。愿世界长留圣洁时。望天恩广被，甘霖普降；天威远镇，恶菌难滋。扶正存真，安良扬善，大义无情荡垢疵。重抖擞，助神州雄健，再往高飞。”（《沁园春·元旦后全国大部地区喜降大雪》）他借雪言志，表达心愿。“大义无情荡垢疵”，“垢疵”是种意象，既是自然世界污浊的象征，又是人类社会丑恶的代表，尤其象征为害最烈的贪污腐败。栋恒将军对贪官污吏可谓深恶痛绝、恨之入骨：“无餍，无餍，岂顾头悬利剑。欲将天下肥烹，宁留万世恶名。名恶，名恶，祸国殃民自缚。”（《调笑令·贪官》）为贪官画像，惟妙惟肖；给污吏把脉，病入膏肓。栋恒将军因而在瞻仰民族英雄岳飞庙时感慨万端：“仰天长叹，安能奸竖皆肃！”（《念奴娇·谒汤阴岳飞庙》）“奸竖”永远会有，人们不应丧失警惕、放弃肃清他们的斗争。他在诗中昭告世人：“满目繁华危尚在，还须深悟国歌词。”（《过卢沟桥》）这里的“危”，既指内忧，也含外患，包括国际反华势力在内，即“可知仍有虎狼忧”（《旅顺游记》），——忧患与“繁华”如影随形，人们必须安不忘危，时刻牢记“国歌词”中所说“最危险的时候”，永不松懈自己的斗志，方能保证“重抖擞，助神州雄健，再往高飞”。

栋恒将军忧国、忧民、忧军、忧世，与历代诗人的忧患意识不同，比较而言，是在国强、民富、军壮、世安（当然尚属发展中国家）的条件之下，因而更为可贵，犹如警钟长鸣，醒人梦寐。

2010.10.8 于北京

（2010 年 11 月 13 日广东《清远日报》，2011 年 3 月《中华诗词》，2011 年 4 期河南《中州诗词》）

诗笔丹青只写怀

我和叶晓山同志可以说是三四十年的老朋友了。彼此虽然来往不多，心灵却是相通的。早想为他写篇文章，拖了多年未能如愿。我不谙诗词，不懂书画，因而不敢妄言。如今勉强道来，所说也不过是“他人有心，予忖度之”（《诗经·小雅·巧言》）而已。

晓山最初以新诗名世，继又精工旧体，兼擅书画，不仅成了优秀的“两栖诗人”，而且还是杰出的书画名家，令人刮目相看。晓山有诗，夫子自道：“步入文坛涉画坛，且将朱墨染秋山。苍鹰直上高空去，壮丽河山放眼看。”（《苍鹰直上高空去》）他用清新诗笔，抒写壮丽河山；他以五彩丹青，描绘自然风光，借以寄托他的宽广胸怀。

晓山原是“军旅诗人”，大半生追随部队，高唱着镗鞳之歌。退休之后，他不愿虚度光阴，仍然乐于奉献。他说：“我已进入老境，白发没有让我却步，苍颜让我头脑清醒。……我决心百倍努力，不断挥毫，舞文弄墨，画地书天，甘当一株小花，挤进祖国的百花园；愿作一滴水珠，汇入那大海无边……”（《我的感言》）他说到做到：“展纸铺开三尺卷，笔勾神采墨留形。”（《入秋懒得去沙汀》）乐为花鸟传神写照。“一轮新月明如镜，照我推敲题画诗。”（《正是秋光烂漫时》）愿将山水题咏成诗。这就是他的煌煌大作：计有五个系列的花鸟山水诗书画作品《百花百咏》《百鸟百咏》《咏雁诗一百首》《咏虾诗一百首》《咏黄山诗二百首》，全部配以书画，三艺相映生辉。2004 年 3 月，他的《百幅芦雁百首诗》(2003年9月解放军文艺出版社出版)荣获“上海大世界吉尼斯之最证书”，他被授予“最多的画雁、咏雁、书雁作者”。真可谓“砚田笔耕，艺海远航。追求不已，笔花怒放”(《艺术自白》)。晓山虽臻老境，但他的艺术生命却青春永驻、始终不老。正如其诗所言:“兴来挥笔度年华，不觉黄昏日已斜。莫道春残花事了，老兰犹吐醉人葩。”(《老兰犹吐醉人葩》)老兰吐葩，馨香同样醉人。

诗、书、画均属艺术，只不过诗是语言艺术，书是线条(文字)艺术，画是造型(空间)艺术。同为艺术，其基本规律便是相通的，即皆运用形象思维，表达思想感情。这就是诗为心声，书为心画，画为心语——无一不是作者心灵的寄托、情感的抒发。正如宋代张戒所说:“诗文字画，大抵从胸臆中出。”(《岁寒堂诗话》)宋代黄庭坚也说:“想初槃礴落笔时，毫端已与心机化。”(《观王熙叔唐本草书歌》)书画如诗，诗同书画。人们从中领略到的，不止是作者的审美创造，更是作者的“胸臆”与“心机”。

晓山书画，决非任性而为。退休之后，他在中国书画函授大学进修过较长时间，从理论修养到创作实践，下过相当功夫，因而艺术功底深厚，起点很高，出手不凡。对于书法，他曾深有体会地说过:“情之所至，笔墨随之。绘画、作诗和书法，都是一种情感的释放与宣泄。……我创作《百花百咏》书法长卷，自觉就是用诗的形式为百花传神，替百花表白，花即我，我即花，花我合一，神交默契久矣。”(《墨韵诗情涌眼底，花香书味汇卷中——〈百花百咏〉书法长卷创作有感》，2009.12.21《中国书法报》)他的书法，不同于许多作家:不愿去借他人酒杯来浇自己块垒，而是经常自书自诗。他有意将诗中的激情涵蕴，用书法以发之。而书法的笔情墨韵，又给自己的诗作带来无穷意味。用笔的短长肥瘦，各有其态；风格的端庄流丽，独具其美。正如他的诗作所咏：“读书得古趣，笔墨见真情。满卷生灵气，百花长精神。”（同上）

晓山不仅自书自诗，而且自画自诗，即为自己的诗作配画；同时他还自题自画，即给自己的绘画题诗。应了宋代蔡绦的那句老话：“丹青、吟咏，妙处相资。”（《西清诗话》）的确如此：他的诗情饱含画意；他的画意蕴蓄诗情。其画成了其诗的形象写照；其诗则是其画的传神展示。但又并非简单机械的诗画易位，而是相互渗透，彼此融通，互为表里，相得益彰。他的书画，精美如诗；他的诗书，清新似画，真让读者从中获得丰富多彩的美感享受和深刻独到的思想启迪。

试读其诗。与他青壮年时的作品迥然而异：晓山晚年作品再无金戈铁马式的军旅怀抱，也少“气吞万里如虎”的豪放气势，反而多了回归自然的恬淡情趣，展现出了人同自然和谐共处的“天人合一”。如《游黄山遇雨有感》：“花甲之年游兴浓，云梯上下步从容。手持竹杖鞭风雨，我是黄山又一峰。”《登莲花峰》：“气死雄鹰吓坏雕，攀登步步踩云涛。莲花俯首无言语，默认黄山我最高。”诗人已将自我融入自然山水之中，竟然成了“黄山又一峰”，甚至于莲花峰都“默认黄山我最高”。再如《猴子观太平》：“鬼斧神工更显真，风雕雨刻塑精灵。猢猴似羡人间景，独坐山巅观太平。”《咏雨后游黄山》：“日起霞飞乍放晴，层峦叠嶂焕然新。开天一面云收雨，出浴黄山更动人。”此皆诗家语，运用拟人手法，化山水为人事；但又何尝不是诗中的人化自然，物我两忘，天人归一——人即是山，山亦是人，山与人合二为一。

诗人回归自然，又与古代隐逸诗人例如东晋陶渊明那种“久在樊笼里，复得返自然”的思想观念截然不同，不是逃避黑暗现实、追求世外桃源，而是直面现实人生、正视社会弊端，是跟现代社会背离自然倾向、破坏生态平衡的一种心理抗争。回到自然怀抱，可以净化高科技、信息化社会生活带给人类的生理与心理的种种污染，能够纯洁人类的精神世界。《咏锦花鸟》写道：“锦上添花不为夸，生来小嘴点朱砂。自从育作笼中鸟，失去自由失去家。”人类笼养鸟类，以及其他灭绝生物的诸多劣行，表面似乎使得鸟类、实际恰是人类自己“失去自由失去家”——因为自然世界才是人类赖以生存的真正家园，生态环境一旦遭到破坏，就再难以复原、无法挽回，人类还到哪里去休养生息呢？《咏麻雀》：“懒向高空比翼飞，安家屋角不曾悲。诬为害鸟遭围捕，谁评当年是与非。”《咏猫头鹰》：“两眼睁闭有何妨，昼伏夜出属平常。分明捕鼠称能手，何事时人说短长。”当年“消灭四害”的“是与非”，象征“吉凶祸福”的“短与长”，如今早已清清楚楚、明明白白：决非人类主观臆断、强权武断所能奏效。自然法则、社会规律不依人的主观愿望为转移，而给一切自行其是的悖谬行为以惩罚。这是铁的客观定理，不容随意分说。“惟恐珍禽遭绝迹，先收画匣后题诗。”（《水上猛士》）晓山歌咏山水、描绘花鸟，固然意在艺术创造，但更为了唤醒人类的环保意识，起而保护自然环境，维持生态平衡。

晓山业已人到老年，他之所以能够诗情不减、书韵不弱、画意不衰，是因为他注意从生活中不断获取创作源泉。他说："画家要想表现大自然，必先了解和熟悉大自然。其次，不单画家如此，诗人何尝不是如此？给几种花卉题诗并不难，若要给上百种花卉题诗，真不是一件容易的事。为了熟知每种花的特点和习性，我作了大量的调查和研究，有时为弄清一种花的情况，三番五次地上花市、跑公园，将它记录下来。"（同其前文）为着艺术创作达到真善美的最佳境界，他不仅赏花、养花、研究花、揣摩花，而且经常参观花展、花会、花坛、花园，还要收集并查阅大量花谱、花册，直到熟悉所写花卉的突出特征和习性为止。他虽世居黄山之侧，从小即知黄山，但他并不满足于一知半解。近 20 年来，他多次亲到黄山采风，其中两次步行。直登黄山几个高峰莲花峰、天都峰、光明顶。还曾因雨住在山上。反复观察、了解黄山，准确把握黄山风貌。这才创作出不可移易、歌咏黄山的诗、书、画作品来。深湛的诗情，浓郁的书趣，丰美的画意，全都来自他那真切实在的生活体悟。

晓山有诗自道其创作："闲来绘画不求名，珍惜韶华用笔耕。且喜梅花传信息，小楼一片艳阳春。"（《且喜梅花来报信》）又说："一任秋霜两鬓生，挥毫泼墨写苍鹰。人间利禄烟云过，世上功名粪土轻。"（《一任秋霜两鬓生》）他的诗书画创作，纯属"利禄功名皆无求"（《咏畅游泽国》）的无私奉献，既给百花艺苑增添"一片艳阳春"色，又要借以抒发自己的人生怀抱，表达他对祖国和人民的真情厚爱，即他所说"天上人间爱最深"（《咏雪花》）。这从他大量捐赠自己作品便可看出：他先后向希望工程、福利事业、各类纪念馆包括中国现代文学馆和安徽省博物馆以及有关社会团体、家乡县里等捐赠书画作品达400余幅之多，连其义卖书画所得也毫无保留地全部捐献。因而有位耄耋老人赋诗赞扬:“文林一枝笔，艺苑三绝才。心花两万朵，爱向社会开。”（杨尚模）可谓恰如其分，实至名归!

2010.12—2011.1.18

（2011年第2期湖北《心潮诗词》）

人生总在攀登

——秦中吟《攀登兰山》解读

顷接老友秦中吟同志赠送的大著《攀登兰山》，非常高兴。一见书名，便眼睛发亮。臧老克家曾有文题“眼遇佳句分外明”。书名如同佳句乃至胜过佳句如此书者，实在不多。

《攀登兰山》是写实的。诗集里不仅收有同题词作《水调歌头·攀登兰山》，而且，“兰山”直接见诸书中诗词题目的，据我粗略统计，就有32首之多。至于作品之中写到兰山，那更数不胜数。整部诗集，除了少量作品外，正如诗人所说：“都是对生我养我的家乡塞北黄土地的颂歌，对沧桑巨变现实生活的反映，也是我心灵历程的记录”（《自序》）。中吟同志是革命现实主义与革命浪漫主义相结合创作道路的执著追求者和坚定实践者。作为“贺兰山之子”——诗人乐于以此自命，他在诗词作品中的确唱出了边塞大地的神奇颂歌与华夏儿女的理想赞歌。

《攀登兰山》也是虚拟的。“兰山”是诗人创造的生动鲜活而又内涵丰富的主体意象。诗人在《自序》中作过交代：“海拔3千多米高度的贺兰山，虽比不上天山、昆仑的高耸，更比不上珠穆朗玛峰的雄伟，但也群峰林立，层峦叠嶂，气象万千，境界幽深，美不胜收。且有生命，年年月月都在长高，永为引我攀登的目标。”他“没有登峰造极的幻想，只为追求精神”。即此可见，“攀登兰山”并非完全写实，而是诗人精心营构的总体象征，是他的一种精神追求和奋斗目标，过眼就能让人产生地域感、历史感、生命感和艺术感。

“兰山”是地域的象征。兰山，全称贺兰山，又称阿拉善山，位于宁夏回族自治区的西北边境。因而诗人以兰山代指特定的宁夏地区和广袤的西北边塞。他在《读海军同志的〈履痕吟草〉》诗中写道：“塞上山川留履痕，长征路上觅诗魂。清平乐唱生豪气，漫向吟坛荡俗尘。”写的是海军，移来说他，也恰如其分。他说：“此生合共兰山老，沙枣丛林系我灵。”（《塞北江南宁夏川》）他不仅足迹踏遍宁夏大地、“塞上山川”，而且倾情倒意地为之高唱赞歌。诗集中的《田园新曲》《塞上竹枝词》《塞上风情》《枸杞红了》《朔方杂吟》《农村新曲》等等，就是他献给家乡兰山和父老亲人的赞美诗，抒发出了诗人爱国爱民的炽热激情，有着鲜明、浓郁的地方色彩和边塞特征。甚至可以称之为用“长征精神”和革命思想（久不见诸媒体的字眼！）谱写的《西部哲学》：“坎坷如诗平仄仄，神奇若梦意绵绵。”一扫我国诗坛的“俗尘”之风和淫恶之气。

“兰山”又是历史的象征。宋代爱国将领岳飞的一曲《满江红》脍炙人口，流传千载：“驾长车，踏破贺兰山缺”，使得兰山史事广为人知。宁夏又是西夏王朝的故地。文化传统异常悠久，历史积淀相当深厚。“登临每诵岳飞句，何俱雄关险阻多”（《贺兰山秋色》），“西夏文明成史册，兰山岩画入诗章”（《西夏王陵》），发思古之幽情，咏文明之古迹，不只是种诗家叹喟，还会使人增添力量。“鉴古兰山明镜在，新图展出看今天。”观今宜鉴古，继往要开来。《灵武出土恐龙化石》：“一从出土便流芳，实证边陲古不荒。……开发龙腾新世纪，复归生态更辉煌。”《灵武长枣》：“长枣何以酥脆甜？一颗足解百年馋。应知昔日风沙苦，化作今朝味道鲜。”写出了高亢的民族自豪感和深沉的历史沧桑感。而这，正是一些新旧体诗作者所忽视与缺乏的。著名诗人公刘曾说：“忧患意识、悲悯心态和历史沧桑感，正是我诗国之宝，是足赤的金饭碗。”（《忧患、悲悯及沧桑感》，见丁国成编《中华诗词·十年评论选》）因而分外可贵，值得珍视。

“兰山”还是生命的象征，即所谓“嶙峋傲作生存态”（《小憩兰山读石头》）。诗人“悟透人生气更昂，自然妙造尽诗章”（《致薛理茂老师人造山水盆景》）。那么，究竟什么是诗人“悟透”的“人生”呢？他的感悟是：“山比人生高度，登是体能运动，中止陷深渊。登则可圆梦，标树子孙看。”（《水调歌头·攀登兰山》）说白了，人生就是总在攀登——山路坎坷，犹如世道崎岖：“世间多岔路，遍布虎狼关”（《看台湾电视剧〈世间路〉》），因而需要人们不断跨越，战胜艰难。“求真不畏征途险，守正缘因信念坚。”（《读贺敬之老〈风雨问答〉》）唯有“一身劲挺铮铮骨”（《沙打旺》），“历练艰难砺生命”（《遥看大漠小甲虫》），方能“一行足迹长虹挂，力引衰身上顶峰”（同前），从而达到人生的至高点，亦即所谓“跨越皆如龙虎跃，竞争迎得艳阳天”（《元旦》）。

“兰山 ”更是艺术的象征。艺无止境，高如兰山。《攀登》诗云：“万丈标杆高树起，英雄不叹比肩难。”无论做人，抑或做事，还是写诗为艺，诗人都给自己树起“万丈标杆”，终生追求不已。他说：“贺兰山总以一种崇高精神境界诱我神往，给我新的启迪，并励我壮志。我只顾攀登，至于结果，也即达到的高度，则很少考虑……”（《自序》）纵然“为诗熬得悴容颜，面颊消成两座山”（《苦吟》），他也在所不辞，从无悔意。诚如其诗所言：“探美此方多有获，缪斯与我共销魂。”（《清水湾美术馆》）秦中吟同志堪称新边塞诗派的重要代表人物之一。他的诗歌艺术，独具特色，正如中华诗词学会顾问、《中华诗词》主编、诗人诗论家杨金亭同志所论，已经形成了“纯朴、粗犷、雄健、大气的风格”（《宁夏大地沧桑巨变的诗史》），在我国诗坛独树一帜。

总而言之，诗人身处“兰山”，志在“攀登”。诗人豪迈地吟出：“甘将使命双肩压，羞令余生片刻闲。”（《诗友重逢》）尽管他已过了古稀之年，却照旧“消尽年华独苦吟”（《自嘲》），“仍把丹心染字行”（《当代诗人》），而且是“诗魂仍系贺兰峰”（《读骆英诗集》），“黄昏时亦力攀登”（《六九生日感怀》）。他认为：“幸福全在攀登的过程。生命不息，我将攀登不止，这就是我的座右铭。”（《自序》）攀登虽苦，却乐在其中：“欢欣总在追求日，捻断千须意自悠。”（《苦吟》之七）经过不懈攀登，力争达到地域、历史、生命、艺术的最高境界——跃上兰山！

2009.5.15 于北京

（2009 年第 3 期宁夏《夏风》）

"凌云巨笔书新史"

——序翟生祥《咏史诗词三百首》

我和翟生祥同志是20多年的老朋友，可以说，既有"公谊"——因公而生情谊，又有"私交"——私下来往密切。其中两件事值得一提：一是"新田园诗歌大赛"，二是"万家寨采风"。1993年初，老翟先向山西、后向《诗刊》提出举办"首届新田园诗歌大赛"的倡议，得到《诗刊》领导支持，遂与山西省委农工部、省广播电视厅、省文联、省广播电视学会、山西农民报社等六家联合举办。老翟担任大赛组委会、评委会副主任兼秘书长，具体筹划所有相关赛事，可谓不遗余力。直到2010年的17年间，连续举办了5届"新田园诗歌大赛"以及"新田园诗歌"理论研讨活动，先后编辑出版了四本获奖作品集和两本论文集。我退休、受聘《中华诗词》后，仍然同他合作，继续联办诗赛。"万家寨采风"则是1996年10月的事情。山西省"万家寨水利工程"是我国20世纪三大水利工程之一，正在动工兴建。老翟建议《诗刊》组织诗人前去采风，既可改变诗歌脱离时代、脱离生活、脱离群众的不良倾向，又能促使诗人接近现实、深入实际、经受锻炼。我也认为，这的确是件一举两得的好事。可惜无人去办。作为常务副主编，我当时虽然分工不管作品，却也只得亲自出马，便同老翟一道，组织全国、包括多位山西诗人，赶赴工地采访，写出一批佳作，在《诗刊》上集中推出，产生了较好影响。十余天时间，我和老翟吃在一块，住在一处，行在一路，谈在一起，真可谓吃得遂心，住得舒心，行得顺心，谈得贴心。两人遂成无话不说的知心朋友。诗情友情，与日俱增。

如今，他有诗集《咏史诗词三百首》编成，要我作序，我纵然再忙，也无法拒绝，都得欣然从命。说忙，绝非应酬敷衍，确是实情。退休之后，我编两刊，一为月刊《中华诗词》，二为丛书《诗国》，一年四本，比在职只编一刊还忙。尽管我仅编《中华诗词》的评论稿件，但只有我独自一人；这同《诗刊》一比，即可看出忙闲：《诗刊》复刊时，杨子敏为评论组（后改理论室）组长（后任中国作协书记处书记兼主编），我为副组长，编辑有杨金亭（后为副主编、《中华诗词》主编）、封敏（后为电影学院教授）、张圣节（后调中国文联）等，计有五人，最少的时候也有三个人管评论，每期编稿 30000 余字；而《中华诗词》的评论编辑却只我自己，每期要编 40000 余字文稿，还须审校评论清样，其忙可知。至于其他社会活动、一应杂事杂务，还都不在话下。老翟 2011 年 8 月 1 日寄来书稿，我拖延至今方才动笔写序，实在是挤不出时间来，希望得到理解与谅解。当然，这同我生性疏懒、为文迟缓也有关系。

咏史诗词，一般特指歌咏历史、包括古人古事古物古迹的诗词作品，或以古喻今，或借古讽今，抒写诗人的爱憎情怀和思想志趣。我国最早的真正咏史诗，公认为汉代班固的《咏史》。此后历代诗人都有咏史作品面世。老翟的咏史诗词，内涵更为宽泛：既有近现代历史，又有当代历史——凡是已经发生的事物，皆成史迹，不可更改，人们只有如实地承认它、记录它，公允地议论它、评价它。诗人咏史，固有以诗书史的用意在焉，即用诗来忠实地书写历史事件，更有以诗录情的深意存焉，即用诗来真实地记录社会情绪。诗之不同于史，正在于此。

老翟在《清平乐·握手记——胡锦涛总书记会见连战主席有感》中写道：

春回大地，处处群山碧。看巨人登高举笔，谱写神州新纪。　　炎黄一脉相传，齐心打扮江山。老夫泪横满面，喜迎灿烂明天。

他还有《斗非典词》3首，其一《鹧鸪天·出征赋》写道：

非典飞来举世惊。红旗招展赴长征。大军八路高歌起，万众心中一盏灯。　　工商学，政农兵。白衣战士打先锋。凌云巨笔书新史，收拾瘟魔指日平。

前词是说，领袖“巨人”正在“谱写神州”新世纪；后词是说，人民群众、包括“工商学，政农兵”也在书写历史新篇章。这就告诉我们，历史是英雄人物创造的，也是普通百姓创造的；归根结底，是人民群众创造的，是英雄人物带领普通百姓共同创造的。诗人书录的，就是“炎黄”英雄统率华夏民族已经和正在创造的“神州”历史。

老翟咏史诗词的突出特色，可用一个字来概括，那就是“真”：惊天地的真事、泣鬼神的真情、撄人心的真理。

唐代郭从义有两句诗：“挥毫传下千年事，贞石曾留几处碑。”（《赠梦英大师》）不敢说老翟所咏之事都能传之“千年”，但他写的诗词，将如石碑一般，在历史上留下刻痕。历史说长也长，说短也短，世事俯仰之间，即成今古。我们所处的时代，是前无古人的伟大时代，弹指一挥，瞬息万变。不止诗人，每人都在经历着翻天覆地的巨大变化。老翟所写，无论是中国革命的“峥嵘岁月”，诸如井冈山斗争、红军东征、抗日战争、解放战争乃至后来的抗美援朝，还是和平建设的“美丽山乡”，例如改变一穷二白面貌、建设幸福新型农村的艰苦劳动，抑或改革开放的“中华崛起”，譬如争取科技进步、港澳回归、民族复兴、国家强盛的卓绝创造，均有涉猎，据实书写。运用的是铁面史笔，创造的是诗词艺术。

老翟不仅是个富有历史使命感的记者，而且是位极具社会责任心的诗人。他的记者经历，大大丰富了他的记事咏史；他的诗人禀赋，深深有助于他的言志抒情。记事为着言志，咏史意在抒情。即事即情，融情于事；事出故实，情本由衷，自然真切可感。诗人心系普通百姓，情牵世上苍生。四川汶川发生特大地震，诗人为之牵肠挂肚，寝食难安，写有多首词曲。如《卜算子·新行军歌——汶川抗震救灾纪事之一》：

山颤石头流，雷雨声声怒。欲问军人去哪边？抗震救人处。　遍地展红旗，路有乡亲哭。十万精兵下汶川，指日春光驻。

震灾震惊世界，同时唤起爱心。诗人虽然远在山西，却也如见“山颤石头流”，如闻“路有乡亲哭”。“大路断，洪水流，楼倒房塌众人愁。”（《自由曲·抗震救灾前线速写》）灾区百姓的“众人愁”绪和“乡亲哭”声，甚让诗人忧虑，因为他的诗心与民心相通，他的诗情与民情相连。待到解放军“十万精兵”奔赴灾区紧急救援，诗人又转忧为乐、变愁作喜，相信“指日春光驻”，因为他同灾民一样，看到了希望。这是诗人的博爱，也是民族的大爱，足以使鬼神为之而泣。

诗重情而不重理。但诗要得事得情，还要得理，即古人所谓“理语不必入诗中，诗境不可出理外”（清·潘德舆《养一斋诗话》）。诗而融情入理，便是诗的最高境界。老翟的咏史诗词，还不能说已经完全达到这种境界，但他在努力追求、悉心探索。他感情丰富，心识明达，触事不徒动情，又能穷理，真知灼见，时露笔端。例如《大寨铁扁担》：

扛起铁扁担，登上虎头山，
挑走穷和白，担来歌满川。

这是诗人创作的“民歌”，已被收入1972年出版的《山西新民歌选》中，可见它大受欢迎、广为流传。作品语言朴实无华，激情充沛饱满，哲理浅显而又深刻。“农业学大寨”畅行我国整整一个时代，至今褒贬不一。但我要说，老翟这首“民歌”，可谓得事得情得理的精品力作。“穷和白”是相对而言的，作为诗的意象，必将普遍适用。要想改变贫穷落后面貌，达到民富国强、中华复兴，除了艰苦奋斗，别无他法。“穷”“白”要靠“铁扁担”“挑走”，不挑它不走；“歌”、笑要靠“铁扁担”“担来”，不担它不来——这难道还不是最明白不过的而又最颠扑不破的客观真理吗？所言最为切要，能破千载之惑！

再如《观战团的覆灭——纪念中国人民抗日战争胜利60周年》：

小炮轻声响，血肉满天飞。
尔母门前望，惊魂哪日归？

抗战期间，侵华日寇对我太岳山区疯狂扫荡，凶焰万丈，不可一世，甚至调其“军官120人组成观战团”，妄图观我一败涂地，未曾料到反而自取灭亡：“除3人逃脱，全被击毙。”作品写的只是一次不足挂齿的小小战役，却揭示出胜败兵家不可期的普遍规律。无论侵略者玩弄什么“铁滚式三层阵地新战法”，也不管他们使用什么先进科技和重型（大规模杀伤）武器，一如当今世界霸权美帝国主义要弄所谓“即时全球打击武器”之类，都是注定要失败的，因为他们打的都是非正义的侵略战争。正义之师必胜，不义之军必败，这是世界战争的根本规律，不可违抗；中国的抗日战争再次证明了这点。当时，日寇属于强者，中国属于弱者；但是，弱者中国只用“小炮”反击，却使强寇日本“血肉满天飞”。诗人以人道主义心肠怜悯其家：“尔母门前望，惊魂哪日归！？”不义战争不仅给受害国家人民、也给害人国家人民带来巨大灾难：“惊魂”游荡异国，永无归日！诗从反面敌方落笔，角度新颖：“小炮”是日寇招来的，尽管“轻声”而非“重型”，却有极大杀伤力和震慑力。这就严正警告战争贩子：玩火者必自焚！作品不用“理语”，全用形象，振醒世人梦寐。

诗集中的作品，质量参差不齐。恕我直言：有些作品写得过实，偏于记事，疏于言情，理性有余，意象不足，因而诗味淡薄，不耐品读。老翟是个乐观主义者，正如两句古诗所咏：“欢乐较多愁较少，道情为重利为轻。”所见多为光明，为诗喜唱赞歌。然而，现实生活往往是“不如意事常八九，可与语人无二三”（宋·方岳《别子才司令》）。我倒期望老翟多点忧患、写些战歌！

2012.3.26 北京

（2012.9 中国国际广播出版社版、翟生祥著《咏史诗词三百首》）

拓宽诗词的题材领域

——陈文增的诗与瓷

展读《陈文增诗词》，最让我感兴趣的是《定窑放歌》一辑。此辑收诗 113 首，占全书入辑的八分之一强。其他七辑也写得很好。但我以为，此辑最见功力，最富特色。

陈文增同志是享受国务院特殊津贴的中国陶瓷艺术大师，又是荣获首届华夏诗词奖的当代诗家。韩成武教授称他："诗含美韵笔含姿，一手虬龙一手瓷。”这里的“虬龙”改为“神龙”似更准确，因为清代王士祯有“诗如神龙”之说，赵执信有《谈龙录》论诗之著。陈文增一手写诗，一手制瓷，诗与瓷几乎都达到了出神入化的精美境界，令人称奇。杨金亭同志说他“独从诗意悟瓷魂”，“为定瓷找到了蕴藏于器品之内的活的灵魂，即耐人寻味的诗的意境”（《大任铁肩慷慨诗》）。他自己则说：“一件完美的陶瓷艺术品，不妨就是一首无声的诗”（《定窑研究》），因而他要“以瓷为本，以诗为质，以书立言”，遂将诗书融入陶瓷，寓诗于瓷，化瓷为诗。几十年来，他已形成习惯：陶瓷“凡有佳制必作一诗、书，无诗者则非极品”（《自制定窑瓷品题咏七绝十首》小序）。与此同时，他又常常依诗制瓷，变优美的诗为精制的瓷，诗与瓷合二而一，浑然天成，都变为艺术品：瓷即有形诗，诗成无形瓷。

陈文增为瓷题咏，绝不止于歌咏瓷器，而是另有寄托、别寓怀抱。一是借瓷抒感。陶瓷不过是他感事抒怀的一种载体和媒介。他在恢复定窑、创立新业的漫长岁月里，饱尝苦辣酸甜，倍感喜怒哀乐，可谓感慨万端、系之于瓷，遂借咏瓷以寄慨、赋诗以抒怀。例如，“餐风饮露又何妨，倒柜翻箱日日忙。最是千难空下泪，云高无处寄衷肠。”（《研究历程——定瓷泥料配方研究屡遭失败》）创业的艰难，失败的烦恼，溢于字里行间。“岁岁枯荣不自由，纷纭天地几时休。我心若得君心似，掸却眉梢十万愁。”（《定白釉萱草纹碗》）定瓷的兴盛，成功的喜悦，见于笔墨之中。“恒州市上客如麻，沽得新窑溯世家……一自芬芳争入户，满城春色与人夸。”（《定瓷系列日用新产品》）终获产品旺销的兴奋，赢得事业成功的自豪，简直按捺不住，却又无法言表。诗中所抒之情，既是陈文增个人独具的，又是定窑职工集体共有的，还是中华民族为振兴中国瓷业——亦即“CHINA 一词译中华，高岭土精万邦夸”（《中国陶瓷》）所经历的心灵震颤。

二是用瓷记事。无论处于顺境，还是身陷逆境，他都赋诗以陈：艰难险阻题于陶，成败利钝咏于瓷。因而题咏陶瓷成了他记录历史的独特手段。他为开发定瓷工艺，可谓历尽坎坷，屡遭挫折。他将自己以及同伴的奋斗历程一一赋诗。整辑《定窑放歌》成了他创业征程的忠实记录。韩成武说他的诗词，尤其是有关瓷诗为“近于诗史特征”的“创业史录”，是十分恰当的。例如《瓷国吟》，淋漓酣畅地抒写了“浩浩华夏制陶事”，由古至今，从衰到兴，让人感到“古之科技应我属，世界文明称大勋”；如今则是另番景象：“新世纪兮金台赋，龙裔九州舒春风”，堪称一篇陶瓷简史。每有陶瓷精品制成，他都作诗以记。从他的诗词完全可以看出定瓷发展、工艺提高的变化轨迹。

三是以瓷寓理。瓷艺主要供人把玩，诗艺重在启人思索。而诗艺、瓷艺的最高境界都是理寓其中，使人赏玩之余发迷彻悟。陈文增制瓷犹如作诗——瓷中蕴含人生感悟，作诗升华制瓷——诗内盛满世事哲理。典型的例证莫过于《荷花福定白釉刻花大腹瓶》：“大度雍容各自修，犹言腹内说行舟。千秋几个堪如此？一器犹能化百忧。”“一器”之所以“能化百忧”，是因为“器惟容物为可用，人惟容事为至达”，“大度雍容”乃是修来之福。瓶制“大腹”，意在警醒世人：为人处事切莫小肚鸡肠，而应有“大气量”，方能成“大事业”。一件瓷瓶一首诗，实为一大篇警世格言。对于诗人和定窑职工来说，此诗还多一层含义：精品产出，无异于喜事临门，能够化解诸多忧烦，即所谓“得心佳制散千忧”（《题定窑刻花盘口瓶》）了。

非常明显，这辑《定窑放歌》放在整部诗集，最能代表陈文增的创作个性和艺术水准；置于整个诗坛，则又看出陈文增的独辟蹊径与突出贡献。他为我国诗坛开拓出了一片崭新的题材领域，确能让人耳目一新。我眼界不宽，阅读有限，在此之前，尚未见过当代歌咏陶瓷之作。这类题材，比较鲜见，若非专业人员，或者远离现场，一般作者难以涉笔，因为不熟悉其生活，不懂得其专业，纵然勉强写来，也往往不易写好。

由此我想到，诗歌创新，固然表现在思想内容上要有新发现，艺术形式上要有新探索，而在所写题材上，也应努力开辟新的天地，不能局限于旧有范围，原地踏步，踌躇不前。题材新当然不等于艺术新。但是，新颖题材无疑会给人带来新鲜感受。再能辅以思想与艺术的双重创新，那岂不是新上加新、新新不已！这便是陈文增的创作实践所提供的重要启示之一。

2009.4.11

（2009. 9.1 广东《清远日报》）

将生活酿造成诗

——序冯树良的《红叶吟集》

清人吴乔在《答万季野诗问》中论诗，有个非常恰当的著名比喻："意喻之米，文喻之炊而为饭，诗喻之酿而为酒；饭不变米形，酒形质尽变；啖饭则饱，可以养生，可以尽年，为人事之正道；饮酒则醉，忧者以乐，喜者以悲，有不知其所以然者。"（《清诗话》上）诗文有别，体制不同，要求各异，作法自然两样。意源于生活，而生活则包罗万象，举凡人事、自然等的客观存在，即人类社会和自然世界皆在其中。俗话常说："巧妇难为无米之炊。"同样，巧匠也难酿无米之酒。米，是酿酒的基本原料，缺之不得。但米不经过酿造，永远变不成美酒；生活不经过变形，也永远成不了真诗。

诗人冯树良既是我的乡友，均为黑龙江省肇东同乡；又是我的诗友，同在诗坛摸爬滚打。他要我为其诗集作序，我责无旁贷，欣然应命。读他的诗，让我深悟吴乔所谓以米酿酒、将意化诗之妙法。

酿造美酒，须得选料。应该说，一切米、水皆可酿酒。但用料好坏，关涉到酒质优劣。要想酿出高等美酒，如茅台之类，则必须精心选料，不能使用普通的米、水。作诗也是如此。尽管生活到处有诗，都可成为诗料；而且，轻型矿能够蕴藏重金属，小题材也可以写出大主题——这是不言而喻的。但富有时代内容的重大题材，毕竟更容易写出现实感强的诗作来。冯树良的诗作，关注当代，贴近群众，特别注意反映社会现实，尤其是改革开放后的农村生活。《喜看今日农家女》组诗，便是其中的代表作，不仅诗味浓郁，充满情趣，而且思想深刻，富有理趣，真如美酒，令人陶醉，给人启发。

相比之下，有的诗人诗作，一些作品选取的是“下半身”题材，写出来的又是淫秽诗作，非但无益于人，反而有害于世，只能算作害人害世的毒酒，何来美质可言？！

当然，题材不能决定一切。关键在于酿造。但是，题材决非毫无差别、无关紧要，确有大小轻重之分，酿出诗来更有美丑好坏之别。这是不可不慎、不能不辨的。

而且，诗人还要做到“厚积薄发”。除了富有学、才、胆、识以外，生活积累、感受积累也要雄厚。对于社会人生、自然宇宙只有一只半解的了解和浅尝辄止的体验，很难写出洞察隐微、烛照世情的诗歌精品来。冯树良的诗词精品也许还不很多，但他生活积累丰富，由于身在基层而熟悉普通民众的思想、情感、要求、愿望，为他写出力作准备了有利条件。这正如明人李开先所说：“非胸中备万物者，不能为诗之方家。”（《海岱诗集序》）吴立夫也说：“胸中无十万卷书，目中无天下奇山水，必不能文。纵文亦儿女语耳。”（见明陈继儒《题南游稿序》引）这是前人的经验之谈。

米能酿酒，但不等于酒；生活有诗，但还不是诗，必须经过酿造，也就是经过加工，使米与生活变形，产生酒味和诗味，才会成为酒与诗。因此，诗人同酒家一样，既重选材，更重酿造——这是酒之为酒、诗之为诗的决定因素。

诗，可以写实，却不能泥实；可用白描，却不能直白。冯树良的诗作，有些泥实，流于直白。这是写实之作最易出现的毛病，所有诗人必须慎之又慎。但他的优秀作品并无此弊。例如《运输女》：“蜜月押车百辆行，畜禽蛋菜载长龙。公婆欲打手机响，报语平安进北京；”作品写蜜月中的新媳妇跑运输，押车运送农副产品进京；公婆刚要拨打手机询问情况，忽然接到媳妇来电，告诉已经平安到京。作品只写两个精选细节，表面平平淡淡，纯属白描。但是，内涵深沉，意在言外。写实而不泥实，直说而不直白。诗人未加任何评论，其对农村时尚女孩自信、自尊、自豪、自立的赞美之情，对新型婆媳关系的讴歌之意，对改革开放惠农政策的颂扬之怀，无不溢于字里行间。醉人的诗味，因而酿造出来。

酿酒必须让米“形质尽变”；酿诗同样要使生活变形易质，不能原形照搬——照相式地摩写生活，难以写出诗来。冯树良已谙此中三昧，努力运用比喻、联想、夸张、想象等多种艺术手法，以使现实变形，酿出诗来。

《晨眺李花林》：“昨夜春风巧剪裁，推窗盈袖暗香来。摇白舞素谁家女，竟采天星随处栽。”诗人将盛开的李花林，写成“摇白舞素谁家女，竟采天星随处栽”，既是拟人，又是比喻，遂把李花的艳丽、繁茂表现俱足。《忆春牧》：“一曲笛声山野醉，黄牛甩尾啃夕阳。”黄牛一边吃草，一边甩着尾巴，可见其悠闲自在；因为是在初春，嫩草刚刚冒头，牛吃不易，故用“啃”字。时近傍晚，夕阳落在草上；黄牛啃草，似在啃着夕阳。联想自然，描写贴切。《寒梅兆春》：“寒梅方吐枝头蕾，一点红香万里春。”梅花含苞吐蕾，红香气息弥漫大野，让人感觉春到世间。由“一点红”见出“万里春”，显系夸张，确也符合气候实际。《咏春》：“蜂绕花间声有色，人约月下影留痕。”完全出于诗人想象。蜜蜂嗡嗡声只可耳闻，无法眼见；由于花与蜂都是绚烂多姿、五彩缤纷的，因而蜂在花间飞绕，令人想见斑斓色彩。人约黄昏后，月下自然有影；由于约会时间很久，人影沉沉，仿佛已经留下痕迹。再如《初春晨游》：“蜂沾紫蕾香能语，露洗青芽色有声。”香不能言，只诉诸嗅觉，蜂沾花蕾而叫，似乎花香在“语”，人能耳闻；色不能响，只诉诸视觉，露滴青芽而响，又似青色能鸣，人会听之。诗人假借错觉而使事物幻化，运用通感修辞，让嗅觉、视觉转为听觉，终致蜕变为诗……原本平淡无奇的日常琐事，一经诗人点化、酿造，经过变形、易质，便能产生醉人的浓郁诗味。

将生活酿造成诗，最后落实到文字上。诗的语言，不同于一般语言，必须精心锤炼，成为极其独特的“诗家语”。因此，诗人倾注全力在使生活变形的过程中，还要锤炼文字，让语言诗化。我国自古就有“日锻月炼”“语不惊人死不休”

的优良传统。冯树良注意加以继承和发扬，尽力做到语不轻发，字不浪下。《店主女》："满面春风主迓门，四合斋院客纷纷。小烧大炕农家菜，一曲二人转客魂。"语言朴实无华，与所写内容相称。不仅"小"与"大"、"一"与"二"相映成趣，而且"转"字用得恰如其分、一字两意：既指东北地方戏"二人转"，又指"转客魂"——即令顾客神魂颠倒、沉迷戏中。作品充分展示出店主女热情活泼、多才多艺的个性，而且又是善于经营、颇为能干的农家女。再如《枫颂》："寒霜一点激情烈，枫火流丹烧上天"，"点"字用得甚妙。枫树经霜而红。"点"字可作量词："寒霜"不必很多，只要少许"一点"，就会使枫树"流丹"；亦可作动词："寒霜"甚烈，能将枫树"点"燃，从而引出下句"枫火流丹烧上天"。"烧上天"表明满山满岭都是枫树，一直红到天上。《浣衣女》有句"揉皱水中霞"，皱字远较"风乍起，吹皱一池春水"（南唐冯延巳《谒金门》）更有意味，富于色彩。遗憾的是，冯树良诗中还有些文字锤炼不够，或者虽然锻造，仍觉生硬，不大自然，有欠诗化。

语言诗化，着意酿造"诗家语"是将生活酿造成诗的重要一环，不可等闲视之。我在《民歌与诗歌》长文中曾说："诗家语""不同于一般的民众口语，就在于它经过提炼加工，来自口语，高于口语；它又不同于普通的文学语言，就在于它超越语言规范，却不违背语法规则；它格律森严，准方作矩，几近寡思，却又灵活多变，通情达理，圆转透脱。诗家语的超凡脱俗，具体表现在：它可以省略任何句子成分，但决非句子残缺不全——因为能按语法补出所缺部分；它可以颠倒任何词语顺序，但决非作品文理不通——因为能按正常语序加以复原；它可以改变任何词汇性质，但决非作者用词不当——因为能在特殊语境互相置代；它可以打乱任何诗句排列，但决非驴唇不对马嘴——因为能按句子形式重新切割。好像任性而为，其实不离约束；看似自由挥洒，实有规矩限制：一切根据表情达意的需要，遵循自然格律的要求”（见拙著《诗词琐议》）。谁想写出真正的诗来，尤其是诗的精品力作，谁就得全力以赴地酿造生活、酿造语言，舍此别无他途！

是为序。

2010.4.8

（2010年第4期湖北《东坡赤壁诗词》，2010年5月香港国际炎黄文化出版社版冯树良著《红叶吟集》）

医治身心的妙药良方

——序《郑伟达诗词选集》

郑伟达先生不仅是著名医师，而且还是医学权威。他的非凡业绩说明一切：行医30多年，总结并创立了“治癌新十论”和“四位（药疗、心疗、体疗、食疗）一体抗癌疗法”，救治无数病人；创建了伟达中医肿瘤医院、伟达中医肿瘤防治研究所等多种医疗机构；发明、研制出经卫生部评审的国家级抗癌新药“慈丹胶囊”“参灵胶囊”等伟达抗癌系列药物17种；撰写、出版了《中医治疗肿瘤的经验》《肿瘤的中医防治》《郑伟达医文集》《郑伟达医论集》等16种医学专著……由于他的辉煌成就和卓越贡献，他先后荣获了众多奖项和发明专利，还被医学界推举为中国医促会肿瘤防治专业委员会主任委员、中华中医药学会肿瘤分会副主任委员、中国民间中医药开发协会副会长，以及世界中医协会副秘书长、国际中医药抗癌协会副会长等许多显赫职衔。

伟达先生从小痴迷于诗，酷爱诗词，热衷创作。他说："从读书、学医、行医到创办研究所、医院、公司，不论在汽车、火车，还是在飞机的旅途之中，不管是出诊、会诊、开会、演讲，或在异国他乡，在繁琐的工作中，我仍保持着这样的爱好，乐此不疲。"（《慈丹集·后记》）这是实情。读诗，写诗，涵泳其中，既是他的业余爱好，又是他的一种乐趣，已经成了他的生活的重要组成部分。诚如他说："诗词伴随着我的一生，从初中到高中，再到大学。三十多年来，伴随着我的事业从无到有，从小到大；伴随着我成家立业，生儿育女；伴随着我学医、行医、著书立说；伴随着我研制国家级抗癌新药，造福人类，与癌症做斗争。"（同上）收在这部《郑伟达诗词选集》里的作品，最早写于1973年9月30日，最晚写于2009年7月22日；时间跨度长达36年。内容涉及个人经历、家庭亲情、师友同行、社会生活、自然环境、历史文物、国际题材等等，可谓包罗万象，丰富多彩。

伟达是医生，又是诗人。医生诗人不同于一般诗人，就在于他更多地关注人的生命。这是伟达诗词最为显著的思想特色。他与许多名医一样，始终以救死扶伤为天职，以珍惜生命为要义，永远胸怀人类博爱，忠实践行人道主义，致力于提高人的生存质量、延长众多患者生命。表现在诗作中，就是着重反映人类的生存问题，热心抒写人的生命关怀、终极思考、生存环境、人类发展和美好理想。情发于中，意溢于外，理贯诗间，力透纸背。因而他的诗词既有感情的冲击力，又有理性的穿透力，能够陶冶性情、启迪智慧，让人读来怦然心动，获益良多。

关注医药事业，是伟达诗词的另一突出特色。伟达在医药事业上能够大获成功，首先源于他对人类生命的热切关怀；其次源于他对医药事业的真诚热爱；再次源于他那奋发图强的进取精神。真爱一从内心奔涌而出，诗意便在笔端凝聚而成。举凡医药研制推广、药物性能疗效、医学研究发展、中医西医结合、学医行医准绳……这类医药专业题材诗词，为普通作者所写不出、也写不好，却在伟达笔下一一化作诗作佳篇，遂给骚坛带来新鲜气息。

关注人才成长，则系伟达诗词的又一特色。伟达在医学上首先提出："以人为本，整体治疗"、辨证论治、对症下药的先进理念，体现在人才培养上，他也坚持使用整体人格面向世界发言。不只是对自己子女，而且也对青年一代以及社会人才，他都注重培养其健全的人格、健康的体魄，从而使之成为国家、社会、民族乃至人类的有用之材。除了他直接写给子女等的训导诗词外，《处世心语》一辑诗、文，通统是为人才成长而发。诸如"有容乃大""先忧后乐""超越自我""为人坦荡""博学多识""德才兼备""齐家治国""负重实干"等等，均是育人之坦途、成材之大道。他诗带爱心，谆谆教诲晚辈；他词挟挚意，殷殷勉励后学。这有助于初学青年健康成长，也有益于职业男女顺利发展。

伟达诗词，既有严守格律的旧体诗作，又有不甚合律而属于宽律的新古体诗。我个人认为，这都容许，骚坛诗界不能排斥。诗歌写作，本应齐放百花，不该囿于一体。只要是诗艺术，能够给人启迪，读者都会欢迎，不必人为褒贬，无须主观轩轾。若说作品不足，主要不在格律，而在个别作品诗意诗味稍感淡薄。不管如何，无数实践早已证明：伟达医师治疗患者病体，不乏灵丹妙药；伟达诗人医治读者心灵，亦有诗意良方！

2009.8.7

（2009.8 福建美术出版社版《郑伟达诗词选集》，2009.10.20 广东《清远日报》）

"雄心不与人同老"

——序项目清《东山樵夫集》

提起雄心壮志，人们马上想到青少年，多半不会想到老年人，因为青少年是树雄心、立壮志的年纪，而老年人已经日薄西山、气息奄奄，到了人命危浅、万事俱休的时候了。这当然也是实情，但不尽然。尤其是处于科技高度发达、人寿不断延长的现代社会，这种观念应当改变。正如项目清同志诗中所说："雄心不与人同老，语欲新奇学宋唐。"（《诗送审未取有感》）

项目清同志是退休干部，已届老年。他嗜诗如痴，爱诗成癖。过去学的是财务会计，业务职称为金融经济师，与诗毫不相干。因而一旦离开工作岗位，他便全身心地投入到诗词中去。他立志写诗，从头学起，四处拜师，虚心求教："立雪程门了夙愿，磨穿铁砚誓成才。”他在诗中又说：“笨鸟先飞立准绳，清茶未饮早凝冰。何愁风雪晚来急，铁杵磨针夜夜灯。”（《自学》）他要以磨穿铁砚、磨杵成针的顽强毅力，要用立雪程门、笨鸟先飞的好学精神，攻读诗书，钻研诗艺，废寝忘食，始终如一。尽管人到老年，有些头昏眼花，甚至疾病缠身，但他照旧：“衰眼昏花书案坐，残牙疼痛砚田耕。莫愁老迈诗难雅，瞬息光阴奋力争。”（《丁亥端阳》）他不顾疾病折磨，继续“攻读仍苦学，立志更精研”（《深省》）。

项目清同志真的人老雄心在，身病志愈坚，恰如唐代韦庄诗云：“白头犹自学诗狂”。他在《读〈浙江诗词楹联通讯〉》诗中说：“高举吟旗追李杜，大挥彩笔赶苏辛。”这当然是对家乡诗友们的深情厚望，但同时也是诗人的自我激励，意在追赶唐宋大家李杜苏辛。此其志不在小，或许被人视之为狂。这倒颇有一点诗圣杜甫的气势：身到暮年，虽然贫病交加，却仍然狂放不已，并且自谓：“欲填沟壑惟疏放，自笑狂夫老更狂。”（《狂夫》）其实，所有诗人词家，大都有些狂放不羁，因为写诗不能太过老实，而要大胆驰骋想象，天马行空，瞬息万里，所谓“观古今于须臾，抚四海于一瞬”（晋·陆机《文赋》）。这才有可能写出空灵通脱的好诗来。

学习李杜苏辛，写出精品力作，对于项目清来说，也还只是一种手段。他的最终目的，在于传承民族文化，弘扬中华诗教。他在《喜会赏桂诗友》诗中说得好：“抒怀言志宏诗教，千古唐音有继声。”继承中华民族的优秀传统，建设社会主义的先进文化，以便满足广大人民的精神需要，是他一以贯之的执著追求，哪怕个人遭受误解乃至身不荣、名不显，他也在所不惜。正如他的《〈鸣山吟草〉卷后诗》说：“自古骚人少显荣，甘为俯首济苍生。”又说：“碧血长沾三寸笔，丹心永照五星旗。”真可谓心雄志大、气壮品高！

功夫不负有心人，天道酬勤无愧色。经过多年持之以恒的奋力拼搏，项目清不仅腹中饱有诗书，而且笔下迭出佳作。他在全国各类报刊，包括全国性的国家大刊，如中国作家协会主办的《诗刊》，中华诗词学会主办的《中华诗词》，以及纯粹民办、反映民意的《诗国》等等，都有他的诗词力作不断面世。并且，他还在各地大小诗赛中屡屡获奖、频频捧杯，令人钦羡。

写诗之外，他还著文。诗人谈诗论艺，我以为值得大力提倡。从项目清的诗论文章中，我们可以得到有益启发：不止是他所论问题具有启示性，而且是他既写诗又论诗的这种做法本身，也能给人启迪。

诗人论诗，有其独具优势。从感受生活、汲取诗情，直到立意构思、选好角度，再到创造意象、驱遣语言，诗人都有切身体验。“作诗火急追亡逋，清景一失后难摹。”（苏轼《腊日游孤山访惠勤惠思二僧》）这种写诗灵感，只能出之于真正诗人，而不大可能见之于纯然论者，因为它是诗人的亲历，而非论者的身受。诗人论诗，自然而然地与其创作体会结合起来，将其身历亲经升华为逻辑思维，由感性到理性，从形象到抽象，变具体为概念，化实践为理论。双管齐下，左右逢源：实践能够上升为理论，理论又可指导着实践。这就避免了一般单纯从事理论研究者容易犯的毛病：玄虚空泛，不着边际，无的放矢，主观片面。因而诗人论诗，往往见微知著、切中肯綮，能够指点迷津、论不空发，借用一句古诗，叫作“可知卓见出诗人”（清·杨克恭《读唐书李白传》），最受读者特别是普通作者和初学写作者的热烈欢迎。

谓汝不信，请读诗人项目清的诗与论，即可知晓我言不谬。

2009.4.20

（2009.10北京燕山出版社版项目清著《东山樵夫集》）

中华神韵凝成诗

——序吴泓奇《觉林集》

诗如其人，知人论诗；欲论其诗，先知其人。《觉林集》作者吴泓奇是位与众不同的独特诗人。他曾留学新加坡和斯里兰卡，学习南传佛教，攻读中国《易经》，成了一位造诣深厚的佛学高僧；他钻研佛教建筑，融会中西文化，造就一位誉满欧洲的建筑大师；他喜爱中国书法，精研书法艺术，遂成一位书风不凡的书法艺术家……他极其热爱中华文化，尤其是对传统文化的三大支柱儒、道、佛三家，更是情有独钟，悉心研习，热心弘扬，乃至不遗余力。

吴泓奇先生的惊世之作，便是他参与策划和亲自设计的匈牙利布达佩斯的“亚洲中心”。这座宏伟建筑，被欧洲建筑同行喻为“黄河文化与多瑙河文化的完美融合”，是对中华文化和东方神韵的形象阐释，堪称富有中华神韵的立体诗篇。诗人有诗《拔地》写道：“拔地天坑绿叶魂，遥看巧匠趣林园。建成揽月华商厦，疑是欧洲武陵源。”“亚洲中心”形似一枚绿叶，拔地而起，巍峨壮观，设计师吴泓奇有意蕴扬中华文化，专供旅欧华商使用。他的诗很少用典，偶尔一用，即能恰到好处。“武陵源”典出晋代陶渊明的《桃花源诗并记》：武陵渔人沿溪捕鱼，忽逢一处桃花林，“芳草鲜美，落英缤纷”，林尽水源，别有洞天，“童孺纵行乐，班白欢游诣”；后指无限美好的理想境界。“亚洲中心”便是设计师兼诗人吴泓奇为华商营造的、可以在这里追求幸福的一方宝地和世外桃源。诗人关爱旅欧华商、弘扬中华文化的爱国豪情溢于字里行间。在《奠基》一诗中，诗人已经预见："天开化宇鸿基立，瑞相甘霖威远邦。"果然不出其所料："亚洲中心"一旦建成，就被欧洲建筑设计界誉为"华人建筑师的里程碑"，吴泓奇因而声名鹊起、誉满欧洲，并被著名的奥地利兰格尔设计财团聘为总顾问，还被选为欧洲阴阳文化总会主席等重要职位，足见其被国际社会的重视程度。

然而，正当他事业兴隆、达于巅峰之际，吴泓奇却做出了出乎意料的惊人之举：毅然决然地功成身退、回国发展！借用晋代张协的《咏史》诗句说："达人知止足，遗荣忽如无。"只是他的"遗荣"，不是先人传留的，而是自己创造的。他回到故乡福建泉州，一面继续"潜修传统文化"(《后记》)，一面直接效力父老乡亲、报效中华民族。同时，他要让"轻狂往事随风去，日日山翁载舞欢"（《采访》）。"轻狂"是诗人的自谦之词。他在欧洲为伟大祖国争得了荣誉，为弘扬传统文化做出了贡献，非但不是"轻狂"，反而倒是庄重，是谨言慎行的郑重其事，是严肃认真的孜孜以求。如今，他以"山翁"自命，以"舞欢"自任，就是要更多地修身养性，啸傲山林，狂歌度日，即宋代李纲《望江南》所谓"满眼生涯千顷浪，放怀乐事一声歌"。事实上，吴泓奇已不止于"一声歌"；其诗恰如万斛源泉，正在滔滔汩汩，不择地而涌出。可以说，诗集《觉林集》犹如他在家乡建造的一座"亚洲中心"——是他用心灵设计、用激情筑起的诗的大厦！

中华民族五千年的古老文化博大精深，后有传承，代有发展，因而能够绵延不绝。通过多年"潜修"的耳濡目染，历经不断实践的身体力行，中华文化的神韵已经潜移默化到诗人的心灵深处，融会贯通入他的激情之中。他的诗作，随处闪耀着中华文化的光辉。

2008年5月，四川发生特大汶川地震，举世震惊，全国驰援。诗人虽在泉州永春牛姆林深山避暑，却也按捺不住关切灾民、心怀邦国的激动心情，挥笔写了《地震》一诗：

无情地动白云蒙，夜雨江天遗恨空。
多难兴邦心似水，松风竹月万方同。

——戊子夏感时诗

作品表明：面对地震灾难，人类无能为力；纵然怨天尤人，也是空的，无济于事。但是，在一定条件下，坏事也会变成好事：多难可以兴邦，殷忧能够启圣。地震摧毁了家园，却摧毁不了精神，反倒激发了中华民族的博爱情怀：一处有难，八方救援。诗人因此而复归于平静，进而推己及人，由衷祝愿并且深信“万方”百姓定然会同自己一样，安享“松风竹月”一般的平静而又美好的祥和生活。

再如《惊蛰》：

一夜风云料峭寒，新雷梦觉万民安！
山河日暖披琦绣，随处春花应尽欢！

——辛卯惊蛰觉林有感诗

“惊蛰”是农历二十四节气之一，即将冬去春来。虽尚春寒料峭，但已春雷萌动，预示着一年农事的风调雨顺、万民安康。诗人由于日有所思，经常胸怀祖国、心念“万民”，故而夜有所梦，想到“山河日暖”“春花”竞放，不禁为之欢欣鼓舞。作品表达了诗人情系苍生、与民同乐的高尚情怀。

这类诗作，尽管在《觉林集》中并不多见，却反映了诗人忧民之所忧、乐民之所乐的宽广胸襟，透露出诗人爱国爱民、以人为本的仁爱思想，烙有儒家人本主义的深深印痕。

与此同时，诗人也深情向往“闲散身无事，风光独自游”（唐·鱼玄机《遣怀》）。在现实生活中，他已寻觅到了“闲身自有闲消处，黄叶清风蝉一林”（唐·齐已《遣怀》）。请读《归牧》：

> 杖笠悠然曲径间，林深笑语夕阳山。
> 农人谑戏如归牧，但愿野情日日闲。
>
> ——己丑夏月山中归牧诗

诗人放弃在欧洲取得的令人钦羡的突出成就，毅然回到泉州，选择永春牛姆林，固然意在家乡创业，以便报效祖国；同时也有回归自然、修身养性的良苦用心。正如诗人所言，他要“梳理思想、静养、践行心灵化生活”；“本诗集也正是撷录这种简淡生活及游山耕读的一些感悟片段”（《后记》）。诗人戴笠执杖，悠然自得，漫步山间小路，真如归牧一般。“但愿野情日日闲”，这是诗人一以贯之的心灵追求。因为诗人身上还有不少“野情”，需要消除。“野情”即难以驯服、追求世俗的狂野之情。诗人“但愿野情”有所收敛，在与自然融合中，远离世俗，归隐山林，犹如孤云野鹤，达到唐代张籍所谓“林下无拘束，闲行放性灵”（《和左司元郎中秋居十首》）。

诗人还有《天体》一诗：

细雨霞光逐玉津，返婴自在幻中真。
浮岚暖翠溪山合，长作天然不染尘。

——辛卯夏牛姆林裸游诗

作品写诗人“裸游”山林，身在自然之中，深切感悟人生。他认为，人应“返婴”，也就是返回婴儿的纯真，了无俗性，与山岚溪流等的自然世界融为一体，“长作天然不染尘”，达到“天人合一”、不染俗尘。《乐猴》诗中也说：“深山野谷乐猿频，晃荡飞腾自在身。万古长空天地寓，神舒意畅本归真。”表面是写自在猿猴，实际是写人生体悟。诗人一再强调“真”字，大有深意存焉。“真”即《庄子·秋水》所言：“无以人灭天，无以故灭命，无以得殉名。谨守而勿失，是谓反其真。”意思是说：“不用人为去毁灭天然的东西，不用造作去毁灭性命，不因贪得去求名声。谨慎地持守着这些道理而不丧失，这就叫返回本真。”（金吕海主编战国庄周著《庄子》）“返婴”就是返璞归真，一要回归纯真本性，二要回归世界本原、即自然。人生要像“裸游”“乐猴”那样，不染丝毫世俗，抛弃一切烦恼，真同自然合而为一。

显然，诗中反映出了诗人具有崇尚自然天性、追求“天人合一”的道家的自然主义倾向。

不仅如此，诗人还对佛学深有研究。佛学思想蕴含在他的诗中，便是顺理成章的事了。请看《空谷》：

空谷来风野寺留，山川草木自风流。
生涯妙悟云烟梦，感念心澄物外游。

——庚寅夏觉林偶感诗

佛学讲究修身养性。而养性重在修心。禅宗认为，心即是佛，佛即是心，求得心成，便是佛到。诗人在野寺风景中，“妙悟”人生、“感念”佛理。他认为，人生百年，不过是过眼云烟，如梦似幻，荣枯哀乐，一归于空。亦即唐人所说：“死生俱是梦，哀乐讵关身。”（耿沣《春日游慈恩寺寄畅当》）“有为皆是幻，何事不成空。”（吉逾《题云居上寺》）因而诗人要使自己排除俗思杂念、尘世纷扰，做到心如潭澄、畅游物外。唯其如此，方能求得人生乐趣、自在风流，所谓“身心尘外远，岁月坐中长”（唐·崔峒《题崇福寺禅院》）、“荣枯事过都成梦，忧喜心忘便是禅”（唐·白居易《寄李相公崔侍郎钱舍人》）。

再如《秋分》写出诗人超脱俗尘纷扰、坐享世外清静：

问道深山远世纷，频频叶落欲秋分。
晴空野谷音清响，背向斜阳坐看云。

——辛卯秋分觉林诗

诗人“问道深山”，希望远“离世纷”、不近权贵，但愿“布衣终身乐，粗茶一世康”（《后记》），也就是唐人郑谷诗中说的：“谁知野性真天性，不扣权门扣道门。”（《自遣》）“问道”为学道，求道便得道，因为“睫在眼前常不见，道非身外更何求”（唐·杜牧《登池州九峰楼寄张祜》）。实际上，求道于人，莫如求道于己。这里的“道”，大概主要是指立人之道。诗人的立人之道，固然在于仁义道德，更在他所悟出的“远世纷”、避是非、躲喧嚣、求心静。恰如唐人岑参所言：“心将流水同清静，身与浮云无是非。”（《太白湖僧歌》）诗人注重自我的心灵修炼：“灵光佛古行人断，但念松风不羡仙。”（《云台》）这同中国佛学主张内心的探索与提升、以求人生的解脱和普度，可谓灵犀相通、并无二致。

总而言之，吴泓奇先生创业的轰轰烈烈与修身的清清静静迥然不同，乃至完全相反。但是，两者相辅相成，用诗人的话说，叫作“物化生活之外，还有心灵化的生活”（《后记》）——养性山水间，寄怀诗作中。他的诗里弥漫着儒、道、佛中国三大传统文化的思想精华，并且经过诗人自觉的现代转化与灵活运用。

《觉林集》还有一个突出的艺术特色：诗书结合。这也是中国传统文化的一种表现形式。我不懂诗书，不敢妄言；但都喜爱，聊谈浅见。我国自古就有“诗是心声”（清・叶燮《原诗》）、“书”为“心画”（汉・扬雄《法言・问神》）的说法。宋代张戒《岁寒堂诗话》说：“诗文字画，大抵从胸臆中出。”诗人吴泓奇写诗、作书，都是为着抒发性灵、表达情意，只不过借助于不同艺术手段而已。他的诗作与他的书法互相渗透、互相启迪、互相感悟、彼此促进。他的诗作，为他的书法提供了更为丰富的创作灵感；他的书法，则使他的诗作展示了更为多彩的艺术激情，可以说是诗书连通、两得益彰。古来能诗善书者屡见不鲜。而今诗书兼擅者寥若晨星。因而，《觉林集》亦诗亦书，诗书皆佳，实在难得，殊为不易！

2012.3.18于北京

（2012.6作家出版社版吴泓奇著《觉林集》，2018年11月《诗与远方》创刊号）

诗中有个我在

——序李清安《清庵吟草》

“表现自我”，在前些年曾被新潮人物吹得天花乱坠，似乎是他们的新鲜发现。其实，古人早有论及。清代吴乔（修龄）《围炉诗话》说：“诗中亦有人也。人之境遇有穷通，而心之哀乐生焉。夫子言诗，亦不出于哀乐之情也。诗而有境有情，则自有人在其中。”（见《清诗话续编》一）黄遵宪《人境庐诗草自序》也说：“诗之外有事，诗之中有人。”因为诗的本质在于言志抒情，纵然明理，也是表达诗人的人生感悟，所以，只要是真诗而非作伪，诗人的性情面目就必然见于诗中。诗如其人，人如其诗，读其诗如见其人。

清代还有两位诗论家论及诗人自我。袁枚说：“为人，不可以有我……作诗，不可以无我”（《随园诗话》）。张问陶也说：“诗中无我不如删，万卷堆床亦等闲。”（《论文八首》）为人有我，其人必俗，庸俗不堪，不值一提；作诗无我，其诗难雅，即使“万卷堆床”，也是“等闲”赝品，不足一观。

诗人李清安深谙此中三昧。无论写人，抑或叙事或者咏物，还是绘景或者说理，他都注重抒发自己的主观感受，将诗人的主体性情和生存感悟，倾注在他所表现的客观对象上，从而使其诗中总有一个我在，真切自然，新颖独特，不与他人相类，也不重复自我。

《叹成克杰》是他典型的描写人物的诗作。诗前有序，交代写作背景：“《民主与法制》（2000 年第 19 期）载，全国人大常委会副委员长成克杰因受贿被逮捕后，辩护人张建中到看守所去会见他时，成克杰说他有两个情结，一是恩重如山，他认为，他能够从一个广西农村的壮族孩子，成长为一个党和国家的领导人，全是党的培养。二是情深似海，涉及他和李平 16 年的个人感情，他愿意为她承担一切。李平即成的情妇。2000 年 7 月 31 日，成被判处死刑。”诗中写道：

位高权重敢欺天，美色金钱欲壑填。
恩重如山山有恨，情深似海海成渊。
机关算尽卿卿命，法网难疏细细烟。
善恶忠奸终得报，贪官几个有人怜？

作品为成克杰画像，可谓惟妙惟肖：描写的是贪官污吏，表现的却是诗人自我，即诗人的爱恨情仇。尽管诗中并未出现诗人，也无我字，但所表达的感情均为诗人的独特感受。成克杰能够成为“党和国家的领导人”，的确“全是党的培养”和人民的哺育。他置党恩民爱于不顾，一心只贪“美色金钱”，沉湎于声色犬马之中。“恩重如山山有恨，情深似海海成渊。”成克杰明知“恩重如山”而不去回报，不肯为党效劳、为民服务，反倒利用“位高权重”以营利谋私，贪赃枉法。这不能不引起党和人民的极度憎恨。“机关算尽太聪明，反算了卿卿性命。”（《红楼梦》）成克杰自以为“情深似海”，最终成了罪恶的渊薮，难逃法律的严惩，实在是咎由自取、罪有应得。“善恶忠奸终得报，贪官几个有人怜？”在这里，社会群体的大我之情，与诗人个体的小我之情，完全融为一体。

叙事之作，同样有我。诗的叙事，不同于小说、散文，一要极其简练，因受篇幅所限；二要重在抒情，无情不成为诗。例如《菩萨蛮·瞻“九·一八事变”纪念馆》：

巍巍碑馆书残历，警钟长使心头激。倭寇犯中华，国亡岂有家？　　雷霆驱鬼魅，日落秋风里。外辱恨难忘，吾侪当自强。

短短一首词中，写了几件大事：“巍巍碑馆书残历”，叙述纪念馆的建筑采用了碑馆结合的设计形式，即碑称“九·一八事变残历碑”，馆称纪念馆；“倭寇犯中华”，追记了日寇发动侵华战争，造成中华民族国破家亡；“雷霆驱鬼魅，日落秋风里”，概述了整个抗日战争，可谓言简意赅。诗人虽未亲历那段历史，但他亲“瞻”纪念馆，便要置身于其中。“警钟长使心头激”，他要让“倭寇犯中华”的“警钟”长鸣，用以激励自己，永远不忘“外辱”，“吾侪当自强”。一个爱国者、进取者的抒情形象——诗人自我，凸显出来。

诗词咏物，亦属常见，《清庵吟草》中不乏咏物佳作。真正优秀的咏物诗必须达到“不即不离”（清·吴雷发《说诗菅蒯》），更要借物咏怀、托物寄兴。《西江月·咏镇纸》便是这样一首力作：

出自书香门第，从来不要人夸。池边寸纸起烟霞，一镇山川入画。　　友结文房四宝，心交墨客词家。情痴案几度年华，有我平添风雅。

这首词表面在写镇纸，实际是在写人，达到了“不即不离”。“不离”镇纸：作品句句都写所咏之物“出自书香门第”，一旦镇在纸上，就有诗词书画产生，它同笔、墨、纸、砚“文房四宝”为友，总在“案几”之上度日；也“不即”镇纸：句句又不拘泥于物，而有所寄托——“从来不要人夸”的，既是镇纸，更是诗人，犹如镇纸一般的朴实谦恭，“情痴”于艺术创作，执著于艺术追求。“有我平添风雅”，显然是镇纸与诗人的合二而一了。

另一首《西江月·游清江画廊至野三口遇鸥戏作》，则直接出现了诗人的名字：

两岸青山吐翠，一川碧水分流。野三峡口问沙鸥：肯结清安为友？　　鸥睨笑而不答，悠然抱羽洲头。虚名蝇利俗人谋，谁把情关勘透。

作品题为“戏作”，却非游戏之词。先写青山碧水的幽雅环境，再写诗人愿与沙鸥结友为邻，因为沙鸥常被看作高雅的象征。老话说：“不知其人视其友。”（《史记》）诗人一向“寄情醉写松梅骨，处世当交冰雪俦”（《言志》）。这里不过是他借着结友的高洁闲雅，来展示自我超凡脱俗的品格而已。“虚名蝇利俗人谋，谁把情关勘透。”诗人早已“堪透”“情关”，“名霜利露，等闲身外，浑管落谁家”（《少年游·辛卯元日咏怀》），不愿与争名夺利的“俗人”为伍，要像远离名利之争的沙鸥那样，“悠然”处世，自得其乐。诗中不仅有我，而且有着高洁儒雅的自我。作品以人鸥对话出之，幽默诙谐，颇多情趣。

诗词绘景，离不开言情。清人李渔在《窥词管见》中说：

“作词之料，不过‘情’‘景’二字。非对眼前写景，即据心上说情。说得情出，写得景明，即是好词。”王夫之《姜斋诗话》也说：“情景名为二，而实不可离。”若一味写景，则难免流于堆垛，“徒令江山短气”（王夫之）；若一味言情，“正恐粗浅直白，了无蕴藉，索然意尽”（清·蒋兆兰《词说》）。诗人李清安力避这样两种倾向，注意融情入景、即景抒情，总让诗中有个我在。例如《菩萨蛮·长白山观雪》：

云腾雾幻层峦叠，银河吐玉千堆雪。林海挂寒冰，一泓池水澄。　凭高知俊赏，登览幽怀壮。岳峙傲苍穹，渊渟十六峰。

先以“云腾雾幻”状山之高，再用“银河吐玉”写雪之洁。“林海挂寒冰，一泓池水澄”，则是长白山区的独特景观，尤其是冰天雪地之下，长白山天池也有几处水面不会结冰，殊为奇特，令人眼界大开。上阕主要写景，暗含诗人的赞美之情。下阕主要抒情，其中也有写景。“俊赏”“幽怀”自是诗人登高“观雪”所生。“岳峙傲苍穹，渊渟十六峰”，最后以景结尾，形象鲜明。天池周围的十六座山峰，正与开头的“层峦叠”嶂相呼应。群峰耸立，环绕冰封雪覆的长白山天池，一片素洁雅静。“岳峙”无所谓“傲”，“傲”的是人。诗人“观雪”，触景生情，而又缘情布景，借以抒写出仰慕高洁清雅、追求孤傲不凡的真挚情怀。

至于说理，古人有言：“理语不必入诗中，诗境不可出理外。”（潘德舆《养一斋诗话》）诗主情而不主理，但诗有理趣，达到哲理境界，更能给人启发。《水调歌头·落叶》就是一首富有理趣的佳作：

日暮西风起，疏雨送秋声。枝头黄叶飘去，树树满离情。草木荣枯有序，新叶频催陈叶，妆点数峰青。不怨于秋落，不谢于春荣。　进则退，得犹失，死还生。世间万物如此，何必较输赢？看惯风花雪夜，不过凭栏杯酒，最累是虚名。人在三山外，天地一浮萍。

作品创作出“落叶”的鲜活意象，寓意诗人自我的人生感悟。一般俗人，多半都是“得则欣欣失则悲”，容易计较进退、荣枯、输赢。“落叶”意象告诉人们：荣不必喜，因为荣而后枯；枯亦不必悲，因为枯而后荣。春荣秋枯，“荣枯有序”。这是一切事物的辩证法则。进退、得失乃至生死，何莫不然？“世间万物如此，何必较输赢？”只有“把情关勘透”，方能获得人生自由。“人在三山外，天地一浮萍。”“三山”是指传说中的东海三神山，即蓬莱、方丈、瀛洲三山仙境。“三山不见海沉沉，岂有仙踪更可寻”（唐·刘禹锡《怀妓》）。仙无可凭，人非仙圣，衹是“浮萍”而已，逃不脱生老病死的一般规律，无须为“虚名”浮利日夜驱驰、“最累”自己。显而易见，词中的抒情主人公正是淡泊名利、远离世俗的诗人自我。

诗中不能无我，也不能只有纯然小我。诗中的自我，应是小我与大我的辩证统一，既有诗人小我的独特个性，又有民众大我的普遍共性，两者灵犀相通。这大概就是诗人李清安以及所有优秀诗人执著追求的理想境界吧！

2011.11.30 于北京

（2012．2 线装书局版李清安著《清安诗草》，2012 年第 2 期《新沂诗词》）

云卷云舒无限情

——序胡东光《闲云集》

胡东光诗友的《闲云集》收有一大组诗，题为《诗思若云》。不错，诗人情思的确如云似霓，变幻莫测，寄情无限。说是“闲云”，其实不闲。

这组诗的写法，别具一格。每首诗题之下，都以古今诗人的相关诗句作为引子，然后赋陈成篇。例如：

白　云

山中何所有？岭上多白云。
只可自怡悦，不堪持赠君。（陶弘景）

白云当共悦，何必赠君持？
缥缈诗人趣，君知我亦知。

显然，此诗是由南朝梁代陶弘景的《诏问山中何所有，赋诗以答》引发而出。白云缥缈，乃为诗人之趣，彼此皆知，无须持赠。作品一反前人诗意，遂生无穷幽逸情致。

其他如《晴云》《重云》《冻云》《浮云》等等，计有20余首，题下均录前人诗句。云乃古今不绝、随时可见之物，因而诗人咏云之作多如牛毛。诗中如有“旱云”“香云”“火云”，“卿（祥）云”“庆（五彩）云”“朔云”“浪云”

等诸多名目，不可胜数。

云彩只是客观存在的自然景物。风吹云动，雨霁云散。虽然聚散不定，却不过是云卷云舒而已。云彩的自然变化，实际是有限的。然而，倘若经过诗人的激情点化，它就会如同仙人法术，变化无常，恰似节日礼花，璀璨无比，真可谓“霞衣霞锦千般状，云峰云岫百重生”（唐・李显《石淙》）。

可以说，诗人的激情是根魔棒，只要轻轻一点，世上万物、不光是云就会发生魔术般的奇妙变化。这根魔棒，点到鲜花，花儿能够落泪，点到飞鸟，鸟鸣也会惊心——这就是唐代杜甫的诗：“感时花溅泪，恨别鸟惊心”（《春望》）；这根魔棒，点到浮云，浮云立刻变成力大无穷的巨人——这就是宋代辛弃疾的词：“何人夜半推山去？四面浮云猜是汝”（《玉楼春•戏赋云山》）；浮云也会化作让人讨嫌的奸佞——这就是汉代孔融的诗：“谗邪害公正，浮云翳白日”（《临终诗》），以及唐代施肩吾的诗：“闲云（悠然飘浮）生叶不生根，常被重重蔽石门。赖有风帘能扫荡，满山晴日照乾坤”（《讽山云》）；浮云还能使游子倾心仰慕——这就是清代李念兹的诗：“片片浮云去，愁人正望乡。东风吹送汝，几日到咸阳？”（《云》）……

唐代李白《送友人》亦有诗句：“浮云游子意，落日故人情。”以浮云的来去无踪、飘忽不定，写出游子的漂泊行迹，表达诗人的留恋情谊。这是诗人强加于浮云的，决非浮云生来如此。唐代韦应物《赋得浮云起离色送郑达诚》诗曰：“游子欲言去，浮云那得知。偏能见行色，自是伤别离。……”诗人秉持公正，出而为浮云平反冤假错案。浮云本是无知无情之物，所载情思情感，都是诗人的主观寄寓，即王国维所谓"有我之境，以我观物，故物皆著我之色彩"(《人间词话》)。诗人无限丰富而又深厚的激情，托于浮云，于是便有云卷云舒的无穷变化，恰似宋代戴复古《黄州栖霞楼即景呈谢深道国正》所写："一态未了一态生，愈变愈奇人莫测。"

描绘云彩如此，抒写其他事物，又何莫不然！

2009.10.22

（2009. 12. 28 广东《清远日报》）

以诗会友，笔颂金瓯

——点评王权才律诗《盛世抒怀》

以诗会友竞风流，把盏开怀唱晚秋。
国事民情常紧记，辞章韵律总精求。
青山不语敢凌汉，碧海无风宜泛舟。
老骥新征敲瘦骨，同心奋笔颂金瓯。

我实大忙，无暇他顾，经曾国光诗友力邀，推辞不得，撰此小文，勉为其难，权且应命。

从国光口中得知，王权才同志原任广西防城港市政府副市长，高级经济师，是位超级诗迷。1998年退休后，除了学习、研究、创作诗词外，还热心于诗词事业，出任防城港市诗词学会第一会长，兼广西诗词学会顾问、防城港市诗词院第一院长等职，先后组建6个地区诗词学会，全面开展本市的诗教工作，为创建防城港"诗词之市"立下了汗马功劳。

七律《盛世抒怀》，当是他组织诗词活动的一次即兴吟咏。如今诗词界，在改革开放大好形势的促进下，在如王权才、曾国光一样许多热心人士的推动下，蓬勃发展，日渐兴旺。诗友聚会，早已屡见不鲜；此诗所咏，即为其一。

“以诗会友竞风流，把盏开怀唱晚秋。”诗人、词家、诗词爱好者遍布城乡，到处都有，分散各地，平时难得一见。“文字定交久，江湖识面迟。”（宋·戴复古《访古田刘无竞》）也许彼此早从各自的诗文中已经结交，却迟迟未能谋面。一次诗会，便使各地诗友得以相聚，把盏吟诗，共唱晚秋。诗的首联写出了这次聚会的缘由与时间，以及一觞一咏、畅抒情怀的盛况。

“国事民情常紧记，辞章韵律总精求。”颔联接着写诗会研讨问题。诗友们欢聚一堂，细论诗文，并且在许多方面达成共识：在诗的内容上，诗人要爱国爱民、忧国忧民，常将“国事民情”“紧记”心中、写入诗内，决不能“新诗日日千余言，诗中无一忧民字”（明·袁宏道《显灵宫集诸公以城市山林为韵》）；在诗的形式上，诗人也不能粗制滥造、以创作丰富自乐，对于“辞章韵律”总要精益求精，多出精品力作。此联紧承首句：“竞”显“风流”，主要是在诗词创作上，看谁把“国事民情”记得“紧”；看谁将“辞章韵律”写得“精”？

“青山不语敢凌汉，碧海无风宜泛舟。”颈联是写诗会游览活动。一般诗会安排，除了研讨创作、交流经验外，还要观光旅游、进行采风，以便诗人写作。这次诗会，与会诗友既爬高山，又泛碧海。“青山不语”，如待登攀；诗友无畏，敢凌霄汉。“碧海无风”，波平浪静；诗友结伴，一起泛舟。

可以想见，与会诗友兴高采烈，尽情游览祖国的美丽山川，定然会诗兴大发，佳作连连。

“老骥新征敲瘦骨，同心奋笔颂金瓯。”尾联收束全篇。我国目前的诗人词家，仍是老人居多，大都是离退休老同志，防城港市也不例外。各地都在努力发现、培养青少年诗词作者，但一时难以改变现状。诗友们年老心不老，既要老有所乐，又愿老有所为，故称“老骥新征”。唐代诗人李贺有《马诗二十三首》说：“此马非凡马，房星本是星。向前敲瘦骨，犹自带铜声。”与会诗友，尽管大多已是“老骥”，但“老骥伏枥，志在千里；烈士暮年，壮心不已”（魏·曹操《龟虽寿》）。“老骥”虽老，但“非凡马”；尽管已成“瘦骨”，却“带铜声”，即骨力坚劲，不仅“老马识途”，且能“驰骋万里”。诗友们同心同德，奋笔疾书诗作，共同歌“颂金瓯”，也就是歌唱祖国的大好河山和英雄人民。这是作者王权才的、也是与会诗友们的一致心愿与精神追求。作品的确抒写了诗人的“盛世”情怀。

美中不足的是作品直说略多而描绘嫌少。

2012.4.26 于北京

（2012 年第 1 期广西《防城港韵》）

“从官重恭慎，立身贵廉明”

——点评曾国光绝句《感悟人生廉政诗（四首）》

我与曾国光同志素昧平生、缘悭一面，只知他长期从事气象工作，曾担任过广西防城港市气象局局长，早已退休。现为市诗词学会会长、《防城港韵》诗词杂志执行主编等职。出版过《曾国光诗选》。在国内诗词大赛中，多次获奖。老话说，诗如其人，人如其诗。我从他的诗词作品中，窥见其为人。

七言绝句《感悟人生廉政诗（四首）》，直抒胸臆，不假雕琢，是他在世几十年的生命感悟，也是他一贯遵循的人生宣言。唐代诗人陈子昂有诗说：“从官重恭慎，立身贵廉明。”（《座右铭》）从国光的这四首绝句中，读者即可看出他“从官”的“恭慎”与“立身”的“廉明”。

（一）

人生在世几十年，锐意奋发永向前。
坦荡诚实才是本，留得正气在人间。

诗人生于1939年，至今已过古稀之年。“几十年”来，诗人感悟出了人生价值：在于“锐意”进取、“奋发”“向前”，这样才会有所作为。而他之所以能够如此，是因为他葆有“坦荡诚实”的做人品格。有位哲人说得好：“真诚才是人生最高的美德。”（英·乔叟）“坦荡”洁如美玉，“诚实”胜过奇珍。唯有诚信不欺，方能守正不阿，进而养成一种浩然正气，塞乎天地之间。

此诗也可称之为做人处事的“警世恒言”，铭之座右。

（二）

凡事三思不逐流，自珍自爱度春秋。
党规国法须牢记，非己钱财莫乱收。

此诗可视为诗人曾国光的廉政誓词。为官之道，重在一廉二勤：廉能守正，做个清官；勤有建树，不当庸官。诗人位至局长，大小也算是官，谨守做官正道，尤其重视养廉。诗人“凡事三思不逐流”，葆有自己的独立思考与我行我素，因为现今贪腐已成官场痼疾，行贿受贿早已屡见不鲜，倘不“自珍自爱”、随波“逐流”，那就难免沦为贪官。这使我想起《左传·襄公十五年》的一则寓言：“宋人或得玉，献诸子罕。子罕弗受。献玉者曰：‘以示玉人，玉人以为宝也。故敢献之。’子罕曰：‘我以不贪为宝。若以与我，皆丧宝也，不若人有其宝。’”诗人国光也“以不贪为宝”，对他人之“钱财”宝贝决不“乱收”，遂使行贿受贿双方都能保有其宝而不丧失，实在是个明智之举。诗人心里明白：“须知芳饵下，触口是铦钩。”（唐·李群玉《放鱼》）“非己钱财”，一毫不取；一旦收受贿赂，即将沦为钱财奴隶，轻则染上贪心污垢，品德有玷，重则违犯“党纪国法”，难免身陷囹圄。待到那时，悔之晚矣！纵使“东洋海洗不尽脸上羞，西华山遮不了身边丑”（元·关汉卿《金线池》），最终逃不脱良心正义的谴责与“党规国法”的严惩，如同业经曝光的衮衮贪官诸公，身败名裂，遗臭万年！

因而“自珍自爱”，异常重要。古人讲究“慎独”，现代提倡“自律”。不管是干什么，做人都是第一位的根本问题。做得好人，方能成就好事；大节有亏，必将一事无成，遑论好事大事！即古人所谓“立身一败，万事瓦裂”（唐·柳宗元《寄许京兆孟容书》）。这是此诗给我们的思想启迪。

（三）

清贫虽苦乐其中，为国为民斗志浓。
榜样当学焦裕禄，艰难困苦见英雄。

诗人原来身在官位，属于国家公务人员。这在过去，均为低薪阶层，又无其他收入，大都比较“清贫”，生活相对艰苦。实际上，无论“清贫”，还是富有，对于人生都是一种考验：贫而易谄易贪易盗；富而易骄易奢易暴。而贫穷的考验尤为严峻。因此，“清贫”是衡量人品的重要尺度。作为人民公仆，诗人做到了“先师有遗训，忧道不忧贫”（晋·陶潜《癸卯岁始春怀古田舍二首》），身处“清贫虽苦乐其中”。而且，继承并发扬了我国古代的优良传统，就像诗人杜甫那样“穷年忧黎元”——诗人并非高官，算不上显达，加以“清贫”，却能乐在其中。此“乐”非他，乃是安贫乐道——“为国为民斗志浓”。

“榜样当学焦裕禄，艰难困苦见英雄。”诗人以河南省的县委书记、模范公仆焦裕禄全心全意为人民作为自己的学习“榜样”：一心为民，两袖清风，在“艰难困苦”中显出“英雄”气概。

（四）

淡泊人生是首歌，祈能温饱望家和。

戒贪禁赌人堂正，晚节生辉树楷模。

“淡泊”即不争名利。人生在世，不为名，不求利，但愿“温饱”“家和”，只讲奉献社会。这样的人生，的确“是首歌”，人人应当高唱。

生在商品社会，处在名利场中，能够恪守淡定，不为名利所动，实在不大容易。美籍华人、英雄“飞虎队”成员谭克平先生有诗道：“自古争名心未已，于今逐利技全新。”（《偶感》）现代社会，科技高度发达。一般人士，不仅“争名”于朝、“逐利”于市，而且连“争名”“逐利”都用上了先进科技，让人叹为观止！这就更加显得“淡泊人生”的难能可贵。

“戒贪禁赌人堂正，晚节生辉树楷模。”不论何人，都应当堂堂正正做人，踏踏实实做事，即使到了晚年，也要老有所为，力求“晚节生辉”，为世人、尤其是青少年树立“楷模”。这样的人生，才有意义。这是劝勉世人之词，也是诗人自励之语。

若说缺欠，我以为，这四首诗的主要问题是形象性稍差。议论可以入诗，但要附丽于形象，并且尽可能写出情韵。

2012.4.24 于北京

（2012 年第 1 期广西《防城港韵》）

点评孙临清《“富士康”企业连续发生青年员工跳楼事件感赋》

一死鸿毛效坠楼，徒增父母世人愁。
君看酒绿灯红处，依旧佣工待雇稠。

说实在话，这首诗在艺术上并无惊人的突出特色。但它能够打动读者，让人悲愤难平、思绪低回不已。

作品所写，不是常见的风花雪月、游山玩水，也不是低俗的互相吹捧、酬唱赠答，更非无聊的叹老嗟卑、自怨自艾，而是“富士康”私营企业的青年员工连续跳楼自杀。这不能不促人思考。

青年本是国家未来、民族希望，正是“早晨八九点钟的太阳”，何以“连续”坠落？人常说，两重相较取其轻，两难相较取其易。在生与死相较中，这些青年定然认为死比生更是轻而易举之事，遂以一死了之。可恶的现实摆在他们面前：一边是灯红酒绿的穷奢极侈，一边是衣食无着的“待雇”“佣工”。他们求职无门，最后选择自杀。诗的作者并不赞成跳楼，因为这样一死“轻如鸿毛”，毫无意义，只能“徒增父母世人愁”。然而，“人情莫不贪生恶死，念父母，顾妻子，至激于义理者不然，乃有所不得已也”（司马迁《报任少卿书》）。英国哲人赫胥黎也说：“人们宁可忍受肉体上的极大痛苦，也不愿与生命告别，而羞耻心却驱使最懦弱者去自杀。”（《进化论与伦理学》）可见自杀是他们“激于义理”和捍卫尊严的“不得已”的选择。

作品告诉人们：贫富悬殊、剥削严重、分配不公、义理难申、生活无路、人格受辱已成亟待解决的社会问题。作者敢于面对现实，勇于揭露矛盾，因而引起“世人”同“愁”。这就启示我们：诗人应当关注现实，尤其是社会底层的劳苦大众和弱势群体，为之鼓呼。同时也要精益求精。如果诗人缺乏博爱、作品失去痛感，那就难免流于平庸，纵然艺术珠圆玉润，也只能聊备一格而已，并无太大社会价值。

2011.7.10

（2011.8《中华诗词·第七期佳作赏析》）

谭克平先生：和平斗士，反战诗人

——序谭克平《天涯吟草》（增订本）

谭克平先生，何方神圣？也许骚坛以外，知者不多。但若提到第二次世界大战的英雄群体“飞虎队”，可能就会无人不知、无人不晓。因为“飞虎队”在反法西斯战争中曾经屡建赫赫战功，威名远震，腾誉中外。而谭克平先生就是“飞虎队”中功勋卓荦的战斗一员。谭先生早年应父之招，赴美就业，以谋生路。但他始终心恋华夏，情系家邦。当年，他不仅积极参加在美的各种抗日救国活动，而且一有机会，立即回国抗战，为保卫祖国而出生入死，不怕流血牺牲。谭先生如今已届耄耋之年，一直热爱祖国，热爱家乡，热爱中华文化。退休之后，竭尽全力，投入振兴中华诗词事业之中。正如其同窗好友陈振泉先生所写：“他自己说是全部精神投入，实则全部积蓄也无私奉献其中。而他本人则自奉极俭，食不求精，居不求奢。”（《我所熟悉的谭克平》，2009·12《中华诗词》）他一方面勤苦钻研诗词艺术，精心创作诗词作品，另一方面虽非富豪大款，却又多方捐献个人积蓄，创办美国《环球吟坛》，资助国内诗词报刊，为中华诗词事业的繁荣昌盛做出了独特贡献。诚如其诗所唱：“词林好侠亦风流，胸次全无为己谋。”（《环球诗坛上网叨蒙方家赓和谨迭原韵奉谢》）其心昭世已久，其情感人至深！

谭先生曾以原名谭同益写过一篇文章《一个美丽的梦》。是的，他早就心怀美丽的梦想：“地球上终须有一天风和日丽，随处青山绿水，鹊飞鱼跃，人间没有炮声，没有哭泣，只有欢乐的歌声与笑声，回复到华夏尧舜的盛世”，“改造全人类的思想，不再自私，只有同情与博爱”，“再没有皇权，也没有独裁，只有自由与民主”，“人人丰衣足食”，“开辟更多美丽的公园，以及舒畅的避寒避暑胜地，供给全人类游息”……这就是他诗中一再呼唤的和平世界：“共荣理念联星宿，宇宙大同应有期。”（《神舟五号成功归来翘望祖国宇航远景》）“和平曙色露何日，再展芳华万代昌。”（《再展芳华》）诗人倾注满腔热情，真情向往无限美好的“宇宙大同”，执著追求“共荣”共昌的人类乐园。

然而，事与愿违，实同名乖。社会现实异常残酷。“尘寰动荡无时靖，黎庶生存镇日忧。”（《九一一事件周年》）“当前世局尚炎蒸，在在纷争无日宁。”（《“世界和平杯”诗词大赛前奏曲》）人类社会极不安宁。“人弹”袭击之类的恐怖活动与日俱增、愈演愈烈；利害纷争之类的侵略战争此伏彼起、从未止息。欧（南联盟）战甫停，伊（伊拉克）

战顿起。侵略战争的罪魁祸首均是美国及其狐朋狗党。这正合了列宁说的帝国主义就是战争那句老话。谭先生当年满怀一腔对祖国的热爱之情，曾用真枪实弹，勇敢抗击法西斯的野蛮侵略，给中华民族争正义；如今则饱藏一颗对人类的博爱之心，以诗词为武器，愤怒挞伐帝国主义的血腥战争，为世界人民求和平。谭先生倾心尽力创作反战诗篇，量多质优，情深理厚，骚坛诗界无出其右者，令人肃然起敬。

他的反战诗作，抒写出了现代战争的方方面面。

首先，作品揭露了现代战争造成的深重灾难。“四野尸骸填巨壑，一邦血泪泛洪涛。”（《伊战三周年全球反战大示威游行》）由于科学技术高度发达，现代战争手段先进，因而破坏力、杀伤力也就格外巨大。以几个科技发达的强国，侵犯一个相对落后的弱国，如同狮虎搏兔、豺狼缚鸡，不费吹灰之力，即可造成血泪泛洪、尸填巨壑的惨祸，变小国土为大屠场。“尸骸堆积山川上，黎庶流离水火中。”（《侵伊战费三万亿美元不寒而栗》）死者已无葬身之地，生者陷于流离失所。这是现代战争带给世界的真正的人道灾难。

其次，作品揭示了帝国主义的好战本质。“黩武朝朝遍五洲，徒然捏造出师由。主权侵损何时止，民命摧残那日休。……”（《巴尔干半岛战事》）今天，以“维护人权”“捍卫人道主义”为理由，合谋侵略一个主权国家；“故弄玄虚为出兵，妄将博齿掷纵横。惑人吐雾膪蛇舌，耀武扬威背义旌。……”（《公然说谎》）明天，又以搜寻销毁“大规模杀伤武器”作借口，悍然出兵一个独立国家。据美报道，美国元首及其高官“于 2003 年 3 月入侵伊拉克前，在不同场合发表过 935 次不实言论”。实则不过是“故弄玄虚”而已，指鹿为马，信口雌黄，以鬼蜮之奸，逞枭鸱之毒。好战成性，才是其本质。难道他们大量使用的高科技炸弹，不是名副其实的“大规模杀伤武器”吗？为什么不予销毁？！岂止“杀伤”人类，还要污染环境、殃及动物植物，祸延子孙后代；不仅侵犯“人权”，而且侵犯“物权”——一切生物的生存之权。真正应该受到严厉惩罚的，恰恰就是发动侵略的战争贩子自己！

再次，作品深刻挖掘出现代侵略的战争根源。“铁腕早张山姆焰，酷刑又逞霸权凶。”（《虐囚丑闻震惊全球》）原来，号称“山姆大叔”的美帝国主义的霸权行径，才是现代战争的根本策源地。“何用审时施核武，无须度势发霆威。应教环宇知吾辣，只手遮天更有谁。”（《齐天大圣喊话》）“2005 年 9 月 9 日报载，霸权大国居然订规自许，随时先发制人使用核子武器。”横行霸道，为所欲为，无以复加，莫此为甚！美国公然背弃世界人权条约，不但任意“虐囚”，而且随便“制人”，竟对所有和平国家肆无忌惮地进行核讹诈。真是凶焰高张，霸相毕露。而作为帝国主义头子——美国总统布什（布殊）更是罪责难逃：“五洋涤体污难净，钜釜烹尸罪不清。愤怒黔黎皆发指，和平大敌汝头名。”（《和平大敌孰头名》）“2006 年 7 月最新一项国际民意调查结果：霸权国元首获得和平大敌头名。”不错，美帝国主义及其总统布什确是世界和平的头号大敌。“熏宇宙莸同莽配，反人类罪与云齐。”（《闻布殊末日 T 恤衫热卖有感》）“山姆大叔”的“熏宇宙莸”臭“同莽配”，其“反人类罪”高“与云齐”，纵倾“五洋涤体”，也难洗其污，纵焚“钜釜烹尸”，也难清其罪。其倒行逆施，激起公愤；遭口诛笔伐，有识尽然！

最后，作品表达了世界人民、包括美英人民的反战心声。“世间有霸兴戎事，天上无神靖祲氛。……中东处处蒙深害，怒吼声声斥暴君。”（《公然恐怖》）人心都是肉长的，良知藏在肉心中。作恶多端，为害无穷，最终必遭良知唾弃。愤“靖祲氛”，怒“斥暴君”，是情所必至，理有固然。“廊庙何曾议决过，公然擅自动干戈。舌簧巧啭寰瀛眲，蟹脚横行举世诃。……”（《霸气初馁》）“眲”音 nè,《方言》释为“耳目不相信也”；《辞海》注为“轻视”。在联合国（“廊庙”）并无出兵伊拉克决议的情况下，霸权国家美国及其盟邦便“公然擅自动干戈”，既违国际公理，又背世道人心，当然难逃“寰瀛眲”、“举世诃”的可耻下场——全球人民鄙视，世界大加诃责，自在情理之中。

总而言之，谭先生的反战诗篇，全面揭露了现代侵略战争的灾难、本质、根源及其不得人心，让一切爱好和平的善良人民警醒起来，从感性到理性，充分认识侵略战争的危害，进而团结一致，反对侵略战争，争取世界和平。倘能如此，则帝国主义及其帮凶纵有天大本事，也会黔驴技穷，再也无所施其伎、逞其狂、图其霸、肆其权了。谭先生的人类大同、和平美梦定能成真！

谭先生诗词，虽以反战诗篇更为厚重，但其题材广泛，主旨多样。其诗特色鲜明，我以为主要有三：一是直抒胸臆，以情取胜。例如《游子吟》：“一从背井离乡后，艰巨梯航不易还。岂肯成囚留异域，常期解缚返家山。曾闻耕圃人安乐，若问淘金我汗颜。走遍天涯何所获，辛酸包袱压腰弯。”人们常以出国为乐，岂知侨居成囚——身受羁绊，心无自由，淘金不易，受累非难。诗人游荡终生，感受最深：异域如牢，想出不得；家山在望，欲返不能。“走遍天涯何所获，辛酸包袱压腰弯”，去国怀乡之苦，思归难返之情，备见于诗。倘非身历亲经，何能道此抑郁！至于反战诗作，由于义愤塞胸，更需一吐为快，无暇排比故实，不必九曲回环，直书所见所闻所思所感足矣。明人都穆《学诗诗》说得好：“但写真情并实境，任他埋没与流传。”当然，他也不乏借物咏怀、曲折尽意的柔婉之作，如《深谷幽兰》：“虽围乱草香仍远，长伴贞松道不孤。”二是善写律诗，格律严谨。诗人偏爱七律，超过一般作手。也许七言律诗的起承转合，宜于表达他的喜怒哀乐；七言律诗的篇幅容量，恰好适合他的情思节奏；七言律诗的结构格律，更为他所熟稔精通，运用起来得心应手、左右逢源，因而他的七律不仅量多，而且质高，优秀作品层见叠出。三是语言朴实，不事雕琢。其诗重在表情达意，陶写襟怀，不假彩绘，与那些专务藻饰、采摭典籍之类的作品大异其趣，显得平实，淡雅，真切，自然。只要意足神完，不求字奇句怪。

2009.11.14于中国北京

（2009.12美国M.W.Inc出版谭克平著《天涯吟草》（增订本），2010.5《中华诗词》，2010第2期《当代诗词》）

全力当公仆，余事为诗人

——写在陈福今诗集《岁月寻芳》出版之际

我同陈福今，相识相交已近半个世纪。我们都是1965年大学毕业后统一分配到中央文化部工作的。那时，根据党中央毛泽东同志的战略部署，各个单位尤其是中央党政机关正在着力选拔、培养“革命事业接班人”。一批全国大专院校应届毕业生，计有28人，应运到了文化部；其中多数人去了下属单位，一些人则留在了文化部机关。福今同志毕业于北京大学哲学系，分在政治部；我毕业于吉林大学中文系，到了艺术局。两人虽在不同司局，“文化大革命”中却因观点相同而参加了同一个群众组织；1969年又先后到了湖北咸宁向阳湖文化部“五七干校”。福今同志是这群新中国培养起来的大学生中的佼佼者，确实成了“革命事业接班人”，担任过党中央办公厅副主任兼中办机关党委书记、国家行政学院党委书记兼常务副院长，现为全国政协常委兼文史和学习委员会主任等职，令我十分赞佩！

从《岁月寻芳》中，我们可以看到，福今同志在北京大学读书期间，即已立下“陶铸自我去报效中华”、“励志泛舟学海，许国宏愿云霄”的雄心壮志，要为实现“人民得安康，家国山河壮”的远大理想而奋斗。在校时，他发愤学习，努力钻研，博览群书，学好本领。参加工作后，他逐步走上领导岗位，始终牢记自己的理想信念，要像周恩来总理那样“拼将肝胆为国酬，尽瘁鞠躬献未来”（《西花厅感怀》）。为此，他郑重地提出“要强化公仆意识”。何谓“公仆意识”？我以为就是他所说的：“党政机关历来有任劳任怨、无私奉献、默默无闻、埋头苦干、忠于职守、一丝不苟的优良传统。”（见《踵事增华——陈福今文集》，以下引文，均见此书）概而言之，极其重要、最为核心的要求无非就是两个字：一在勤，二在廉。

福今同志处于领导岗位，注重勤政，可谓全力以赴，心不旁骛，真抓实干。他说：“立一等品格、求一等学识、成一等事业，把道德学问和奉献社会作为自己 的毕生追求”。“既踏踏实实工作，又不断创新，把革命气概和科学精神结合起来。”他言传身教，率先垂范，心口如一，言行一致。不管在化工行业，还是在煤炭战线，抑或在党政机关，他均倾注满腔热情，立志当好人民公仆——全心全意地工作。他在诗中写道：“牢记空谈误国训，践行勤政务实篇。”（《勤政殿》）“夙兴夜寐寻常事，经险历变只等闲。淡泊宁静以致远，知恩图报付华年。”（《西八所感遇》）他与其他领导同志一样，牢记空谈误国、实干兴邦的遗训箴言，不尚空谈，“践行勤政”，“夙兴夜寐”，乐“付华年”。他把拼命工作既视为对党和国家培养的一种“知恩图报”，又当作自己“振兴中华”美好理想的一种具体实践。他从云南边疆的苦孩子、穷学生成长为党的高级干部，并无任何政治背景和特殊门路，靠的就是脚踏实地、兢兢业业地埋头苦干！

福今同志坚守从政道德，力行清正廉洁。他身为高级领导干部，带着“树立公仆意识，做到廉洁奉公，执政为民”。他说：“始终保持同人民群众的血肉联系，满怀爱民之心，恪守为民之责，善谋富民之策，多办利民之事，团结和带领广大人民群众，为推进社会主义现代化建设而努力奋斗。”唯有“爱民”“为民”“富民”“利民”之人，方能自重、自省、自警、自励，践行慎独、慎微、慎初、慎终，做到守己、克己、律己、舍己。他服膺于苏联一位政治家的名言：“权力应当成为一种负担，当它是负担时就会稳如泰山，而当权力变成一种乐趣时，那么一切也就完了。”必须切记以此为诫，像胡锦涛同志所指出的那样，常修为政之德，常思贪欲之害，常怀律己之心。福今同志一向堂堂正正做人，踏踏实实干事，对党忠心耿耿，为民赤血殷殷。他初到国家行政学院任职时，即公开提出“对自己的‘约法三章’”，同时要求“所有同志多加监督和提醒”。实践证明，他是这样说的，也是这样做的。他在《自励》一诗中表明心迹：“常思自己贫穷来，公仆宗旨勤砥砺。清廉为国同根生，崇尚荷莲不染泥。”在世风问题较多的情况下，常思自己从贫穷走来是很可贵的。他说：“我出生在云南边疆一个贫苦人家，是党的关怀，是母校的培养，使我从一个普通学生成长为一名共产党员，从一个普通干部成长为一名党的高级干部。回顾走过的历程，内心充满了对党、对社会主义的无比热爱，充满了对母校教育培养的感激之情。这种情与爱构成了我一生勤奋工作的原动力。”正因如此，他时时自我“约束”，不显山，不露水，就连他身边的许多同志都不知道他还是个名副其实的诗痴呢！

实际上，福今同志对诗的爱好，由来已久。他“从小学的时候起”，“就喜欢看小说，读诗歌”，逐渐开始学习写诗。诗集中最早的一首诗，是 1959 年 4 月写的。那时，他正读高中二年级，题为《乾阳山上》，是首新诗：

我站在乾阳山岗，
眺望这生我养我的地方。
怀着深深的赤子情意，
鸟瞰可爱的故乡。

波平如镜的异龙湖上，
渔帆点点迎着朝阳。

绿涛翻滚的田野里，
红旗面面风中飘扬。

远村近树交相辉映，
梯田小溪银光闪亮。

黑龙坡钢厂烟囱巍峨，
吞云吐雾把赞歌唱响。

我仿佛听见，
边疆人民爱国爱乡的吟唱。
布谷声声的时候，
他们正播下新的希望。

这首小诗，也许不能称为精品。但是，作为一位中学生，作者对诗的感觉甚为敏锐，颇有悟性。诗中有景有情，情景交融，跃然纸上。读者从中不仅看到“边疆人民”热火朝天的建设景象，而且也能“听见”作者自己的“爱国爱乡的吟唱”。“布谷声声的时候，他们正播下新的希望”，这是农业丰收的希望，也是工业发展的希望，更是家国、前进的希望。

福今同志参加工作以后，尽管全力以赴投入事业，但对传统文化尤其对诗的爱好从未改变，反而倒是与日俱增、历久弥深。在做行政理论研究和领导讲话时，常常引经据典，特别是引证古诗古文，发掘其中的有益内涵。他有一篇文章《三首古诗话希望》，借用宋代朱熹的诗《观书有感》（“半亩方塘一鉴开”）、苏轼的诗《题西林壁》（“横看成岭侧成峰”）、清代张英的诗“千里修书只为墙”，来谈人事工作，“喻示我们每个人要进步，就得认真读书，时时补充新知，才能有不断的进步”；要“学会运用唯物辩证法，用全面的观点看人，知人善任”；“永远坚持讲团结，搞五湖四海”。谈诗谈得精到，确系“有感而发”；用诗用得灵活，堪称恰如其分。

福今同志不仅爱诗用诗，而且喜欢学诗写诗。一方面，他倾注全力，当好公仆；另一方面，他工作之余，致力于诗词创作。或状物述怀，或记游追思，或感时言志，或记叙友情，抒发情怀，其中不乏意境深远、辞彩优美之作。这从他的诗集里即可看出。

半个多世纪以来，福今同志写诗虽然由于工作繁忙时断时续，却一直未停止过。他忙里偷闲，一有余暇就执笔赋诗。他写诗，既无发表之心，更无扬名之意，不过是借以言志抒怀而已。近来，在一些同志亲友的建议、催促下，他才想到整理旧作、出版诗集。正如他在《踵事增华·序言》中所说：“这倒不是附庸风雅、追时髦、赶前卫，而只是想作为人生的阶段总结，人生记录的一部分立此存照。”

福今同志的诗集《岁月寻芳》，真实地记录了他的生命体悟、所思所感和心路历程。诗集题材广泛，内容丰富，思想深沉，激情充沛，颇富人生哲理与生活情趣。诗作形式多样，表现手法各异，既有自由体新诗，又有格律体旧诗。在思想内容和艺术形式上，比较而言，他更为重视诗魂，将言志抒怀、表情达意放在首位。所写旧诗多为格律比较宽松的新古体诗与新古体词。因而，在讲究格律上不免略有欠缺。由于地方口音关系，诗的协音合律也还有可推敲的地方。我认为，既然写的是新古体，那就可以适当放宽格律要求，亦如现今诗坛泰斗贺敬之同志所说，属于“宽律”而非“严律”。

福今同志现在虽然仍有重任在肩，但因不在领导一线，业余时间会充裕一些，从而能把更多精力投入创作。我们殷切地期待他写出更多更好的诗歌作品来。让我们企足而望、翘首以盼！

2012.6.16

（2012.10 作家出版社版陈福今著《岁月寻芳》，2012.11.30《作家文摘》，2012.12.19《文艺报》，2012.12 第 4 期《诗国》）

“横看成岭侧成峰”

——读香港诗人蔡丽双诗集《鱼水情深》

蔡丽双女士，不是部队战士，而是文学博士。她未当过兵，从未在军营生活过，如何去写军营？怎样写好军营？我是带着许多疑惑打开她的诗集《鱼水情深》的。真所谓不看不知道，一看惊呆了！蔡博士不愧是香港才女，她的诗才征服了读者。她从军营里发现那么多纯洁与美好、壮丽与崇高、英勇与神圣、美感与哲理，出人意料，却又在人意中。

宋代诗人苏轼《题西林壁》诗说：“横看成岭侧成峰，远近高低各不同。”同一座庐山，从不同角度去看，它的形态，也是远近高低迥然有别，横侧上下各不相同。宋代画家郭熙在《林泉高致集·山水训》中说：无论山之正面、侧面或者背面，都是“每看每异，所谓山形面面看也”；也无论远看、近看或者高低去看，均为“每远每异，所谓山形步步移也”；因而“一山而兼数十百山之形状”，“一山而兼数十百山之意态”。诗画一律，艺术相通。郭熙讲的是绘画，也完全适用于诗。只不过画用色彩线条描绘客观事物，诗用语言文字表现社会现实，均借形象以抒情怀。而创造形象的基本手法则大体相类。绘画讲究画的角度，写诗又何莫不然？

蔡博士就像元代画家黄子久之画山：“披阅虞山朝暮之变幻，四时阴霁之气运，得于心而形于手，故所画千丘万壑，愈出愈奇，重峦叠嶂，越深越妙。”（夏文彦《图绘宝鉴》）

部队生活，似乎单调枯燥。但是，在她眼中，军营原来是座高山，多种角度观察，也是“每看每异”，丰富多彩，美不胜收，既有岭的逶迤绵延，又有峰的高耸峻峭，即她所谓“军人的青春有风情万种”（《军人的情怀》），简直令人目不暇接。

首先，作品所写，是以战士视角，观察军营。诗中的人称，是将士自“我”或者“我们”。作品里，“招展军人的风采，彰现将士的境界”（《征程》）。例如《巡逻》（二首）之二：“春风送暖入军营，断续虫声壮我行。星夜巡逻迎曙色，香江绿遍国安宁。”“我”是驻港部队中的值勤战士，执行巡逻任务，忠于部队职守，因而保障了香港和祖国的“安宁”。诗人倾注满腔激情，以将士自律自强、自尊自爱的口吻，为驻港部队献上一曲真诚的颂歌，诸如《驻港海军之歌》《驻港空军之歌》《女兵之歌》等，赞扬他们“心头装着神圣的使命”，“忠诚保卫香港，壮志谱写春秋”，“赤胆捍卫和平”……

驻港部队只是中国人民解放军的一个小小分支。诗人热情讴歌的是整个军队，而不止于驻港部队。例如《喜爱橄榄绿》：

绿是充满生机的色彩，
绿是包蕴活力的精灵。
有了绿才有万紫千红，
有了绿才有金穗硕果。

橄榄枝是和平的象征，
战士最爱橄榄绿。
穿上橄榄绿就要捍卫祖国，
穿上橄榄绿就要维护和平。

橄榄绿亲密融入大自然，
战士离不开大地和人民。
高天厚土生养的军魂，
对祖国永远无限忠诚。

“战士”眼中的绿，既是实景，又是意象；橄榄绿是春天的写实，也是军队的象征。“有了绿才有万紫千红，有了绿才有金穗硕果。”作为实景，没有叶绿，哪来花红；没有春华，哪来秋实？同样，作为象征，有了人民军队，祖国才能得以捍卫，世界才可“维护和平”。

其次，诗人以战士视角，观察现实。军中将士，有假日，要出游；即便平时，也常参观、多接触，离不开现实环境。《鱼水情深》涉及的题材极其广泛，举凡自然、社会、历史、人生乃至世界变化等等，都有所写，均由将士眼光去看，皆以军人感受出之，即所谓“军人眼察风云色，心上河山沐艳阳”（《军旗》）、“军营僻小连家国，忧乐萦心谱壮歌”（《少女心》）。作品写到了《故乡月》：“在驻港部队的军营里，我时常遥望故乡月。故乡月是故乡的一种意蕴。”也写了《小河的歌谣》：“看到军营外边的山溪，就想起故乡的小河。”进而写出并且赞颂了战士的切身感受：“只有热爱故乡的战士，才能誓死保卫神圣祖国的每一寸土地”，即“为着保卫人民的微笑，我戍守在风雪的边疆”。五坡岭的方饭亭、西湖畔的秋瑾墓，均为历史遗迹，似与部队无关，但“战士晨兴到五坡，文公正气壮山河”（《谒海丰五坡岭方饭亭》），“丹心碧血乾坤恸，战士心怀侠女魂”（《谒秋瑾墓》），这便同军营有了联系，并使战士从“名亭千秋垂典范”“来谒西湖秋瑾坟”中，受到南宋爱国志士文天祥、近代革命烈士秋瑾的深刻教育，体悟到“军人的使命如山重”（《战士的承诺》）。《芦沟弹痕》则触及到了日寇侵华的国际问题：

盈眸丽色踏芳春，来到芦沟认弹痕。
纂史妖氛非可忍，钢枪紧握壮军魂。

芦沟桥上的“弹痕”，本是 1937 年 7 月 7 日夜日寇突然进攻中国驻军、发动全面侵华战争时留下的。人民战士在“丽色”“盈眸”的美好“芳春”，来到芦沟桥，不是消遣闲逛，而是来“认弹痕”。“史纂妖氛非可忍，钢枪紧握壮军魂。”因为日本国内“妖氛”甚嚣尘上：肆无忌惮地篡改侵华历史，明目张胆地参拜供有战犯的“靖国神社”，军国主义重新抬头，我国“芳春”受到威胁。这是每个爱国军人都忍无可忍的，必须提高警惕，加强战备，紧握钢枪，壮大军魂，以迎来犯之敌。作品热情颂扬了我军将士的高度警惕和爱国精神。

再次，以民众视角，观察军营。部队大都驻扎在民众之中，即使守卫偏僻的边疆和遥远的海防，哪怕执勤在不易得见的国外，民众也都时刻注视着军营。我军将士的一举一动，都能牵动民众关注的目光。《威武雄风》写道：“从祖国的怀抱，驰来一队雄风。那威仪的擒拿格斗术，令人赞叹。……那威武的刺杀团体操，防得稳、击得狠、刺得准，一浪高过一浪。磅礴在香江的英姿，崛起了顽强的精神，威震霄汉。……”《致威武将士》称赞：“将士呵，你那气吞山河的豪情，你那铮铮的铁骨，是民族的栋梁，香江的骄傲，造就着一代代的新传奇。”这是驻港部队在港人眼中的威武英姿，赢得港人的一片颂扬。部队《造林》：“十万松苗巧手栽，欣携绿意上山来。军歌声里银锄舞，汗水淋漓乐满怀。”《军营植树》：“青春许国乐从戎，铁马金戈心志雄。海岛军营亲植树，如今挺拔荡春风。”无论是在山上造林，还是在海岛植树，全都看在民众的眼里，记在百姓的心中，因为他们是“化心旌为树，迎接时代的洗礼，坚毅地站着，为人类之灵长，为民族之栋梁，为人民的子弟兵”（《战士种树》）。

而《少女心》里的“兵哥”，比民众眼里的将士更为可爱：“虽隔千山与万河，真情缕缕爱兵哥。军营僻小连家国，忧乐萦心谱壮歌。”千山万水阻挡不住少女恋“爱兵哥”的“真情”；“僻小”的“军营”让她“忧乐萦心”、望眼欲穿。散文诗《总想》也是写少女、兵哥“心有灵犀一线牵”的：

> 总想把心事装进背篓，等他从军营回来，一桩桩咂摸，一幕幕解读。
>
> 总想把一盏心灯，挂在他的枪尖上，照耀着他巡逻站岗，在茫茫长夜里，心中亮堂堂。
>
> 总想幻化为一对鸳鸯，双双畅游在小湖上，鸳鸯最怕无情棒，我的心愿他能猜得透。
>
> 总盼手机铃声响，他把喜讯飞传。拨开边疆的风霜雨雪，心有灵犀一线牵。

借用《诗径·国风·静女》的两句诗：“爱而不见，搔首踟蹰。”心里的“他”远在“边疆”服役，少女无法见面，遂把一腔思念化作美好祝愿，诚如《军嫂心絮》所写：“你爱祖国我爱你，你守边关我守家园。”作品写得缠绵悱恻，缱绻情深。至于“激情澎湃如潮，水墨淋漓似画”的《将军书法家》、“三上（按：宋代欧阳修写文章多在“马上、枕上、厕上”）三余（按：三国魏之董遇教读书多在“冬者岁之余，夜者日之余，阴雨者时之余”）诗织锦，豪情大气显氤氲”的《将军诗词家》等等，更是平民百姓心慕身追的尊崇对象。诗人以哲理般的警句讴歌：“圣洁的爱情永远美丽，爱国的情怀永远高尚。”（《天涯咫尺》）

复次，以军民视角，观察军民，表现拥军爱民、军民团结一致。军民心灵相通，因而彼此互相关注。作品写出了军心连着民心，即所谓“胸矗军徽和使命，心萦国运与民情”（《金秋》），深情赞颂人民军队爱人民。如《抗雪灾》：“寒冰冻僵了铁轨，冰雪捆住了公路。……”“一个个将士，铲冰刨雪勇猛开道，心中的军旗猎猎飘扬，把雪灾步步逼退。”由于“危难中见真情”，必然让民众“口碑巍然矗立……都在赞颂人民子弟兵”。《子弟兵救灾》写的是解放军赶赴汶川大地震重灾区救灾，所有独生子女将士，不肯接受特殊照顾，拒不承认“独生子女”。当团长命令“所有非独生子女出列，向前三步走”时，“‘唰唰唰’，在场全体官兵一致向前迈出坚定的步伐，个个昂首挺胸。”诗人赞叹：“此刻，我们的子弟兵早已忘记父母亲人的忧虑，早已将个人的生死置之度外。解放军的大熔炉，把无数独生子女熔铸成钢铁。在汶川灾区视死如归的人民英雄，用自己的生命谱写着血浓于水的壮丽故事。”显然，这里的“我们”，既是诗人的“大我”，又是民众和部队的统称。

与此同时，诗人也写了民心向着军心，即所谓“您是光荣的军人，就是我们骄傲的亲人”（《军人·亲人》），热烈讴歌人民军队人民爱。《彝家风情》写道：“……走进山岭绵亘的小凉山，彝人的酒歌拉近了心的距离。仆仆风尘在酒歌中抖落，军民的友谊在酒歌中荡漾。”“军民手拉着手围着篝火，旋转着一个行走的圆圈。能歌善舞的彝人崇拜火，篝火舞迎接造访的远客。这是彝家最高的礼仪，这是彝家主体的衷言。跳吧！跳出万叠鱼水深情，跳吧！跳出一道铁壁钢墙！”有了军爱民，必有民拥军；同样，民能拥军，则军定爱民。恰如毛泽东《八连颂》所说：“军民团结如一人，试看天下谁能敌。”因为最终结果都是“军民深情爱中华”（《深情爱中华》），“民意军心铸伟猷”（《巡逻路上》）。

不断变换写诗视角，可使作品写法丰富多彩，避免单调乏味，又让诗人能有新的发现，意蕴因而更趋深厚。无论采取什么视角，都离不开诗人视角，因为不管战士视角也好，民众视角也罢，更无论诗中人称用“我”、用“你”，还是用“他”或者“我们”，归根结底，全是诗人以自己的眼睛观察部队，以自己的心灵感受现实，从而抒写诗人自我的思想感情，只不过她将诗人“小我”与部队、民众“大我”恰当辩证地融为一体而已。例如《女兵剑舞》：“出鞘的利剑熠熠生辉，在一声龙吟中扬起银光。并拢的两指巧妙牵引，心随手中之剑，舞动热肠吞吐大荒……”尽人皆知，诗人精通剑术，定然表演过舞剑。此诗是写“女兵”舞剑，同时也是表现自我，其中饱含诗人舞剑的切身感受与技法动作。作品表面在写“女兵”，实则是写自己。再如《写诗的女兵》：“在军营我开始写诗，笔底流着汗血育成的真诚。我绝非一个小女人，而是人民军队的女兵。大气磅礴着诗句，从军营飞向四面八方。看着缠绾喜怒哀乐的诗作，心像雪莲花般美丽绽放！……”丽双擅长“写诗”，发表过大量精美的诗篇。此诗题作《写诗的女兵》，其中自然充满丽双写诗的创作甘苦与实践得失。而且，在全国所有诗人中，她写军旅诗可能是军外诗人中最多的一位，堪称首屈一指的没有军籍的“军旅诗人”；实则，她就是“写诗的女兵”！

《军营橄榄绿》写道：

无论走过多少悠悠岁月，
我的心中贮藏着一片圣洁。
军营的橄榄绿，
始终是一个不解的情结。
在军营里放飞的理想，
永远俏丽着我的青春季节。

无论走过多少沧桑岁月，
我的人生奋搏着一种事业。
军营的橄榄绿，
矗立起心中景仰的峰岳。
在军营里勃发的情韵，
一直沸腾着我的青春热血。
即使以后离开军营，
我还会继续把壮丽谱写。
在军旗和军徽的辉彩里，
我还是一个兵，永不出列！

十分明显，诗人也是以“兵”的口吻、“兵”的身份来歌唱“军营”的。在这里，作为子弟兵的“我”和抒情主人公的“我”是完全一致的。诗中抒写的“军营的橄榄绿”，既是军中战士“不解的情结”，又是军外诗人亦即民众“景仰的峰岳”。实际上，诗人的爱军“情结”不自今日始，早在她幼年时代即已萌生：“每次看到绿，便联想起自幼敬爱的解放军叔叔，那种植在心田的绿芽。如今，已长成参天树，撑起一片片绿荫。我愿叶之绿魂，在我的诗篇中，凝铸成血与汗的诗魂。”（《绿魂吟》）诗人的祈愿和美梦，现已成真：“军营的橄榄绿”业已实实在在地化为她的美丽“诗魂”，正如《歌海飞舟》所唱：“一迭迭悠扬美韵，蕴含着天籁地籁和人籁。一支龙吟曲，讴歌经纶手，一支凤鸣调，讴歌济世爱。讴歌真善美，讴歌公义心，高歌新时代的风采。……一迭迭高昂强音，激荡着虑国思乡的情怀。一支开拓谣，讴歌公仆魂，一支兴邦歌，讴歌匡国才，讴歌新风尚，讴歌赤子情，高歌大无畏的气派。……”她的诗集《鱼水情深》就是这样的“龙吟曲”“凤鸣调”“开拓谣”“兴邦歌”，就是谱写壮丽、歌颂崇高的黄钟大吕，就是风云气壮、铿锵磅礴的镗鞳之声，就是“讴歌真善美，讴歌公义心”的时代强音！

蔡博士的成功实践启示我们：写诗同绘画一样，选好角度的确是非常重要的。诗的视角变化多端、新鲜别致，作品就有可能写出新意，异于常人，出奇制胜，而不致流于平庸、落入窠臼。更为重要的是，诗人要有爱国爱民的“赤子情”。蔡博士不仅“爱国爱港爱驻军”（如其诗题），而且热心公益文化事业，她的思想境界，始终“矗立起心中景仰的峰岳”。唯其如此，她才会“歌唱高山，歌唱流水，歌唱将士高尚的情怀。歌唱驻港部队的风采，歌唱如诗似画的未来”（《歌海飞舟》），也才可能横看侧看高耸入云的崇山峻岭；否则，一切都是空谈。我认为，香港诗人蔡丽双博士委实如她所言：

“绝非一个小女人”，也不止是军外“女兵”，而是一个有着历史使命感和社会责任感的爱国诗人。她那强烈的爱国精神和担当意识，是我们内地许多诗人、作家所望尘莫及、自愧弗如的，理当向她学习！

2011年12月13日—25日于北京

（2012年7月妙韵出版社版蔡丽双著《鱼水情深》，2015年第4期《世界汉诗》）

自度新词韵最娇

——序香港蔡丽双《清丽双臻词集》

中国是个诗国，不仅诗歌多，而且诗人众，更加诗史长，至今已有三四千年之久。诗一出现，就是唱的；诗后继之以词，词后继之以曲，都与音乐有缘。在我国诗史上，诗同音乐结合，又同音乐分离；两种倾向，同时存在。鲁迅先生说过：“诗歌虽有眼看的和嘴唱的两种，也究以后一种为好”（《致窦隐夫信》）。古人创作诗歌，大都为着能唱，因而填词照谱、制曲按律。

词，起于隋，兴于唐，盛于宋；元后虽然有曲，却不废词，堪称历代不衰。据不完全统计，现在收集到的词谱至少有2566个，又体4186个。可以断言，所有词谱、又体都是词人创造的，经过实践检验，被人认可，流传开来。宋代词人姜夔是“格律派”（又称“婉约派”）著名诗人，工诗，善词，能文，尤擅于词。姜夔精通格律，不仅上书论述雅乐，而且喜欢自制词谱，是个名副其实的“作曲家”。在他的词集中至今留有他自注工尺旁谱的词多达17首，成了后人研究宋词音乐的宝贵资料。他的自度词《暗香》前有小序，说明作词经过：“辛亥之冬，予载雪诣石湖。止既月，授简索句，且征新声。作此两曲。石湖把玩不已，使工妓隶习之，音节谐婉，乃名之曰《暗香》《疏影》。”姜夔与范成大是忘年之交。范成大仕途通达，官至参知政事；诗坛驰名，得与尤袤、陆游、杨万里并称“中兴四大诗人”。晚号“石湖居士”，其时已有60多岁高龄；而姜夔不过30多岁，纯属晚生后辈，在范家别墅赏雪观梅，逗留了一个月。范成大给他纸笔，向他“索句”，并且要求创制“新声”；姜夔自然不便拒绝，何况他又善于自制新词，遂有这两首新词产生——词牌源自“梅妻鹤子”的诗人林和靖《山园小梅》中的两句诗：“疏影横斜水清浅，暗香浮动月黄昏。”范成大十分赞赏，“把玩不已”，并让身边歌女学习演唱，“音节谐婉”。这表明两词完全合乎音乐要求。小序的字里行间透露出姜夔的自鸣得意。

事实证明，《暗香》《疏影》两词的确精彩，广获好评。一些名人词家不仅给予高度评价，而且照谱填词。如张炎依《暗香》咏落花，更名《红情》；依《疏影》咏荷花，更名《绿意》。周密填有《疏影》词，题为《梅影》，“从调名到题材都是追步姜夔的”。彭元逊依《疏影》填词，更名《解佩环》；蒋敦复依此调咏梅，更名《绿影》；章树福依此调做送春词，更名《疏红》《暗绿》；王嵩依此调咏柳，更名《疏柳》。吴文英不仅依调填词《暗香》，而且将两调合为一词《暗香疏影》，即以《暗香》上片为前阕，以《疏影》下片为后阕——

既是依调填词，又是一种词牌创新，因为吴文英也通晓音律，同样能够自度“新声”……

姜夔告别范成大，乘舟返回吴兴。船过虹桥，他特地赋诗《过垂虹》：“自作新词韵最娇，小红低唱我吹箫。曲终过尽松陵路，回首烟波十四桥。”姜夔的《暗香》《疏影》之所以能够流传至今，重要原因之一，恐怕就是他的“自作新词韵最娇”。一代又一代的词人坚持不懈地探索创新，自制新的词牌，才使词谱不断充实丰富。没有众多词人创制词牌，后世何来词谱可供填写？！

中华诗词发展到现在，确有复兴之势、繁荣之状，令人欣欣而喜。海内外的诗人词家，齐心合力，俱逞奇才，发挥各自的独创精神，在诗体上，或创自由词，或作自度曲，或制散曲套数，或写新古体诗，几成新的流派。诗坛泰斗臧老克家生前说过：“今日的旧体诗坛有三派：一是典雅派（即严格遵守固有格律，多用典故的）；二是改革派（即情感需要时，对固有格律可以稍有突破的。这是你我所向往的，也是我所实践的）；三是新古诗派（不主张遵守固有格律与平仄的）。谁是谁非，应由群众读者来评说，由时间去考验。”（《给孙轶青同志的一封信》）诗人辈出，佳作涌现，流派纷呈，是诗词兴旺发达的显著标志。我们理应表示欢迎，合当给予支持。

香港著名诗人蔡丽双博士，有志于传承优秀文化，致力于创作中华诗词，现已出版《芙蓉轩诗词》《爱莲吟草》《古韵新声》《澄怀观道》《静照忘求》《驰骋古今》《纵横乾坤》《剑龙鸣籁》《兰蕙清音》《织锦年华》《亮丽彩虹》《人间锦绣春》和《诗境芳菲》等13部诗词专集。如今又有《清丽双臻词集》辑成，即将问世。这部词集的最大独创之处，就在于正像宋代词家姜夔、吴文英等辈一样，自度新词，但又不同于现今一般的自由词、自度曲，而是创制新的词牌，标注平仄格律，属于“典雅”一派。为了验证词牌的实用性，诗人躬身实践，自作新词200首，反复检验，几经修订，证明这个词谱音调谐婉，情韵俱佳，是“可读、可诵、可唱”（蔡丽双《词追清丽望双臻——自序〈清丽双臻词集〉》）、因而可行的。

有人曾说，词牌已有很多，足够今人填写，不必再制新谱。此说不无道理，然而有欠全面。如果说，自制词牌、曲调，应当严格要求，不宜粗制滥造，这是对的；但若说，今人根本不能再创新谱，那就未免偏颇、绝对。时移世易，事过境迁。现代社会一切同古相比，都在变化。作为现实生活反映的诗词、包括格律，适当加以变化，亦属自然之理。比如语言声韵，今古差异甚大；生活节奏，快慢也有不同；新生事物，更是层出不穷……与之相应，诗人创制新词新谱，当在情理之中。蔡丽双博士著作等身，有着丰富的创作经验；而且，国学基础深厚，文字功夫老到。她既写格律严谨的中华诗词，又写谱曲能唱的现代歌词——她的许多歌词早被谱曲传唱，深受广大群众欢迎。这充分说明，蔡博士比较熟悉声乐音律，具备自制词谱的有利条件。宋代吴文英论词说过：“盖音律欲其协，不协则成长短之诗；下字欲其雅，不雅则近乎缠令之体；用字不可太露，露则直突而无深长之味；发意不可太高，高则狂怪而失柔婉之意；思此则知所以为难。”（沈义父《乐府指迷》转引）求协，求雅，忌露，忌怪，当是自度新谱、创作新词的基本要求，是有一定道理的。蔡博士创制的“清丽双臻”计有70字：上片为“五七七七五五”，下片为“三三七七七七”。例如《清丽双臻·山村如画》：

一路娇妍灿，
山村如画涨诗囊。
应是苍山衔日月，
无垠沃土衍华章。
处处展英姿，
园田舒锦芳。

追岁序，
品沧桑。
茹苦人生腾丽彩，
盛开红紫与金黄。
情景交融欣大雅，
深期墨馥裹春光。

篇幅如同一首当代流行歌曲，句法长短舒卷自如，平仄对仗声韵严格，“音律”谐婉，谱曲可唱。从内容上看，新词颇富诗情画意：先写山村“如画”似诗——“山衔日月”“土衍华章”；后写“人生”虽苦却甜——饱经“沧桑”、终“腾丽彩”，因而备享幸福欢欣。作品歌颂了新农村、新生活、新气象。诗人遣词造句、下字用语甚为讲究。“山村如画涨诗囊”，令人想起唐代李贺骑驴外出觅诗、得句书投囊中的典故；“涨”字表明山村“娇妍灿”美而催生灵感：诗兴逼人无处躲，佳句联翩入诗囊。“无垠沃土衍华章”，“华章”

一词化实为虚：既指“沃土”所产，又指衍生诗画。“茹苦人生腾丽彩，盛开红紫与金黄。”含辛“茹苦”，饱受艰难，是说人生总要经历曲折；踏平坎坷，终成大道，这样“人生”不失光彩，恰如山村到处“盛开”的鲜花与“金黄”的硕果。“红紫与金黄”属于借代修辞格，以颜色代指花果，比直说更有诗味，绘形绘色，耐人品读。

再如《清丽双臻·游鼓山》：

山色芳春秀，
弯弯石径彩云缠。
轻溅涓涓泉似玉，
摩崖石刻早遐传。
胜迹蕴人文，
寻幽心奕然。

存古韵，
见新天。
钟乳妍垂溶洞里，
神工鬼斧造奇妍。
步履铿锵寻美境，
欢怡自得恰如仙。

上阕咏山，下阕赋洞，层次分明；同时写游，亦即写人，情景交融。“山色芳春秀，弯弯石径彩云缠。”起笔绘“山色”，逢春更秀美；石径入云端，足见山之高——这种写法与绘画同一道理：“山欲高，尽出之则不高，烟霞锁其腰，则高矣。”（宋·郭熙、郭思《林泉高致》）诗人深得绘画衬托之妙法，以“彩云缠”其腰来写鼓山之高峻。而且，“山无云则不秀，无水则不媚，无道路则不活”（同上）；作品如实而又生动地加以描绘：彩云飘飘，玉泉涓涓，石径弯弯，遂将鼓山之秀媚鲜活置于目前。又有名传遐迩的“摩崖石刻”，为鼓山增添历史厚重与人文胜迹，足以吸引游人前来“寻幽”觅胜。下阕转写山内溶洞。“存古韵”，承上；“见新天”，启下——自然转换视角，游人由山外进入洞里，所见另是一番“奇妍”：“钟乳妍垂”，“神工鬼斧”。“步履铿锵”反而显出洞内寂静。身处如此幽美境界，亦如世外桃源，真乃飘飘欲仙矣，怎能不“欢怡自得”呢！诗人注重炼字炼意，语言追求“协”“雅”，“发意”力避“邪”“怪”，作品因而含蓄蕴藉、余韵悠然。

尝鼎两脔，而知一镬之味。从这两例可见诗人创制新词绝非轻而易举，而是费尽脑汁心血，既要适宜朗诵演唱，又要富于诗情画意，还要反映民众心声、表达诗人忧乐，即诗人所谓“忧乐盈怀开境界，心头长响布衣声”（《清丽双臻·自序〈清丽双臻词集〉》），的确付出了艰辛的创造与不懈的探索。现有不少诗人词家已经或者正在尝试按照此谱填写新词。

自创新词牌，且出新词集，这在内地尚无先例，可谓首屈一指；求诸海外，似未闻见，至今不得而知。以同一词牌词作，出版作品合集，此前有过一部，即中华诗词学会副会长、诗人张福有主编并带头填写、组织词人创作的《纪辽东》（2011.4 吉林人民出版社出版）。全书计选来自两个国家和 22 个省市区的 232 位作者的 1815 首词。——那是最古老的、也就是源自隋代隋炀帝杨广（公元 569—618）创制的我国第一个词牌《纪辽东》。《清丽双臻》大概可以说是最年轻的、也就是出现最晚的一个词牌。两者前后距离将近1500年了。两相对照，不仅能够使人喜，而且还可启人思。姜夔说：“度曲见志”（《翠楼吟》小序，见《全宋集》第三册）。我们从蔡博士的“度曲”中，亦可“见”出其“志”：为弘扬优秀的中华传统文化，生命不息，探索不止。此其志不在小，让人钦佩！我相信，她的执著追求，必将得到华夏儿女、尤其是华文诗人词家的赞赏与支持！

2012.11.11—22 于北京

2012.12.15 再改

（2013年1月第1期香港《中华作家》，2013年第1期《香港文艺报》，2013年1月中国文联出版社版蔡丽双著《清丽双臻词集》）

旅游诗的新境界

——喜读贺老敬之的《登白云山述怀》

贺老敬之同志生于1924年，1940年即到革命圣地延安，参加革命已有70多年。他对我国的贡献是多方面的：革命歌剧、革命诗歌（包括歌词）、社会主义文化事业和文学理论，以及思想宣传文化战线的组织领导工作等等，均有突出成就、卓越贡献，必将永载史册。2013年12月，贺老荣获“第二届中华艺文奖·终身成就奖”。主办单位中国艺术研究院在《获奖评语》（2013.12.20《中国文化报》）中说：“贺敬之是现当代著名的诗人和剧作家，也是驰骋文坛的‘战士’。延安时期的生活滋养了他的革命精神和文学情怀，他善于以‘大我’的激情书写波澜壮阔的时代，将革命性与文学性高度统一，用可知可感、具体生动的艺术形象创造出雄浑壮阔的诗歌意境。他的诗歌格调高昂奔放，发出了时代的最强音，感染了千千万万的读者。”这个评价恰如其分。贺老这首旅游诗《登白云山述怀》就是典型例证：

足踏超岱顶，目骋越苍穹。
今登白云山，千载一览中。
兴亡云漫漫，安危雾重重。
谁赋“俱往矣”？大道启新程。
中华顶天立，世代念毛公。
千山想身影，万水思面容。
天池张天镜，栩栩见永生。
枕石醒若寐，心事耸眉峰。

手书付林海，展卷碧涛中。
“公心”二字显，天光照分明。
客目惊奇迹，万民心相应。
临此非幻境，我来路有踪。
观字思如瀑，检点忆平生。
扶我初学步，导我晚霞行。
西天风暴起，五洲望日升。
壮我老兵怀，听唤继长征。
路遥信必达，心驰向大同。

贺老自新时期起始直到耄耋之年的今天，他诗歌创作的主要部分是新古体诗。这类作品的意义，首先不在于形式上对新诗体的探索，更重要的在于内容上对关系国家和人类命运的当代重大政治事件的诗思和诗情。众所周知，在我国进入改革开放的新征程之时，发生了东欧巨变，致使国际共运走入低潮。资本主义世界的霸主运用各种手段加紧对社会主义中国进行围攻，特别是加紧推行和平演变战略以对我国实现西化、分化的图谋。在国内思想文化领域，“告别革命”、否定革命历史、否定社会主义道路的各种言行频频涌现。在这种形势下，作为革命老战士和老诗人的贺敬之，在他这一时期的诗歌作品中，理所当然地表达了他深沉的忧患意识和老而弥坚的革命意志，表达了他与党和人民同心同步地抗拒历史逆流，坚守社会主义阵地和共产主义远大理想的决心和信心。

这首诗，写于 2009 年 6 月。诗人所述之怀，与当时的国际、国内形势紧密相关。在国际，苏联和东欧社会主义国家先后解体，共产主义运动处于低潮。因而国外有人狂言：

资本主义必将“万世长存”。而事实证明，资本主义并非那么美妙。2008年从美国开始的金融危机，席卷整个西方世界。美国纽约爆发了声势浩大的“占领华尔街运动”，形成一股凶猛的“金融风暴”，即诗中所说“西天风暴起”，动摇了世界资本主义。“五洲望日升”，全球五大洲人民有了新的希望，渴望旭日东升。在国内，曾经有人叫嚣“告别革命”“躲避崇高”，出现了“信仰危机”。但是，绝大多数老革命和广大人民，一直都在努力坚持社会主义道路和共产主义理想。这种坚定不移的顽强意志，极大地鼓舞和深深地感染了诗人。诗人也同样具有这种“革命情怀战士心”（《怀海涅》），正如他在《怀海涅》诗中所写：“曾闻狂言‘终结’，咒语‘告别’——堪笑一丘愚劣。/扶天倾，补地裂，/导洪流，警覆辙——自有人心、诗心坚胜铁！”当此之际，诗人游览了白云山。登高自然望远，游目难免骋怀。诗人饱经忧患、历尽沧桑，满怀无限感慨，便借自然景观倾泻出来。

诗前小序，说明作诗缘起，言简意赅，万不可少，已与诗作构成一个艺术整体：“白云山在河南嵩县境内，其主峰海拔2216米，较泰山岱顶高出671米，天池山与其连体并立，山顶天池旁有巨石，酷似伟人毛泽东卧像。像旁林海隆起处有裸露岩体天然构成‘公心’二字，形若毛公手书笔迹。”这种奇特的自然景象，足以使人叹为观止；诗人发而为诗，更让读者感慨万端。

这首诗，大致可分三段。由“足踏超岱顶”至“栩栩见永生”为第一段，着重抒写诗人对毛公的深切怀念。作品起笔即写登山所见，毛泽东卧像让诗人联想到千载历史和兴亡变化，想到毛泽东诗词名篇《沁园春·雪》所歌咏的历代“无数英雄”，尽管称雄一时，却都“俱往矣”，成了历史的陈迹。“大道启新程”，唯有毛泽东和老一辈革命家所开创的社会主义大道，犹如“洪流”，滚滚向前，还在继续拓展“新程”，再创辉煌。“中华顶天立，世代念毛公。”面对国际共运低潮、国内人心浮动，社会主义中国仍然坚不可摧、顶天立地，其中饱含着毛泽东同志的不朽功勋，因而各族人民永远怀念毛公。“千山想身影，万水思面容。”据说，全国许多地方，除了河南，还有新疆、山东青岛、海南岛等地，都发现了“毛公山”“毛公岭”。——这不全是由于山峰多像毛公，而是因为人民怀念毛公、自然产生的主观想象。毛公在世的时候，喜欢并且倡导到大江大河里游泳，因而万水也在思念他的面容。各族人民真诚热爱毛公、深沉思念毛公，便以千山万水怀念毛公，来寄托自己的真挚情怀。

第二段，是从“枕石醒若寐”到“万民心相应”，集中反映“万民”对“公心”的坚定信仰。诗人贺老歌颂、怀念毛公，决不仅仅止于毛公本人，更在于对马克思主义、毛泽东思想核心内容“公心”的执著追求。“枕石醒若寐，心事耸眉峰。”这里的“心事”，既是毛公的，又是诗人的，还是党和人民的，那就是“手书付林海，展卷碧涛中。‘公心’二字显，天光照分明”。毛公手书“公心”二字，托付于林海碧涛之中，警醒世人：不忘“公心”二字，提高“公心”觉悟！“公”，即指全心全意为人民服务，这是党的宗旨，是以毛公为首的中国共产党人的人生道路，也是包括诗人在内的一代又一代中国先进分子的人生观、世界观和行动指南。“客目惊奇迹，万民心相应。”任谁登临此山、见到此景，都会“惊奇”万分：“公心”二字怎么这样酷似毛体手书？！因而叹为“奇迹”。“万民心相应”，则不独诗人为然，天下“万民”、普通百姓，也在怀念毛公、崇信“公心”。毛公倡导的人生价值和他的实践活动，都是要用“公心”。而社会主义社会和共产主义社会就是出以“公心”的美好理想，均与“公心”同心相应、同气相求。

第三段，是从“临此非幻境”到最后一句“心驰向大同”，侧重表达诗人对自我的不懈砥砺。有位自诩“青年导师”的著名诗评家，惯于“左右逢源”：“文革”前的极左时期，曾经批评贺老诗中“老写‘我’‘我’”，“是小资产阶级的表现”；“文革”后的右倾思潮泛滥之际，他又指责贺老“失掉自我”“没有个性”。其实，贺老“诗中有我”，本是客观存在，决非时有时无、变幻不定，只不过贺老诗中之“我”，与“导师”所言之“我”大相径庭而已。“临此非幻境，我来路有踪。”这首诗中的“我”，就明显地具有贺老的突出特点——既有作品的艺术个性，又有诗人的自我特征：诗人一生，“来路有踪”可寻。“观字思如瀑，检点忆平生。”看到“公心”二字，诗人真是心似潮涌、思如瀑飞：他不能不想到自己的平生踪迹。“教我初学步，导我晚霞行。”诗人到达延安，还不满 16 岁。他从“初学”起，直到“晚霞”践行，在革命队伍里受到的“扶”“导”教育，归根结底，不外“公心”二字。恰如诗人在《回延安》（1956 年）诗中说的：“小米饭养活我长大”，“手把手教会了我”。因而诗人一直把马克思主义的“公心”思想，作为自己的终生课题，学而时习，从无懈怠。哪怕遭遇来自“左”的或“右”的打击，诗人也不改初衷：“百世千劫仍是我：赤心赤旗赤县民。”（《川北行·归后值生日忆此行两见转轮藏》），如今诗人虽然已到耄耋之年，却要继续学习，仍用“公心”指导自己的晚年行动，保持晚节不变。

不错，贺老“文革”前的诗中，确实常有“我”字出现：“呵，/‘我’是谁？/在哪里？/……一望无际的海洋，/海洋里的/一个小小的水滴，/一望无际的田野，/田野里的/一颗小小的谷粒……”（1956年《放声歌唱》）现在诗人老去，还在咏“我”：“壮我老兵怀，听唤新长征。”这个“我”，既是抒情诗人，又是“老兵”战士，既是独特个体，又是人民海洋里的一个“水滴”——融诗人同战士于一体，合自我与人民为一致。亦如贺老论诗所说：“对于一个真正属于人民和时代的诗人来说，他是通过属于人民的这个‘我’去表现‘我’所属于的人民和时代的。小我和大我，主观和客观，应当是统一的。而先决条件是诗人和时代同呼吸，和人民共命运。”（《贺敬之谈诗》）贺老的创作，忠实地践行了自己的理论主张。由于有了为公为民的人生观和世界观，诗人真心想的是革命人民，实意颂的是人民革命。这就是贺老的独特自我。“老兵”之“老”，主要非指年龄，而指经历；“老兵”之“兵”，也非只指个人自我，而包含战士群体：即以“老兵”口气，表明业已经过两次“长征”——改革开放是继战争年代后的又一次“长征”。作为一名“老兵”，诗人从毛公卧像和手书“公心”那里，再次得到鼓舞、受到激励。“壮我老兵怀”的“壮”字，属于“诗家语”，含有“两层义”：既是形容词，意谓“老兵”人虽老迈，而“公心”不老、壮怀激烈；又是动词，意谓“老兵”不仅“心雄”，而且“胆壮”，还要听从时代的呼唤、形势的吁求，继续进行新的“长征”，为国为民再立新功。

"路遥信必达，心驰向大同。""大同"，是指"公心"得以普遍实现的共产主义理想，亦即世界"大同"。由社会主义社会过渡到共产主义社会，从阶级世界通向"大同"世界，道路还很遥远，充满艰难曲折。但是，诗人不仅自己心向"大同"，而且坚信，只要人们葆有"公心"并为之奋斗不已，总有一天，理想定能实现，梦想可以成真！正如诗人在《富春江散歌》中所唱："一滴敢报江海信，百折再看高潮来！"

总之，全诗通过抒写登山的所见所思，表达了诗人与"万民"对毛泽东同志的真诚热爱与深切怀念，以及对共产主义理想的坚定信念和为之奋斗到底的坚强决心。情真意挚，感人至深。

这首诗，在艺术上的重要特色，我以为，就是虚实结合，以实带虚，又化虚为实，虚实相生。旅游诗最忌泥实，毫无诗味；又忌过虚，浮泛笼统；也忌景中无情、缺乏寄托。《登白云山述怀》则既写风景，又写游踪，更写诗人心迹、感悟。旅游之地——白云山顶巨石和裸露岩体，本是自然现象，因其酷似毛公卧像和毛公手书，恰好寄托作者情怀。诗人便触景生情，借景述怀，以假作真，化实为虚。毛公卧像与"公心"二字，均属虚似，出于想象，全诗由此生发出来，赋陈成篇。"兴亡云漫漫，安危雾重重。""云漫漫"、"雾重重"纯为眼前实景，如果所写仅止于此，那就了无意味；一与"兴亡""安危"联系起来，便立即由实转虚，引人遐想。"天池张天镜，栩栩见永生。""天池"是实景，"天镜"为虚喻；毛公卧像倒影清晰可见、永世长存，也属写实，而暗含毛公在人民心中"永生"，则是化实为虚。"'公心'

二字显，天光照分明。”既是写阳光照耀之下“公心”二字分外明亮显眼，又是隐喻、虚写“公心”思想之“天光”照亮世界。情因景而生，理借境以明。作品写的是自然实景，却充满了时代气息和历史沧桑感。

这首诗的另一艺术特色，就是语言朴素，风格平淡。作品通篇不用华丽词藻，没有难字僻典。语言明白如话，信口而出，通俗易懂。不事雕琢，无须彩绘，但又精练自然，不见斧凿痕迹。作品虽无惊人之语、奇险之思，却有言外之意、弦外之音，看似朴实平淡，仿佛漫不经心，实则绚烂奇崛，经过深思熟虑。平而有趣，淡而有味，因为作品寄慨遥深、托意高妙：诗人的深刻命意，蕴含在平淡之中，经得起读者反复咀嚼品味。表面直白浅淡，内里含蕴深厚。诗人深邃的爱国爱民、忧国忧民之思，沉重的忧世伤怀、悲天悯人之情，深藏在平淡真切的文字背后，细心的读者可以思而得之。诗人好像不是用文字、而是用心血，在深情浇铸此诗——贺老的确花了很大力气，创造出了旅游诗的崭新境界，从而使作品有了大气魄：厚重如鼎，力拔千斤！

2013.8.14 山东乳山草稿
2013.10.5 北京寓所重写
2014.3.20 北京寓所改定

（2014.7 中国书籍出版社版《诗国·新五卷》，2016 年第一期《世界汉诗》）

（说明：此文经过贺老敬之亲自修改、审定。）

“诗书寄兴近乎痴”

——谢贞玲《清风斋咏怀》读后

我与谢贞玲诗友并不熟悉，接触不多，了解很少，只是读其诗书，而想见其为人。古有所谓“诗如其人”“书如其人”，信非虚语。

其诗使用频率较高的一个字，也是她最为突出的一种个性，就是“痴”字。正如她在《[商调]醋葫芦·回望》中所写：

> 数平生坦然回味长，朝暮里念着强国锦绣邦。乘东风冉冉大地扬，呼唤醒李桃百花放，蝶舞蜂迴人舒畅。不与名家比排场，剩有诗痴书狂还迭迭写文章。

她回望个人平生，深感韵味悠长：庆幸自己得乘东风，亦如“蝶舞蜂回人舒畅”。《咏春》一诗也写道：“花开春暖艳阳天，万木争荣百卉鲜。盛世迎来同咏叹，激情令我谱新篇。”改革开放的祖国盛世，不仅让她如花绽放，而且令她激情满怀。情动于中而形之于外，遂使她痴迷于传统文化，痴迷于诗书艺术。恰如韩海莲词中所说：“着意诗书画萃，豪情泼墨书成，卅年辛苦彩云升，多少月明人静。”（《西江月·贺好友贞玲书成》）30 年辛苦，的确不同寻常！

她痴迷于古典诗词，突出表现为一个“学”字：“读文千古阳春雪，如醉如痴琼酽摄。青莲豪放水云间，子美深沉吟敏捷。开明居易田园热，婉转牧之生妙说，宏篇迭迭继风华，佳作流传星宇缀。”（《玉楼春·读唐诗有感》）千古诗文，堪称阳春白雪，调高趣雅，内涵丰富，诗人读之，似饮琼浆，如醉如痴，学而不厌。“诗仙”李白，“诗圣”杜甫，“诗魔”白居易，“小杜”杜牧之，固然使她入迷；便是当代诗人词家之作，她也甘之如饴，虚心学习：“立雪程门久，只为拜吾师。”（《致赵国柱先生》）在她看来，“字字珠玑醒耳目，篇篇锦绣动痴衷。”（《浣溪沙·读王美玉先生〈窗外有你〉感言》）当代诗人词家的优秀之作，也能“醒”她“耳目”、“动”她“痴衷”，即她说的：“读诗文佳句如流水，听妙曲甜歌惹我迷。”（《[中吕]升平乐·致任兰珍老师》）从而“绘新画吟诗作赋，学古今有识鸿儒”（《[双调]沉醉东风·学曲》）。学富五车，胸藏万卷，是传承文化的前提、创新发展的基础、卓有成就的根本保证。如此地谦恭虚心、好学不倦，终致她摇笔落纸左右逢源。

她痴迷于诗词创作，具体表现为一个“写”字：“入道痴迷神顿悟，诗词曲赋竞风流。”（《清风斋咏怀》）谢贞玲爱好多种文学体式。她既写诗，又填词，还赋曲，也写散文与评论，皆有所成。《[仙吕]寄生草·诗痴》写道：

无大智，不为利，痴心儿笔墨耕耘事，着意儿平仄三千字，何谈梦里苍天赐。案头几首曲诗词，招来窗外春风至。

“无大智”属于自谦；“不为利”则是写实——诗人追求的是“引我循佳境，传扬民族魂”（《贺＜朱生和诗书画选集＞付梓》），“高节虚怀神韵逸，世间名利不羁心（《竹韵》）。为此，她“快速涂鸦快习书，翻曲谱梨花漫舞”（《［双调］沉醉东风·学曲》），常常“月夜倚声吟小楼……几时休，一半儿推敲一半凑”（《［仙吕］一半儿·学曲》），以致“韶华逝去何须恋，旰食宵衣日夜思”（《花甲抒怀》）。但她无怨无悔，乐在其中。她在《喜读武正国先生＜漫咏唐宋诗人词家一百首＞感怀》中写道：“几多心血倾怀注，数卷珠玑着意镌。惯在城垣历风雨，傲寒梅菊自娇妍。”说的是武正国，又何尝不是诗人的夫子自道！

她痴迷于书法艺术，主要体现在一个“泼”字上：“弹指却临花甲时，诗书寄兴近乎痴　。”（《花甲抒怀》）年虽花甲，却迷上诗书。“临池泼墨真情赋。抹去了芸芸人世苦。诗，新又古；书，龙凤舞。”（《［中吕］山坡羊·一世情缘》）由于真情泼墨而失去世俗之乐，芸芸众生或以为苦，竟被诗人轻易“抹去”，因为书法艺术带来的是高雅意趣，虽苦犹乐，乐不可支。“挥毫展纸正销魂，词蕴画意情难尽。”（《［南吕］四块玉·咏怀》）习字学书，挥毫展纸，决非轻而易举，要花很多功夫，须付巨大精力。但是，“销魂”正当此际，抒怀适值其时。

人们常说，诗为心声，书为心画。书艺同诗艺，完全相通；诗道与书道，彼此一致——都在言志抒情，只不过表现形式不同而已。谢贞玲既是名副其实的诗痴，又是货真价实的书痴。请看其《［越调］黄蔷薇带庆元贞·书痴》：

萦怀情涌动，染翰墨池中。笔转龙蛇纵控，一气儿挥毫送。　　[带]几年来冷砚寒冬，终生里王铎会师通，只求得悟慧无穷。寻踪，意自浓，一泻快哉风。

谢贞玲以“书痴”自诩。她情动于衷，不是写诗，就是泼墨，挥毫作书，笔走龙蛇，一气呵成。然而，书艺并非无师自通，需要耐得寂寞、悟性聪颖；又要勤学苦练、持之以恒。据说，她的书法，初学王铎，继学“二王”，后学傅山。不管“冷砚寒冬”，无论黑天白日，都要舞文弄墨、素卷长书，寻踪探胜，凝神书艺。《咏怀》一诗自道其书：“好将翰墨作生涯，汾水亭旁醉彩霞。心事曾凝琴韵系，清词丽句走龙蛇。”真的是视书法如生命，将翰墨作生涯，非痴而何？！

她还痴迷于《唐明诗苑》，集中反映在一个“编”子上，如《蝶恋花·编〈唐明诗苑〉》：

别类分门成册页，近水楼台，先得蟾宫月。锦绣诗词痴意阅，从中学些空灵诀。　　精读细研遥夜彻，取舍凭公，快刀从何割。伏案倾浇心里血，临窗又见霜花结。

全词不说审稿之苦，反说先睹为快——“近水楼台先得月”；不说编刊之累，反说阅稿有得——“从中学些空灵诀”。尽管“精研细读”“取舍凭公”，诗人仍然难于割舍——足见她对作者的一片爱心。如此地日诸月将、夜以继日，这般地呕心沥血、伏案编刊，诗人不觉老从头上来了：眼临窗镜而见白发，面对刊物却生笑颜。为了中华诗词事业能够做出自己的奉献，诗人不以为苦、反以为乐，不以为屈、反以为荣！

诗人还有一曲《[仙吕]锦橙梅·致〈当代散曲〉编辑部》：

经风雨亦曾共早霞，乘长风一意向天涯。正及时指点此江山，开创出河岳新图画。诚心儿培育梨苑花，率情地弹一曲琵琶，风韵儿谁不夸。醉千家，百代成佳话。

作品赞扬《当代散曲》编辑们辛勤编刊，扶持创作，培养作者，无私奉献，必将成为诗坛曲苑的百代佳话。其实，曲中所写，充满了诗人自己编辑《唐明诗苑》的切身体会与良苦用心。

一言以蔽之：“痴”字透出精神，即对传统文化的一腔痴情，孔老夫子所谓“知之者不如好之者，好知者不如乐之者”（《论语·雍也篇第六》）。谢贞玲对于诗书艺术的执著追求与无私奉献，令人敬佩；她的杰出才华和优异成就，值得称道！诗人充分认识到：“艺术殿堂无止境，再求卓越步征程。”（《致郭诚文老师》）其诗书艺术的未来发展，定会更上层楼。

2014.4.3于北京

（2017年3月《她的诗文点缀了文字的天空——谢贞玲文评论辑》）

"天设景观人设险"

——钟家佐《过仙凡界》读后

钟老家佐的七言律诗《过仙凡界》，属于旅游诗，前有小序："武夷山有仙凡界，过此登巅作天游。"言简意赅，交代了仙凡界的位置和诗人的游览——非比寻常，直登巅顶，径作天游，预示着所见或可更广，所思也许更深。诗曰：

武夷山里觅仙踪，蓦见仙凡界可通。
直上云梯收宿雨，登临阆苑播清风。
恍疑化蝶飘尘外，犹悸游园惊梦中。
天设景观人设险，无端猿鹤变沙虫。

开头两句点题，写出"天游"，即登巅而寻觅仙踪。"蓦见"表明原来并不知晓，因为人们普遍认为，仙境属于超绝凡尘之地；而凡界则是世俗的人间之境——仙境与凡界无法沟通。如今突然而见，仙凡居然可通，诗人自然有番惊喜，便要寻觅仙踪到底。"直上云梯收宿雨，登临阆苑播清风。"继写登临所见。攀援"云梯"而上，尽管山高入云、登临绝顶，却并未见到仙踪，倒是目睹宿雨初收，空气清新。"阆苑"，是指仙人所居之境。身到仙境，清风徐播，人也似有飘飘欲仙之感。"恍疑化蝶飘尘外，犹悸游园惊梦中。"接写登临所感。"化蝶"典出《庄子·齐物论》："昔者庄周梦为胡蝶……不知周之梦为胡蝶与，胡蝶之梦为周与？”意谓庄周梦中化蝶，弄不清是自己化为蝴蝶，还是蝴蝶化为自己了。“游园惊梦”典出汤显祖的“临川四梦”之一《牡丹亭》：杜丽娘盛装打扮，到后花园游玩赏春，大自然的美丽和生机让她做起了美妙温情的春梦——与一执柳书生梦中幽会。其情由梦惊起，竟至痴情而亡。诗人登上仙凡界，恍恍惚惚，怀疑自己也如庄周一般化为蝴蝶，飘向凡尘之外了；又担心自己在游山惊梦之中遇到了仙人，离开了凡界。奇奇怪怪，捉摸不定。“天设景观人设险，无端猿鹤变沙虫。”自然景观，无论多么奇险，纯属天设，决非人力可为。然而，人心难料，一旦巧设机关，便成凶险。“猿鹤变沙虫”典出《艺文类聚》下册卷九十所引《抱朴子》：“周穆王南征，一军尽化，君子为猿为鹤，小人为虫为沙。”后世遂称有才德的人为猿鹤，而称死亡的普通人为虫沙。“无端猿鹤变沙虫”，意谓人遭陷阱，无端被害。诗人告诫我们：“天设景观”，尽管险要无比，却可供游览；而“人设险”，则是居心叵测，防不胜防。

这首诗，先写所见，再写所感，后写所思，层次分明，结构严谨。其突出特色，主要有三：一是借景言情。旅游诗如果一味写景，不重言情，那就成了旅游指南，无法打动读者。诗人深谙此中三昧。句句写景，亦句句言情。景中有情，情在景内。诗人登山，始觅仙踪而奇，蓦见仙凡界而喜，登顶而飘然欲仙，继又疑惑惊悸，终至思索有悟。作品写出了诗人的情绪变化，从而引起读者共鸣。

二是巧用典故。七言律诗，因为字数不多，所写内容受到限制；恰当用典，可以扩大作品容量。而且，又能借典言事，避免直说，增强了作品的含蓄之美。此诗用了三个典故：

庄周化蝶，以言仙凡两界可通，恰如其分；游园惊梦，用指阴阳两界能变，且为结句埋下伏笔；猿鹤沙虫，则是人设凶险的必然结果。作品警醒世人：必须防患于未然，方能免祸于始萌。这是生存经验，也是人生智慧。

三是融理于景。尤为可贵的是，结尾丙句，诗人又将自己的一腔激情升华为人生哲理。如同俗语所说："害人之心不可有，防人之心不可无。"因为"仰太息，人间行路难"（《水调歌头·六十感怀》）：仙凡界虽险却是景观；而人心凶险则让人生死无定。正像古人所说："楚客莫言山路险，世人心更险于山。"（唐·雍陶《峡中行》）好人固然到处都有，坏人却也无时不在，人生世上，不得不防。而在现代社会，矛盾更加复杂。诗人《斗兽场》说："自古屠人如屠兽，而今疯子逞疯狂。可悲霸主频征战，跨海新开杀戮场。"诚不虚言。一些早已称霸和谋求霸权的帝国主义国家，都是嗜好杀戮的战争狂人。他们正在或者图谋制造战争，一如既往地屠杀人类。由于掌握了现代高科技，手中握有大规模杀伤武器，其杀戮程度远比古代斗兽更为凶残。善良的人们，你们可要提高警惕呀！

2014·4·9 于北京

（2014 年 12 月广西人民出版社广西诗词学会编《说家佐诗》）

刘征：堪称诗坛大家

——在庆祝刘征90华诞作品研讨会上的书面发言

真正的诗人，不把他人的赞誉放在心上。恰如德国诗人歌德所说：“事业最要紧，名誉是空言。”（《浮士德》）他们“寄身于翰墨，见意于篇章，不假良史之辞，不托飞驰之势，而声名自传于后”（魏·曹丕《典论论文》）。刘征同志就是这样的诗人，无意于声名，而其声名必将“自传于后”，不必他人追捧，也无须权势抬爱。

然而，诗人确有大小之分、良莠之别。而且，古今读者、中外专家，大都喜欢品评诗人，常常为之分等级、排座次。梁代钟嵘的《诗品》，就将所论122位诗人分为三品。清代朱庭珍的《筱园诗话》，则将诗人评为“大家”“大名家”“名家”“小家”“诗人”五等。当代著名诗论家李元洛在文章中，又把诗人分成四个等级，即伟大诗人、杰出诗人、优秀诗人、一般诗人；并且认为，足以称为“伟大诗人”的只有屈原、李白、杜甫三人而已。英国的奥登还为“大诗人”列出“五个条件”：“①他必须多产；②他的诗在题材和处理手法上，必须范围广阔；③他在洞察人生和提炼风格上，必须显示独一无二的创造性；④在诗体的技巧上，他必须是一个行家；⑤就一切诗人而言，我们分得出他们的早期作品和成熟之作，可就大诗人而言，成熟的过程一直持续到老死。”他认为，要想成为“大诗人”，起码“必须具备三个半”条件“才行”。

由于“诗无达诂”，加以人心不同各如其面，人们所持的品评条件难于统一，对于诗人的评定等级也就无法一致。但是，我想，俗话说得好：“公道自在人心。”人们的衡量标准，应该而且可能是大体相同或相近的。我个人认为，“大诗人”即“大家”，起码必须合乎以下五条标准：①忧国忧民的忧患意识；②关注世界的博爱精神；③超乎时人的才、学、识、胆；④精彩绝伦的艺术创造；⑤启迪人类的多产作品。

以此论量刘征同志，我认为，他足可以称为“诗坛大家”。

仔细披阅刘征的诗文创作，人们不难发现：刘征同志情系家国，心怀庶民，言关世运，诗写环宇，不仅忧国忧民，而且忧及人类、患关全球。唯其如此，方可称“大”。刘征不管作诗，还是为文，无论写新诗，抑或作旧体，他都热情讴歌真、善、美，无情鞭挞假、恶、丑；为此招灾惹祸，他也毫不动摇，仍然不改初衷。更为难能可贵的是，无论在是非混淆、人妖颠倒之时，还是在西风狂卷、从者如流之际，刘征同志从未茫然迷惑，而是矢志不移，执著追求理想。倘无超凡脱俗的才、学、识、胆，何以能够致此？如乏崇高坚定的道德理念，定难始终如一！

刘征同志多才多艺，且都出类拔萃。诸如新诗尤其是讽刺诗、寓言诗，旧体诗词，杂文，语文教育，书画等，均有很高造诣，确有领异登峰的独特创造。正如著名诗论家袁忠岳所说，他“诗文书画样样精通”（《半人半仙，亦庄亦谐——刘征诗词漫论》）。似乎可以说，他的讽刺诗、寓言诗，文坛无出其右；他的旧体诗词和当代杂文，国内罕有其匹。时值刘征90大寿，袁忠岳特地来京送他寿联：“半人半仙诗国正；亦庄亦谐刘寓言。”我认为，这副寿联道出了刘征诗文的主要特色：他学诗圣杜甫关注现实（主要是现实主义），又学诗仙李白偏于浪漫（主要是浪漫主义）；如他自言："醉时为李，醒时为杜"，并"将两者融而为一"。这是刘征（本名刘国正）的、也是诗国的创作正路。他的寓言诗、讽刺诗和杂文，嬉笑怒骂，辛辣幽默，亦庄亦谐，寓庄于谐，送他绰号"刘寓言"，我认为是恰如其分！他的诗文创作，确实是自开一户牖，自辟一堂奥，自成一大家；而且，他与已故诗坛泰斗臧克家及程光锐三人，别树一旗帜，别创一风格，别成一流派——"三友诗派"，已为中华诗词别开一生面。

刘征的作品，当然不能说字字珠玑、句句福田；个别篇章段落容留某些时代印痕。但是，他的绝大多数诗文，却是经得起时间淘汰和群众检验。试读其1950年代创作的寓言讽刺诗《老虎贴告示》，仍如新砺宝剑，霜刃生辉，锋芒不减，至今能令国际霸权丑类望而生畏。他所创造的诸多鲜活的诗文意象，必将产生永恒的艺术魅力。

刘征的诗文创作，不但数量多——仅其旧体诗词就达3000余首，而且质量高——从不粗制滥造。内容广而又深，形式新而又美。无事不可入诗文，无物不能成吟咏，尽到了一位诗人知识分子的社会担当、文化担当和历史担当。其作品所给予读者的思想启迪、美感享受、生存哲理、发展感悟，可谓多不胜数、妙不可言。刘征无数次荣获名副其实的国家大奖，包括中国作家协会的、《诗刊》杂志的、中华诗词学会的以及《中华诗词》杂志的等所颁授的全国大奖和"终身成就奖"。我想，如果"诺贝尔文学奖"颁给刘征，国内大概不会出现如同以往那样的一片反对之声，《颁奖辞》也不会见不得人民群众而拒绝全文发表。当然，获奖与否，包括“诺贝尔文学奖”之类的国际大奖，丝毫无损于刘征同志对我国文学事业的巨大贡献。鲁迅先生就未获“诺贝尔文学奖”，并不妨碍他成为我国文化革命的伟大旗手！如果人品文品欠佳，纵获大奖，也难以服膺世道人心。

刘征同志委实具备了大家胸襟、大家气象、大家创造、大家艺术……称之为“诗坛大家”，他是当之无愧的！这就是我在刘征90寿辰之际的一点真切感受。

2015.6.26

（2015.12.《诗国·新十一卷》，2016.7.《中华诗词》杂志社编《诗是今生未了缘——刘征诗词研讨会诗文集》）

诗歌需要热心人

——序曲汗青《心乡集》

从古至今，诗歌就是寂寞的事业，“诗人少达而多穷”（宋·欧阳修《梅圣俞诗集序》）。唐代司空图早就说过：“自古诗人少显荣”（《白菊三首》）。写诗非但不能促人显荣，反而容易让人潦倒终生。因而诗圣杜甫说：“文章憎命达”（《天未怀李白》），“儒冠多误身”（《奉赠韦左丞丈二十二韵》）。明代桂彦良也说：“以文名世者，士之不幸也。”（《九灵山房集序》）

由今溯古，诗歌还是贫困的事业。诗仙李白有诗说道：“吟诗作赋北窗里，万言不值一杯水。”宋代戴复古说：“千首富，不救一生贫。”（《望江南》）宋代陆游也说：“诗家事业君休问，不独穷人亦瘦人。”（《对镜》）又说：“行遍天涯等断蓬，作诗博得一生穷。”（《贫甚戏作绝句》）杜甫历来被尊为诗圣，结果却是：“朝扣富儿门，暮随肥马尘。残杯与冷炙，到处潜悲辛。”（《奉赠韦左丞丈二十二韵》）当代著名诗人公刘曾经为文，声称自己生活在“纸器时代”：买不起“石器”“铜器”“铁器”家具，只能使用纸箱、纸盒、纸袋等类纸器。

然而，世上偏有不信邪、不听愣的人们。他们就是不求显赫闻达、不贪富贵荣华的高雅之士，其中包括曲汗青一类诗人词家。汗青同志离职，本可以找些来钱之道，可是，他不，却爱上了写诗为文，做起搭钱的营生，穷且益坚；汗青同志退休，原能够寻些消闲之娱，但是，他否，偏好上了襄助《诗国》，干起费力的事业，老当益壮！——他自告奋勇，无偿担任《诗国》的编务工作。在金钱万能甚嚣尘上、物质贪欲超越一切的当今之世，他钟情于诗文创作、致力于诗歌事业，实质就是选择了一种灵魂的追求，坚守着一种精神的信仰。这不能不令人肃然起敬、仰而视之！

汗青之诗，颇富特色。那就是关注现实，贴近生活，充满激情，富有哲理，能够给人启发。无论是写个人经历，还是抒写世态百相，也不管是描绘自然风光，抑或表现历史题材，他的诗都充满了人文关怀，表达出他忧国忧民的忧患意识和爱国爱民的博爱情怀。情深而意重，理得而事彰。例如写钱塘江大潮的绝句：“平淡无奇东入海，惊天动地看新潮。终究还是寻常水，几度喧嚣又寂寥。”意象鲜活，韵味深长。写的是潮涨潮落，寄寓着人生感悟，启人深思。汗青自言：“自己是老来才学格律，诗句还不成熟。”显然是自谦之词。

尽管个别篇章微觉空泛，部分语言稍欠锤炼，但多数作品诗味浓郁，意境深邃。诗人以己之热心，唤醒民众之爱心，引发读者之共鸣，的确不易，殊为难得。

事实上，像汗青同志这样甘于寂寞、安于清贫、肯于付出、乐于奉献的诗人词家，绝对不在少数。我编《诗国》等刊多年，确有切身体验。《诗国》创办于2008年，曾经得到山东济南一家文化公司老板（实是青年）的支持。他对《诗国》的创刊出版，有着不容否定的重要贡献。遗憾的是他抵挡不住金钱的诱惑：利用《诗国》之名，又以不当手段，背地捞钱，如搞所谓的“评选诗词先进单位”“评选90位诗词家”“评选诗词传承人”等，——实际不是“评选”，给钱就成，等于高价出售“证书”，由此骗钱，遭到中华诗词学会的通报批评。2012年末，只好让他退出《诗国》，由我独力筹资、支撑，先后幸得文朋诗友的鼎力支持。例如：陈波、旭宇、郑伟达、张维青、李增、王同书、周如松、余减租、张永福、卢友中、陈秀新、徐素梅、项目清、胡佐文、许泽民、陈廷文、王益法、李牧童、雁翼、解贞玲、樊希安、褚水敖、姜彬、毕太勋、张清儒与冯丽萍夫妇、徐于斌、李建勋、颜石、何永康、安迪光、倪竞波、朱虹、孙拥君、马浡善、刘小平、刘陶枢、李涛、王建峰、丁修功、孙瑞、谢琼杰、曾国光、邓国精、杨光治、唐德亮、张宪武、黄长江、金华君、周帆，以及中华诗词学会多位领导和工作人员等等，或倾囊相助，或组织订户，或代发广告，或推荐作品，终使《诗国》坚持至今。南京还有以王同书同志为首的40多位热心诗友（其中有多位七八十岁名家在内）签名，发起《嘤鸣“1 2 3”高扬〈诗国〉旗——为〈诗国〉给力倡议书》，倡议：

1是奉献诗文，2是征寻20位订户，3是捐助《诗国》数额随缘，即《诗经》所谓“嘤其鸣矣，求其友声”。其中域外诗人的大力支持，更是十分宝贵，让人感动！香港诗人李清泉先生同《诗国》合作，慷慨应允每年赞助举办“清泉杯《诗国》年度奖”——2014年已成功举办了首届评奖，受到广大作者和读者的一致好评。还有美籍华人、原“飞虎队”成员、95岁老诗人谭克平先生，同样热情捐款，支持《诗国》——必须说明，谭克平先生并非大款，却连续多年同时资助国内几家诗词组织和诗词报刊，包括《中华诗词》杂志已举办几届“谭克平杯优秀青年诗人”的评选活动，赢得了诗坛内外的广泛赞扬。

中国诗歌要想发展繁荣，固然得有多种条件，但是，诗人词家的自身努力——包括精神投入和物质投入，确是第一位的首要条件。堂堂中国，之所以能成为悠悠诗国，主要就是因为历代诗人词家耐得寂寞、受得贫穷、下得功夫、吃得苦头。诗歌须靠热心饲养，艺术要经千锤百炼，任何投机取巧都是无济于事的！鲁迅先生说过：“感情已经冰结的思想家”，对于诗人和诗歌，“往往有谬误的判断和隔膜的揶揄”（《诗歌之敌》）。“天意君须会，人间要好诗”（白居易），不靠诗歌之友，指望“诗歌之敌”，岂非缘木而求鱼？！

2015.4.1 北京

（2016年1月北京燕山出版社版曲汗青著《心乡集》）

“痴人说梦”

——“清丽双臻”终评感言

非常荣幸，得以参与“蔡丽双杯中国梦”全球华文“清丽双臻”填词大赛活动！读过参赛作品，我联想到一个成语，就是“痴人说梦”。

“痴人说梦”，原来是个贬义词，意谓面对痴人不得说梦，因为痴人呆傻，必定信以为真。后来，人们就用以特指妄谈荒诞不经之事；现在，我想反其意而用之。“痴人”并非都是“妄想”，“痴人”所说也非全是痴话，确有令人陶醉、值得追求的世间美梦。

痴，也指极度迷恋，到了痴心、即痴迷不舍的程度。清代蒲松龄在《聊斋志异·阿宝》中说出了一段促人思考的深刻哲理：“性痴则其志凝：故书痴者文必工，艺痴者技必良；世之落拓而无成者，皆自谓不痴者也。”委实不错，痴于书者，工于诗文；痴于艺者，精于技艺。各行各业老老大大凡是“落拓而无成者”，都是因为其心不痴、其志不凝。俗传顾恺之有“三绝”：“才绝、画绝、痴绝”；倘非“痴绝”，恐怕他也难以达到“才绝、画绝”。古今中外，一切优秀诗人，如果不是痴迷于诗歌、钟情于艺术、矻矻穷年、孜孜以求，那就无法写出佳作。由于爱诗入迷、恋诗成痴，人们往往把诗人视为呆、傻、疯、魔。唐代大诗人白居易在《与元九书》中，还曾以“诗魔”自诩。他说自己“食辍哺，夜辍寝”，朝夕讽咏，从“不废诗”，如此地“劳心灵，役声气，连朝接夕，不自知其苦，非魔而何”？他说：“酒狂又引诗魔发，日午悲吟到日西。”（《醉吟》之二）又说：“别来只是成诗癖，老去何曾更酒颠。”（《十年三月三十日别微之……》）元末明初诗人高青邱有诗写道：“朝吟忘其饥，暮吟散不平。……头发不暇栉，家事不及营，儿啼不知怜，客至不果迎。”（《青邱子歌》）因此，我们说诗人大都是“痴人”、是“诗魔”，并不过分。宋代大诗人戴复古说过：“黄堂若问痴顽老，新有登楼十二诗。”（《送别朱兼佥》）他竟以痴顽老子自居。

至于“说梦”，不妨给个新解——诗人写诗，亦可视为“说梦”。只是诗人“说梦”，既不同于一般的“痴人说梦”，又有别于普通的世人做梦；不是生理之梦，而是精神之梦；可以说是诗人对远大理想的热烈拥抱，对美好梦想的执著追求。如今，香港的爱国诗人蔡丽双博士为我们出了个大题目《中国梦》，邀请诗人作诗，实际就是让诗人们都来“说梦”。“耿耿富襟抱，行计有诗囊。”（宋•李曾伯《水调歌头•辛丑送胡子安赴远安》）诗人都是胸怀“雅志”、富有“襟抱”的人，并且常将“雅志”“襟抱”赋之于诗。宋代大诗人王安石有诗说：“独眠窗日午，往往梦华胥。”（《昼寝》）诗人多半富有“华胥”之梦。“华胥”即寓言中的理想国。《列子•黄帝》：“昼寝而梦，游于华胥氏之国……其国无帅长，自然而已；其民无嗜欲，自然而已；不知乐生，不知恶死，故无夭殇；不知亲己，不知疏物，故无爱憎；不知背逆，不知向顺，故无利害。”宋代大诗人刘克庄《晚意》诗说：“梦入华胥国土来，哈台不省夜何其。”这次参赛作品所写，均为“中国梦”，可以说是真的“梦入华胥国土来”。诗人说的，都是梦想，既是个人梦，又是民族梦，还是华人梦，总而言之，全是“中国梦”。

可以断言，诗人所说的美丽梦想，不是纯粹梦幻，而是扎实有据的；不是虚无缥缈，而是经过奋斗、能够变成现实的；而有些梦想，现已成真。

2015.3.29 北京

（2015年11月香港文联出版社版蔡丽双、蔡曜阳主编《中国梦》）

“江山也要文人捧”

有幸出席《中华诗词》杂志社与福建省诗词学会主办、白岩山实业发展有限公司和政协闽清梅声诗社承办的“首届白岩山诗词文化节”，感到非常高兴！

由此我联想到几句古今诗文。宋代戴复古诗说：“诗本无形在窈冥，网罗天地运吟情。”（《论诗十绝》）意思是说，诗本无形，却存在于天地之间；诗人词家要想写出佳作，必须投身于自然世界和人类社会，搜天斡地，寻觅诗情。陆游诗说：“挥毫当得江山助，不到潇湘岂有诗。”诗人挥毫写诗，也应得到江山之助，因此不到现实生活中去，那就写不出诗来。

其实，南朝梁代的刘勰早就说过：“山林皋壤，实文思之奥府，……屈平所以能洞监‘风’‘骚’之情者，抑亦江山之助乎？”意谓山林川泽，实在是产生文思的宝库……屈原之所以能够深刻领会写景抒情的精神实质，写出伟大的作品，或者也是因为得到了江南秀丽山水的帮助吧？

如今，我们的诗人词家，不远千里，应邀来到闽中的白岩山区，就是希望获得山水之助，从而寻诗觅句，写出佳作。我衷心祝愿远道而来的诗词名家们，都能如愿以偿，满载而归！

换个角度来说，主办承办单位，不惜花费巨资，恭请诗坛名家大佬，意在“地留名笔添佳话，天为人间助好诗”（顾嗣立《寒厅诗话》）。美不自美，因人而彰。正如诗人郁达夫诗中所说：“江山也要文人捧”。试看那些名山胜景，何以成名成胜？哪里没有文人留下“名笔”，何处不见骚客传来“佳话”？宋代李觏的《遣兴》诗说：“境入东南处处清，不因辞客不传名。屈平岂要江山助，却是江山遇屈平。”江山助诗，自是一个方面；诗捧江山，则是另一个方面。东南的幽境清景得以名扬天下，就是由于有了辞客为之捧场传名；并且捧者还不是一般的平庸辞客，而是屈原这样的骚坛巨匠。可以说，这也是江山的一大幸事。

例如山东泰山，主峰玉皇顶高不过1500余米，算不上什么大山，只因有了诗仙李白的题诗“天门一长啸，万里清风来”，“举手弄清浅，误攀识女机”（《游泰山六首》）；有了诗圣杜甫的名句“会当凌绝顶，一览众山小”（《望岳》），以及历代名家题诗作赋和封禅盛事，遂使泰山不仅名扬天下，而且成了五岳之首、高山代表和德高望重之人的尊称。再如江西庐山，唐代李白有诗：“五岳寻仙不辞远，一生好入名山游。……好为庐山谣，兴因庐山发。”（《庐山谣寄卢侍御虚舟》）白居易、张九龄、孟浩 然、王昌龄、李贺、李嘉祐、曹松、章孝标等等名家均有题诗。宋代苏轼也有诗《题西林壁》：“横看成岭侧成峰，远近高低各不同。不识庐山真面目，只缘身在此山中。”“庐山真面目”已成俗语，普遍使用，广为传播。唐代刘禹锡在《九华山歌》中说："宣城谢朓一首诗，遂使声名齐五岳。"九华山是如此，其它山川形胜，也莫不皆然。

唐代孟浩然《与诸子登岘山》诗中说："江山留胜迹，我辈复登临。"白岩山所留名胜古迹如诗篇碑刻也有不少，例如宋代葛天民《白岩山》："天启灵兮地献珍，有岩如玉壁千寻。"清代刘槐《一线天》："地挺千岩白，天开一线青。"宋代朱熹誉之为"八闽岳祖"。自然景观与人文景观融为一体。郑伟达教授有诗道："百八天然仙界景，万千生态丽人鬟。"（《八闽岳祖第一山》）可供我辈瞻仰浏览。由于各位名家登临采风，自会平添若干佳话。唐代有位名不见经传的繁知一诗说："忠州刺史今才子，行到巫山必有诗。为报高唐神女道，速排云雨候清词。"(《题巫山神女祠》)——他在得知时任忠州刺史的白居易要来巫山，便提前写诗题于神女祠上，索诗求字。我们这次白岩山诗词节的主办、承办单位，也早在邀请函中恭请各位赋诗题词。各位诗人词家也许职位不在"刺史"，却是名副其实的当代"才子"，相信定会"行到岩山必有诗"，因而已经"安排笔墨候清词"了。尽管白岩山小有名气，但我们并不满足于此，还希望它大有名气，此后留下更多名笔，真的名扬四海、声震全球。

家在白岩山的郑伟达教授，既是医师，又是诗人。他有两个宏愿：一是"把白岩山打造成中医药养生保健旅游创新区"；二是"通过发展旅游业能带动地区经济的全面发展"，让白岩山成为"集养生保健、休闲度假、文化旅游于一体的药膳之山、诗词之山"。这的确是项利在当代、功在千秋的伟大事业！郁达夫有诗说："闽中风雅赖扶持，气节应为弱者师。”（《赠福州报界同仁二首》）闽中白岩山的风雅事业，也要依靠各位名家大佬给予扶持，方能得以功成名就！清代刘世弼《重游白岩山》诗说：“山门风景仍如昨，游客襟怀胜似前。”因而各位定能诗超前人、词逾往昔。

2015.10.12 北京

（2015 年末《首届白岩山诗词文艺节纪念册》）

谈谈《诗国》特色

×× 同志：

很想同您谈谈《诗国》特色，权作一夕之话。

无论从个人角度，还是从诗歌角度，都要感谢您对《诗国》的鼎力支持！国内大款，数以千计万计，有谁肯为无法捞钱的诗歌拔一毫毛？实在寥若晨星。您的经济实力很不雄厚，却愿为《诗国》倾囊相助，无私奉献，的确难能可贵！因为这是谈论《诗国》特色的首要条件，所以必须予以肯定。当然，同您一样支持《诗国》的文朋诗友，还有旭宇、郑伟达、张维青、聂索、项目清、刘陶枢、胡佐文、刘小平、马晋乾，以及已故老诗人雁翼等等，可以列出一长串名单来。

既然要办刊物，那就应当把它办好，使之对诗歌发展有所裨益、对广大读者有所补益、对社会进步有所助益。《诗国》纯属民办的同仁刊物，人微刊轻，势单力薄，不可能挽狂澜于既倒、扶大厦于将倾。如果强不能以为能，那便是不自量力的狂妄之徒，难免贻笑于大方之家。但是我们又不能鼠目寸光，只盯着鼻子尖底下。立志须高，做事要实。一步一个脚印地做好每件实事，同时又有较为远大的奋斗目标。这才不至于沾沾自喜于小小成功，而会永远踏踏实实地奋斗不止！

办好刊物的重要标志，就是要有突出特色。刊无特色，不如不办，因为有它不多，没它不少，徒然浪费人力物力。在诗刊林立、诗报丛生的文化环境中，《诗国》如何办出特色？需要 我们认真地、反复地、仔细地加以思索。我以为我们创刊时提出的几个问题可以再议。

一是人弃我取，补弊救偏，这应成为《诗国》的突出特色。环顾诗坛，报刊不少，多为两种倾向：新诗常以新潮自诩，排斥异己；旧体每以复古自居，摒弃所恶。例如，民歌以及民歌体的新诗，不见容于新诗刊物；新古体诗因为不尽合律，难以发于旧体诗报；许多言之成理、自成一家之言的文章，往往由于不合编者口味，而被拒之门外，不得发表。当此之际，《诗国》应运而生、适时而出，通统予以接纳。但我们不能满足于此，还应密切留心旧体的逆子、新诗的弃儿，随时将其收养过来。这便显出《诗国》的存在价值。

二是强化批评，针砭“诗弊”，这是《诗国》的重要特色。谈到批评，我想多说几句，因为这个问题最易产生异议、引起误解。人们或以批评为“极左”。是的，过去确实有过“极左的革命大批判”。但那时无中生有、无限上纲、强词夺理、不许反驳的所谓批评，与我们开展的实事求是、以理服人、允许答辩、可反批评的正常批评，完全是风马牛不相及的两回事，不能等同。批评可能得罪他人。是的，倘若被 批评者不能正确对待批评（多数人无法免俗），自然怪罪批评者以及支持（发表）批评的编辑者。唯有“紧钳着三寸舌，方免得一身祸”。但是，这样一来，论者、编者半斤八两，岂不都成了不分是非、不辨美丑的庸俗市侩！论者不敢批评，不写批评文章，则是丧失应尽的批评职责；编者不予支持、不发批评文章，则是丢掉应有的社会道义！著名文学评论家雷达同志一针见血地指出：“不知从什么时候开始，我们丧失了在真正的批评家身上常见的气质和素养，丧失了争论的勇气、反驳的激情、否定的冲动，丧失了对真理和善良的挚爱、对虚假和丑恶的憎恨，以及对自由和尊严的敏感。”（《真正透彻的批评为何总难出现》，2011.2.28《文汇报》）非常明显，这为《诗国》同仁所不取。

鲁迅先生早在七十七年前即1934年写的《看书琐记（三）》中就已告诫我们：“文艺必须有批评；批评如果不对了，就得用批评来抗争，这才能够使文艺和批评一同前进，如果一律掩住嘴，算是文坛已经干净，那所得的结果倒是要相反的。”无论是诗歌创作的繁荣，还是诗歌理论的发展，抑或是诗歌作者的提高，都离不开正常的诗歌批评。多年以来，我国诗歌一直很不景气，除了其他重要原因外，我认为，缺乏正常批评，不能不是一大关键。

诗歌批评，主要包括两个方面：即鲁迅所说“剪除恶草”“灌溉佳花，——佳花的苗”（《并非闲话（三）》）。因而，批评“一定得有明确的是非，有热烈的好恶”（鲁迅《“文人相轻”》）。反观诗坛文界，这样的正常批评往往遭到绝大多数文学包括诗歌刊物的粗暴放逐。仅有的一点批评，又常常“是非”颠倒——“剪除”的不是“恶草”，而是“佳花，——佳花的苗”；“好恶”混淆——“灌溉”的不是“佳花，——佳花的苗”，而是“恶草”。这样的诗歌批评，不把诗坛引向邪路，那才怪呢！——还是鲁迅说的：“那所得的结果倒是要相反的。”

《诗国》出刊三年（9 期）来，得到许多新旧诗坛朋友的热情鼓励，其中原因之一，就是敢于开展批评，尤其是对于中国作家协会主办的“第四届鲁迅文学奖（2004——2006年）全国优秀诗歌奖”错评于坚的尖锐批评，屡获赞扬，例如总第 8 期王永明的文章《新诗的末路——评鲁迅文学奖获得者于坚》，总第 9 期刘松林的文章《要把中国新诗引向何方？》、尹贤的文章《难以容忍的污辱和耻辱》以及总第 6 期拙文《有错必纠》等等。有的诗歌刊物还拟转载前三文章（按：因故未转）。当然，我们离鲁迅要求的正常批评还有较大差距，需要我们不断加以改进，特别是设法发表肯于“抗争”的反批评——无奈至今求之不得。

三是团结各路诗人，整合两个诗坛，这应成为《诗国》的显著特色。《诗国》作品部分，以一半篇幅发旧体诗（包括新古体诗），以另一半篇幅发新体诗；评论部分，也是新旧各占一半——大体如此，并非绝对，给予新旧体诗作者以平等待遇，等于在刊物上正式地、公开地承认两个诗坛的客观存在。这在所有诗歌报刊中尚无先例，也算《诗国》的一个创举吧。它表明：我们将竭尽全力，不断促进各种形式、风格、流派诗人的团结，尽快实现华文新诗、旧体两个诗坛的整合，借以推进新诗民族化、诗词现代化、诗坛多样化、诗歌大众化。这是《诗国》的办刊宗旨，也是我们的奋斗目标。显然，达此目的，决非一家之力，更非一日之功。如果所有诗歌（包括新旧）报刊，都能为此尽力，那么，我国新诗的繁荣、旧体的复兴，就是指日可待的。

自然，特色并不等于价值；有特色也不一定就有价值。麻风病、花柳病都极富特色，但是，除了害人之外，别无价值可言。因此，《诗国》追求的，应当是有积极意义的刊物特色，绝对不是庸俗的哗众取宠，也不是低俗的标新立异，要靠《诗国》同仁的共同创造。

不知您以为然否？甚愿听到您的意见。

2011 年 3 月 11 日于北京

（2014.7.《诗国·新六卷》）

试论中国山水诗的表现技法

中国号称诗国，的确名副其实。诗歌传统，源远流长；艺术积累，博大精深。而山水诗又是中国古典诗歌的精彩部分之一，具有经久不衰的艺术魅力，值得我们加以深入研究，从而继承这份优秀的诗歌遗产。山水诗的表现技法，精妙绝伦，异彩纷呈，概括说来，主要有下列六种。

其一，情景交融。

诗主达情，山水为景。诗人登山临水，情动于中而形之于外，所谓“登山则情满于山，观海则意溢于海”（刘勰《文心雕龙·神思》）。山水诗自然是借景言情。因此，山水诗的常见写法是情景交融。但情与景又有主客之分：情是主体，景是客体。写景为着言情，言情不离写景。正如清代吴乔所说：“夫诗以情为主，景为宾。景物无自生，惟情所化。”（《围炉诗话》卷一）清代王夫之也说：“景中生情，情中含景，故曰景者情之景，情者景之情也。”（《唐诗评选》卷四）情无景不生，景无情不发，情景相融，化成一片。诗人写山写水，不是简单机械地临摹山水，而是融合了自身的独特的审美感受与心灵体验，创造出情景相生、变化无穷的优美意境。

具体写法，又有三种：一是触景生情，借景言情。情由景而起，即景以达情。例如宋代王禹偁《村行》：

马穿山径菊初黄，信马悠悠野兴长。
万壑有声含晚籁，数峰无语立斜阳。
棠梨叶落胭脂色，荞麦花开白雪香。
何事吟余忽惆怅，村桥原树似吾乡。

此诗写于王禹偁贬官商州。他曾自称：“平生诗句为山水，谪宦方知是胜游。”（《听泉》）《村行》确是他山水诗中的佳作。起笔即写他骑马穿行于菊花夹路的山径，人有悠悠野兴，马即任意而行。晚山可爱，美景无限，诗人油然而生爱恋之情。可是，待到诗人目触“村桥原树”之后，又一变赏心乐事而为“吟余惆怅”，因为那实在太“似吾乡”了。——他宦游异乡，又遭贬谪，有亲见不到，有家归不得，吟诗之余，不免悲从中来。诗人无论是赞赏美景，还是叹惋不归，都是由客观山水引起，并借风景抒发出来。

二是缘情写景，移情于境。王国维在《人间词话》中说：“以我观物，故物皆著我之色彩。”用句俗话来说，就是“戴着有色眼镜观察”，看见什么都有个人主观的感情色彩，亦即移情于景，景从情生。诗圣杜甫说：“近泪无干土，低空有断云。”诗人情哀，所写之景，自然也是哀景；反之，诗人情乐，所写之景，也是乐景。景不过是诗人借以抒发悲喜之情的载体而已。例如孟浩然的《宿桐庐江寄广陵旧游》：

山暝听猿愁，沧江急夜流。
风鸣两岸叶，月照一孤舟。
建德非吾土，维扬忆旧游。
还将两行泪，遥寄海西头。

孟浩然曾去长安，应试失败，为了排遣苦闷而作长途远游，写了此诗。求仕不得，加以思乡怀友，诗人禁不住郁郁寡欢，心怀愁绪。以愁耳听猿，猿鸣声声带着愁情，以致“听猿实下三声泪”；以愁眼观物，月涌江流也黯然失色，让人更感孤独与不宁，而想凭借沧江把自己的愁泪带向远在大“海西头”的扬州旧友。诗人的一腔愁绪，给他笔下的景物罩上了一层主观感情的纱幕。

三是情景相合，主客浑融。景中有情，情中有景，情景齐到，相间相合，情与景融为一体，主与客打成一片，浑然无迹，不可分拆。例如柳宗元的《江雪》：

千山鸟飞绝，万径人踪灭。
孤舟蓑笠翁，独钓寒江雪。

这是诗人谪居永州（今湖南零陵）时的名篇。大雪纷纷，寒流滚滚，千山万壑不见飞鸟，茫茫大地不见行人，唯有一叶小舟，一个渔翁，披蓑戴笠，独钓江心。这就是作品所写的全部内容。表面不动声色，实则句句含情：既是景语，又是情语，景语情语浑成一体。因为只要联系到柳宗元遭贬的坎坷经历和当时严酷的政治态势，读者就不难理解：诗中不畏严寒、清高孤傲的渔翁形象，正是超然物外、孤傲不屈的诗人写照。情与景浑融无间，物与我统一难辨。

其二，诗画结合。

诗、书、画兼擅的宋代大家苏轼说过：“诗画本一律，天工与清新。”（《书鄢陵王主簿所画折枝二首》）意谓诗画原本同一要求，都应达到天然工巧与清丽新颖的艺术境界。也就是都要运用形象思维，借以言志抒情。苏轼在《书摩诘蓝田烟雨图》中又说："味摩诘之诗，诗中有画；观摩诘之画，画中有诗。"尽管诗画表现形式不同，所用材料各异，但其表现方法和艺术境界却是相通的，因而可以结合。

王维是唐代著名的山水田园诗人，又是著名的山水画家。所写山水诗常将山水画的一些技法，如构图、色彩、线条、层次、明暗等等用到诗中，以精练生动的语言文字，描绘出形象鲜明的山水风景画。这就是中国山水诗经常运用的诗画结合的表现技法。王维的许多山水诗都有融画入诗、诗画结合的特点，如《山居秋暝》《终南山》《鹿柴》等。请看《汉江临泛》：

楚塞三湘接，荆门九派通。
江流天地外，山色有无中。
郡邑浮前浦，波澜动远空。
襄阳好风日，留醉与山翁。

这首诗描绘出了一幅色彩淡雅、意境优美的山水画卷。首联先写汉江雄浑壮阔的浩渺水势，作为整幅画卷的背景，同时渲染了江流浩荡的气氛。第二联以山光水色作为画卷的远景，正如王世贞所说："'江流天地外，山色有无中'，是诗家俊语，却入画三昧。"第三联以乘舟浮动、浪涛拍天作为画卷的近景。末联写人——有舟自然有人，作为画卷的中心，也是诗作所写的重点，即诗人自我。这是一首山水诗，也是一幅山水画——展现于读者的"灵视（即想象）"之中。画面布局，十分讲究：远近相映，浓淡结合，疏密相间，错纵有致。正因如此，唐代殷璠在《河岳英灵集》中说：“维诗词秀调雅，意新理惬，在泉为珠，着壁成绘。”

词是诗的一种体式。山水词同样采用诗画结合的写法。例如清代宋琬的词《破阵子·关山道中》：

拔地千盘深黑，插天一线青冥。行旅远从鱼贯入，樵牧深穿虎穴行，高高秋月明。　　半紫半红山树，如歌如哭泉声。六月阴崖残雪在，千骑宵征画角清，丹青似李成。

这首词写的是词人在关山道中所见，如同一幅描绘关山险峻的山水画卷。上阕写山势峭拔。开头两句构成画卷的主体形象：高山峻岭拔地而起，山崖峭壁冲天而立。行旅、樵牧只能在两崖之间鱼贯穿行，更加衬托出山势的险阻。下阕写山景秀丽。半红半紫的山树、半明半暗的残雪，与上阕所写山色的深黑、天色的青冥、月色的明丽，互相辉映。绘形绘神，绘声绘色，真像一幅浓墨重彩、色彩斑斓的山水画。最后以宋代著名画家李成的昏濛雄阔的山水画作结，恰如其分。诗画相互印证，读词亦如赏画，不仅引人联想，且能给人美感。

其三，动静互生。

世上万物，有动有静。山水风光，有静景，有动景。山水诗是诗人创造的艺术品，既要真实反映现实中的山水，又不能局限于如实临摹，一味地静景写静、动景写动，而应动静互生，做到静中有动，动中有静，恰如古人所说：“山本乎静欲其动，水本乎动欲其静”（参见钱钟书《谈艺录》十一）。山峦草木，属于静景，为了赋予它以灵性，或者借以抒写飞动的激情，诗人往往化静为动，将静态的山峦草木写成动态，使之动静结合，妙趣横生。水鱼鸟兽，属于动景，出于艺术创造需要，或者用以突出闲静的氛围，诗人常常化动为静，将动态的水鱼鸟兽写成静态，以使动态定格，达到动静互生，从而获得意想不到的艺术表现力。

先看化静为动的诗作。如苏轼的《六月二十七日望湖楼醉书五绝》其二：

放生鱼鳖逐人来，无主荷花到处开。
水枕能令山俯仰，风船解与月徘徊。

山本静止不动的，杜甫有句“风雨不动安如山”（《茅屋为秋风所破歌》），而在诗中却能一俯一仰；月是停在太空的，唐代无可有诗写月：“夜深高不动，天下仰头看”（《中秋夜君山脚下看月》），但在诗中却可左右徘徊。作品写山动、月动，意在写船动——醉卧船中的诗人，由于随船颠簸，所见山月便由静而动，从而创造出一种活灵活现、富有情趣的美妙境界。

再看化动为静的诗作。如李白的《望庐山瀑布》：

日照香炉生紫烟，遥看瀑布挂前川。
飞流直下三千尺，疑是银河落九天。

“遥看瀑布挂前川”，一个“挂”字用得精妙。瀑布飞流直下，一刻不停，作品着一“挂”字，便使之定格，变成静态，惟妙惟肖地表现出不断倾泻的瀑布在“遥望”中的准确形象。有谁能把从天而降的巨瀑“挂”起来呢？只有威力无穷的伟大自然，所谓“壮哉造化功”。显然，诗中化动为静，既恰当地写出了诗人的遥望感觉，又含蓄地表现了诗人的赞美之情。

后看动静结合的诗作。如唐代韦应物的《滁州西涧》：

独怜幽草涧边生，上有黄鹂深树鸣。
春潮带雨晚来急，野渡无人舟自横。

“幽草”“深树”为静，涧流、鹂鸣为动；潮、雨来急为动，无人、舟横为静。尤其是后两句，动静对比更为强烈。“晚来急”表明潮涨、雨猛，水势甚急，因而特需舟船济渡；“舟自横”则显示出郊野渡口，无人问津，只见渡船空自停泊，悠然闲置。动者自动，静者自静，相映生辉。作品写出了诗人春游西涧所感所见，流露出一种恬淡悠闲而又无奈忧伤的矛盾情怀，寄托着出仕退隐、进退两难的复杂心境。

其四，景事合一。

清代王夫之在《明诗评选》卷一评岑参诗时指出：“情、景、事合成一片，无不奇丽绝世。”自然经过人类改造，已经摆脱天然状态，被人所化；人类进行各种活动，无不依托山水环境，凭借自然。因此，中国山水诗在描绘自然景观时，不仅融情于景、借景抒情，而且还把与自然山水有关的历史故事、神话传说、风土习俗、文化掌故等的人文景观融合起来，使自然景观与人文景观“合成一片”，相互映衬，美不胜收。“景物因人成胜概，满目更无尘可碍”，自然景观由于增添人文景观而成为风景名胜。“乐山登万仞，爱水泛千舟”（唐·寒山《诗》），以致“人行山上高，天在山中小”（唐·王庭《栈道中作》），人文景观由于仰仗自然景观而变得异彩纷呈。山水诗因此而扩大了意蕴，丰富了情趣，提高了品位，加大了魅力，亦即王夫之所谓“绮丽绝世”。

唐代刘禹锡的《望夫山正对和州郡楼》写道：

终日望夫夫不归，化为孤石苦相思。
望来已是几千载，只似当时初望时。

望夫山在今安徽省当涂县西北，唐时属于和州。刘禹锡在任和州刺使时写了此诗。作品紧扣山名，写了一个“望夫”的民间传说：古代有位女子思念远出的丈夫，一直站在山头守望，天长日久竟然变成孤石，化作山峰。“终日望夫”，写其对夫一往情深。因“夫不归”而“苦相思”，是其“化为孤石”的原因，表现出女子对爱情的忠贞不二。而且，“几千载”坚持“望夫”，“只似当时初望”，始终如一，足见其相思之情真挚深切、相爱之意坚贞不渝。

作品借望夫山赞颂爱情的坚定执著，尽管恰如其分、动人心魄，却还只是表层含义。实际上，望夫山作为诗人创造的意象，寓有更深的内涵。刘禹锡曾经参与永贞革新运动，遭遇失败，倍受打击，流放和州，心情抑郁，一直思念京城，常怀报效国家（皇帝就是国家的象征）。他在同期诗作《历阳书事七十韵》中说：“望夫人化石，梦帝日怀营”，正可作为此诗的最好注脚。

一首山水小诗，含义居然如此丰富，感情竟至这般深沉，全赖景事结合：景中有事，事中有景，景与事浑成一体；写山是山，写人是人，山同人密不可分。这样的山水诗，所写既是自然的人化，又是人化的自然，极具亲和力，大大增加了自然景观的历史厚重感、文化和谐感与艺术审美感。

其五，山水拟人。

中国传统文化，一向讲究“天人合一”“物我两忘”，人与自然合而为一。《庄子·齐物论》说：“天地与我并生，而万物与我为一。”而诗人对于自然山水有着不同寻常的特殊感受力与亲和力。唐代李白诗说：“五岳寻仙不辞远，一生好入名山游。”（《庐山谣寄卢侍御虚舟》）李白虽被尊为“诗仙”，但他游览名山大川，也未寻到仙，却同历代诗人一样，在山水之间寻到了诗，得到了美：“众鸟高飞尽，孤云独去闲。相看两不厌，只有敬亭山。”（《独坐敬亭山》）这就是诗人与山水融合：一山一水真朋友，众鸟众花亲兄弟。诗人的性情与山水的灵秀，合同而化。诗人给山水以情感和生命，山水则给诗人以灵感与启迪，即古人所谓“江山之助”。恰如刘庆霖所说：“与山水在精神和情感上融为一体，我就是山水，山水就是我。主体与客体相互交融达到浑然一体，是艺术的最高追求。”（《能使江山助我诗》，《刘庆霖作品选·理论卷》）即将山水拟人化，赋予山水以人的生命。这是历代优秀山水诗比较常见的一种艺术手法。

且看宋代苏轼的《饮湖上，初晴后雨二首》（其二）：

水光潋滟晴方好，山色空蒙雨亦奇。
欲把西湖比西子，淡妆浓抹总相宜。

苏轼在任杭州通判期间，写了不少歌咏西湖的诗。此诗最为有名。首句写晴，次句写雨；无论晴还是雨，西湖都是“奇”“好”。后两句遗貌取神，便将西湖拟人化：“欲把西湖比西子，淡妆浓抹总相宜。”“西湖”“西子”不仅同“姓”，而且同美。西施是古代越国的绝世美女，西湖也成了历来华夏的风景名胜。“西子”从此“成为西湖定评”（陈衍《宋诗精华录》）。苏轼还多次在诗中反复运用这一比喻：“只有西湖似西子，故应宛转为君容。”（《次前韵答马忠玉》）“西湖真西子，烟树点眉目。”（《次韵刘景文登介亭》）后人也喜欢沿用此说：“除却淡妆浓抹句，更将何语比西湖？”（武衍《正月二日泛舟湖上》）“西子湖”因而变作西湖的别称，得到后世的普遍认可。

再如唐代刘禹锡的《巫山神女庙》：

巫山十二郁苍苍，片石亭亭号女郎。
晓雾乍开疑卷幔，山花欲谢似残妆。
星河好夜闻清佩，云雨归时带异香。
何事神仙九天上，人间来就楚襄王？

作品一开头，诗人就把“巫山”“片石”想象为亭亭玉立的妙龄女郎，丰姿绰约，婀娜多情。全诗由此展开描写：“晓雾乍开疑卷幔，山花欲谢似残妆”，山上晓雾犹如神女晨起撩卷的幔帐，山花将凋，则像神女晚睡即卸的残妆。“星河好夜闻清佩，云雨归时带异香”，在星汉灿烂的美好夜晚，能够听到神女出游所戴环佩的响声，闻到神女归来所涂脂粉的香气。最后两句，以疑问作结：“何事神仙九天上，人间来就楚襄王？”如此美丽多情的神女，为什么不在九天宫殿过那神仙日子，却偏偏来到人间，而与楚襄王幽会呢？刘禹锡仕途坎坷，厌倦官场，因而产生洁身自好、超尘世外的隐逸思想。诗中诘问，饱含诗人宦海失意的无限感慨。

宋代辛弃疾直以青山为知心好友：“我见青山多妩媚，料青山、见我应如是。”（《贺新郎》“甚矣吾衰矣”）在《沁园春·再到期思卜筑》中又写道：

> 一水西来，千丈晴虹，十里翠屏。喜草堂经岁，重来杜老；斜川好景，不负渊明。老鹤高飞，一枝投宿，长笑蜗牛戴屋行。平章了，待十分佳处，著个茅亭。　　青山意气峥嵘，似为我归来妩媚生。解频教花鸟，前歌后舞；更催云水，暮送朝迎。酒圣诗豪，可能无势，我乃而今驾驭卿。清溪上，被山灵却笑：白发归耕！

且看此词下片，意思是说：青山神态气势峥嵘，好像为我归来而高兴，表现出美好漂亮的姿态。为解除烦恼，调教花鸟“前歌后舞”；再催促浮云流水“暮送朝迎”。“酒圣诗豪”可能已经失去权势，而我如今却要统率你们这些山水。只是在清溪之上，招来山神的嘲笑：你都头发花白了，才来归耕！词中青山、云水、老鹤、花鸟都被赋予生命，有了喜怒哀乐，富于爱憎情感，从而曲折地表达了诗人屡遭罢官后的伤痛之情。辛弃疾还有一首与此相类的词《西江月·示儿曹以家事付之》，其中也说：“乃翁依旧管些儿：管竹管山管水。”同样视山水竹林为其统领的部下。

自然，也有诗人词家把山当作后辈的，如清代林则徐《即目》诗云：“眼前直觉群山小，罗列儿孙未得名。”

这就是将山水拟人化的艺术技巧。当代诗人如刘征、刘章、刘庆霖等等都熟练地运用这种技巧，也写出许多优秀的山水诗来。

其六，情理交织。

著名诗人流沙河论诗有《三柱论》，即谓“情、理、象”，三柱支起诗的平台。黑格尔把“美”定义为“理念的感性显现”（《美学》），同样主张艺术离不开“理念”以及“感性”的“象”与“情”。古人也说：“理语不必入诗中，诗境不可出理外。”（清·潘德舆《养一斋诗话》）因为理是情的升华、情的极致，是人的精神在更高层次上对宇宙、世界和人类社会的鸟瞰，涵盖面广，思想性深，更能唤起读者的广泛共鸣。其审美价值自然更大。山水诗必使山情水性与人的精神、情、理相通相合，虽写山水而情生于文、理溢成趣。只是不可人云亦云、无情无味，尤忌一味抽象说理，所谓“平典似道德论”。优秀的山水诗无不在绘形绘貌、绘声绘色中，揭示自然景物的内在理趣，包括事理、物理、情理、义理。读者在欣赏山水诗的意境和美感的同时，又得到了哲理性的思索与启迪。恰如程明道《秋日偶成》诗云：“道通天地有形外，思入风云变态中。”（转引自钱钟书《谈艺录》）

先看写山的诗。唐代王之焕的《登鹳雀楼》（“白日依山尽”）、宋代苏轼的《题西林壁》（“横看成岭侧成峰”）等诗富含哲理，尽人皆知，不去说它。且看宋代杨万里的《过松源晨炊漆公店六首》（其五）：

莫言下岭便无难，赚得行人错喜欢。
正入万山圈子里，一山放出一山拦。

诗极平易，写出了诗人上山下山的一种体验。据《宋诗鉴赏辞典》说：“松源、漆公店，当在今皖南山区。”（魏蒿山主编《中国古典诗词地名辞典》列有“松源县”“松源镇”，一说均在“今福建”。）诗人翻越丛山峻岭，原以为上山艰难，下山容易，哪里知道，下山之后，还有山拦，仍须攀登。“莫言”二字，既是诗人自警，又是提醒他人：下山也非易事，同样会有艰难险阻需要跨越，因为岭外有岭、山外有山。作品表面写翻山越岭的难与易，实则告诫人们一种哲理：知其难者始易，视为易者必难。面对坦途，要有艰难跨越的精神准备，方能一往无前。作品富于理趣，令人恍然大悟。

再看写水的诗。唐代刘禹锡《竹枝词九首》（其七）写道：

瞿塘嘈嘈十二滩，人言道路古来难。
长恨人心不如水，等闲平地起波澜。

瞿塘峡为长江三峡之一，两岸连山，水流急湍，形势险要，自古便有“瞿塘天下险”之说，因为峡多险滩、波浪滔天，道路难通。诗人由自然水路的艰难险阻，联想到人生世路的凶险异常，超过江水：水势险恶缘于多滩阻隔；人心凶险则在“等闲平地”也会陡起波澜，让人防不胜防。诗作告诫人们：害人之心不可有，防人之心不可无。对于那些惯于兴风作浪、无事生非、造谣诽谤、陷害无辜的无耻之徒，必须提高警惕，谨防受害。这种人生哲理，诗人借写江水表达出来，形象鲜明，情趣盎然。宋代王安石的诗句“青山缭绕疑无路，忽见千帆隐映来”（《江上》），陆游的诗句“山重水复疑无路，柳暗花明又一村”（《游山西村》），都含有绝处逢生、否极泰来的人生哲理。

中国山水诗的艺术技法，丰富多彩，决不止于上述六种。其精妙绝伦的独特写法，成就了山水诗的艺术价值，需要我们倍加珍惜，很好学习，认真借鉴，进而创造出具有时代精神和中国特色的当代山水诗来，为发展和繁荣我国诗歌做出贡献。

2008.11.17

2018.9. 修改补充

(2014.3《中华诗词》，2014 年 1 期《世界汉诗》)

习近平同志“两代会讲话”学习一得

习近平同志在十届文代会、九届作代会上的重要讲话，是对毛泽东文艺思想的继承与发展，是对马克思主义文艺理论的丰富与创新，具有极强的现实意义和深远的历史意义，为我国社会主义文艺、包括社会主义诗歌的真正繁荣而不是虚假喧嚣、健康发展而不是病态浮躁指明了方向，极大地鼓舞和增强了广大文艺工作者与人民群众对于高大上文艺、真善美诗歌的创造信心。他们一直期待习近平同志文艺讲话能够不折不扣地得到彻底贯彻与全面执行。呼声甚高，愿望迫切！

面对文艺现状，这又谈何容易？因为的确有人尤其某些领军人物，对于习近平同志的文艺讲话，或者不以为然、我行我素，或者口是心非、阳奉阴违，少数人甚至暗唱反调、倒行逆施。例如，有“异见者”说：“为人民写作还是为人类写作，这是中共文艺与人类文艺的根本区别。”又说：“什么是为人民写作？准确地讲是为党治之下的人民写作，本质是为党写作。”（见 2015.6《诗国・新九卷》田瑞昌文引）蓄意把党和人民对立起来，公然反对党对文艺的领导。指望他们贯彻习近平同志文艺讲话不变样、执行党中央文艺路线不变质，犹如缘木求鱼，必将南辕北辙。习近平同志明确指出：“加强和改进党对文艺工作的领导，是文艺事业繁荣发展的根本保证。”实在是至关重要、迫在眉睫！因为马克思主义认为，正确的政治路线确定之后，干部就是决定的因素。事在人为，人干事成。所以习近平同志突出强调：“要按照全面从严治党的要求，加强文联、作协党的建设，加强文艺单位党的建设，选好配强文艺单位领导班子，把讲政治、懂业务、能干事、愿服务的干部放到文艺工作领导岗位上来。”这是社会主义文艺、连同社会主义诗歌兴旺发达的关键所在，也是希望所在，绝对不容忽视！！！实际上，岂止文艺，我国所有行业单位亦莫不如此。

2016.12.8

（2017 年 1 月《中华诗词》）

李元洛及其《诗美学》

湖南省文联主办，《中华诗词》和人民文学出版社及《创作与评论》协办的“李元洛《诗美学》研讨会”，非同一般，让人感慨万端！因为我们见惯了诗界一些所谓“研讨会”，风气不正，或为“三个崛起论”翻案，指鹿为马；或替不良诗风辩解，自我吹嘘；或给虚假繁荣贴金，粉饰太平……很少正儿八经地研讨诗坛如何补弊救偏，怎样提高诗艺，以求健康发展中国诗歌。而这次研讨会的与众不同之处，恰恰在于与会专家不仅诗学名气大、学术水平高，而且真正研讨诗歌美学问题，似属破天荒头一次。而且研讨对象李元洛不是平凡论者；他的《诗美学》也非庸常论著，为之举办研讨会，意义自然不同寻常。

应当实事求是地承认：李元洛堪称我国的诗论大家，对于中国诗学理论卓有建树，不可多得。早在 32 年前的 1985 年，我在《“论诗赖子能指迷”——读〈李元洛文学评论选〉》文中就曾说过：“老诗人艾青在同我们晤谈时真诚赞赏李元洛，说他‘学贯中西’；这里，我还想补充一句：‘胸藏古今’。他对古今中外的诗作、诗派、诗潮、诗论比较熟悉，因而能在行文中广征博引，左右逢源。”今天再从皇皇巨著《诗美学》看来，李元洛当得起“学贯中西”“胸藏古今”之誉；但其所论，已经不止于“诗作、诗派、诗潮、诗论”了。书中广泛涉及文艺和科学的各种门类，因为各种文艺和科学都是相比较而存在，互联系而发展，彼此影响、渗透，取长补短，促进完善，例如涉及文艺有散文、小说、戏剧、书法、绘画、音乐、舞蹈、雕塑、篆刻乃至电影；还有社会科学的多样学科，例如美学之外的心理学、生理学、伦理学、哲学、语言学、修辞学、比较诗学、接受美学……单是心理学就包括文艺心理学、审美心理学、哲学心理学、艺术心理学、创造心理学等，真是让人眼花缭乱、目不暇接，不得不佩服李元洛的学识渊博、腹有诗书，故而能够做到厚积薄发，信手拈来，达到“夫子不言，言必有中”　。

李元洛曾任湖南省文艺理论研究室副主任、省文联副主席、省作协副主席，以及多所大学兼职教授。几十年来，他勤奋笔耕，硕果累累，著作等身，屡获大奖。他的《诗歌漫论》荣获 1981 年湖南省文学艺术创作评论专著奖，《李元洛文学评论选》荣获 1986 年北京中国当代文学研究会研究成果奖。此外，他还热心于被誉为“大文化散文”或“诗文化散文”创作，如《唐诗之旅》《宋词之旅》《元曲之旅》《绝句之旅》等，也曾获奖。

李元洛与北京大学教授谢冕，被我国当代诗坛誉为“诗论两大家”，称为“南李北谢”。新时期以来的“朦胧诗”与“三个崛起论”（即谢冕《在新的崛起面前》、孙绍振《新的美学原则在崛起》、徐敬亚《崛起的诗群》）之争，大体就是以谢冕和李元洛为主要代表的双方争鸣。社会实践早已充分证明：争论双方各有所获（李元洛《诗美学》给争论对手的评价是“虽具正面的开创的意义却不无偏颇的激进的论者”）；但在重要理论和正面能量上，尽管双方某些看法互有交叉和小有吸收，李元洛的基本理论观点还是优于对方。中国社科院文学研究所与少数民族研究所主编的《中华文学通史·当代文学编》列有《诗歌研究与谢冕、李元洛》专节，也是将“南李北谢”并称。处于风气不正的文坛诗界，作为“三个崛起论”者之一的谢冕，名气显然大于李元洛。但在实际上，无论学术水平，还是理论价值，抑或文采风流，李元洛都远远超出谢冕。只是李元洛不屑于随风逐浪、与时俯仰，而是始终执著追求真理，坚持科学，不务虚名，用句俗话说，叫做“不图人前乱拍手，只求他日暗点头”。

早在 1980 年 4 月 4 日《诗刊》举办的评论座谈会上，李元洛就尖锐地指出：“现在的创作中有隐讳（晦）、蒙（朦）胧的倾向。对新东西要学习，但不能机械地学习抽象派现代派的东西，学习，但要化为自己的血肉。主要还是要继承自己民族的优秀传统。”（诗刊社评论组整理《四月四日部分诗评作者、诗歌编辑座谈内容摘要》）他后来又多次发文，完善、详论这些观点。如今回过头来看，这些话讲得多么富有先见之明！因为当时还没有“朦胧诗”一说，李元洛不仅率先点出“朦胧”诗，而且点明其要害：盲目照搬西方“现代派”、否定民族优秀传统。而谢冕在其后的当年 5 月 7 日《光明日报》上发文《在新的崛起面前》，非但未如他近年所说“应将作品中的弊端予以公布，让大家引以为戒”（转引自 2017.8.1《人民日报》引文），反而却盛赞“朦胧诗”为“新的崛起”，全盘肯定，似无“弊端”，甚且鼓励他们“蔑视‘传统’”。时过 32 年，谢冕终于认识到自己的理论偏颇。正如李元洛书中所指：2012 年 2 月 16 日谢冕在《文学报》上发文承认：“我们中国人为我们的古典诗歌而骄傲。不懂得唐诗宋词，我们也不配做中国人。”还说：“很多所谓的探索，都还没有走出对西方后现代主义的幼稚模仿。”谢冕现在“公布”“朦胧诗”的“探索”“弊端”，尽管晚些，也有意义；可惜业已误导我国诗坛37年之久！所谓“不懂得唐诗宋词”，就“不配做中国人”，谢冕这话又说得未免绝对；但他与另一“崛起论”者孙绍振能够“开始修正并完善他们原有的观点”（《诗美学》），毕竟是好的。古人所谓错而能改，善莫大焉。我们仍然表示欢迎！

李元洛的《诗美学》，也不是一般论著，而是具有很高学术水准、极富理论价值、完全符合习近平总书记讲话精神的、足以称为中国特色的马克思主义诗歌美学的经典著作。此书初版于1987年江苏文艺出版社，再版于1990年台湾三民书局，修订版于2016年人民文学出版社。《诗美学》曾获湖南省首届社会科学优秀成果二等奖、台湾中国文艺家协会第34届文艺奖之文学评论奖。香港著名权威学者黄维梁先生为“修订版”作序，称之“是相当程度的‘洛阳纸贵’”，并作嵌名“元洛”联：“元气淋漓诗美学；洛阳遐迩贯珍书。”中国作协副主席、著名文学理论家张炯等人主编的《中华文学通史》认为，《诗美学》“是我国第一部成体系的诗歌美学理论著作”，“既是李元洛本人研究诗学的集大成的成果，也是当代诗学研究体系的代表性著作”，“从诗的写作到读者的再创造，构成一个完整的诗美心灵流程，也造就了这部著作的独特的体系”。这些评价，我认为比较公正准确，恰如其分。

我在32年前那篇评文中说过：“他善于运用马克思主义的立场、观点、方法，对这些诗歌现象加以分析，取精用宏，创立新说，绝不墨守成规。”现在，我要特别补充的是，《诗美学》撰写、成书、又反复修订于《李元洛文学评论选》一书之后多年，李元洛的学术思想和理论水平，尤其是掌握和运用马克思主义的唯物辩证法，更加娴熟老到，更加挥洒自如，可谓左右逢源、随意所出，的确是他倾其半纪心血、穷尽全部智力的生命结晶，在他全部著作中最具代表性。

所谓美学，按照通常说法，就是研究审美规律的艺术哲学；诗的美学，就是诗的艺术哲学。通读全书，定会发现，书中充满了历史唯物主义和辩证唯物主义的辩证思维。无论分析诗歌现象，还是论述诗人修养，抑或剖析诗歌创作和社会思潮，《诗美学》都能进行透彻周密的科学论证，不是孤立地、片面地、绝对地、静止地看待问题，而是深刻地、全面地、辩证地、发展地阐述诗美，条分缕析，鞭辟入里，既传承、拓展我国古代诗论、文论、曲论、书论、画论等的精华，又借鉴、吸收西方优秀诗、文、艺论的长处，兼容并包，广收博采，融会贯通，综合创造出具有中华民族特色的诗歌美学，真的不愧是为马克思主义诗歌美学的中国化与新发展，做出了无与伦比的独特贡献！在文坛诗界怪论邪说甚嚣尘上、否定马列无以复加的当下中国，李元洛的《诗美学》益发显得难能可贵，值得我们弥足珍惜！我想，我国的诗论名家、学术权威聚集京城，为之举办这样的学术研讨会，委实富于现实意义和诗史意义。由于条件所限，到会专家尽管不算很多，但是水平很高；研讨时间也不算很长，但是准备充分、研讨认真，收效甚丰，因而其影响必将深远持久。

当然，如果强行吹求，《诗美学》也有微感不足之处，那就是所论涉及当代诗词不多，特别是当代诗词大家，如毛泽东、鲁迅、聂绀弩、刘征等的诗词。也许写作《诗美学》之际，中华诗词刚在复苏，尚未复兴，没能引起应有注意。作为中国诗歌的“两个诗坛”之一，新诗以外的当代中华诗词，发展迅猛，成就辉煌，业已呈现出振兴繁荣之势，理当予以高度重视。不过，《诗美学》并非总评中国诗歌创作，无须面面俱到；我们也不必过于强人所难、求全责备。

2017.7.30 于山东乳山
2017.8.29 于北京书斋

（2017 年 12 月山东《兰陵诗刊》，2018 年 3—4 期辽宁《诗海潮》）

郑伯农诗词的意象艺术

郑伯农同志是我国马克思主义的文学理论大家，人皆共识；他还是位颇富成就的诗人词家，却少有人知。作为文学理论家，他担任过中国文联理论研究室负责人、中国作协文学理论批评委员会常务副主任（主任为陈涌、张炯），以及重要报刊《文艺理论与批评》常务副主编、《文艺报》总编辑、《中华诗词》主编，出版过多部文艺理论著作，如《艺海听潮》《青史凭谁定是非》等；而且，他还几次参加或执笔起草文艺方面的中央文件，为中央制定马克思主义的文艺理论和方针政策，贡献智谋。作为诗词家，他除了尽责于中华诗词学会常务副会长、代会长、名誉会长各项工作之外，始终痴迷于诗词理论研究与创作实践，并且硕果累累，出版了诗词集《赠友人》《诗词与诗论》《京华吟草》，2017 年又出版了这套选收诗文的《郑伯农文选》（连同“续”编计有 4 卷）。更让人尊崇和敬佩的是，伯农同志在中华诗词学会的会长岗位上，做了多项大有益于诗词、并将名标青史的宏伟事业，其中之一就是策划、促成、主编、出版了《中华诗词文库》82部诗词著作，包括《中国现代诗选》（胡迎建、蔡厚示选编）、《中国现代词选》（刘梦芙选编）、《现代诗词曲论选》（上下卷，王亚平选编）以及当代诗词名家和多省市诗词学（协）会会员作品选，为近百年中华诗词材料的搜集、梳理、积累，做出了不可磨灭的巨大贡献。只是由于经费短缺，这项《中华诗词文库》的浩繁工程，不得不暂告中断；希望能有后继者续竟伟业、再造辉煌。

伯农同志诗论，大多写于20世纪末期以后，此前写得不多，但水平很高，出手不凡。1983年写的《在“崛起”的声浪面前——对一种文艺思潮的剖析》（1983.12《诗刊》）是对“三个崛起论”的最为有力的科学批评，至今看来，仍然闪耀着真理的光芒。文章一经发表，即获当年《诗刊》优秀评论奖。遗憾的是，作为编委会编委、《诗刊》原常务副主编且又始终负责评论，我虽两次力荐，《〈诗刊〉创刊60周年文论选》（上、下）却仍然拒选伯农此文！这就等于一笔抹煞了《诗刊》当年曾经力驳“三个崛起论”的中国诗史，因为所收程代熙文《评〈新的美学原则在崛起〉——与孙绍振同志商榷》（1981.4）尽管批驳了孙绍振（孙称“遇到了强劲的对手”），但未涉及谢冕《在新的崛起面前》和徐敬亚《崛起的诗群》，此外再无文章触及——只选了李元洛无关痛痒的《诗歌语言美札记》（1987.1），有意不选曾同“三个崛起论”对垒的主要代表论者李元洛的有理有据有力、当时举足轻重、至今理直气壮的《中国诗歌传统纵横论》3篇系列文章（《反思与重认》《僵化与西化》《革新与创造》（1990.6-8）等。

伯农同志论诗，特别重视诗学规律。他说：“我们往往忽视规律，离开规律讲规则。”“诗要讲规则，无规矩则不成方圆，但又不能被规则框死，必要的时候可以有所突破。”他突出强调：“规则必须符合客观规律。”“要在把握艺术规律的基础上讲究规则。”（《诗词规则与诗词规律》）这话完全正确。诗词的艺术规律，究竟有哪些？伯农在为《第一届华夏诗词奖作品集》所写《前言》中，明确提出四条要求：“一、真情实感”“二、时代精神”“三、诗词韵味”“四、诗歌意象”（《评论·评选·评奖》）。我认为，这四条既是优秀诗词的科学标准，又是诗词艺术的基本规律。我们常见一些诗人词家，斤斤于诗词规则，却不大注意诗词规律，因而作品成了徒有其表的“格律溜”（杨金亭语），而非意味盎然的格律诗。

伯农同志论诗，反复谈到“时代精神”。他说：“作为时代心声的诗歌，应当有鲜明的时代精神，把诗人的喜怒哀乐和人民群众所迫切关心的问题结合起来，把个性和人民性结合起来。”（《评论·评选·评奖》）伯农的诗词创作，是他理论主张的具体实践。他一直关注现实，努力反映时代，抒写国内国际重大社会问题，既有颂歌，又有战歌。而对国内乱象、国际霸权，诗人顽强抗争、痛下针砭，战歌多于颂歌，也可谓“集中什九从军乐”（梁启超《读陆放翁集四首》）。例如《水调歌头·寄贾漫》：“不见贾生久，几度接飞鸿。迢迢千里情系，问我欲何从。自是才疏性驽，不省追潮逐浪，惟识水流东。秃笔对明月，白眼看鸡虫。先驱血，苍生泪，故园风。悠悠往事，点点滴滴记心中。忍睹金迷纸醉，难耐蚍蜉撼树，毁业太汹汹。漫道征途渺，赫日在长空。”“白眼”，典出诗人阮籍见鄙俗之士，斜目而视，施以白眼，表示轻蔑。

“鸡虫”，化用诗圣杜甫诗句：“鸡虫得失无了时，注目寒江倚山阁。”（《缚鸡行》）“白眼看鸡虫”，表达了诗人对于遗忘与背叛“先驱血，苍生泪，故园风”、一味“金迷纸醉”乃至“蚍蜉撼树”“汹汹毁业”的极度蔑视，抒发了诗人忧国忧民的强烈感情。再如，诗人为矿难频发，在 2007 年 11 月—12 月连写两诗。《哀矿难》写道：“横祸缘何继踵生，几多工仔葬煤坑。矿山衮衮化私产，公仆纷纷变股东。惯以血躯铺富路，敢挥黑手掩真容。苍天如若不开眼，尚有人潮待毙中。”诗人饱含热泪，在为丧生“工仔”致哀；又满腔激愤，怒斥官场腐败。这既是一首悼诗，更是一曲战歌，亦如锋利匕首，刺向贪官污吏。即使旅游写景，伯农同志也极少闲情逸致，而总是让他念念不忘世上疮痍、家国情怀。如《岳阳楼》其二：“先富已登欢乐谷，谁将斯语记心房。痴情唯有东流水，日夜奔腾唤范郎。”宋代范仲淹的《岳阳楼记》有句名言：“先天下之忧而忧，后天下之乐而乐。”不知感染激励了多少历代读者，为着平民百姓国家盛衰而先忧后乐。可是，先富起来的不少“大腕”以及衮衮诸公，却将“斯语”弃置九霄云外，根本不管、甚至盘剥“后富”。诗中所写，实际不是“东流水”，而是老诗人郑伯农在高声呼唤爱民如子的范仲淹重现当代！诗中忧国忧民之思与爱国爱民之情，真挚浓烈，感人至深。

国际题材反映时代精神，似乎比较容易，因为世界大事，从前不会出现，将来未必发生，最具当代特点，加上诗人的现代意识观照，作品便有时代意蕴。在诗人词家里，伯农的国际题材作品，数量甚多，质量较高，殊为难得。他的这类诗词，饱含义愤，笔带锋芒，揭露美帝“颠覆制裁伸黑手，穷兵黩武逞凶酷”（《满江红》）的惨无人道，怒斥日寇“谁言烽火成遗迹，靖国阴风正越洋”（《过戚继光鏖兵处》）的侵略野心，鞭笞西方国家“陈兵异国抓元首，平等自由添妙篇”（《闻卡拉季奇被抓获》）、“诺奖、诺奖，颁给烧杀掠抢”（《如梦令·送君赴挪威领诺贝尔和平奖》）的伪善无耻。再如《踏莎行·望西亚》：“雾笼中东，烟弥寰宇。杀声阵阵摧军旅。人权唱罢说强权，吞邦掠国灭公理。怨洒五洲，愤埋心底。黎民饱受血腥洗。谁言霸主永称王，来年共看狂飙起。”革命导师列宁说过：“现代战争产生于帝国主义。”（《齐美尔瓦尔得左派的决议草案》）在美国帝国主义操纵下，纠集一些西方国家所制造的世界局部战争，从未间断，“杀声阵阵”，怨愤深深。五大洲的黎民百姓饱受战争之祸，必将掀起反抗“狂飙”，维护“公理”，打倒“强权”。诗人坚信，人类终将走向世界和平；只是“路漫漫其修远兮”，必须坚持不懈，斗争到底。

都说人如其诗，的确诗如其人。中华诗词学会副会长罗辉称其诗：“思绪翻飞系南北，吟声荡漾贯西东。”（《拜读〈古韵新风·郑伯农作品集〉》）确实如此，诗人的诗思诗情纵系于祖国南北，吟声吟韵横贯于世界西东。中华诗词学会会长郑欣淼也有《读郑伯农同志〈赠友人〉诗集有感》诗说：“持正难停太史笔，倾情常见广陵潮。”称其诗词秉笔直书，一如司马迁的“史笔”；赞其诗艺超凡脱俗，有似嵇中散（康）的琴曲（《广陵散》）。“两栖诗人”贾漫则说：“谁见阴阳肝胆照，方知正气精诚铸。”（《满江红·忆北戴河旧游赠伯农》）是的，燮里阴阳，需要肝胆相照；诗中正气，纯为精诚所铸。正如伯农同志自己所说：“作为一个沐浴过时代风雨的人，我不能不感到，个人的命运和民族、国家的命运是很难分开的。所以，不论处境如何，都比较关心周围的大事。”又说：“我对风花雪月比较缺乏感应力，比较关注的还是人情、民情、国情、社情。”（《诗词问题访谈录——答〈中华文化〉记者问》）古人说：“有第一等襟抱、第一等学识，斯有第一等真诗。”（清•沈德潜《说诗晬语》）信然。

伯农同志论诗，多次谈到“诗歌意象”。关注现实，反映时代，不能直说，而要创造意象。他说：“不论抒情、言志、叙事、写景，都要营造出美好的意象。”（《评论•评选•评奖》）又说，要“把诗人的独特个性和人民的心声、时代的要求结合起来，把生动的诗歌意象同深刻的人生感悟、丰厚的历史内涵结合起来，达到思想性和艺术性的高度统一，使诗歌成为时代精神和民族精神的艺术体现。”（《诗词创作也有三境界》）伯农同志是这样说的，也是这样做的。他是理论家，长于运用逻辑思维。他还是诗词家，善于运用形象思维，深知诗词创作，“不能如散文那样直说”（毛泽东），而要让形象说话，须用意象抒怀。他有理论家无所畏惧的胆识，又有诗词家天马行空的想象，敢于直面现实，精于铸造意象。伯农同志的意象艺术，大体可分三类：借用、翻新、独创。

其一，借用意象。古今中外的诗人词家，不知创造出多少意象。这些意象，许多还活在世人的头脑中和作家的诗文里。诗人伯农借以表达自己的喜怒哀乐和所思所感。例如《答友人》：“文坛处处说风流，一纸新闻传九州。谁解痴心蓬垢女，至今不肯上青楼。”作者加注：“报载，郑伯农、杨子敏等当了公司老板。朋友闻讯，都觉新奇，纷纷打电话询问。其实，‘小姑居处本无郎’。乃作此诗，以谢亲朋。”20世纪80-90年代，文人“下海经商”，几成时髦。但多数知识分子不肯从俗，报纸谣传，自然引起朋友关心。伯农同志此诗，就是答谢亲朋询问。前两句写实，说明事出有因；后两句虚拟，表示查无实据——诗人决不直说，只是借用古人常用的诗歌意象，表明自己态度：那就是甘做贞烈女子，不愿有损名节（成为妓女），哪怕蓬头垢面，也是痴心不改。“美人”“香草”等本是战国时期楚国屈原首创的诗歌意象，所谓“善鸟香草，以配忠贞；恶禽臭物，以比谗佞”。以“美人”比君子，后人多所袭用。例如唐代秦韬玉《贫女》（一题《闺意》，“蓬门未识绮罗香，拟托良媒益自伤”），借贫女以写自己怀才不遇、难同流俗之感。唐代朱庆馀《近试上张籍水部》（又题《闺意献张水部》，“洞房昨夜停红烛，待晓堂前拜舅姑”），自比新妇，以求水部郎中张籍的赏识而得到提拔。张籍在《酬朱庆馀》诗中予以回答（“越女新妆出镜心，自知明艳更沉吟”），也以“美人”“越女”比作朱庆馀，称他貌美歌好、定会受到赞赏。张籍还有一首《节妇吟寄东平李司空师道》（“君知妾有夫，赠妾双明珠”）。李师道是当时平卢淄青节度使，又是检校司空、同中书门下平度事，官高权重，欲聘张籍为幕僚，助其藩镇割据。张籍主张统一，反对割据，便以“节妇”自比，拒其拉拢。宋代鲍当《贫妇吟》（“贫女临水妆，徘徊波不定。岂敢怨春风，自无台上镜。”），则以“贫女”自比，抒写落魄失意的幽怨之情。宋代曹衍也有《贫女》（“自恨无媒出嫁迟，老来方始遇佳期。满头白发为新妇，笑杀豪华年少儿”）一诗，借贫女年迈出嫁，表达自己老来得官的无限欣喜。伯农《答友人》的痴女意象，并未摆脱屈原以后历代诗人所用“美人”

意象的基础内涵，因而属于借用；但所表达的却是自己的独特感受。

其二，翻新意象。所用意象虽系原创，而非自创，却已加进了诗人自己的崭新寄托。意象相同，含义有别。例如《泥土》："肌瘦面黄何足珍，蛰居寰宇一微尘。谁知楼阁冲霄处，力托千钧是此身。"此诗写于1996年5月，与20世纪40年代鲁藜写的新诗《泥土》同一题目、同一意象；两者内涵却迥然而异。

鲁藜的《泥土》诗是：

老是把自己当作珍珠
就时时怕被埋没的痛苦

把自己当作泥土吧
让众人把你踩成一条道路

（见诗集《白色花》）

鲁藜将珍珠和泥土进行对比：争作珍珠，不如甘当泥土；珍珠固然可贵，但有"埋没的痛苦"，因为明珠暗投屡见不鲜；泥土虽然平凡，却可铺路利人。鲁藜的泥土意象，是甘于平凡、乐于铺路的普通常人的象征。

伯农同志的《泥土》，前两句虚实结合，描绘泥土，由于写其"肌瘦面黄""蛰居寰宇"，便将泥土拟人化。后两句宕开一笔，升华诗意："楼阁"何以"冲霄"而起？因有泥土坚固之基。可见"微尘"不"微"：凡夫俗子只要团结起来，就有无穷伟力，正如微尘聚而成泥土，足以托起千钧楼阁。这不禁让人联想到“天下兴亡，匹夫有责”的古训。泥土，看似平常，实则非凡。伯农同志的泥土意象，成了“人为国本”、民是国基的国家志士的象征。显然，伯农同志为泥土的意象融进了新内容、注入了新寓意，因而泥土意象便焕然一新。

其三，独创意象。诗重翻新，意贵独创，意象尤其需要新颖鲜活。古人有所谓：“如无新变，不能代雄。”（梁•萧子显《南齐书•文学传论》）“不创前未有，焉传后无穷。”（清•赵翼《读杜诗》）伯农同志深知独创之重要。他的《登山海关老龙头》堪称独创意象的典范：“雄关险隘接危楼，莽莽长城镇海流。万里烟波奔眼底，几尊礁石立潮头。浪高方显水天阔，心静何惊风雨稠。漫说汪洋空涨落，怒涛卷处有渔舟。”首联紧扣“登”字，直书足之所履：关雄、隘险、楼危、城长、海流——均出之于脚下。颔联接写目之所视：远处烟波浩渺，奔腾万里；近处礁石几尊，勇立潮头，由远而近——皆见之于眼中。颈联续写心之所感：海浪再高，怎奈水天辽阔；风雨虽稠，无妨诗心平静。尾联则写脑之所思：不管汪洋如何涨落，无论怒涛怎样汹涌，渔民照旧出海捕捞，必有所获。全诗表达了诗人登楼观海的无限感慨与深刻思索。作品境界阔大，气象豪迈，意境幽美，寓意深邃，蕴涵丰富，启人遐思。伯农同志的诗词集中，佳作甚多，精品不少；如果优中选优，我认为《登山海关老龙头》可能是伯农同志全部诗词作品中最好的一首。此诗意象丰富鲜活、组合巧妙自然、饱含人生哲理、启迪读者思考，纯属诗人的独特创造。我不知道伯农同志创作此诗之时怎样设想、有何寄托？但作者未必然，读者未必不然。从接受美学角度考虑，读者完全可以根据各自的生活经历与生命体验，做出自己的符合作品实际的不同解读。因为诗中创造出生动鲜明的意象群落，具备复杂多彩的能指意味：可以理解为个体生命的艺术写照，也可以说是家国情怀的形象寄托，还可以作为人类生存的曲折反映，更可以当作世界“共运”的形象描绘……因为作品形象大于作者思想，诗词意象超越诗人主观，所以读者能够做出多种诠释。古人说过：“诗含两层意，不求其佳而自佳。”正是此诗之谓也。

2017.9.23

（2017 年第 6 期《诗词之友》）

刘如姬论

刘如姬以获评委全票而赢得首届“刘征青年诗人奖特别奖”。她的诗词，已经初步形成温婉、细腻、清新、柔媚的独特风格。而艺术风格是诗人作家成熟的重要标志。这在青年作者中殊非易事。

古人论诗，注重人品与诗品统一，讲究为人同为诗一致。“爝火不能为日月之明，瓦釜不能为金石之声”（宋·陆游《上辛给事书》）。“有第一等襟抱、第一等学识，斯有第一等真诗”（清·沈德潜《说诗晬语》）。诗如其人。唯有诗人品格高，才有可能写出诗格高的作品。如今诗界，尤其是新诗坛，不时可见黄钟毁弃、瓦釜雷鸣，主要原因多在诗人品德欠佳、心术欠正。刘如姬是 2012 年度《中华诗词》“青春诗会”的获奖者之一，近几年来，常有佳作问世，早就出乎其类、拔乎其萃。而她最为不同凡俗之处，恰恰是她的人品高、襟抱广，密切关注社会现实，努力反映民众呼声，真可以说是其心如日月，其诗如日月之光。例如《感事》："口罩屏前殊可亲，如何佳气亦论斤？愿抓一把闽山绿，洒向京华作邓林。"诗前小序写道："新闻又报北京连天雾霾，时人多戴口罩上街。又闻有欲售新鲜空气者。"诗人从新闻报道中看到"北京连天雾霾"，这本寻常。环境污染，虽经治理，却仍严重，首都亦难幸免。人们大多习以为常。而诗人则突发奇想："愿抓一把闽山绿，洒向京华作邓林。""邓林"系用典：古人神话"夸父逐日"，道渴而死，"弃其杖，化为邓林"（《山海经》）。诗人愿将家乡闽山之绿，"洒向京华"，绿化首都，以让市民安居乐业。诗中创造的是诗的意象。"雾霾"表明环境污染和生存困境，"闽山绿"则象征社会所有和能力所及，"邓林"更是美丽生态与适宜人居的象征；意在表达诗人对生存条件恶化的深沉忧虑和盼世人生活幸福的真诚祈望。诗品反映人品。作品中的美好祝愿，正好表现出诗人的博爱情怀与高尚襟抱。

由于关注现实，刘如姬的诗词大都充满社会实感，富有生活情趣。南朝刘勰说过："山林皋壤，实文思之奥府。"（《文心雕龙·物色》）宋代杨万里也说："闭门觅句非诗法，只是征行自有诗。"（《下横山滩头望金华山》）文思诗兴存在于山林原野、社会现实之中。诗人只有投身客观世界、深入人民群众，从中汲取诗情，方能写出好诗。刘如姬的诗词来自日常生活，因而具有浓郁的生活气息。《浣溪沙·夏之物语》之五："垒个沙堆就是家，采兜桑葚味堪夸。红红脸蛋笑开花。天上一窝云朵朵，河边几个脚丫丫。手中闲钓篓中虾。”词中所写，让人如临其境：“垒个沙堆就是家”，显然是写儿童玩沙，垒沙为家，自得其乐。“采兜桑葚味堪夸”，既有住家，不能无食，故“采桑葚”，且“味堪夸”，自然乐上加乐，脸“笑开花”。“天上一窝云朵朵，河边几个脚丫丫。”云彩通常称“片”：如“片云天共远，永夜月同孤”（杜甫《江汉》），“朝见一片云，暮成千里雨”（孟郊《喜雨》）；一般论“窝”，多指小的动物（幼仔），“云朵朵”也来论“窝”，一个量词，便将天上云朵动物化了，刚好与地下河边的“脚丫丫”相映成趣，衬托出儿童的贪玩、好动。“手中闲钓篓中虾”，玩沙、采果之外，还要钓虾，又图一乐。全词描写儿童河边戏耍，极尽其乐，充分表现出现代儿童的幸福童年。

诗词写实，容易流于枯燥，缺乏诗味。刘如姬此词，写实而不泥于实，既能化实为虚，又能写出儿童乐趣。“垒个沙堆”是实的；称之为“家”，便转入虚，且又以假作真，诗味因而大增。全词紧紧抓住儿童特点，遂使天真烂漫、顽皮稚气的儿童特性，盎然于笔墨之间，呼之欲出。作品真实可信，情趣动人。

刘如姬诗词的艺术特色，是她善于精选典型细节，借以写意抒怀。诗词囿于篇幅，不宜贪大求全；纵然长调，文字也很有限，只能以少总多，由小见大。而且，诗歌作为文学艺术，必须遵循艺术规律，运用形象思维，要让形象说话，切忌抽象化、概念化。而精选典型细节，正是创造艺术形象、避免空洞浮泛的重要途径。刘如姬深谙此中三昧，总是用心选择富有表现力的具体细节，着意加以描绘，创造鲜明、生动的诗的形象。例如《浣溪沙·夏之物语》之四：“拾起蛙声入梦乡，童谣荡过老桥梁，儿时脚印一行行。风语叮咛花骨朵，星眸闪烁夜橱窗。银铃街口响丁当。”此词所写的，是作者对儿时的美好回忆，表达的是自己的欢乐童年。夏天儿时的赏心乐事，定然很多，数不胜数。诗人只选较有代表性的“蛙声”“童谣”“脚印”“花骨朵”“星眸”“银铃”等几个细节，略加点染，即成意象，生龙活现。“蛙声”如鼓，极具吸引力，能进儿童梦乡，故说“拾起”：一个“拾”字，便使听觉转为触觉——用的是通感手法。“童谣”如歌，极具诱惑力，可陪儿童游荡：以“童谣”指儿童——用的是借代手法。“脚印”“行行”，留下永久印迹——直到如今，诗人仍然难以忘怀。“花骨朵”是爱美女孩更感兴趣的品种：夏风软语，轻摇花朵；“叮咛”什么？则只可意会，不易言传，令人想起古诗有所谓“叮咛红与紫，切莫一时开”（唐·韩愈《花源》）。明眸闪烁，犹如星光；笑声清脆，好似“银铃”。作品只用几个细节，就将童年欢乐写得有声有色、有光有影，直令读者恍同耳闻目见。这里的细节并不细小，就是因为通过细节描绘，不仅重现当年情境，而且表现出了一个儿童时代，真可以说是“纳须弥于芥子，藏日月于壶中”（清·吴雷发《说诗菅蒯》）。

所有文学创作都是语言的艺术；而诗词为尤然。故而唐代韩愈有去陈言之说；宋代王安石有“诗家语”之论。实质就在一个“新”字。我曾说过：“诗家语的超凡脱俗，具体表现在：它可以省略任何句子成分，但决非句子残缺不全；它可以颠倒任何词语顺序，但决非作品文理不通；它可以改变任何词汇性质，但决非作者用词不当；它可以打乱任何诗句排列，但决非驴唇不照马嘴……好像任性而为，其实不离约束；看似自由挥洒，实有规矩限制：一切根据表情达意的需要，遵循自然格律的要求。”（《民歌与诗歌》）刘如姬特别注重创造“诗家语”。她的诗词语言能将明朗与含蓄、通俗与高雅辩证地统一起来，达到了格律森严却又灵活多变，明白晓畅而能余味无穷。《西江月·六月》堪称“诗家语”的典范之作：“竹影扫描六月，蛙声褶皱阳光。蜻蜓蘸过小荷塘，惹得波心荡漾。稻簇梯田初穗，花镶野径犹芳。垄风肆意绿铺张，青到白云之上。”“扫描”一词，颇为新颖别致：本属电器科技术语，移来形容竹影，不仅顿使作品增强现代气息，而且也使自然景象涂上一层科技色彩。夏风摇竹，亦如电器屏幕上的“竹影扫描”，真实而又准确地写出六月竹林的繁茂和竹影的浓重。而竹影浓重又隐含阳光强烈，为下句埋下伏笔：“蛙声褶皱阳光”。“褶皱”一词，亦系借用，原来多以说人脸上皱纹，移来形容阳光。“褶皱阳光”，谁人见得？纯为诗人想象。六月盛暑，炎逼蛙声聒噪——诗人偏要正话反说：蛙声聒噪，才使阳光褶皱。破空而来，想出天外，实际是说盛暑阳光刺眼，遂有“褶皱”之喻。“稻簇梯田初穗，花镶野径犹芳”，“簇”是量词，这里用作动词；“穗”是名词，这里用作动词；“芳”是形容词，这里亦作动词，全都改变词性。“垄风肆意绿铺张，青到白云之上”，“铺张”，原意是说讲究排场、过于渲染，常用贬义；这里的“肆意绿铺张”，表面贬之，实则褒之：颂扬六月里庄稼生长茂盛、青苗预示丰年。以贬为褒，独出心裁。由于打破了语言的传统规矩与习惯用法，作品所写尽管仍属习见常闻，却能别开生面，让人耳目一新。

但愿刘如姬永不满足已有成绩，戒骄戒躁，再接再厉，不断完善自己的艺术风格，立志攀登中华诗词的艺术峰巅！

2018.5.5—25

（2018年7月《中华诗词》，原发为就篇幅而有删节）

“沉浮冷暖诉民瘼”

——《枕边集·李清泉诗选》读后

香港李清泉诗友纯粹是个诗迷。凡是与他接触过的人，都会感到他沉迷于诗，如醉如痴。他不仅热衷读诗、谈诗、习诗、写诗，而且积极参与诗歌活动。除了患病，他连续十多年参加《中华诗词》的“金秋笔会”。更加让人感动的是：作为港商，他在武汉兴办企业，但他与人交往，几不言钱，虽非巨富，却肯慷慨解囊，连连襄助《诗国》举办“清泉杯”诗歌奖，受到诗坛热烈欢迎，赢得诗友广泛称赞。

清泉平时从不以企业家面目出现，而被文坛诗界视为诗人，称为诗友，因为他确实写得一手好诗。《白描》有言：“红尘滚滚喜悲多，骚客凝眸细揣摩。远近高低观世态，沉浮冷暖诉民瘼。杜陵娓娓石壕吏，居士锵锵长恨歌。不假烘托轻点染，凄哀故事摄魂魄。”这是一首论诗诗，也是他诗词创作的夫子自道。他注重深入社会现实，体察悲喜民情，了解世事沉浮，揣摩人情冷暖，尽力倾诉民瘼，是他创作的本意所在。古今优秀的诗人词家，无不爱国爱民，乐于为民代言。诗圣杜甫的《石壕吏》、诗魔白居易的《卖炭翁》等，莫不如此。其中所写的凄怆哀痛的人生故事，不借烘托渲染，就能摄魂动魄、感奋人心。

清泉诗友的诗词创作，也是这样，继承并发扬了我国历代诗人爱国爱民的优良传统，真像杜甫那样“穷年忧黎元，叹息肠内热”，又像白居易那样“但伤民病痛，不识时忌讳”。他胸怀宇宙人类，心爱天下黎民，始终关注平民百姓的生存发展问题，满腔热情地为之鼓呼。正如他的《爱心》所写：“此物捐出君未少，爱心共献地球村。”可以说，《枕边集》中的作品，就是清泉诗友“共献地球村”的一片“爱心”。其中既有欢歌、颂歌，又有苦歌、悲歌，还有战歌、凯歌。而《众生万象》一辑，则多是他献给生活底层、弱势群体的“忧黎元”、“伤民病”的忧伤悲悯之歌。《擦鞋人》：

毛刷挥舞脚蹬箱，席地坊间开了张。
莫觑指头黑杵杵，换来鞋面锃光光。
任他车赴琼林宴，凭尔步约如意郎。
各位发财我吃饭，人间三百六十行。

描写擦鞋人所用工具简陋——毛刷而已，工作环境恶劣——席地为坊，为给顾客擦鞋，不怕指黑身累。比起乘豪车、赴琼宴的富商，较之傍大款、入华厅的美女，擦鞋人是以卖力气挣钱、靠劳动吃饭，正大光明，心安理得。作品告诉人们：世上三百六十行，只要付出劳动，行行都是平等的、光荣的，决无高低贵贱之别；既真实地揭示和有力地针砭了我国当前贫富不均、差距拉大的社会现实，同时也为普通劳动者鸣不平、鼓与呼，充分表达了诗人对平凡劳动的由衷礼赞。

又如《地下管道工》：

污泥浊水已齐胸，昼夜巡查管道中。
头顶路人掩鼻过，身旁毒蚁入脖叮。
长杆勠力来回捣，堵物终究左右通。
换取万家净如许，一君为有臭烘烘。

如果说，擦鞋人工作艰难，那么，管道工则益加辛劳。因为前者尚在阳光之下、地面之上，而后者却要长年巡查、抢修在暗无天日的地下管道之中，“长杆勠力来回捣”“昼夜巡查管道中”不说，还要忍受毒蚁叮脖、臭气熏人，更艰苦。然而，只要能够达到管道畅通无堵、“换取万家净如许”，管道工还是愿意尽心费力、乐此不疲。诗人真诚讴歌管道工以己一身脏累、换来万家洁净的奉献精神。

再如《三轮车夫》：

胝足胼手踩三轮，闾里长街沐夜巡。
饮露餐风乖息作，披星戴月乱晨昏。
粉香撒地车中姐，酒气冲天背后君。
天命不公浑未怨，甘将绵力转乾坤。

擦鞋人、管道工尚需一定的专业技术；而三轮车夫则完全出卖体力，只凭力气养家。作品先写车夫手足并用、登踩三轮，穿梭于大街小巷之间；不管刮风下雨，无论日出日落，车夫都要夙兴夜寐，昼夜接送运输。所载客人，自然多为富豪——或是涂脂抹粉、满脸香艳的娇小姐，或是出入华宴、一身酒气的瘾君子。拉车者与乘车者，境遇迥异，显系“天命不公”。然而，车夫毫无怨言：因为唯有乘客才是他的“衣食父母”，双方各有所需，彼此互相满足，所以，车夫心甘情愿竭尽“绵力”，登好车，服好务，要让车轮在大千世界继续旋转下去。“甘将绵力转乾坤”，似乎一语双关，寓有言外之意；同时也要以己之力，推动世界前进！诗人告诫人们：时代进步，社会发展，既需精英才俊，也要凡夫俗子。而平民黎庶、普通群众占据绝大多数，尤其不能等闲视之。这也许正是诗人亲民、爱民、重民、颂民并且为民代言的情结所在。

诗人足迹，游遍世界，触处皆诗，情牵海外。清泉诗友最为关注的，同样也是各国的基层民众。例如《看泰国人妖表演》：

虽为美女本儿男，犹比娇娃更媚妍。
酒绿灯红歌欲醉，臀移腰扭舞方酣。
据云皆系穷家后，无奈常须笑客前。
名曰人妖实不恶，辉煌梦里隐心酸。

泰国的人妖表演，堪称亚洲独有的一道景观，确实给世界游客带来欢乐。作品先写台上“美女”纯系“儿男”所扮，但比“娇娃”更加“媚妍”。接着写其歌舞表演：音响震天的“歌欲醉”，臀腰扭动的“舞方酣”，真让游客观众“欲醉”“方酣”。可惜，游客并不知晓人妖来历：他们“皆系穷家”之子，为了多挣钱、能养家，只好忍受苦难，改变性别。岂不知练就人妖，不仅失去正常的人生幸福，而且连其生命也将大大缩短。而这些，却无法对人言说，只能永远藏在内心。台前表演，唯有强颜欢笑而已，实乃无奈之举。诗人对泰国人妖无限同情与真诚关爱的悲悯情怀，溢于字里行间。

民为国本，国是民家；本固则国宁，国强则民安。优秀诗人都能爱国爱民而不爱私，忧国忧民而不忧己。倘把一己之私置诸国家、民众之上，那就连做公民都不合格，更别侈谈优秀诗人。清泉诗友的博爱情怀，遍及华夏众生，广被世间人类。正因如此，诗人那条爱的心弦，易为外界所触动，从而发出真善美的高歌。

在艺术表现上，清泉诗友用得较好的写作技巧，也有多种多样。其一是虚实处理。写诗不能脱离现实，离实则难免空泛、不着边际；又不宜泥定现实，泥实则陷入板滞、兴味索然。清泉诗思多由实际生活所触发。但他善于化实为虚，达到虚实相生。例如《赞世界女子撑竿跳高冠军——伊欣巴耶娃》：“急步流星箭矢弦，长竿撑地已飞天。瑶池瞥罢空无趣，转体速回人世间。”“急步”起跑，属于写实；“流星”喻其快，“箭矢弦”复喻其疾——以博喻便将写实虚化。尽人皆知，撑竿跳高，只有起跑迅速，方能冲力大、跳得高。首句为次句做了铺垫。“长竿撑地”实写起跳；“飞天”则虚实兼备，既言其腾飞的状态，又赞其如飞天之神——佛教壁画或石刻中多有空中飞舞的女神。赞美之旨，不言自明。“瑶池瞥罢空无趣”，纯为想象之辞，又是夸张之语，且将“飞天”同神话传说“瑶池”联系起来，遂使体育竞技生出无限兴味。“转体速回人世间”，虚以接“飞天”，实以写落地。作品实中有虚，虚里含实，虚虚实实，虚实相间，诗味由此而出。

其二是庄谐结合。历来有所谓“诗庄词媚”，几成定论。因而一般诗多庄重，缺乏幽默。其实《诗经》早就有言：“善戏谑兮，不为虐兮。”（《卫风·淇奥》）与其正襟危坐、庄严说论，莫如谑浪诙谐、掩口胡卢。诗同所有文艺一样，讲究谐趣，要能娱人。清泉诗友天资滑稽，性多风趣，见之于诗，便是亦庄亦谐、庄中蕴谐，即所谓寓教于乐。如其《麻将》：

朋俦联袂筑城墙，南北东西据四方。
私约三章皆肯首，例规九款勿装佯。
钩心斗角为正态，我诈尔虞非反常。
麻将小玩添奕趣，一沾赌字不认娘。

麻将本是一种游戏，打打麻将，意在消遣取乐。为题材所决定，诗人也以游戏笔墨出之。“钩心斗角为正态，我诈尔虞非反常”，钩心斗角，各用心机，尔虞我诈，明争暗斗，原是为人处事之大忌；但在娱乐场所，却成常态，人们不以为非，反以为是。麻将桌上，真正变为一大笑场。漫画家华君武说过：“含着笑去面对人生之矛盾，仿佛有点大智若愚的味道。”（《幽默源于洞达世事》）这就是幽默。喜剧大师果戈理也说：“笑这个东西要比人们想象的深刻得多、重要得多。”（《剧院门前》）“笑”之所以“深刻”“重要”，是因为“笑”之中不仅给人乐趣，而且寓有箴规、饱含劝勉。这便是谐中有庄。“麻将小玩添奕趣，一沾赌字不认娘。”这是诗人在谐趣里传达给人们的庄严告诫！《被长江网评为“儒商书虫”自嘲四则》《父女趣忆三章》《游民俗村遇“抢亲”》等均属此类作品。

其三是时空交错。著名诗论家李元络在《诗美学》中列有专章，纵《论诗的时空美》：“诗歌，这一枝永不凋谢的艺术的奇葩，只有在时间和空间里才能盛开，只有在时间与空间之中，才流溢它的芬芳，闪耀它的异彩。”是的，因为诗中所写的一切人事物理，均在时空中存在，都离不开时间与空间，所以，如何处理好时空问题，便是诗人面临的一大挑战。清泉诗友善于打乱时空，根据叙事和抒情的需要，重新加以安排。例如《夜访平遥古城》：

时光果有逆行道，千里驱车到宋朝。
烛火市廛交易旺，铜钱不用用洋钞。

作品起笔即写现在时：“时光果有逆行道”，身在当今之世，将无作有，化虚为实；“千里驱车到宋朝”，“千里驱车”为今、为实，“到宋朝”即抵达建于宋代的平遥古城，则是由今而古、实中有虚——抵平遥是实，“到宋朝”是虚。古今错杂，虚实相生，诗味盎然。“烛火市廛交易旺”，即目所见，写的却是古今时空——“烛火”为古代所用照明，“市廛交易旺”为当下商业活动；“铜钱不用用洋钞”，“铜钱”是古代通用货币，诗句一下子返今为古——用以呼应“宋朝”，而“用洋钞”又立马回到现实空间“市廛交易”。一首绝句，忽古忽今，时达千载之久；忽南忽北，空隔千里之遥。时空虽然错位，却又顺理成章，全在诗人的“寂然凝虑，思接千载；悄焉动容，视通万里”（南朝刘勰《文心雕龙•神思》）。他的一些怀古诗作，此点亦颇突出。作品因而诗意洋溢、妙趣横生。

2018.6.20 于北京

诗苑再吹改革风

毛泽东同志早就说过："旧体诗词要发展，要改革，一万年也打不倒。"旧体诗词"一万年也打不倒"的前提是"要发展，要改革"；如果停滞不前、因循守旧，那就不打自倒。2000年末在中华诗词学会时任老会长孙轶青的主持下，于2001年初制订、颁布了《21世纪初期中华诗词发展纲要》。其中明确规定："中华诗词必须坚持改革创新，反映新的时代。""声韵改革，势在必行……执行'倡今知古''双轨并行'的方针，即：大力倡导使用以普通话语音声调为审音用韵标准的新声新韵，同时力求懂得、熟悉、乃至掌握旧声旧韵。"光阴荏苒，转瞬之间17年过去了。诗词改革成果如何呢？

诗词改革，主要在于内容上的关注现实、反映时代和形式上的声韵改革、诗体创新等等。实事求是地说，诗词改革取得了一定成效。诗词创作异常活跃；诗词研究硕果颇丰；诗词人才不断涌现；诗词组织遍布城乡；诗词著作层见叠出……真可谓前所未见。究其原因，主要是海内外诗人词家的共同奋斗、各级党政领导特别是中央领导的高度重视与具体支持——2015年10月3日《中共中央关于繁荣发展社会主义文艺的意见》和2017年1月25日中共中央办公厅、国务院办公厅印发《关于实施中华优秀传统文化传承发展工程的意见》，两次发文，重复申明"加强""扶持"中华诗词。这为诗词事业的复兴繁荣创造了极为有利的历史时机和最佳环境。作为诗词工作者，我们当然也做了努力。但是，应当承认，力度不够，尚有欠缺。

别的暂且不论，单说声韵改革。从中华诗词学会到《中华诗词》杂志以及整个骚坛，虽然取得了一些改革成绩，新声新韵已被关注，但是，倘与17年前相比，诗词创作面貌显然变化不大，仍有相当数量的诗人词家及其作品，脱离现实世界，争用旧声旧韵，不以为俗，反以为雅。尤其是很多青年作者，他们在校学的是普通话、新声韵，写起诗词来，却多用旧声旧韵。这与我们诗词工作者倡导不力也大有关系。

2000年10月31日国家郑重颁布了《中华人民共和国国家通用语言文字法》，其中赫然标明："地方各级人民政府及其有关部门应当采取措施，推广普通话和推行规范汉字。"而且特别指出："国家通用语言文字以《汉语拼音方案》作为拼写和注音工具。"而"不按照国家通用语言文字的规范和标准使用语言文字的，公民可以提出批评和建议"。可见，语言文字的使用，既有法律保护，又有法律约束。在国家语言文字法公布之后，包括属于"有关部门"的我们这些国家刊物的工作人员和各地中华诗词学会，有权利、更有义务对于"按照国家通用语言文字的规范和标准使用语言文字"尽到责任。显而易见，我们这些诗词工作者尚未完全克尽厥职，因而问心有愧。我们必须进一步增强社会责任感、时代使命感和人文历史感，既为中华诗词的改革复兴、也为语言文字的正确运用，尽职尽责。在21世纪的国家诗苑，再次吹起诗词改革、包括声韵改革的温暖春风，让中华诗词花木扶疏，万紫千红！什么时候新声韵诗词，不仅在《中华诗词》杂志上，而且也在全国诗人词家创作中，既含数量又含质量，都能占据主流，待到那时，我们方可庆祝中华诗词声韵改革取得了成功！但非改革终止，还要与时俱进。

2018.1.27

（2018.8《中华诗词·卷首语》，2018年第3期贵州《绥阳诗词》）

顾浩对诗国的突出贡献

中国号称诗国，的确名副其实。顾浩同志对诗国的贡献，非止一端，而且异常突出。诗国中人，不该忘记。

顾浩同志在职的时候，为江苏文化大省建设多有建树，其中就格外关注诗坛，热情关心诗人。江苏诗人身历亲经，或耳闻目睹，比我清楚。就我接触而言，便有数事令人感动。

1997年8月，我在广东《华夏诗报》（109期）上读到老红军作家陈靖同志文章《我所认识的丁芒》，文中说到丁芒同志住房狭小，生活待遇不公；便将该文冒昧地转给时任江苏省委副书记 、分管文教的顾浩同志，同时附信建议："在可能的条件下，请您予以关照！"真没想到，顾浩同志非常认真，竟然不顾繁忙，不辞辛苦，亲自登门，前去看望，并且最后促使丁芒的住房问题得以解决。不止丁芒一人，对于江苏省其他老诗人、老作家，例如吴奔星（已故）等人，顾浩也同样给予关怀，多次登门看望，帮助解决问题。这对于调动文学队伍的积极性、发挥诗人词家的创造性起到了巨大的促进作用。《华夏诗报》发文做了报道，给予高度赞扬。

1998年前后，作为省委副书记，顾浩同志亲自倡议、大力支持江苏省作家协会创办《扬子江诗刊》。由于全国报刊过多，当时新闻出版署严格控制刊号，一般不予批准。顾浩同志出面，不仅转发申办报告给新闻出版署，而且多方联络疏通，得到了《诗刊》和中国作家协会领导的具体帮助，最终获得批准，于1999年7月，《扬子江诗刊》正式创刊。顾浩同志任其顾问，又给刊物以很多指导和有力襄助。《扬子江诗刊》至今已办20年，实践证明，它对发展、繁荣江苏省乃至我国诗歌事业起到了积极作用，堪称“利在当代，功在千秋”！显然，没有顾浩同志的大力支持，这些全都无从谈起！

顾浩同志从省委领导岗位上退下来后，更是全力以赴，热心诗歌文化事业，如他自谦所说，要“为江苏文化大省建设作出一点微薄的贡献”（《顾浩词选·前言》）。其中，影响至巨的是，倡议“创建中国特色新诗体”。2011年6月，顾浩同志与“诗坛泰斗”贺老敬之商定，一起支持《诗国》同江苏省文化促进会主办、江苏综艺集团和南通市文联承办的“中国·南通诗会”，计有全国新旧两个诗坛大家和诗论权威90多人到会，开创了我国诗界的“四个先例”，即诗会规格空前、研讨议题空前、“两个诗坛”聚会空前、诗歌学术水平空前。为开此会，顾浩同志真是耗尽了心血、费尽了精力。举办这样一个名副其实的高规格的全国性的诗会——仅仅次于中国作协召开的“张家港诗会”，难度可想而知。首先需要大笔经费100多万元，没有国家拨款，全由顾浩筹集；其次需要组织策划，缺少办事人员，均要顾浩落实。他亲任“南通诗会”筹备组组长，奔波于北京——南京——南通三地之间，联系会议主办和承办单位。光是筹备会议，就开了三次，电话、书信（那时尚无手机）联络不计其数。在众多诗界名家、高级领导和承办单位的鼎力支持下，“南通诗会”开得圆满成功，取得丰硕成果。顾浩同志做了重要的“主旨发言”，还参与主编、出版了《创建中国特色新诗体·南通诗会诗文集》，产生了广泛影响。此后，一些报刊，如《诗国》《华夏诗报》《中华诗词》《贵州诗联》

《东方诗风》，以及江苏的《扬子江诗刊》《江海诗词》《南京诗词》《南京师范大学学报》等，先后就此话题展开讨论，或辟专栏，刊发新诗体的实验性作品。尤其引人注目的是，2012 年 12 月 21 日《人民日报》发表桑士达同志文章《呼唤创建中国特色新诗体》。文章开宗明义："面对中国日趋衰落的新诗创作状况，著名诗人贺敬之不久前率先提出创建有中国特色新诗体的重要命题（按：实为顾浩同志倡议，得到贺老支持）。这一命题事关中国诗坛的走向。"显然，这是延续"南通诗会"的议题而来，因为这个议题，此前并无他人提起。文章期望"将这项工作列为国家重大文化建设研究项目，……进行研究攻关"。不久，2012 年底，在顾浩同志倡议和主持下，江苏省作家协会批准同意成立了"创建中国特色新诗体"课题组。2013 年 1 月 10 日，顾浩同志亲给省政府领导写信，请求支持，很快得到批示。从 2013 年 5 月起，课题组开始正式投入新诗体的创研活动之中，同时创办《课题成果汇编·诗家》内刊，至 2018 年 8 月已出 10 辑，除刊登新诗体作品外，已发新诗体研究颇有分量的学术论文七八十篇。此外，还编辑出版研究专著，如王同书所著《中国特色新诗体刍论》《诗体英华》《让新体诗歌飞》，颜景农著《新时期的成功新诗体》，陈广德、王同书主编《顾浩 词评论集》和《顾浩诗评论集》等若干部，从探索新体到理论研究，都取得了可喜成果。这充分证明，"创建中国特色新诗体"这一"时代使命"（《尧天旋律·前言》），既是我国诗歌发展之所需，又有创建特色新体之可能。而创建新体是诗歌发展的重要一环。

最可贵的是，顾浩同志不仅组织、从事新体的理论研究，撰写一批富有创见的理论文章，如《创建中国特色新诗体——“南通诗会”主旨发言》《肩负起铸造中国诗歌新辉煌的历史使命——在太仓新诗百年·江苏新诗发展研讨会上的发言》《而今迈步从头越——写在中国新诗诞生一百周年之际》《关于当前诗体创新的若干断想》等文，而且身体力行，率先进行新体的创作探索。既是创新，难免冒险，必会有人说三道四。顾浩同志不计得失，勇于探索。这种创新精神，就值得赞扬。更何况他多年 探索，成就卓著，硕果累累，令人钦佩！他从1991年开始尝试新体创作，至今已有27年之久。他是先搞新体创作实践，而后思考新体理论。他的创新实践，大体可分两个阶段：即从1991年至2008年为第一阶段，主要创作“新古体词”，出版了《金陵春草》《江海涛声》《征途心曲》《盛世风情》《顾浩词选》《神州凯歌》《浩斋琴韵》等七个集子；从2009年至今为第二阶段，主要创作“新古体诗”，亦即论者所称“金陵八韵”或“八韵体”诗，出版了《胜日乐章》（2009.1）《尧天旋律》（2012.10）等诗集。如果说，顾浩同志的“新古体词”“虽然在若干方面有所突破，但是总体上还是保持了旧体词的大体框架”，那么，他的“新古体诗”，则“没有任何一首、按任何一个词牌的要求进行创作的”（《尧天旋律·前言》），足称“创建中国特色新诗体”的崭新成果和重大收获，业已引起诗坛的密切关注。著名研究员、老诗论家王同书同志致力于新体、尤其是“金陵八韵”的研究，颇多心得，著述甚丰。如今又出版专著《顾浩诗的多彩世界》，全面细致、深刻精到地论述顾浩新体的思想艺术特色。还有诗论家陈少松、颜景农、陈广德、徐宗文、何嘉鹏等，都在总结顾浩同志的创新经验，给以高度评价。陈少松同志概括其“审美追求”和艺术特色为“四美”并具，即“参差对称的格式美”“和谐铿锵的韵律美”“诗味浓郁的意境美”“雄放瑰丽的风格美”（《评顾浩“八韵体”诗创作的审美追求》）。何嘉鹏同志认为：“八韵体”“既有古诗词的韵律——八韵，又有新诗词的灵动——句数与字数的变化；既有一定的模式可循，又不完全拘于既有模式，是一种很好的诗体改革尝试。”（《诗体创新的新时代探索——读顾浩八韵诗感怀》）。总之，大家以为，顾浩同志的新体探索成效显著，广受读者欢迎，应予充分肯定。

以上所说，仅是个人的一知半解，远非顾浩同志对诗国的贡献全部。即此数端，也足以见出他的贡献非同寻常，确实突出，令人肃然起敬，而且应当向他学习！正如顾浩同志所说：“创建中国特色新诗体，这是时代的要求，是一项重大的历史使命。”“我们每个人都要出以公心，为中国诗歌兴旺发达献计出力！”（《关于当前诗体创新的若干断想》）

2018.11.8 于北京

“曲师填活谱”

——读罗辉《常用曲牌新谱》有感

罗辉同志在《常用曲牌新谱》中说：“遵循散曲格律，要注意区分‘好，对，错’问题，即依谱写曲应该是确保‘对’而不‘错’，力求既‘对’又‘好’，但决不能用‘好’的标准来判断‘对’与‘错’。”这段话，文字不多，简明扼要，但内涵丰富，值得我们深入思考，反复体会。

第一，既称散曲，必有曲律。曲谱就是曲律的具体规矩。世间万事万物，都有其质的规定性；不具其质，或其质过犹不及，即不成为其物。诗词曲联同样各有其质的规定性，那就是诗有诗法，词有词法，曲有曲法，联有联法，“凡世间一能一艺，无不有法”（元·揭傒斯《诗法正宗》），也就是各具不同的格律或规矩。

诗词曲联的法度，或称格律、规矩，究竟从何而来？不是论者的凭空臆造，而是从创作实践中总结出来的。人们常说，实践出真知。我们也可以说，创作出理论。没有创作实践，也就无所谓创作理论。毛泽东同志说过：“理论的基础是实践，又转过来为实践服务。”（《实践论》《毛泽东选集》第一卷）罗辉同志的“曲牌新谱”，正是从大量元曲的作品中，“运用统计分析方法”，总结归纳出来的，以实践为基础，以作品为依据，因而合乎实际，比较科学，容易为广大作者所接受，有利于“促进当代散曲创作”。作者如不遵守这些规矩，所作完全不合曲谱，那就不宜冒用曲名。正如清代张

问陶所说："五音凌乱不成诗，万籁无声下笔迟。听到宫商谐畅处，此中消息几人知。"（《论诗十二绝句》其二）

第二，"依谱写曲"，理所应当。罗辉同志说："依谱写曲应该是确保'对'而不'错'"。所谓"对"的，就是所写合乎曲谱要求，做到基本合律，也即金代王若虚说的"大体须有"(《文辩》)，因而具备了曲质的规定性，做到了"'对'而不'错'"，那便应当承认为曲；否则，就是"错"的，不能称之为曲。恰如清代方东树所说："有法则体成，无法则伧荒。率尔操觚，纵有佳意佳语，而安置布放不得其所，退之所以讥六朝人为杂乱无章也。"（《昭昧詹言》）

实际上，否定法度规矩者，古今不乏其人。如明代陆时雍《诗镜总论》说："余谓万法总归一法，一法不如无法。水流自行，云生自起，更有何法可设？"宋代张戒《岁寒堂诗话》说："诗人之工，特在一时情味，固不可预设法式。"要求作品达到自然、注重情味，并不算错，但是，否定"法式"规矩，则未免偏颇。

当代也有一些作者，尤其是初学写作者，或者出于无知，或者源于偏见，往往不大承认诗词曲联各有其法。他们想要为所欲为，希望写作更加自由，不受任何限制，却要堂而皇之地标上律诗绝句词牌曲牌。他们不知道，"自由是认识了的必然"（恩格斯），"不能服从规则者，不能自由"（英国·卡莱尔）。毛泽东同志也说："不讲平仄，不讲叶韵，还算什么格律诗词？掌握了格律，就觉得自由了。"（《毛泽东诗话》）既然毫无规矩，那就难成方圆。所写不合格律要求，自然并非诗词曲联，终将陷入伪劣假冒。

第三，曲谱有死活，曲作分高下。清代叶燮说得好：“凡事凡物皆有法……然法有死法，有活法。”(《原诗·内篇下》)曲谱就是曲法，也有死活之分。死法，即一成不变、死守规矩之法；活法，则是善于变化、灵活运用之法。宋代吕本中说：“学诗当识活法。所谓活法者，规矩备具，而能出于规矩之外，变化不测，而亦不背于规矩也。是道也，盖有定法而无定法，无定法而有定法。知是者，则可以与语活法矣。”（《夏均父集序》，《中国古代文论类编》上）所论充满了朴素的辩证思维。

罗辉同志编的曲牌新谱，同样有死法也有活法。如果死守曲谱，不善变化，如同清代沈德潜说的：“不以意运法，转以意从法，则死法矣。”（《说诗晬语》卷上）也就是不能根据表情达意的需要去运用法度，反而颠倒过来，让思想内容屈从于格式规矩，那就是“死法”，为优秀诗人所不取。

曲与谱密不可分。但曲是曲，谱是谱，曲不等于谱，合谱不一定是曲。凡曲必须大体合谱，即金代王若虚所谓“定体则无，大体须有”（《文辩》），更要富于曲神曲韵。表面合乎曲谱，实际缺乏曲味，便难称之为曲。因为如此写出的东西，徒有曲之格式，并无曲之灵魂，只能成为曲之赝品。

第四，依谱写好曲，争做曲大家。罗辉同志说，“依谱写曲”，要“力求既‘对’又‘好’，但决不能用‘好’的标准来判断‘对’与‘错’”。人皆可以写曲，但不可能人皆成为大家；也不能因为成不了大家，就禁止他人写曲。只要所作，大体合谱，又有曲味，我们就应给以肯定，并且鼓励他写得更好。

自古以来，曲律甚严，乃至严过诗律词谱，因为曲律不仅要讲平仄，而且还要“‘平分阴阳’和‘仄分上去’”，一般作者的确不易达到。恰如罗辉同志所论：“关于‘平分阴阳’与‘仄分上去’的要求，基本上只能作为‘好’的标准，为资深曲作者学习与遵循”。仅仅由于达不到“‘好’的标准”，便加否定，就以为“错”，则未免过于粗暴，不利于散曲创作发展。罗辉同志说得好：“当代诗人写曲时，需要坚持求正容变原则，正确认识‘曲律’中的‘好、对、错’问题。”

当然，所有散曲作者，都应努力活用曲谱，写“好”散曲。清人吴文溥说：“盈天地间皆活机也，无有死法。推之事事物物，总是活相，死则无事无物矣。所以僧家参活禅，兵家布活阵，国手算活著，画工点活睛，曲师填活谱。”“曲师”之所以要“填活谱”，是因为从客观上说，世上万物充满“活机”“总是活相”，作为现实反映的文学创作，包括诗词曲联创作，其法度要“当乎理，确乎事，酌乎情，为三者之平准，而无所自为法也”（叶燮《原诗·内篇下》），其作品也理当富有生命精神；从主观上说，诗人即创作者，也就是“操觚之士，文心活泼”（同上）：一者不该“泥于法而为之”，以致“无圆活生动之意”（明·李东阳《麓堂诗话》），二者法由意生，“意至而法偕立”（明·王世贞《五岳山房文稿序》），而且，法在“作者之匠心变化”（叶燮），不可胜言。

罗辉同志的《常用曲牌新谱》是从散曲创作中归纳出来的作曲之法，带有一定的普遍意义。只是一旦形成新谱，就会变为硬性规定。散曲作者可以遵循，却不宜死守。清代徐增说：“诗盖有法，离他不得，却又即他不得；离则伤体，即则伤气。故作诗者先从法入，后从法出，能以无法为有法，斯之谓脱也。”（《而庵诗话》）曲法亦同此理。作者应当“从容于法度之中”（宋·朱熹《晦庵诗说》），变化生心，避免被缚于格律之内，框而至死。

真正的诗词曲联大家，对于法度早已烂熟于心，能在规矩中随意所之、任情挥洒，听凭情感体悟、生命意识自由倾泻，而又自合法度。巴金说过，最高的技巧，是无技巧（大意）。并非不要技巧，而是活用技巧，以致浑然天成、不留痕迹。所谓“无法之法，是为活法妙法。造诣至无法之法，则法不胜用矣”（清·朱庭珍《筱园诗话》）。这是文学艺术包括诗词曲联创作的最高境界。唯有文坛大家，方能达于此境。一般作者，虽不能至，但应心向往之、身追求之，争做曲坛大家，为散曲创作繁荣做出贡献。

2018.12.16 北京

（2019 年 4 期《东坡赤壁诗词》）

“置以为像”的金橘

——屈原的《橘颂》

橘 颂

屈 原

后皇嘉树[①]，橘徕服兮[②]。受命不迁，生南国兮。深固难徙，更壹志兮[③]。绿叶素荣[④]，纷其可喜兮。曾枝剡棘[⑤]，圆果抟兮。青黄杂糅，文章烂兮。精色内白[⑥]，类任道兮[⑦]。纷缊宜修[⑧]，姱而不丑兮。

嗟尔幼志，有以异兮。独立不迁，岂不可喜兮。深固难徙，廓其无求兮[⑨]。苏世独立[⑩]，横而不流兮[⑪]。闭心自慎[⑫]，终不失过兮。秉德无私，参天地兮[⑬]。愿岁并谢，与长友兮。淑离不淫[⑭]，梗其有理兮[⑮]。年岁虽少，可师长兮。行比伯夷[⑯]，置以为像兮。

【注】

①后，后土。皇，皇天。

②服，习也，适应。

③壹，专一。

④荣，花的通称，一作华。

⑤曾，同层。剡，音眼，锐利。

⑥精，赤黄色。

⑦任道，担当重任的人，一作可任。

⑧纷缊，义同氤氲，指香气。

⑨廓，旷远空阔，指心胸豁达。

⑩苏，清醒。

⑪横，横绝，指特立独行。

⑫闭心，事藏心中。

⑬参，合也。

⑭离，丽也。

⑮梗，正直，坚强。理：纹理。

⑯伯夷，殷人，个性坚强、独行其志的义士，周灭殷后，拒食周粟，饿死于首阳山。像，法也，榜样。

品　鉴

屈原（前339—？，一说前340—前278），楚人，名平，字原，后人尊称屈子。所作《离骚》自叙其名正则，字灵均，实为平、原引申之化名。博闻强记，竭忠尽智，明于治乱，娴于辞令。曾任楚国“左徒”和“三闾大夫”。“左徒”是“令尹”的副官，相当于副宰相。他主张修明法度、举贤授能，并且受命制定宪令，推行法制，为联齐抗秦、统一天下的大业奔走呼号，一心想使楚国民富国强。由于他的“正道直行”触犯了旧贵族和亲秦派的利益而招致嫉恨与诬陷，加以楚王昏愦和秦国离间，屈原先后两次遭到流放，便把满腔愤懑和忧患悲悯倾于诗中，写出了震古烁今、光照日月的抒情长诗《离骚》，创造了新的骚体诗——《楚辞》，对后世诗、赋产生了深远影响。他最终愤世投江，以身殉国。为了纪念伟大的爱国诗人屈原，我国人民把他自沉汨罗的五月五日定为端午节，举行赛龙舟、投粽子等各种纪念活动。历代相传，沿袭成风。从1953年开始，屈原被国际组织列为“世界文化名人”，不仅受到中国人民、而且得到世界人民的尊崇与敬仰。

《橘颂》是《楚辞》中唯一的、也是我国诗歌史上第一篇咏物诗。对于《橘颂》究竟是屈原“少年时期的作品”（马茂元《楚辞选》），还是“屈原的绝笔”（曹大中，见《先秦汉魏六朝诗鉴赏辞典》），学术界有着不同看法。但在《橘颂》表面写橘、实际写人这点上，大家意见倒是一致的。

作品可分两部分。从开头“后皇嘉树”至“姱而不丑兮”为前半部分，主要描写橘的外部特征，力求形似，不离其神。作品浓墨重彩地描绘橘的外部形象：从橘的生长之地南国，写到橘的根深叶茂，又写橘的枝繁花盛，再写橘的果实色彩绚丽、馨香浓郁。——句句紧扣橘的突出特征，既绘橘的形色，又传橘的神气。体物肖形，不可移易。作品所写只能是橘，读者不会误认他物。这充分显示出诗人状物逼真的艺术功力。

如果说，作品前半部分是随物赋形，侧重创造橘的艺术形象，同时做到以形写神，那么，后半部分则主要是颂扬橘的思想内涵，力求神似，不离其形。作品突出赞颂橘的“苏世独立，横而不流”的精神特质，借以抒写诗人“独立不迁”“秉德无私”的高洁人格，寄寓屈原“深固难徙，廓其无求”的美好情怀。尽管屈原信而见疑、忠而被谤，以致被迫流放，但他始终坚持刚直不阿的坚定性格，一直“眷顾楚国，心系怀王”（司马迁《史记·屈原贾生列传》），至死不肯背离楚国和人民。

作品不仅为橘绘形，而且给橘传神：“受命不迁，生南国兮。”这是橘的独特个性，因为“橘生淮南则为橘，生于淮北则为枳”（《晏子使楚》），所以橘是不能迁移的。而这正与屈原忧国忧民、爱国爱民并且矢志不移、坚贞不屈的思想感情完全相似。这也正是屈原写橘颂橘、借橘言志的用意所在。

《橘颂》将物性与人品合而为一，真正达到了“句句是颂橘，句句不是颂橘。但见原与橘分不得是一是二。彼此互映，有镜花水月之妙”（林西仲《楚辞灯》）。这是咏物诗所能达到的最佳境界。咏物诗如果止于咏物，纵然穷形尽相、毫发毕肖，那也无甚意义 。诚如清代袁枚所说：“咏物诗无寄托，便是儿童猜谜。”（《随园诗话》）《橘颂》既得橘之形态，又穷橘之神理，可谓传神写意，理超象外。

“淑离不淫”“行比伯夷”的金橘，人们能够“置以为象”；志洁行廉、爱国爱民的屈原，后世足以奉为楷模。

2011.1.3

（2011.1.15《中国纪检监察报·正气歌》）

“举世皆浊我独清”

——屈原的《渔父》

渔 父

屈 原

屈原既放[①]，游于江潭，行吟泽畔，颜色憔悴，形容枯槁[②]。

渔父见而问之曰：“子非三闾大夫与[③]？何故至于斯？”

屈原曰：“举世皆浊我独清，众人皆醉我独醒，是以见放。”

渔父曰：“圣人不凝滞于物[④]，而能与世推移。世人皆浊，何不淈其泥而扬其波[⑤]？众人皆醉，何不餔其糟而歠其醨[⑥]？何故深思高举[⑦]，自令放为？”

屈原曰：“吾闻之，新沐者必弹冠[⑧]，新浴者必振衣[⑨]。安能以身之察察[⑩]，受物之汶汶者乎[⑪]？宁赴湘流，葬于江鱼之腹中；安能以皓皓之白[⑫]，而蒙世俗之尘埃乎？”

渔父莞尔而笑[⑬]，鼓枻而去[⑭]，歌曰：“沧浪之水清兮[⑮]，可以濯吾缨[⑯]；沧浪之水浊兮，可以濯吾足。”遂去，不复与言。

【注】

①放，流放。

②形容，形体容貌。枯槁，干枯瘦弱。

③三闾大夫，屈原曾任此官职，掌管楚国屈、景、昭三姓宗族之事。

④凝滞，原指水流不畅，此指固执刻板、拘泥执著。

⑤淈（gǔ 古），搅浊，此句意谓随波逐流。

⑥餔（bǔ 卜），吃。糟，酒渣。歠（chuò 龊），同啜，饮。醨（lí 厘），薄酒。

⑦深思，指屈原忧国忧民的深沉思虑。

⑧沐，洗头发。弹冠，掸去帽上灰尘。

⑨振衣，抖落衣上尘土。

⑩察察，皎洁，清白洁净。

⑪汶（mén 们）汶，原指昏暗不明，此指污秽。

⑫皓皓，光明、洁白的样子。

⑬莞（wǎn 晚）尔，微笑的样子。

⑭鼓，拍击。枻（yì 易），船桨。

⑮沧浪（láng 狼），水名，汉水支流，一说汉水。

⑯濯（zhuó 啄），洗。缨，古时系帽带子。

品　鉴

屈原生逢乱世，坚持革故鼎新，因而触动了楚国守旧派的利益，遭到了贵族的嫉恨与诬陷；屈原主张联齐抗秦，因而招致亲秦派的反对，引来了秦国的挑拨与离间，以致“世溷浊而嫉贤兮，好蔽美而称恶”（《离骚》，意谓：世间混乱污浊而嫉贤妒能，喜好压制美言善事而称赞劣迹恶行）。屈原处境艰难，进退维谷，动辄得咎，先后两次被昏庸的楚王所流放。《渔父》即写于第二次流放江南的后期、自沉汨罗的前夕。

对于《渔父》的著作权问题，存有不同意见。班固的《汉书·艺文志》、司马迁的《史记·屈原列传》和王逸的《楚辞章句》都视之为屈原所作；只在清代以后，崔述的《考古续说·观书余论》、郭沫若的《屈原赋今释》等才提出质疑，以为可能是“后人”或者“楚人”的伪作。不过，从作品倾向来看，《渔父》与屈原的其他作品还是完全一致的。退一步说，纵然非其所作，《渔父》表现的独抱孤洁、守身如玉的思想内涵也是属于屈原的，尽见于屈原的其他诗作。例如《离骚》：“亦余心之所善兮，虽九死其犹未悔”（既是我追求的美好理想，我就要坚持，纵然九死也不后悔），“宁溘死以流亡兮，余不忍为此态也”（宁可溘然死去而魂离魄散，我也决不媚俗取巧）；《涉江》：“吾不能变心而从俗兮，固将愁苦而终穷”（我不能改变心志随波逐流，宁肯忧愁痛苦而贫贱到底），“苟余心其端直兮，虽僻远之何伤”（如果我的心地是正直的，纵然放逐僻远对我又有何伤）；《思美人》：“欲变节以从俗兮，媿易初而屈志”（要改变节操而随波逐流，更易初衷、违背意志让人惭愧），“宁隐闵而寿考兮，何变易之可为”（宁可隐忍忧闵失意终生，怎么能够改变我的初心）。这些诗句与《渔父》的思想感情如出一辙。

作品先写屈原的流放生活。他独游江边，且行且吟。从他“颜色憔悴，形容枯槁”的面貌上，便可揣知他的“美政”理想不得实现，而楚国又面临强秦的严重威胁，前途可虑，命运堪忧。屈原虽有救国良策，却无力施展，为此而愁苦萦怀、悲愤满腔，只能借助吟咏抒发感情。作品写出屈原的处境不佳。

作品接着再写屈原遇见渔父以及两人问答。渔父见流放中的屈原狼狈不堪，便关心地问他“何故至于斯”地？出于同情，又劝说屈原改弦更张、随波逐流，以求苟全性命于乱世，不要“深思高举，自令放为”。由此可见，渔父奉行的是明哲保身、“不谴是非”的老庄哲学。这同屈原遵循的孔孟之道显然是矛盾的。屈原承继孟子思想，兼容儒法倾向：注重自我完善、积极进取的人格修养，讲究“杀身成仁”、“舍生取义”的道德情操，坚持“深思高举”、竭忠尽智的爱国精神。因此，他义正词严地回答渔父：宁可葬身鱼腹，也决不能让纯洁的品德蒙受世俗尘垢的污染！渔父的劝说尽管充满善意，却是屈原所不能苟同的，自然也不会照办。作品显示了两种思想感情的截然不同、两种人生态度的尖锐对立，从而表现了屈原不因挫折而改变初衷、不以罹难而屈从世俗的高尚人格。

作品后写两人异途殊趋，各奔前程，自行其是。屈原不为渔父的好心劝说而动摇，依然“独立不迁”“横而不流”（《橘颂》）；渔父也不为屈原的固守己志而恼怒，反倒“莞尔而笑，鼓枻而去”。所唱“沧浪歌”，正是其人生哲学的一种象征：无论处于明时，还是处于浊世，都能“与世推移”、随机应变。俗话说，水火不能相容，冰炭不可共器。屈原与渔父“不复与言”，因为没有共同语言。两人分道扬镳，实乃势所必然。“道不同不相为谋”，此之谓也。

至今读来，《渔父》仍有强烈的现实意义。它至少可给我们两点启示：一是要像屈原那样对理想的执著追求、对祖国的忠贞热爱，不管处境多么险恶，都能坚定不移、毫不动摇。身可危而志不可夺，躯能捐而节不能变。二是要像屈原那样“举世皆浊我独清，众人皆醉我独醒”。尤其是在污浊的社会环境里，更要洁身自好、忠贞自守。决不与世俗同流合污，决不向邪恶献媚邀宠。言不求苟合，行不取苟容。纵被遗弃，也不沉沦；屡蒙谣诼（“谣诼谓余以善淫”，《离骚》），从不自毁。真可谓志似霜洁，心如玉净。同时做到起而抗争。敢同恶鬼争高下，不向霸王让寸分。屈原最终自沉汨罗，以身殉国，将命殉道。他的忠贞峻洁、正道直行的人格光辉，千秋不泯，万载不磨！

2011.2.9

（2011.2.22《中国纪检监察报·正气歌》）

“此中有真意，欲辨已忘言”

——陶渊明的《饮酒二十首》（其五）

饮酒二十首（其五）

陶渊明

结庐在人境①，而无车马喧。问君何能尔②？心远地自偏。采菊东篱下，悠然见（一作望）南山③；山气日夕佳④，飞鸟相与还⑤。此中有真意⑥，欲辨已忘言⑦。

【注】

①人境，人类聚居之地。

②尔，这样。

③悠然，邈远的样子。南山，多指庐山。《诗经·小雅·天宝》有“如南山之寿”句，即寿比南山。又以南山象征寿考。

④日夕，朝夕，一解接近黄昏。

⑤相与，结伴，成群。

⑥真意，真谛。

⑦欲辨已忘言，《庄子·齐物论》：“六合（按：天地四方）之外，圣人存而不论；六合之内，圣人 论而不议。春秋经世先王之志，圣人议而不辩。……辩也者，有不辩也……大道不称，大辩不言”。《庄子·外物》：“言者所以在意，得意而忘言。”忘言，无须言说，不可言说。

品　鉴

陶渊明（365—427），东晋杰出诗人。唐人避讳“渊”字，又称之为深明、泉明。名潜，字元亮，自号五柳先生，以另字渊明行世。诸友私谥靖节，人称靖节先生。浔阳柴桑（今江西九江）人。出仕为州县官吏，因“不堪吏职”而“自解归”（萧统《陶渊明传》）。后任彭泽令，也只“在官八十余日”（《归去来兮辞》）便弃官回家，在农村生活了二十二年之久。他的诗，主要描写农村生活及“归耕”体悟，歌颂优美的田园风光，开创了田园诗派，对后世影响很大。

《饮酒二十首》诗前有序：“余闲居寡欢，兼比夜已长，偶有名酒，无夕不饮。顾影独尽，忽然复醉。既醉之后，辄题数句自娱……”可知，此诗是他酒后所作。他不仅“性嗜酒”（《五柳先生传》），而且喜咏酒。有人做过统计：“现存陶渊明诗文 142 篇，其中说到酒的 56 篇，约占全部作品的百分之四十。”堪称古今第一。何以如此？鲁迅先生在谈到三国魏诗人阮籍纵酒时说："他的饮酒不独由于他的思想，大半倒在环境。"（《魏晋风度及文章与药及酒之关系》）陶渊明的嗜酒、咏酒，也是这样。一是爱酒如命，借酒"自陶"："悠悠迷所留，酒中有深味"（《饮酒》第十四首），"何以称我情，浊酒且自陶"（《己酉岁九月九日》）。二是大半在于环境恶劣，借酒解忧。陶渊明生当乱世，不满于黑暗腐败的士族门阀制度，而又无力反抗，于是便借酒以抒愤懑："试酌（初饮）百情远，重觞（再饮）忽忘天。"（《连雨独饮》）三是为免祸端，借酒韬晦："但恨多谬误，君当恕醉人。"（《饮酒》第二十首）纵使言行失当，也可以酒掩饰，请求谅解，免除灾祸。正如萧统在《陶渊明集序》中所说："有疑陶渊明诗篇篇有酒，吾观其意不在酒，亦寄酒为迹者也。"的确是醉翁之意不在酒，在于"寄酒为迹"。这对黑暗现实，既是一种逃避，也是一种抗争，不过较为隐蔽罢了。

这首诗，是陶诗中最负盛名、广为传诵的精品之一。我以为，根本的原因，主要有三。

一是"心远地自偏"的哲理抒写。诗重情而不重理，但如能在优美的诗意情韵中写出理趣，则更令人神远。"人境"既然是人类生活的尘世，那就避免不了伴随而来的喧嚣。"车马喧"，既指人欢马叫的普世人，更指"马蹄隐隐声隆隆"（李贺《高轩过》）的达官贵人——他们或骑雕鞍宝马，或乘奢华香车。作为诗的意象，"车马喧"明说车马喧闹，实则象征功名利禄对人的种种诱惑。身处充满诱惑的尘世之中，只要心灵远离功名利禄，就能不受世俗干扰。"心远地自偏"，心灵远离尘嚣，所处之地不远自远、不偏自偏。这就是主观世界与客观世界的辩证关系：客观世界必然影响主观世界；

而主观世界又反作用于客观世界，两者辩证地统一起来。作品以鲜明的形象、浓郁的诗意，揭示出了诗人的人生感悟，精辟警策，富有智慧，启人深思。

二是“采菊东篱下”的意象创造。我国古代，常以菊花制作饮料和药品，认为服菊可以延年，故去“采菊”。陶渊明有两句诗：“酒能祛百虑，菊解制颓龄。”（《九日闲居》）可见服菊能够永葆青春，使人长寿。《宋书·陶潜传》说他出入“宅边菊丛”；《九日闲居》诗前小序也说：“余闲居……秋菊盈园”。这就表明，“采菊东篱下，悠然见南山”属于写实，确有其事。而且，写得极其精彩，堪称情与境会、意与景融的千古名句，历来被人称道。晁补之说：“本自采菊，无意望山，适举首而见之，故悠然忘情，趣闲而意远。”鲁迅也说：“他穷到衣服也破烂不堪，而还在东篱下采菊，偶然抬起头来，悠然的见了南山，这是何等自然。”但作品的精妙之处远不止此，还在超越写实，创造出内涵丰富的鲜活意象——菊花成了花中之隐逸者，陶渊明成了人中之“菊花”。换句话说，菊花成了隐逸的象征，成了陶渊明的化身。因而，钟嵘称陶渊明为“隐逸诗人之宗”（《诗品》）；辛弃疾则说：“自有渊明方有菊，若无和靖便无梅。”

然而，陶渊明的归隐，不是如某些人所误解的那样纯粹的超然世外。他的归隐固然含有逃避现实的消极因素，却也饱含不与世俗同流合污、“抱朴守静”的“君子之笃素”（《感士不遇赋》），决“不为五斗米折腰”，亦即洁身自好、保持气节。这正是陶渊明不断被后世推崇的重要原因之一。

三是“此中有真意”的禅境营构。全诗正是“寄酒为迹”，通过闹中取静、喧中取寂，写出了陶渊明超然于功名利禄，释然于成败得失，淡然于忧喜嗜欲，表达了诗人泰然自若、悠然自得的恬适心境。唐代白居易诗说："荣枯事过都成梦，忧喜心忘便是禅。"（《寄李相公崔侍郎钱舍人》）在这首诗中，诗境已通禅境，"真意"融入"禅意"，并借意象揭示出来，达到了"说而不说，不说而说"的艺术境界。借用唐代戴叔伦的诗说："律仪通外学，诗思入禅关。"（《送道虔上人游方》）"此中有真意，欲辨已忘言"诸句，明末四高僧之一的憨山德清评论说，陶渊明"此等语句"，不止是"文字禅"，简直是"造乎文字之外" 的"真禅"（《憨山老人梦游集》卷 39）。"忘言"，就是不言。"诗有禅理，不可道破，个中消息，学者当自领悟，一经笔舌，不触则背。"（清代黄子云《野鸿诗的》）"真意""禅意"要靠体悟，思而得之，任由世人各自"领悟"；而要形诸语言，就会导致刻板凝滞，乃至曲解、错解。白居易异常推崇陶渊明，他在《访陶公旧宅》诗中说："垢尘不污玉，灵凤不啄膻。呜呼陶靖节，生彼晋宋间。心实有所守，口终不能言。……慕君遗荣利，老死此丘园。"

2011.3.26

（2011.4.12《中国纪检监察报·正气歌》）

衔石填海，猛志常在

——陶渊明的《读〈山海经〉十三首》（其十）

读《山海经》十三首（其十）

陶渊明

精卫衔微石（一作木）[①]，将以填沧海。刑天舞干戚[②]，猛志固常在。同物既无虑[③]，化去不复悔[④]。徒设在昔心[⑤]，良辰讵可待[⑥]！

【注】

①精卫，《越绝书》（东汉袁康）载："禹治水巡天下，所历山川，命伯益记之，遂为《山海经》。"多记古代神话传说、山川异物。精卫事见《山海经·北山经》：炎帝的少女，名为女娃，溺死于东海后化为精卫鸟，常衔西山木石以填东海。

②刑天，《山海经·海外西经》载：有兽名为刑天，与帝争神，帝断其首，乃以乳为目，以脐为口，操干戚以舞。干，即盾；戚，即大斧，都是兵器。

③同物，同为英雄，即指精卫鸟、刑天兽均成同类。

④化去，死去，化为异物。

⑤这句意为空有昔日的雄心壮志。

⑥良辰，实现愿望即壮志的时候。讵，岂。

品 鉴

陶渊明的诗文，不为当世所重。直到梁简文帝、昭明太子萧统才给陶渊明以较高的公允评价："文章不群，词采精拔，跌宕昭彰，独超众类，抑扬爽朗，莫之与京（大）。横素波而傍流，干青云而直上，语时事则指而可想，论怀抱则旷而且真。加以贞志不休，安道苦节，不以躬耕为耻，不以无才为病，自非大贤笃志，与道污隆，孰能如此乎？"（《陶集原序》）他的诗，语言朴素，风格独特：单纯自然，平和恬淡，清新含蓄，耐人寻味。作为田园诗人和隐逸诗人，他对后世影响极大。李白、杜甫、白居易、王维、孟浩然、柳宗元、苏轼、元好问、黄遵宪等大家，都受过他的影响。苏轼说："琴里若能知贺若，诗中定合爱陶潜。"（《听武道士弹贺若》）不仅钦佩渊明之人，而且"独好渊明之诗"，"前后和其诗凡一百有九篇"（《追和陶渊明诗引》），见《苏轼论文艺》）。因而苏轼又说自己："饱食惠州饭，细和渊明诗。"这在诗歌史上，可谓前无古人，后无来者。王瑶在其《陶渊明集·前言》中说："陶诗之长久被人欣赏，就充分地证明了他的作品的伟大。"

《读〈山海经〉十三首》是陶渊明隐居田园后所作，写其读书所感。其一说："泛览周王传，流观山海图。"由此可知，他读的是"周王传"，即《穆天子传》，是"山海图"，即晋郭璞所注《山海经》和《山海经图赞》，并非一书。这首诗，抒写出陶渊明读了《山海经》中神话传说后的豪情胜慨与叹惋之意。

"精卫衔微石，将以填沧海。"沧海横无际涯，深不可测；精卫鸟却要把它填平，一石一木地从远处衔来，一块一枝地填到海中。“刑天舞干戚，猛志固常在。”帝甚强大，天下无敌；但为争神，刑天虽被砍去头颅、失去生命，却仍然不甘死亡，还要设法求生，“以乳为目，以脐为口”，并且继续战斗下去。“猛志”，就是有志者猛，所向无前。精卫和刑天堪称英雄，值得赞扬。诗人为精卫衔石填海、坚持不懈的奋斗精神而鼓舞，又为刑天至死不屈、战斗到底的顽强意志所感染，还为他们壮志难酬、良辰不再而抑郁难平。确如清人龚自珍所称许：“吟到恩仇心事涌，江湖侠骨已无多。”（《己亥杂诗》）作品充满了诗人的豪侠之气，而又显得异常沉郁、极其悲壮。

陶渊明是个伟大的诗人，同时也是个复杂的诗人。他既有静穆避世的一面，又有雄豪守正的一面；既有平淡随缘的一面，又有愤世嫉俗的一面。因而，不能简单地、片面地评价他。龚自珍有诗说：“陶潜酷似卧龙豪，万古浔阳（按：即陶潜故里）松菊高。莫信诗人竟平淡，二分梁甫一分骚。”（《己亥杂诗》）意谓陶渊明诗不仅止于平淡，有着诸葛亮那样躬耕陇亩的《梁甫吟》式的诗，也有着屈原那样壮怀激烈的《离骚》式的诗，亦即鲁迅先生称之为“金刚怒目式”的诗。鲁迅说得极好：“这‘猛士固（故）常在’和‘悠然见南山’的是一个人，倘有取舍，即非全人，再加抑扬，更离真实。”（《“题未定”草》）

2011.4.2

（2011.5.10《中国纪检监察报·正气歌》）

“草木有本心，何求美人折”

——张九龄的《感遇十二首》（其一）

感遇十二首（其一）

张九龄

兰叶春葳蕤[①]，桂华秋皎洁。
欣欣此生意，自尔为佳节[②]。
谁知林栖者[③]，闻风坐相悦[④]。
草木有本心[⑤]，何求美人折[⑥]？

【注】

① 兰，兰草或泽兰，其叶也有香气。葳蕤，繁密茂盛。

②自，各自，特指兰、桂。尔，如此，这样，代指兰、桂繁盛清雅。

③林栖者，山林隐逸之士。

④闻风，《孟子·万章（下）》：“闻柳下惠之风者，鄙夫宽，薄夫敦。”（听到柳下惠风采的人，气量小的人也变得宽容，刻薄的人也变得宽厚。）坐，因。

⑤本心，根本与中心，指其特性。

⑥美人，指“林栖者”，即隐士。

品　鉴

张九龄（678—740），字子寿，又名博物，韶州曲江（今广东韶关）人。历任司勋员外郎、中书舍人、集贤院学士知院事、中书侍郎等，为唐玄宗朝的著名贤相。直言敢谏，清正不阿。玄宗生日，群臣献宝，唯张九龄上书“事鉴”《千秋金鉴录》，论述兴亡之道。曾预言安禄山“狼子野心，有逆相，宜即事诛之”。玄宗深悔不听他的忠告，后自制曲《谪仙怨》，表示怀念。一代贤相，终因刚直以及奸相李林甫所谮而被贬黜。诗文名重当时，以寄兴为主，讽喻时政，含蓄隽永，对于扭转唐代诗风影响很大。清代沈德潜在《唐诗别裁》中说：“唐初五言古渐趋于律，风格未遒。陈正字（陈子昂）起衰而诗品始正，张曲江（张九龄）继续而诗品乃醇。”著有《曲江张先生文集》。

《感遇十二首》是张九龄遭贬后的作品，与陈子昂的《感遇》诗，不仅题目相同，而且风格相近，抒怀感事，寄兴深婉。后世常以陈、张对举，相提并论，只是张诗更为含蓄潇洒、俊逸清雅，不像陈诗那样古奥。

这是《感遇十二首》的第一首。前四句，着重描绘兰、桂的茂密繁盛。“兰叶春葳蕤，桂华秋皎洁。”兰叶葳蕤以见其繁，桂花皎洁以显其盛——兰叶、桂花分写，用的是互文修辞格，可使互文见义、诗作简练。“欣欣此生意，自尔为佳节。”兰、桂欣欣向荣，极富生机，各自都在适应的季节显示出其独有的特性。兰、桂的特性是什么？诗中并未明写，但读者自会理解，那就是兰有“王者香”之称，所谓“兰生幽谷，无人自芳”；桂有“九里香”之誉，所谓“秋花之香者，莫能如桂。树乃月中之树，香亦天上之香也”（明·李渔《闲情偶寄·种植部》）。唐代宋之问有诗道：“桂子月中落，天香云外飘。”（《灵隐寺》）兰、桂既然那么生机勃勃，自然会有冲天香阵弥漫大千。

后四句突出议论人事的荣枯显晦，但仍紧扣兰、桂。“谁知林栖者，闻风坐相悦。”兰、桂独生于深山幽谷之中，不同群芳百草争艳斗奇，正合君子之道。作为君子之人的“林栖者”即隐逸之士，因“闻”兰、桂之香“风”，而更相爱悦，正像听到柳下惠风采的人而益发尊崇宽厚仁慈一样。然而，“草木有本心，何求美人折？”兰、桂香艳，是其“本心”与特性，并不期盼“美人”即隐士攀折佩戴、欣赏赞誉。这显然表达了诗人洁身自好、孤芳自赏的高雅情思。

这首诗的艺术特色，用老话说，叫作善用比兴；以新观念看，称为营构意象。诚如唐代刘禹锡《吊张曲江序》中所说：“托讽禽鸟，寄词草树，郁郁然与骚人同风。”风骚之旨就在借用美人香草，寄托政治感慨。正像司马迁在《史记·屈原列传》中说的：“其称文小而其指极大，举类迩而见义远。”屈原《离骚》有句：“扈江离与辟芷兮，纫秋兰以为佩。”（我把香草江离、芷草披在肩上，而把秋兰结成索佩挂在身旁。）这就是王逸所说“依《诗》取兴，引类譬如，故善鸟、香草以配忠贞、恶禽臭物以比谗佞”（《楚辞章句》）。张九龄此诗，寄兴深婉，意象鲜活。表面写兰、桂，实际在自况。兰、桂繁盛，却无意于显赫；香艳，却不求于闻达。诗人正是借此抒写他从不留恋高官厚禄的真实心迹，自甘寂寞，远离权贵，而芳意常在，志向坚定。在遭到奸佞李林甫的毁谤而被罢相前夕，他赠《归燕诗》给李林甫，结尾说道：“无心与物竞，鹰隼莫相猜。”同样表达了张九龄“无心”争权夺利、即将退隐的高雅志趣。

2011.5.5

（2011.5.31《中国纪检监察报·正气歌》）

“一片冰心在玉壶”

——王昌龄的《芙蓉楼送辛渐》

芙蓉缕送辛渐[①]

王昌龄

寒雨连江夜入吴[②]，平明送客楚山孤[③]。
洛阳亲友如相问[④]，一片冰心在玉壶[⑤]。

【注】

①芙蓉楼，故址在今江苏省镇江市。《元和郡县志·江南道·润州》：“晋王恭为刺史，改创西南楼名万岁楼，西北楼名芙蓉楼。”唐晋王李恭为润州刺史时改的楼名。州治即在今镇江市。辛渐，一作辛霁，生平不详，应为作者好友。作者另有《别辛渐》诗。

②连江，即满江。吴，一作“湖”，吴字为佳，春秋时的国名，泛指江苏南部、长江以南地区，此指镇江。

③平明，清晨。楚，春秋时吴国为越国所灭，战国时越国又被楚国所灭，故而吴、楚均指镇江。这里用的是互文修辞格，即变文避复。楚山孤，即楚地高山孤峙，以写送客之感。

④洛阳亲友，当指身在洛阳的李颀、刘宴等友人。

⑤冰心在玉壶，南朝宋·鲍照《代白头吟》：“直如朱丝绳，清如玉壶冰。”

品　鉴

王昌龄（698 年？—757 年），字少伯，京兆长安（现陕西省西安市）人，一说太原（山西）人，又说江宁（江苏）人。唐玄宗开元十五年（727）举进士，初任秘书郎，后调汜水县尉。开元二十二年（734）考取博学宏词科，升为校书郎。开元二十八年（740），被贬为江宁丞。后又贬为龙标县尉。世号“王江宁”“王龙标”。“安史之乱”后返乡，路过亳州，竟遭嫉其才能的刺史闾丘晓杀害。他的诗，名重一时，有“诗家天子王江宁”之称。新、旧《唐书》都说他的诗“绪密而思清”。其边塞诗气势雄浑，格调高昂，影响最大。王昌龄又被誉为“七绝圣手”，与李白七绝并称于世。明代焦竑《诗评》认为，李白与王昌龄“七绝当家，足称联璧”。清代王世贞《艺苑卮言》也说：“七言绝句，少伯与太白争胜毫厘，俱是神品。”世传《王昌龄集》，另有《诗格》《诗中密旨》《乐府古今题解》等诗评著作。

这首诗，是王昌龄被贬江宁丞后送友人去洛阳所作，共有二首，此为其一。他的送别诗成就甚高。宋人顾乐《万首唐人绝句选》认为：“少伯诸送别诗，俱情极深，味极永，调极高，悠然不尽，使人无限留连。”此诗在艺术上的突出特色，就是情与景融、意同象谐以及比兴手法的巧妙运用。请试析之。

“寒雨连江夜入吴，平明送客楚山孤。”寒雨连着长江，陪客进入吴地，清晨送走客人，只见楚山孤峙。诗人似乎不动声色地描绘眼前景物，而其复杂的内心情感已经融入景物之中。寒江烟雨迷茫，楚山孤影独立，形成一种凄凉孤寂的氛围，从而显示出诗人别友的悲凉心境，也含蓄地透露出诗人遭贬的伤感情怀。自然贴切，真诚可感。

至为可贵的是，开头两句既是写实，又是虚似，创造出一种意与象谐、内含丰富的诗的意象，象征着诗人所处的政治环境同样阴冷凄清。诗人遭受贬谪，仕路坎坷，且又面对着“谤议沸腾”（元·辛文房《唐才子传》），以致闹得满城风雨。这必然使他感到前途暗淡。但他无所畏惧，毫不屈服，正像他《为张偾赠阎使臣》诗中所说：“犹畏谗口疾，弃之如埃尘”，仍旧大义凛然，直面现实，一如楚山，傲然耸峙，却又孤立无援、悲愤难诉。因此，可以说，诗中的形象描绘，不仅切时、切地、切景，而且切人、切事、切情，殊为难得。

“洛阳亲友如相问，一片冰心在玉壶。”前两句是写“送客”，这两句则写嘱托。正在江宁做官的诗人与“洛阳亲友”身处两地，难免互相牵挂。“客”到洛阳，那里的“亲友”必然问讯。诗人托“客”带话以告“洛阳亲友”，自是人之常情。但他不说日常起居的好坏，也不“凭君传语报平安”（岑参《逢入京使》）。因为古有士可杀而不可辱的说法，爱惜自己的名誉胜过生命，所以，王昌龄最想告慰“亲友”的，就是自己属于清官、好官，绝对不是贪官、赃官，对他种种“谤议”都是诬陷。他只用一句比兴，表明自己廉洁：“一片冰心在玉壶”。古人喜欢以“冰”拟“心”，表示纯洁。如西晋陆机《汉高祖功臣颂》有句“心若怀冰”；南朝宋人鲍照有诗“清如玉壶冰”（《代白头吟》）。到了唐代，常用“冰壶”比喻为官清廉。姚崇《冰壶诫》序中说：“夫洞澈无瑕，澄空见底，当官明白者，有类是乎！故内怀冰清，外涵玉润，此君子冰壶之德也。”王昌龄无端遭贬，屡受“谤议”，又无法辩驳，只好表白自己“冰清”“玉润”，品德高尚，政风清廉，而与贪腐决不沾边，完全值得信赖，诬言不足为据。诗人对“亲友”的告慰之情、对自己的辩诬之意、对官场不公的怨愤之心，全部隐含在诗句的字里行间。真可谓一句比兴，抵得上千言万语！

2011.7.7

（2011.8.12《中国纪检监察报·正气歌》）

爱民如己

——白居易的《新制布裘》

新制布裘

白居易

桂布白似雪[①]，吴绵软于云[②]；
布重绵且厚，为裘有馀温。
朝拥坐至暮[③]，夜覆眠达晨；
谁知严冬月，支体暖如春[④]。
中夕忽有念[⑤]，抚裘起逡巡；
丈夫贵兼济[⑥]，岂独善一身？
安得万里裘[⑦]，盖裹周四垠[⑧]；
稳暖皆如我，天下无寒人！

【注】

①桂布，即唐代“桂管”地区、今之广西所产木棉织成的布，

尚不普遍，十分珍贵。

②吴绵，当时吴郡苏州产的丝绵，非常著名。

③拥，抱，指披在身上。

④支体，支同肢，支体即四肢与身体，意谓全身。

⑤中夕，半夜。

⑥兼济，《孟子·尽心上》："古之人，得志，泽加于民；不得志，修身见于世。穷则独善其身，达则兼善天下。"白居易《与元九书》说："仆虽不肖，常师此语。……志在兼济，行在独善。"

⑦安得，如何得到，期望马上得到。

⑧周，遍。四垠，四边，即全国以内，普天之下。

品　鉴

白居易（772—846），字乐天，晚号香山居士、醉吟先生。曾任翰林学士、左拾遗，贬江州司马，移忠州刺史，召为主客郎中，知制诰。出任杭州、苏州刺史、河南尹，又召为太子宾客、太子少傅，以刑部尚书退休。他是李白、杜甫之后又一唐代极享盛名的伟大诗人。早年与元稹并称"元白"；晚年与刘禹锡并称"刘白"。其诗以通俗浅易、老妪能解著称，实则"看是平易，其实精纯"（赵翼《瓯北诗话》）、"言浅而思深，意微而词显"（薛雪《一瓢诗话》）。白居易自道其诗："一篇长恨有风情，十首秦吟近正声。……世间富贵应无分，身后文章合有名。"（《拙集编成一十五卷因题卷末戏赠元九李二十》）说的对极了：他的感伤诗《长恨歌》《琵琶行》脍炙人口，传诵千古，赵翼认为"即无全集，而二诗已自不朽"（前书）；他的讽喻诗《新乐府》《秦中吟》等深刻揭露中唐时期的社会矛盾，至今仍有重大价值。他的诗，不仅流传国内，而且远播海外，如新罗（今朝鲜境内）、日本，在交通极不发达的古代，异常少见。因而元稹说："自篇章以来，未有流传如是之广者。"白居易的诗作和诗论对后世产生了深远影响。

这首《新制布裘》，大约写于唐宪宗（806—820）元和初年。白居易主张诗文"为君、为臣、为民、为物、为事而作，不为文而作"（《新乐府序》），又说，"文章合为时而著，歌诗合为事而作"（《与元九书》）。他的这首诗完全体现出了他的这种理论主张，既不为艺术而艺术，又不为自我而艺术。诗中反映出他能跨越自我、"兼济"天下的博大胸襟，表现了诗人推己及人、爱民"如我"的人道主义精神，以及封建社会开明官吏乐施"仁政"、惠及百姓的进步思想，至今读来，仍能激动人心。

作品结尾四句："安得万里裘，盖裹周四垠。稳暖皆如我，天下无寒人。"源出于杜甫《茅屋为秋风所破歌》："安得广厦千万间，大庇天下寒士俱欢颜，风雨不动安如山。"它表明：两位伟大诗人的博爱情怀都是一致的。宋代黄澈在《蛩溪诗话》中说："或谓：子美诗意，宁苦身以利人；乐天诗意，推身利以利人：二者较之，少陵为难。然老杜饥寒而悯人饥寒也；白氏饱暖而悯人饥寒者也。忧劳者易生于善虑，安乐者多失于不思。乐天宜优。"其实，大可不必区分优劣。两人都是面对自我处境的一种超越，只不过老杜并未愁苦于个人饥寒、白氏并未沉溺于个人饱暖而已，皆为难能可贵。无论自身寒暖，诗人心中念念不忘、重重忧虑的都是天下百姓。

作品艺术的高明之处在于：表面写的是"稳暖"，实质写的是"仁政"；或者说，"稳暖"只是其写实，"仁政"才是其虚拟，即意象创造。白居易在唐文宗大和四年（830年）

被任为河南尹，辖区就是洛阳城。大和五、六年冬，他又写了一首内容相近的诗《新制绫袄成感而有咏》，其中写道："百姓多寒无可救，一身独煖亦何情！心中为念农桑苦，耳里如闻饥冻声。争得大裘长万丈，与君都盖洛阳城！"同样表达了他的爱民激情，同时也蕴含着他的"仁政"理想。他在《醉后狂言酬赠萧、殷二协律》诗中说得异常明确："我有大裘君未见，宽广和暖如阳春；此裘非缯（zēng，古代丝织品总名）亦非纩（kùang，细丝绵），裁以法度絮以仁。刀尺钝拙制未毕，出亦不独裹一身；若令在郡得五考（唐制：经五次考绩才可转官。意谓任满），与君展覆杭州人。"显然，白氏所谓"裘"，实乃"法度""仁政"的一种象征；不管是"盖裹周四垠"，还是"都盖洛阳城"，均要实施"法度"、推行"仁政"。作为封建官吏，他要维护的当然是封建统治，但在客观上也给平民百姓带来一定益处。

2011.3.14

（2011.12.24《中国纪检监察报·正气歌》）

“一树梅花一放翁”

——陆游的《卜算子·咏梅》

卜算子 · 咏梅

陆 游

驿外断桥边[1]，寂寞开无主。已是黄昏独自愁，
更著风和雨[2]。　　无意苦争春，一任群芳妒[3]。
零落成泥碾作尘[4]，只有香如故。

【注】

①驿，驿站，古代的交通站，以供公务人员往来、歇宿、换马之处。

②著，附着，加上。

③一任，任凭。

④碾，压碎。

品　鉴

陆游（1125—1210），著名的南宋爱国诗人。字务观，号放翁，越州山阴（今浙江绍兴）人。自幼身经丧乱，立志抗金报国。参加省试，名列秦桧孙秦埙之前；应礼部试，又“喜论恢复”，触怒投降派秦桧，遂被黜落。曾任枢密院编修官、镇江府通判、严州（今浙江建德）知州、礼部郎中兼实录院检讨官等职。因坚持抗金、反对投降，多次被罢官免职。他

以诗、词、文名于当时，诗的成就最大。与杨万里、范成大、尤袤齐名，被誉为“中兴四大诗人”。他亦工词。刘克庄称其词：“激昂感慨者，稼轩不能过；飘逸高妙者，与陈简斋、朱希真相颉颃；流丽绵密者，欲出晏叔原、贺方回之上。”（《后村诗话》续集卷四）著有《剑南诗稿》《渭南文集》《老学庵笔记》和《南唐书》等。

陆游喜欢梅花，爱咏梅花。在他留传下来的诗词作品中，咏梅之作就有100多首。而《卜算子·咏梅》则是其中的优秀篇章，影响深远。

作品分为两片，上片写梅花生长的环境及其遭遇。这株梅花长在“驿外断桥边，寂寞开无主”。古代驿站，多半设在荒凉边远之处，驿站之外则更见凄清。虽然有桥，却已断毁，显然是年久失修、无人过问。梅花开在这样人迹罕至的荒僻角落，自然成了“无主”之花：既无人照料，又无人爱惜，孤独寂寞，势所必然。“已是黄昏独自愁，更著风和雨。”生就处于艰难环境，开又不逢美好时机——“黄昏”时节开放，有谁会来赏识呢？这本来已够梅花“独自愁”苦了，不料又遭更大不幸——狂风暴雨来袭。其悲苦命运可想而知。

下片写梅花具有的品格及其情操。“无意苦争春，一任群芳妒。”梅花迎风怒放、冒雨盛开，决不是为了“争春斗艳”、献媚邀宠，而是向人传递春的信息、花的芳香。因为目标远大，所以胸怀宽广，不怕“群芳”排斥打击，任凭他们攻讦诬蔑，仍然我行我素而已。这就叫“君子坦荡荡，小人常戚戚”（《论语·述而》）。由此可见梅花的品格多么孤傲高洁。“零落成泥碾作尘，只有香如故。”不可小看嫉贤妒能的“群芳”，他们成“群”结伙、拉帮树派，因而势强力大，一般难以抗拒。面对“风雨”的折磨摧残、“群芳”的嫉恨诋毁，梅花照样坚持自己的崇高信念，纵然“零落成泥”、被“碾”成“尘”，也决不妥协退缩、改变本性，仍旧要让芳“香如故”、永留世间！足见梅花的操守何等坚贞顽强。

以上所说，只是就词论词，属于《咏梅》的表层含义。其实，作品还有更深的寓意，也就是言外之意。作品表面咏梅，实际写人，即人们公认的是诗人借梅自喻。陆游有诗道：“何方可化身千亿？一树梅花一放翁。”（《梅花绝句》其三）原意是说一棵梅下有一陆游。从这首词看，也可以说“一树梅花”就是一位陆游。词中句句写梅花，也句句写陆游，正如清代沈祥龙《论词随笔》所说：“身世之感，君国之忧，隐然蕴于其内。”

陆游所处的险恶环境与一生遭际，同“驿外断桥边”的梅花极为相似。——他生活在国家衰败不堪、金人侵略奴役、投降派横行无忌的悲惨年代。作为主战派的一员，陆游不仅人生多难，屡受贬斥排挤，而且仕途坎坷，多次蒙冤被免。但他毫不动摇，不改初衷，仍像梅花那样“一任群芳妒”。陆游所有的高风亮节与执著信念，也与“零落成泥碾作尘，只有香如故”的梅花完全吻合。——梅花的高洁品格，是在历经风雨冰雪的长期磨难后形成的：“高标逸韵君知否？正在层冰积雪时。”（陆游《梅花绝句》其一）“雪虐风饕愈凛然，花中气节最高坚。“（陆游《落梅》其一）陆游的高尚情操，同样是在跟邪恶势力的反复较量中“赢得生前身后名”的。面对艰难处境，不同人物会有不同选择——梅花的选择，也是诗人的选择，不是逃避，不是沉沦，而是虽处逆境，却能坚贞不屈、矢志不移，恰如诗人所说：“一身报国有万死，双鬓向人无再青。”（《夜泊水村》）“双鬓多年作雪，寸心至死如丹。”（《感事六言》）“书生忠义与谁论，骨朽犹应此念存。“（《太息》）这与梅花的即使成泥作尘也不改芳香，何其相似乃尔！在这里，诗人的爱国情怀、生命感悟与梅花的高标逸韵、劲节操守浑然相融、物我一体。咏物即是咏人，写梅即是写己。

作为咏物诗，《咏梅》固然是诗人陆游借梅自喻；但我们理解作品似乎不必局限于一人一事，视之为意象诗亦无不可。——梅花的意象，更是如同陆游一般富有正义品格和崇高气节的志士仁人的一种象征。

2011.10.12

（2011.11.2《中国纪检监察报·正气歌》）

传诵千古的爱国壮歌

——岳飞的《满江红·写怀》

满江红·写　怀

岳　飞

怒发冲冠[①]，凭栏处、潇潇雨歇[②]。抬望眼，仰天长啸，壮怀激烈。三十功名尘与土[③]，八千里路云和月[④]。莫等闲白了少年头，空悲切。

靖康耻[⑤]，犹未雪；臣子恨，何时灭？驾长车、踏破贺兰山缺[⑥]。壮志饥餐胡虏肉，笑谈渴饮匈奴血[⑦]。待从头、收拾旧山河，朝天阙[⑧]。

【注】

① 怒发冲冠，愤怒得头发直竖，顶住帽子。司马迁《史记·刺客列传》：“士皆瞋目，发尽上指冠。”《史记·廉颇蔺相如列传》：“相如因持璧，怒发上冲冠。”

②潇潇，骤雨之声。歇，止。

③三十，约举成数，此时岳飞已有三十多岁。尘与土，功名如尘土一般微不足道。

④八千里，系指长途征战。云和月，则谓日夜兼程，连续作战。《宋史·岳飞传》：“飞大喜，语其下曰：‘直抵黄龙府，与诸君痛饮耳。’”黄龙府在今吉林农安，岳飞误以为是金都燕京城。

⑤靖康耻，即靖康二年（1127）北宋为金所灭的奇耻大辱。宋钦宗靖康二年，金兵攻陷汴京，徽、钦二帝被掳，中原沦陷。

⑥贺兰山，又名阿拉善山，位于现在宁夏和内蒙古交界处，当时是金兵所占，泛指边关敌占区。缺，残缺。

⑦胡虏、匈奴，均指敌人。

⑧朝天阙，朝见皇帝。天阙，天子住的地方。

品　鉴

岳飞（1103——1141），字鹏举，相州汤阴（今属河南）人，后谥武穆，追封鄂王。南宋抗金名将、爱国英雄。20 岁应募为“敢战士”。曾得留守宗泽器重，授以战阵图。高宗亲赐“精忠岳飞”四字。因为坚持北伐、反对议和投降，终被昏君赵构、奸臣秦桧以“莫须有”的罪名杀害，年仅 39 岁。岳飞能文能武，其孙岳珂称其文章“不为章句，不事华靡，直欲致之实用”（《家集序》），为他编辑《岳武穆集》（即《家集》）。《全宋词》第二册收其词 3 首，此即其一。

这首词，曾被谱成多种曲调，广泛传唱。它之所以流传千古，不仅因为借助于音乐的翅膀飞到千家万户，更是由于词中表达的爱国情怀永远激励着历代人心。

词的上阕，重点在写“壮怀”。词人凭栏远眺，见到强敌入侵，满目山河破碎，作为爱国将领，他怎能不怒恨满腔，乃至“怒发冲冠”，难免“仰天长啸”。这正是他“壮怀激烈”的自然流露。“三十功名尘与土，八千里路云和月”，尽管他已经屡建奇勋，例如建炎四年（1130）他 30 岁时率兵收复建康等，但他视功名如尘土，还要继续长途征战，不计“八千里路”之遥，坚持连续作战，不怕日夜劳顿之苦。“莫等闲，白了少年头，空悲切”，是他励人之词，更是自勉之语。他要同军中官兵和社会贤达一起，及时再建奇功异勋。此其志不在小，此其怀可谓壮！

词的下阕，主要是写“雪耻”。“靖康耻，犹未雪；臣子恨，何时灭！”论耻，再无大于国破家亡；论辱，再莫过于二帝被掳。如此的奇耻大辱，一日不雪，臣子的冲冠之怒、凌霄之恨，便一日不灭。“驾长车、踏破贺兰山缺。”他要统率“岳家军”，驾起战车反攻，直捣敌人老巢，将其夷为平地。并且，还要饥餐敌肉、渴饮敌血，彻底洗雪国耻，完全消除国恨。“待从头、收拾旧山河，朝天阙。”以驱除敌寇、收复失地的赫赫战功去朝见皇帝。作品写出了岳飞与敌不共戴天的深仇大恨和为国报仇雪耻的坚定信念。

上阕抒报国“壮怀”，下阕叙“雪耻”“壮志”，全词构成一曲爱国壮歌，真可谓气壮山河、威慑敌胆、震古烁今、撼人心魄，直令弱者奋起抗争、勇者一往无前。正如陈廷焯《白雨斋词话》所说：“何等气概！何等志向！千载下读之，凛凛有生气焉。”词中的爱国精神不知鼓舞了历代多少仁人志士。

有人说，“壮志饥餐胡虏肉，笑谈渴饮匈奴血”不妥，宋、金同属中华民族，这样描写，有违民族团结，破坏和谐关系。我说，非也！第一，宋、金虽然同为华夏民族，但在历史上当时金兵南犯，属于侵略性质。岳飞抗金，该词作是历史上反抗侵略战争的名篇。第二，词中手法，不是写实，而是夸张，暗含比喻。作品将敌人“胡虏”“匈奴”比作凶禽猛兽，而要餐其肉、饮其血，这同成语“食肉寝皮”形容极端仇恨是一样的。如《左传·襄公二一年》：“然二子者，譬如禽兽，臣食其肉而寝处其皮矣。”决非实有其事。岳飞在《送紫岩先生张先生北伐》诗中也说：“马蹀阏氏血，旗枭可汗头。”均写其对于敌人的刻骨仇恨。第三，爱国主义是个历史的概念，在不同的历史时期，有着不同的内涵。我们不能用过去的爱国主义衡量现代，也不能用现代的爱国主义要求过去。这是不能前后置换的，否则就将陷入历史唯心主义。但在爱国家、爱民族、爱百姓的本质内涵上，爱国主义始终是一以贯之的。词中的忠君思想固然是种历史的局限，但在封建社会，皇帝是国家的象征，忠于皇帝即是忠于国家。忠君与爱国密不可分。何况词中所写，不止忠于皇帝，还有忠于国家。生在现代社会，无论职位尊卑，不管能力大小，也甭问贡献多少，都要心怀祖国、情系人民。这是人生道德的最佳境界和生命价值的最高标志，人人应当“寤寐求之”！

2011.12.5

（2012.1.4《中国纪检监察报·正气歌》）

附录一

21世纪初期中华诗词发展纲要（第四稿）

说 明

2000年11月末，中华诗词学会会长办公会议在会长孙老轶青提议下，做出决定：要向诗词界发布一个文件，从诗学理论与创作实践相结合的高度，概括阐述21世纪中华诗词发展的方向、目标、原则与方针。同时，成立文件“起草小组”，我被命为小组成员之一。不久，“起草小组”集中于某个宾馆，讨论文件起草事宜。我因有事，未能与会。但我先后参加了由3人分别起草的一稿《二十一世纪诗词发展纲要》（要点）、二稿《开拓、奋进共创诗词新纪元——关于中华诗词创新与发展的几点意见》和三稿《中华诗词新世纪发展纲要》的研究、讨论会。随后接到时任副会长兼《中华诗词》主编的杨金亭的批示：“昨晚孙老来电确定，请国成在理论及文字上最后加工修改，删定在6000字以内，尽量压缩篇幅。”（2001.1.1）因为第三稿有9000字之多。此文即是由我独立重写（不是修改）的第四稿，只吸收了前三稿的部分材料与意见，文字则纯是个人的。——这从文风上也可以看得出来。它体现了我对中华诗词发展的基本理论观点，至今不变，故录于此，以供读者参阅。

中华诗词学会公开发布的正式文件（标题未改），即在此文基础上又改了四次。此文21条，文件最后改成18条：合并3条（①与②合、④与⑤合、⑥与⑦合），删去1条（即关于诗界团结问题的第20条），增写1条（即关于国际诗词交流与合作问题，见2001年第2期《中华诗词》公开发表的中华诗词学会正式文件第“十七”条）。读者可以对照阅读，但千万不能相混，因为这个“第四稿”无论正确与否，尤其是错误之处，只能算是我的个人观点，决不代表任何团体与他人！

2006年4月24日

①21世纪，我国将要实现社会主义现代化，全面建成小康社会，进入世界发达国家行列，综合国力大为增强。随着物质生活的显著改善，人民的精神文化需求也将普遍提高。而有中国特色的社会主义文化，与政治、经济一样，是综合国力的重要标志和基本纲领的重要内容，也必然出现新的发展与繁荣。中华诗词，被誉为民族文化的塔尖和文学王冠上的明珠，同样会放射出更加灿烂夺目的光辉。前景无限广阔美好，需要我们勠力奋斗。

②21世纪，世界经济一体化、信息网络化的进程更加迅猛。随之而来的文化全球化的浪潮，将会进一步席卷各国。这对我国的文化包括中华诗词的发展，既是机遇，又是挑战。我们既要抓住机遇，又要迎接挑战。一方面，文化全球化会促进我国的文化开放，增进国际文化交流，我们要从中吸取现代意识、科学精神和艺术营养，加快自身发展。另一方面，文化全球化也会冲击我国的民族文化，乃至造成某种精神污染，因为外国文化、尤其是西方文化的价值取向与我国不同，已经并将继续凭借其经济实力和科技优势得以广泛推行。20世纪的社会实践证明，西方文化的消极影响不可低估。江泽民同志明确提出：“国家要独立，不仅政治上、经济上要独

立，思想文化上也要独立。”我国的文化独立，最根本的就是保持中华民族的优秀文化和革命传统的人文精神。只有民族的，才是世界的。中华诗词作为我国文化的组成部分，最具民族特色；我们要在国际文化交流中，大力弘扬它，不断发展它，让世界人民了解中华文化的博大精深和中华民族的美好心灵。

③中国是诗的悠悠古国，又是诗的泱泱大国。中国文学史，首先是一部中国诗歌史。诗教传统源远流长。早在两千五百年前，孔子就提出“兴、观、群、怨”以及“事父”“事君”等的诗论观点，重视诗歌的认识作用、教育作用、娱乐作用、讽喻作用和审美作用。中华诗词，包括古典诗歌及其近代发展，可谓精美绝伦，是我们民族文化的瑰宝，是举世无双的人类语言的艺术奇迹，以其忧国忧民的忧患意识、爱国爱民的爱国主义、悲天悯人的悲悯情怀、万古长新的艺术魅力，融入中华民族的血脉之中，三千多年来，不知熏陶、感染、鼓舞了多少代人，已经变为中华民族形成、凝聚、发展、振兴的一种精神力量。在有中国特色社会主义的精神文明建设中，中华诗词无疑会起到振奋民族精神、美化人民心灵的巨大作用。

④“五四”新文化运动，创造了新文学，产生了白话新诗。这是它的不可磨灭的历史功绩，永远彪炳史册。然而，由于缺乏马克思主义的辩证分析，先驱者们对于传统诗词全盘否定，一脚踢开，陷入了形而上学和民族虚无主义。历史教训十分深刻，消极影响异常严重，致使中华诗词在长达将近一个世纪的时间里，一直受到歧视、冷落，甚至压抑、排斥、打击，基本上处于半明半暗、时有时无、不死不活的停

滞状态。白话新诗，也因割断历史、抛弃传统而营养不良、发展受阻，至今未能完全摆脱困境。

我们既要发扬“五四”新文化运动的革命精神，加速中华诗词的改革进程，又要克服它的偏差所造成的不良影响，坚定不移地发扬中华诗词的优秀传统。

⑤中华诗词深深植根于炎黄子孙的心灵里，犹如“蒸不烂煮不熟捶不扁炒不爆响珰珰一粒铜豌豆”，具有永久旺盛的生命力。凡有华人、汉语存在的地方，就有中华诗词在顽强生长。即使是“五四”新文化运动的先驱，也往往言行不能一致，而要“唐贤读破三千纸，勒马回缰写旧诗”。如文化革命的伟大旗手鲁迅先生，不能忘情于诗词创作，并取得了骄人的实绩。毛泽东同志不但是伟大的革命家、政治家、理论家，而且还是伟大的诗人。毛泽东诗词堪称千古绝唱，以其宽广胸襟、宏大气魄和高超艺术，把中华诗词推向了新的高峰。由于鲁迅、特别是毛泽东诗词和老一辈革命家诗词的巨大影响，中华诗词开始呈现复苏的可喜景象。作者蜂起，佳篇迭出。

⑥到了改革开放的历史新时期，中华诗词逐渐出现了蓬勃发展的崭新局面。一些报刊，如《诗刊》率先打破“不宜提倡”的禁区，带头推出了《旧体诗》专栏。随后《当代诗词》专刊创办于广州，各地诗词报刊或公开、或内部地相继问世。诗词社团如雨后春笋，到处涌现。中华诗词形成了“忽如一夜春风来，千树万树梨花开”的动人景观和起于民间、遍布全国、波及海外的“中华诗词热”。

1987 年全国性群众组织中华诗词学会宣告成立，1994 年学会主办的全国性专刊《中华诗词》正式创刊，标志着中华诗词已从复苏走上振兴之路，并使“中华诗词热”继续升温：诗词创作空前活跃；诗词出版渐趋火爆；诗词活动诸如各类诗词大赛、学术研讨会、诗词年会、创作笔会等等异常频繁；中华诗词学会目前的团体会员已近200，个人会员超过8000；诗词人口即作者、论者、编者、读者、爱好者等，保守估计也有百万……这表明，中华诗词“一万年也打不倒”。

中华诗词的重新崛起，虽然不等于诗词创作的繁荣，但却改变了“五四”以来中华诗词的沉寂局面，为诗词的更大发展和繁荣，打下了坚实的基础。

⑦令人高兴的是党和政府对社会主义精神文明建设包括中华诗词事业的高度重视与鼓励，为中华诗词的发展开启了新的机运，创造了有利条件。江泽民总书记在“三个代表”的论述中，特别强调了“先进文化代表”的重大意义，而具有进步性、人民性和爱国主义传统的优秀诗词自然属于先进文化的范畴。他不仅高度评价“中国的古典诗词博大精深”，而且言传身教，为人垂范。还有朱镕基总理的亲切关怀、中国作家协会的大力支持、港澳台海外诗友的热情襄助等等，都给我们以极大鼓舞。经过广大诗友的共同努力，诗词事业正在欣欣向荣，形势确实喜人。

⑧然而，中华诗词不容盲目乐观，仍然面临重重困难。诗词创作，精品太少，佳作也不算多，不足以打破拟古、复古倾向以及公式化、概念化造成的平庸现象，因而不能完全满足人民大众的审美需要；诗词队伍严重老化，尽管出现一些中青年优秀作者，但为数不多；诗词理论批评远远落后于创作实践；诗词组织除了少量得到党政具体支持外，多数处

于一无经费、二无编制、三无办公地点的“三无”窘境；诗词事业还未引起整个社会、尤其是基层领导的应有重视和支持……这不能不使中华诗词的继续发展受到一定限制。

⑨坚持诗词改革，反映新的时代。中华诗词学会提出“开创社会主义时代诗词新纪元”的口号和“适应时代，深入生活，走向大众”的方针，实行“两个转变”，即“由旧时代向新时代的转变，由少数人向多数人的转变”，得到广泛赞同，取得一定成绩。实践证明，中华诗词要振兴，要繁荣，必须与时俱进，实行改革。改革要务，在于“适应时代”，完成“两个转变”。道理很简单：中华诗词，作为客观世界的主观反映，自应随着客观世界的发展而发展，随着时代的变化而变化；作为上层建筑的一种意识形态，中华诗词就是要适应社会主义的经济基础，满足国家主人——人民大众的文化需求，从而成为社会主义文艺的组成部分、精神文明建设的重要力量。如若不然，它就会落后于客观现实，背离了时代要求，反作用于经济基础，同社会主义和人民大众格格不入，必将被时代所淘汰。因此，我们既要保持诗人的创作个性，又要将个性与共性辩证地统一起来，自觉做到与时代同步，与人民同心，歌颂真善美，鞭挞假恶丑，抒写出时代的新思想、新感情、新哲理，唱响新时代的主旋律。这是中华诗词事业成败兴衰的关键所在。

⑩诗词改革需要处理好继承与发展、借鉴与创新的辩证关系。对于我国古典诗歌的优秀遗产，我们一定要继承；对于人类创造的一切文明成果，我们一定要借鉴。有无继承、借鉴，结果大不一样，正如毛泽东同志所说：“这里有文野之分，粗细之分，高低之分，快慢之分。”但是，继承决不

是生吞活剥、食古不化，而是吸收营养，促进发展；借鉴也不是盲目模仿、全盘照搬，而是为我所用、以求创新。单纯继承和借鉴，只能成为前人影子与洋人克隆，无法实现超越；一味发展和创新，则有可能数典忘祖与走火入魔，无法达到目的。因而“原汁原味说”和“重起炉灶论”都是偏执一端，不足为凭。应当打破故步自封和闭关自守的偏狭之见，大胆继承和借鉴古今中外一切优秀的文明成果，既向古典诗歌学习，又向外国诗歌学习，也向诗词同行学习，还向现代新诗学习，广收博采，融会贯通，用以丰富自身，创造当代诗词。

⑪诗词改革必然伴随着语言革新。语言包括词汇、语音、语法三大要素，既有相对稳固的稳定性，又有不断变化的生成性。而词汇、语音变化尤大，尽管是渐变的，却也不容忽视。不少词汇、语音，随着历史而逐渐消亡，也随着时代而陆续产生。当代的诗词语言，如果不能随着时代的前进而弃旧革新，那么，就将变成语言的僵尸，非但不被当代群众所理解，反会遭到唾弃。诗词语言，贵在创新。连古人都主张“唯陈言之务去”，何况当代诗人对于僵死的语言，更要去尽。

“玉不琢，不成器。”诗词是语言的艺术，语言不经琢磨锤炼，难以成诗。我们要学习具有生命力的书面语言，包括古代语言，又要吸收外来语言，还要采用口头语言，如鲁迅先生所说：“将活人的唇舌作为源泉”。无论哪种语言，都要千锤百炼，使之成为新颖的“诗家语”。而口语入诗，尤需提倡。

⑫声韵改革，势在必行。声韵是语言的要素之一，对于一向讲究“一简之内，音韵尽殊；两句之中，轻重悉异”

的诗词说来，显得更加重要。中华诗词的声韵格律达到相当精致、十分科学的完美程度，决不能废，且要发扬。然而，当代声韵变化很大，改革乃大势所趋；不加改革，无法适应时代，也难展示诗词声韵之美。不错，声韵美、整齐美、对称美、参差美被视为诗词格律的“四大美人”，但“美人”也要随着季节更替变换时装，不然，美从何来？

鉴于目前声韵使用的实际状况，我们一方面要尊重诗人的创作自由，另一方面又要倡导诗词的声韵改革，执行“倡今知古”“双轨并行”的方针，即：倡导使用以普通话语音声调为审音用韵标准的今声今韵，同时熟悉、掌握旧声旧韵，以便通晓、鉴赏和研究古典诗歌的声韵特征及其艺术内涵；诗词创作则实行今声今韵和旧声旧韵的“双轨制”，诗人词家各行其道。为促进声韵改革和学用今声今韵，很有必要组织学者、专家尽快编辑出版新的韵书。

⑬创造新的诗体，是时代的呼唤和诗艺的要求。唐诗、宋词、元曲……一代有一代之诗。词兴而不废诗，曲兴而不废诗、词——一代能容历代诗体。现代社会变化得快，复杂得多，更需要创造新体加以表现。艺术规律永远追新求变，最忌墨守陈规，即使是格律严谨的近体诗，也不是一成不变的，如有变格、变体。诗体众多，便于反映丰富多彩的伟大时代，也是诗艺繁盛、百花齐放的一种标志。

当代诗词创作大体有三种：“旧瓶装新酒”，严守格律；“旧瓶”略做改进，基本守律而不为律缚；“既酿新酒，也创新瓶”，如自度词、自由曲之类。一切有益探索，都应得到鼓励。适应时代发展，满足群众需要，是我们的探索方向。新的诗体，将在探索中诞生。

⑭实施精品战略，繁荣诗词创作。艺术质量是中华诗词的生命。不精不粹，不足以为美。诗词创作，一定要精益求精，力戒粗制滥造。俗话说：“宁吃鲜桃一口，不吃烂杏一筐。”要树立精品意识，建立精品机制。诗词精品，应当是情真，意新，味厚，格高，韵美。力争创作出思想新、感情新、语言新、声韵新、意境新、艺术新的传世之作。

中华诗词既要提高，又要普及，既要“阳春白雪”，又要“下里巴人”。任何时候，精品总是少数。因此，普及与提高需要辩证统一起来，“阳春白雪”与“下里巴人”需要很好结合起来。诗词的普及工作，目前更为急迫。同时做到雅俗并举，雅而能俗，俗不伤雅。雅俗共赏，永远是中华诗词和一切文艺的最高境界。

⑮振兴诗词事业，离不开理论指导。目前的诗词理论批评，跟不上创作发展，更不要说指导创作了；理论队伍尚未形成，散兵游勇各自为战；理论阵地少而又小，可以说是英雄无用武之地……因而亟须加强，尽快改变现状。

首先，在思想上，要重视诗词理论批评建设，没有理论，就不可能从必然王国走向自由王国，永远处于不自觉的被动状态，变成盲人瞎马，夜临深池。其次，在行动上，要从调查研究入手，分别轻重缓急，解决一些具体问题。再次，在规划上，要把理论建设列入其中，由近期到长远，做出计划，逐步实施。在马列主义、毛泽东思想和邓小平理论指导下，努力建设具有民族特色的科学系统的中华诗词学。

⑯加强队伍建设，培养诗词新秀，是诗词事业发展的战略任务。青年是国家的未来、民族的希望，也是诗词事业的兴旺所系。没有青年的广泛参与，便没有诗词事业的真

正发展与繁荣。队伍老化，后继乏人，蕴藏着中华诗词的深刻危机。因此，培养诗词新秀、特别是青少年刻不容缓。

诗词组织和报刊以及有关单位，要积极促进诗词教育回归学校教育的各个阶段，同时加大中华诗词的普及力度和诗词教育的推行广度。诗词作者和爱好者、尤其是青少年亦应加强自身的马克思主义理论修养、人格修养、生活修养、文化修养和艺术修养，立志做新世纪的诗词大家、巨匠。中华诗词学会及其主办的《中华诗词》期刊对此负有不可推卸的责任，比如由短期诗词培训、函授扩展为创建中华诗词文化学院，建立中华诗词网站，利用高科技推广诗词文化等等。

⑰搞好各级诗词组织，提高人员素质。为了在新世纪发挥更大作用，中华诗词学会需要加强组织建设，一方面完善组织机构和各项规章制度，增强工作人员的政治修养和服务意识；另一方面积极而又稳妥地做好会员发展工作，严格把握入会标准与审批程序，提高会员素质与创作水平。团体会员也要有相应的发展，不断扩大其覆盖面，解决地区间的失衡问题。

各地诗词组织，也要因地制宜地逐年扩大，不断完善，增强凝聚力、吸引力和影响力，为诗词事业培养、输送后备力量。

⑱办好诗词报刊，加强图书编辑出版工作。《中华诗词》及其他诗词报刊要坚持正确办刊宗旨，贯彻“二为”方向和“双百”方针，力求办出特色，办得生动活泼，提高质量，扩大发行。全国性的《中华诗词》应当办成全国一流的刊物，成为优秀作品的园地、百家争鸣的论坛、联系群众的纽带、指导工作的中心、读者作者的良师益友。并且，创造条件，争取把它办成月刊。

根据社会需求，有计划地组织编辑出版尽可能兼具社会效益和经济效益的诗词专著与系列丛书等。

⑲精心策划、积极开展各类诗词活动。各级诗词组织，根据不同情况和条件，举办各种类型的诗词大赛、诗词创作理论研讨会、作品讨论会、创作笔会、诗词朗诵演唱会，以及组织诗人采风、深入生活等活动，是提高创作理论水平、发动群众参与、扩大诗词影响、锻炼诗词队伍的有效方式。规模可大可小，时间可长可短，形式灵活多样，都须坚持社会效益第一和正确舆论导向的原则，重质量，重效果，并建立必要的报批制度。

⑳加强诗词界内外部的团结。开创诗词新纪元的任务光荣而又艰巨，已经历史地落在我们的肩上，需要同心同德，群策群力，团结奋斗。中华诗词长期受压，现在的稳定复兴局面来之不易，理应倍加珍惜。古代的所谓“文人相轻”，正是一些封建文人妄自尊大、目空一切的恶劣习性，不足为法；而历来的文人相亲、相重，才是修养有素、品德高尚的诗家风范，值得学习。振兴中华诗词，是我们的共同目标，要求我们顾全大局，团结合作，相敬相爱，互补互助，包括适时开展推心置腹的批评和自我批评，达到亲密无间。

同时，加强外部团结，即与诗词界外的方方面面、尤其是新诗界的团结。无论内外，都搞大团结，不要小圈子。旧体诗与新体诗，是兄弟关系、姊妹艺术，如同连理枝、并蒂花，并秀同春，才显蓬勃景象。“两栖诗人”的出现，使新诗、旧体联姻：取两者之长，弃双方之短，已经生出诗的宁馨儿，如自度词、自由曲等，有可能因而创立新的诗体。历史的经验证明：新诗、旧体共存则两荣，相斥则俱伤。

㉑ 广泛寻求社会支持，千方百计增加收入，为中华诗词的生存、发展创造必要的经济条件。中华诗词属于民族文化事业和精神文明建设的一部分，已经得到、并将继续得到社会各界和有识之士的鼎力支持。关键在于我们放下架子，主动寻求支持。

当然，主要还靠增强自身的造血功能，想方设法创造经济收入，比如遵照朱镕基总理批示精神，争取在近两三年建立中华诗词发展基金会以及开展其他创收活动等。特别需要注意的是“君子爱财，取之有道”。绝对不能以不正当手段和途径去获取不义之财与非法收入。同时提倡艰苦创业、勤俭办事、无私奉献的精神，既要开源，更要节流。

回顾20世纪，瞻望21世纪，我们满怀豪情，对于诗词事业在新世纪新千年的发展兴旺充满信心。经过一代又一代海内外炎黄子孙的共同努力，开拓奋进，具有悠久传统的中华诗词，必将再造诗国辉煌，在振兴中华、统一祖国的大业中做出独特的应有贡献！

2001年1月10日

（2006年12月青海人民出版社版丁国成著《诗词琐议》）

附录二

艺术品的商品性与商品化

具有划时代意义的党的十四大标志着我国社会主义由计划经济体制向市场经济体制转变。这是一场新的革命，必将带来政治、经济、文化领域里的一系列根本变革。在经济转型时期，艺术品的创作与生产，不可避免地要面向市场经济。

事实上，艺术品早已进入市场，早就成了商品，只是由于传统观念的束缚，人们不愿承认或不肯接受艺术品的商品性这一现实，认为这是对艺术品的亵渎与贬斥。艺术品作为商品进入流通领域，乃大势所趋，也是希望所在。我们不应讳言甚至否定其商品属性。而且，艺术家还应强化自己的商品意识，参与市场竞争。这不会降低艺术品的价值，反倒有利于艺术价值的实现，对艺术家也并非不光彩之举。在商品市场中的确有些艺术品声誉欠佳，也有些艺术家声名狼藉，但这不是因为他所创造的艺术品成了商品，而是由于其艺术品本身或者粗劣不堪，或者庸俗卑下。

艺术品的创作同其他商品生产一样，也需要艺术家付出一定的体力和脑力劳动，特别是复杂劳动。因此，艺术品的商品价值也由社会必要劳动时间决定，并受价值规律的制约。艺术品要实现其价值，扩大其影响，就必须通过商品的形式，经由市场进入流通领域。

为了占领市场，艺术家就得掌握并顺应商品经济规律，使自己在竞争中处于优胜地位，而不致被商品经济大潮所淘汰。其一，按价值规律办事，提高艺术品的质量，增加竞争力。著名导演谢晋说："真正的电影就两个字——好看！"由于艺术质量高，观众觉得"好看"，影片就会受欢迎，自然畅销。其他文艺作品也莫不如此。正如古人所说："黄金作纸珠排字，未必时人不喜看。"其二，按供求规律办事，了解消费者的消费心理、欣赏习惯、艺术趣味、消费倾向等，亦即了解市场需求，从而最大限度地满足社会的正当需要。不能以贵族老爷式的傲慢态度对待市场需求，而应创造雅俗共赏的艺术品，争取更多顾客。

在市场经济中，艺术事业要得以发展，艺术家要得以立足，必须强化自身的"造血功能"。国家固然可能给予某种优惠政策，但是不能指望像在计划经济体制下面那样，艺术家依赖主管部门"哺乳"，艺术品全靠政府统购包销，而要自觉适应市场经济需要，生产适销对路的艺术品，努力创造经济价值。这也是艺术家和艺术生产部门为社会主义物质文明建设理应尽到的社会责任。

然而，艺术品与一般物质产品不尽相同，虽然具有商品性，却不能搞商品化。所谓"化"者，用毛泽东同志话说，就是"彻头彻尾彻里彻外之谓也"，即艺术品从内容到形式、从生产到消费都按商品的价值规律办事，也就是艺术品生产者完全根据市场需求进行生产。对于社会主义文艺说来，我认为，这是行不通的。

艺术品有其迥异于一般物质产品的特性，它既是物质商品，又是精神产品，其价值与纯粹物质产品的价值是不同的。物质产品的主要价值在于实用性（尽管某些产品也有鉴赏性，如工艺品），也就是使用价值；而艺术品的主要价值则在于审美性和认识性（尽管某些作品也有实用性，如装饰），也就是艺术价值，而这，是不能用商品价值来衡量的。即使同是复杂劳动产品，艺术品也与高新科技含量很大的科技产品相异，区别就在于艺术品含有强烈的感情投入和思想评价，因而不能完全用劳动量多少来确定其价值。艺术品的商品价值当然同其艺术价值有关，但并不等同。有许多艺术品价值连城，用金钱无法计算。通过市场交换，只能为其艺术价值的实现创造条件，却不能实现其全部价值，因为其艺术价值的最终实现，要靠鉴赏，从而引起人们的心灵感应与共鸣。这种审美感受越强烈，艺术品的艺术价值也就越大。

有人说，对艺术品只须问有无市场，不必问“姓‘社’姓‘资’”。这种艺术品商品化的主张十分有害。

先从艺术品的供求来看。群众对艺术品的需求是多种多样的，既有合理的需求，也有不合理的需求。如果艺术品生产者不分青红皂白，对不合理的需求也有需必供、有求必给，那么，就有可能导致艺术品思想境界降格、艺术品位下跌，甚至出现粗制滥造的现象。艺术品生产者要服务于人民，但服务决不是迎合某些低级趣味和腐朽思想。生产和兜售庸俗下流、荒诞不经的所谓艺术品，与社会主义精神文明建设背道而驰。作为商品，艺术品可以创造物质财富和经济效益；作为精神产品，艺术品更应当创造精神财富和社会效益，而不能制造精神垃圾，贻害人民。江泽民同志指出：“精神文明重在建设。”艺术品具有潜移默化而又广泛深远的社会影响，注意生产供应积极、健康、有益、无害的艺术品，是精神文明建设的重要方面。有首《好了歌》说：“世人都说钞票好，勤爬格子财发了；只要文章能卖钱，道德良心不要了。

世人都说稿费好，这条活路妙极了；不管色情与凶杀，推销出去钱来了。”文学艺术的这种唯利是图的商品化倾向，理应加以反对。

再从艺术品本身来看。艺术品属于上层建筑的意识形态，具有鲜明的思想倾向性和社会阶级性。马克思明确说过，艺术同“法律、政治、宗教、哲学一样”，同是“意识形态的形式”。这是由于艺术品的生产对象，即艺术品所反映的社会生活，在阶级斗争存在的社会里表现为复杂的社会的政治关系和阶级关系；也由于艺术品的生产主体，即艺术品的创造者总要在艺术品中表达自己对社会生活的主观评价，这就必然受其世界观、人生观、历史观、道德观、价值观、审美观的制约，从而反映出主体的思想倾向和爱憎感情；还由于整个社会的政治斗争以及其他意识形态形式给艺术品及其创造者以深刻的影响——这就必然使艺术品具有一定的或显或隐的政治倾向，存在着“姓‘社’姓‘资’”的问题，因而人们不得不问、不能不辨。

不错，艺术品由于属于“那些更高地悬浮于空中的思想领域”（马克思），即远离经济基础的上层建筑中的思想意识形态，确实有些作品阶级性不很明显，也有部分作品带有非意识形态色彩，特别是那些表现共同人性之类的作品，是任何历史时代和任何阶级民族都可以欣赏的，甚至产生共鸣，如某些（不是全部）山水诗、花鸟画、音乐、书法、雕塑等等，从中寻找阶级性，追问“姓‘社’姓‘资’”，显然是徒劳无益的。在这方面，要继续清除根深蒂固的“左”的影响，坚持具体问题具体分析，反对滥贴政治标签。但是，这种艺术现象毕竟是个别的、局部的、非本质的，绝对不能因为少量艺术品阶级性不明显或者没有阶级性，而否定艺术整体的意识形态属性。

具有中国特色的社会主义文艺有着坚定不移的政治方向，那就是必须坚持“为人民服务，为社会主义服务”的正确方向。既然是社会主义文艺，却不问“姓‘社’姓‘资’”，显然于理不合，也与实践抵牾，更与邓小平同志南方讲话的原意相悖。就总体而言，我们的艺术品是社会主义意识形态的一部分，既由社会主义的经济基础所决定，又对其产生反作用，即促进社会主义经济基础和政治上层建筑的巩固与完善。如果抛弃文艺的社会主义属性，任其商品化浊流泛滥，那么它对社会主义的经济基础及其政治上层建筑必定要起腐蚀、瓦解、破坏的消极作用。因此，我们应当牢记邓小平同志的要求：“思想文化界要多出好的精神产品，要坚决制止坏产品的生产、进口和流传”，要“以社会效益为最高准则”。尤其是在当前国际斗争极为复杂的情势下，资本帝国主义国家和一切反动势力加紧进行和不断强化对社会主义国家的意识形态渗透与政治颠覆，发动一场“没有硝烟的世界战争”（布什），推行其和平演变的战略阴谋，并且已在世界部分地区得逞。苏东的砰然倾覆，其原因固然是多方面的，但其意识形态逐渐变质，不能不说是原因之一。前车之覆，理应成为后车之戒。

作为精神产品，艺术品既与一般的物质产品不同，也同其他形式的精神产品各异，如科学理论等。艺术品和科学理论都是人类从精神上把握世界的一种方式，都要揭示客观事物的发展规律和本质特征，但是两者把握世界的具体方法却截然相反：理论运用的是抽象思维，艺术运用的则是形象思维；理论研究舍弃个别，而保留一般，艺术创造则舍弃一般，而保留个别；理论重在说理，以理服人，艺术则重在言情，以情动人。因此，艺术品的生产，不仅有别于物质产品的生产，而且有别于其他精神产品的生产，应当严格遵循艺术规律，创造具有高度审美价值的艺术品。

为了适应市场经济的发展，最大限度地满足人民群众日益增长的文化艺术生活的需要，必须全面贯彻党的“二为”方向和“双百”方针。要警惕右的倾向，但主要是防止和反对“左”的倾向。大力提倡探索，热情鼓励创新。各种题材、体裁、手法、风格、流派的艺术品，都应当允许存在，自由竞争，优胜劣汰。最具权威的选择，在于实践主体的广大群众，而不是脱离实际的少数长官；在于漫长历史的无情筛选，而不是某些论者的胡乱吹捧。按照艺术规律创造出来的为人民群众所喜闻乐见的真正艺术品，具有永久的艺术魅力，不受时空的局限，可以走向世界，也可以传之后世，更可以在市场经济发展中创造出惊人的经济效益和社会效益。

1992 年 12 月 14 日—15 日于中央党校

（此文为作者在中央党校进修班学习的结业论文）

附录三

“谁是诗中疏凿手”

——恭读丁国成诗论集《诗学探秘》

羊角岩（土家族）

《诗刊》办刊授的时候，我曾在4个年度里拜时任常务副主编的著名诗评家丁国成为指导老师，因此荣幸地与他结下了师生之谊。丁国成老师的诗论集，我差不多都读到了他的签名赠送本。他著有《古今诗坛》《吟边谈艺》《诗法臆说》等书，主编了《中国新时期争鸣诗精选》《中华诗词·十年评论选》等。最近我收到他新近由北京燕山出版社出版的《诗学探秘》一书，书中收录了自1980年代以来他的主要诗论作品。丁国成老师从1976年进入《诗刊》担任评论组负责人，后来成长为常务副主编、编审，以及中国作协全委会委员，直到1999年12月退休，新时期以来到世纪之交的20多年里他一直在《诗刊》担任领导职务（退休后他还担任着中国作协名誉委员及理事批评委员会委员、《中华诗词》杂志常务副主编等职）。他既是诗评家、编辑家，又是诗界领导，具有多重身份，所以他是中国新时期诗坛的主要的亲历者、评论者、推动者。他的身份决定了他与一般的诗歌评论家是有区别的——他所关注的题材和问题，都不是无足轻重、无关宏旨的。他的诗论文章则往往是高屋建瓴，言简意赅，有的放矢，论不空发。所以在我看来，《诗学探秘》有着非一般的诗论著作可比的大气与厚重，至少在三个方面值得读者严重关注的。其一，这是一部可以窥探中国诗坛风云际会的著作。一些篇什涉及新时期以来诗坛的重大争鸣问题。书中有不少重要的史料。在某种程度上来说，这是一部中国新时期诗歌矛盾运动的历史，也可以说是一部中国新时期诗史。因为皆系丁国成本人亲历亲闻，所以其真实可信的程度不言而喻。其二，从书中看得出来丁国成老师多年来所呼唤、所倡导、所坚持的诗歌重大理论问题和实践问题。其三，看得出丁国成老师的人格魅力。

一、疏凿源流，别裁清浑

《诗学探秘》中记录了这样一件事：1992 年 7 月，时任中宣部副部长的贺敬之为丁国成手书了一条幅，内容是金代元好问《论诗三十首》中的第一首："汉谣魏什久纷纭，正体无人与细论。谁是诗中疏凿手？暂教泾渭各清浑。"贺敬之是在住院治病期间给丁国成写这个条幅的。当时，贺敬之的处境十分艰难。据贾漫《诗人贺敬之》一书中所描述的内情：贺敬之对中央领导和自己的老师，即在"资产阶级自由化问题上栽了跟头"（邓小平语）的原则性错误言行，不是违心地曲意奉迎，也不是装聋作哑沉默不语，而是坦诚地直陈所见，恰当地予以抵制，采取了"吾爱吾师，吾更爱真理"的态度，不怕得罪位高权重一言九鼎的领导和老师。结果他招来了国内外的种种流言蜚语、毁谤咒骂、向上诬告直至靠边去官，忍受着无奈，吃尽了苦头，但他无怨无悔。

就是在自身难保的处境下，贺敬之还密切地关注着诗坛动态。他对诗坛现状一直是深沉忧虑的。新时期我国诗歌空前活跃，并且取得了可喜的成就。正如贺敬之所说，“决不能否定中国新诗的成就”，有着两层含义：一、“五四”以来的中国新诗“辉煌的历史”，尤其是“革命诗歌”“不该被告别、被否定”；二、新时期的中国新诗，“粉碎‘四人帮’以来，特别是党的十一届三中全会以来，诗歌和整个文艺战线一样，成绩很大，是第一位的”。然而，随着西方现代主义文艺思潮的一拥而进，诗坛在思想活跃和创作繁荣的同时，也呈现出不曾有过的混乱局面。一些舆论误导，益发加剧混乱，致使许多人盲目崇拜西方现代主义和后现代主义的文艺观、哲学观、价值观、人生观。“现代诗只能横的移植，不能竖的继承”在相当范围内成为强势话语。有影响的论者坚持不断地鼓吹表面上笼统、实则针对社会主义实践的“我不相信”和为己所需而加以歪曲的“朦胧诗的怀疑精神”，呼应“躲避崇高”“告别革命”“消解主流意识形态”等口号在思想界和文坛的传播，倡导极端自我的所谓“个人化写作”乃至“下半身写作”等，若干年来花样不断翻新。对于这种情况，贺敬之一针见血地指出：“虽然看起来包装各异，听起来众声喧哗，其实有一点却是众口一词的，就是排除马克思主义文艺观、毛泽东文艺思想。”尽管“人数不多，但他们能量不小，影响很大，危害深远”。

贺敬之出于对诗坛现状的忧虑，又因为对丁国成的长期观察和了解，在恶劣环境中的贺敬之特意为丁国成题写元好问这首诗，显然是借古喻今，有感而发。元好问认为，汉魏以至宋金，名家辈出，流派纷呈。可是汉魏风骨、优良传统，后世渐失，结果导致荒音累气、伪体乱真，而许多诗家无人“细论”，或者泾渭不分、正伪莫辨，甚至是非颠倒、褒贬失当。因此，元好问期待着能有诗论家疏凿源流，别裁伪体，匡正诗风。这与新时期诗坛所出现的问题有某种类似之处。

丁国成谦逊也是清醒地认为，真正称得上“诗中疏凿手”的，在当代非贺敬之莫属。这个条幅虽然是赠给丁国成的，却“更是对所有诗评家的期望”。丁国成说，我多年来主要搞诗歌评论，自然应当在别裁诗体的正伪、澄辨泾渭的清浑方面多做一些工作。如今诗坛虽较十年前有好转，但假诗乱真、伪体乱正的现象并未绝迹，也不可能绝迹。这就需要评论作者严加辨析，予以“细论”，从而使真假有别、正伪分明，让诗的赝品无处藏身、论的谬种难以惑众。

在给柯岩、贺敬之夫妇的一封复信中，丁国成写道：“我愿借此机会，向两位文学前辈明确表示：不管国际国内文坛诗界发生什么情况，也不管自己处于什么岗位、从事什么工作，我都将一如既往，坚持自认为是、并且实践检验尚不足以证明其非的马克思主义，为繁荣和发展祖国的社会主义诗歌事业略尽绵薄！至于因水平限制，终将无所作为，则另当别论。”

贺敬之夫妇看到此信，应感欣慰。当时丁国成已担任《诗刊》副主编，在某种程度上掌领着中国诗歌界的旗舰国刊，地位非同小可，责任异常重大。写条幅之于贺敬之，当是一种交待、一种期待，而丁国成的复信，则是一种严肃的回应，一种庄严的承诺。他在接过条幅的同时，接过的是一种历史使命。

不太了解内情的读者可能会认为笔者以浓重的笔墨来渲染这个条幅故事是不是小题大做了？但是事实上新时期以来的中国诗坛波翻浪卷，各种文艺思潮激烈交锋，从来就没有停息过。而贺敬之、丁国成等一批诗界、诗歌评论界的领军人物正是置身于这样的风口浪尖之上，时时目睹的都是惊涛骇浪。而且，丁国成老师为匡正诗风、辨识清浑做出了积极的努力，取得了重大的成绩。这些，我们从《诗学探秘》中可以略窥当时情形。

在新时期开端，即 1980 年代初期的时候，中国诗坛随着思想解放和国外现代主义思潮的涌入，呈现出风起云涌的态势。《诗刊》的诗评工作曾开展了两次重大的问题讨论。

一是“朦胧诗”讨论。朦胧诗兴起，打破了诗坛平静，招来了大量不同意见。评论组几个人（丁国成时任评论组长、朱先树分工负责理论部分）研究，认为争论势不可免，应当公开进行讨论。于是《诗刊 》1980 年 8 月号开辟了《问题讨论》专栏，将章明的《令人气闷的朦胧》和晓鸣的《诗的深浅与读诗的难易》两篇意见分歧的文章发表出来开展争鸣。讨论很快超出了《诗刊》，扩大到全国许多报刊。这场关于“朦胧诗”的大讨论，不仅在诗坛，而且在文艺界乃至整个社会，产生了广泛影响，可以说震动了海内外，对促进我国新时期文艺界的思想解放、繁荣社会主义文艺创作，都起到了积极作用。“朦胧诗”之称，即由此而来。

二是“崛起论”的讨论。随着西方现代主义和后现代主义的涌入，国内诗坛呈现复杂局面，而某些“权威理论家”也带着各自的目的为他们摇旗呐喊。此阶段比较有名的是三篇遥相呼应的“崛起论”诗论文章。包括谢冕 1980 年 5 月发表于《光明日报》的《在新的崛起面前》、孙绍振 1981 年 3 月号《诗刊》发表的《新的美学原则在崛起》、徐敬亚 1983 年 1 月发表于《当代文艺思潮》的《崛起的诗群》。

《诗刊》针对“三个崛起论”，组织了一系列文章进行了争鸣，其中最有影响的是程代熙的《评＜新的美学原则在崛起＞——与孙绍振同志商榷》和郑伯农的《在崛起的声浪面前》。1981年4月份程文发表后孙绍振给编辑部来信表示，他“遇到了一个强劲的对手”，但他“并不心服”，“准备进行全面反击”（大意）。当时，讨论的基本倾向，应当说是健康的。可是某些争鸣文章也有点儿失去分寸，“火药味”较浓。而且，由于批评文章较多，又过于集中，孙绍振逐渐感到有些精神压力。为此评论组以《诗刊》名义（朱先树执笔）曾写信给孙绍振所在大学，请他不要紧张，可以进行答辩，但遗憾的是孙绍振一直未寄答辩文章来。丁国成认为，当时讨论的学术性质是十分明确的，对参与讨论的作者是负责任的，并且予以保护，正确坚持了党的“双百”方针。

由于《诗刊》及时发出争鸣的声音，扭转了当时在各地报刊众声喧哗的“崛起”声浪，使普通读者、诗爱者能听到不同的而且是较为强劲的声音，然后增加了对诗界动向的辨察能力。以丁国成为组长的《诗刊》评论组发挥了重要作用，做出了历史贡献。

纵观新时期以来《诗刊》重大的争鸣似乎也就是这两次，而规模稍小的争鸣却是从来不曾间断，每年都 有发生。在这些大大小小的事件中，丁国成都及时地发出了自己的声音，发挥了作为“疏凿手”应有的作用。

1993年底，青年诗人顾城在新西兰激流岛杀妻后自杀，诗界竟然一片赞扬，同声鼓噪，闹得沸沸扬扬。香港诗人犁青实在是看不下去了，才第一个站出来写了长文，予以批驳，向害人者谴责。犁青将此稿寄给丁国成，时任《诗刊》副主编的丁国成准备编发，由于《华夏诗报》先予发表，丁国成才将已排好的稿件撤下，并写信给犁青，对他的长文表示完全支持，同时告知了未能发表的原因。后来，丁国成的复信也被《华夏诗报》《文艺报》摘发。犁青文章发表后，引起了很大震动。《文艺报》全文转载。正义之声这才开始陆续见诸报端，但为杀人犯辩护者仍不乏其人。

随着朦胧诗潮成名的北岛后来出逃到国外，在国外拼命反对祖国，而国内一直有好几家报刊（还有一些图书）却在起劲地吹捧北岛。作为全国性的刊物，《诗刊》能保持沉默、视而不见、听而不闻吗？所以，丁国成在《向诗论家进一言》《致陈良运》等文章和信件中都提到对北岛的正确评价问题，以表明态度，匡正时弊。

再如“新诗潮”“新诗潮论”问题，有几家报刊若干年地在那儿拼命鼓噪唯有“三个崛起论”“最科学、最正确”，重翻老账，重弹老调，如此等等。首先是那些报刊、出版物及那些作者不愿意就诗论诗，而偏偏要把“政治色彩很浓”加在《诗刊》头上（这里面肯定也有把矛头指向丁国成本人的），使《诗刊》无法回避，所以《诗刊》也会在一些文章里面继续亮明自己的观点。

1999年某诗刊发起关于诗歌教材的所谓讨论，有些文章很偏激，一方面否定一切，如郭沫若、艾青、郭小川、臧克家、贺敬之、李季、田间、何其芳、柯岩、公刘等革命诗人的名篇统遭否定，另一方面又全面肯定新时期以来的新诗潮。丁国成对此亦作出了回应。他在《诗论“三失”》中说：“如果实事求是地指出这些名人名作的某些不足，那当然可以，而这类文章不是这样，既没有辩证的分析，又缺乏应有的善意，而是全盘否定，这就很难让人信服。”“新时期的新诗潮，确有好作品，给予恰当肯定，理所应当；但也存在严重缺陷，引起广大读者不满，不加分析地一概肯定，显然欠妥。”

二、呼唤、倡导与坚持

其一，丁国成一直致力呼唤与倡导的，首推政治抒情诗。

他在《政治抒情诗之我见——在易仁寰作品研讨会上的发言》《呼唤政治抒情诗》《向诗论家进一言》《一种值得注意的诗论倾向——在中国作协文艺理论批评座谈会上的书面发言》等文章和研讨会上，多次呼唤政治抒情诗。他认为“振聋发聩、催人奋进而又优美动人的政治抒情诗太少了，不能满足人们日益增长的精神需求”。这个波澜壮阔的时代，是一般的抒写小情小景小思小感的诗体所无法承担的，而唯有气势恢宏的政治抒情诗，方能肩此重任。但是在一些人的心目中，政治抒情诗名声不佳，被认为是“假、大、空”的代名词、“左、恶、丑”的同义语。其实这是一种误解和偏见，政治抒情诗中的诸多问题都是人为造成的，并非诗体本身的过错。政治抒情诗在表现重大时代主题、反映重大政治话题方面，有着较为独特的手段和可能性。政治抒情并不能仅仅理解为浅薄的赞颂和枯燥空洞的政治说教，而是既要颂扬“真、善、美”，也要鞭挞“假、恶、丑”，而对于现实的忧患、沉思、批判更能增加诗的深度和力度。今年汶川大地震后，引发的诗歌创作热潮，多数作品都是政治抒情诗。

我们应当拂去人为泼洒在政治抒情诗躯体上的污浊，让它重现光辉。政治抒情诗是什么样子的呢？当然不能“机械划一，强求一律”（列宁语），但它是有着规律可循的。丁国成这样来设想它：政治抒情诗首先必须是诗，要有浓郁的诗味，以鲜明的形象感人，以强烈的激情动人。议论可以入诗，但“须带情韵以行”（沈德潜），反对抽象说教和概念演绎。政治只能强化诗的命脉，而不能窒息诗的生机。政治抒情诗当然要关注广阔的社会和人生，表现伟大时代与政治，反映人民的情绪及愿望。但是，诗人只能以自己的独特视角和心灵，去观察，去感受，去思考，去发现，创作出独树一帜的诗作来。正如著名诗人贺敬之所说：“按照诗的规律来写和按照人民的利益来写相一致，诗人的‘自我’跟阶级、跟人民的‘大我’相结合。‘诗学’和‘政治学’的统一，诗人和战士的统一。”（《郭小川诗选》英译本序言）。

而由于政治抒情诗的创作难度较大，要求很高，想要写好，便十分不易。丁国成对政治抒情诗作者提出了四点要求。一是要有饱满的政治热情和很高的思想修养，以真挚、浓烈的政治激情感染人，以深刻、精警的思想内涵鼓舞人。二是要有强烈的社会责任感和历史使命感。政治“不是少数个人的行为，而是关乎政党、阶级、国家、民族、人民乃至国际、人类根本利益的重大活动”。所以，政治抒情诗作者要关心国家的前途、民族的兴衰和人类的命运，真正以天下为己任。三是要有丰富的生活积累。诗人应当切近现实，做到身入生活、心贴群众，从而体察民间疾苦，领悟社会哀乐，把握时代脉搏，感应群众情绪，并在自己的作品中唱出人民的心声。四是要有深厚的艺术功底。把激情化为诗情，把政治化为艺术，必得经过艺术熔炉的冶炼和铸造，方能成诗。

其二，丁国成关注“政治”，反复强调要讲政治。

诗歌作为一个文艺品种，最需要把握的政治内容就是“二为”方向和“双百”方针。丁国成1996年底在论及《诗刊》四十年的办刊经验时谈道，“其中最重要、最根本的一点，我认为就是正确坚持‘二为’方向和‘双百’方针，处理好二者的辩证关系”。他认为，我们必须把“二为”方向放在首位，贯彻始终，毫不动摇；同时注意执行“双百”方针，认真坚持，坚定不移，以便促进我国的社会主义诗歌健康发展、日趋繁荣。而在当前，就是要弘扬主旋律，提倡多样化。这是“二为”方向和“双百”方针的具体体现。

丁国成大声呼吁讲政治，并不是无中生有、无事生非，而是有的放矢的。新时期以来，诗歌理论批评界是有成绩的，应予肯定，但也存在不少问题。新时期以来的诗论中不时有文章对诗歌的意识形态属性加以否定，如说，诗歌“艺术一旦剥离了意识形态的粘涩，它便会发出向前推进的动力”（1995年第二期《诗探索》）。又有人说，“个人写作的状态”“结束了诗歌作为一种意识形态写作的历史，诗歌开始寻找它最根本的立足点。”（1995年5月号《作家》）也有人说：“被意识形态奴役”使“诗歌越来越远离其本体依据，成为意识形态的工具”（1995年4月1日《文论报》）。还有人说：“诗人只有……消解多年来意识形态对我们的制约，才能承担人类的命运和写作的要求。”（1995年7月 15日《作家报》）

著名诗论家吕进教授认为新时期以来的诗论弊端主要有二，一曰“失语”，对于诗坛重重病象不置一词，金口难开，全身免祸；二曰“失重”，对一些诗坛潮流唯恐落伍，勉力捧场。丁国成说：“我完全同意这种论断，这是不争的事实。”在此基础上，丁国成在《诗论“三失”》一文中做了重要的补充，再加上了“一失”：“失魂”，即失掉马列主义、毛泽东思想和邓小平理论的思想灵魂。而“失魂”正是前面“失语”“失重”的病根。丁国成论述，“失魂”表现主要有三：一是偏激、绝对，缺少马克思主义的辩证法。一些诗论要么否定一切，要么肯定一切，爱做简单结论。二是主观、武断，缺少马克思主义的唯物论。一切从自我出发，以个人好恶为取舍，凡是自己偏嗜偏爱的东西，就都奉为至宝，甚至封为“经典”，反之，则都是“陈旧僵化”，横加挞伐。三是不讲政治，缺少马克思主义价值观。这类诗论有意无意地将政治和艺术割裂开来，对立起来，否定政治，特别是否定革命的、马克思主义的政治。事实上，这类诗论的政治倾向相当鲜明，只不过不是人民大众所需要的政治罢了。

丁国成认为，诗论家完全躲开政治，怎么可能呢？“我们搞诗歌理论，大量阅读的不是诗歌，就是理论；经常面对的，不是诗人，就是论家。我们研究的对象都带有明显的政治色彩。所谓‘纯诗’——个别现象不能说没有，就总体而言，却是并不存在的。”

丁国成在文章中说，诗歌作为精神产品，具有两重属性：商品属性和意识形态属性。马克思明确说过，艺术同“法律、政治、宗教、哲学一样”，同是“意识形态的形式”。诗歌作为一种语言艺术自然也不例外。这是因为，第一，诗歌所反映的社会生活，表现为复杂的社会政治关系；第二，诗歌作者总要在作品中表达自己对社会生活的主观评价，这就必然受其世界观、人生观、历史观、道德观、价值观、审美观的制约，从而反映出作者的思想倾向和爱憎情感；第三，诗人所处的整个社会的政治斗争及其他意识形态必然给诗人及其作品以深刻影响。所以，诗歌不可能不具有一定的或隐或显的政治倾向。

虽然诗歌创作和诗歌评论必须讲政治，但是在改革开放时期却不能再搞政治批判。丁国成很好地把握着这些重要的分寸和重大原则问题。丁国成自己在“文革”中曾受到政治迫害，于1969年4月离京到湖北咸宁向阳湖中央文化部“五七干校”劳动改造，并被打成了“516反革命分子”，直到1972年12月才正式平反。所以他对于“文革”派性斗争深恶痛绝。他曾在给一位诗友的信中说，诗坛绝非净土，存在不少问题，但除非直接反对“一个中心、两个基本点”的言行，一般不宜以“左”和“右”目之，因为文艺毕竟不同于政治；文学毕竟不是政治学；文艺家（搞政治的“文艺家”应该划为政治家之列）毕竟不同于政治家。虽说不能脱离政治，但主要是艺术创作、文艺思潮、文艺理论问题，应当通过“百花齐放，百家争鸣”加以解决，不能搞政治批判。

其三，丁国成一直呼吁创造良好的争鸣氛围。

1980年的“朦胧诗”讨论，由《诗刊》发起，迅速扩展到全国报刊，直至海外，其作用不可低估。丁国成回忆说，让我难忘的是在北京定福庄举行的“朦胧诗”的讨论，不同观点的诗论家争论得面红耳赤，非常激烈，却没有影响双方的团结。会上是论敌，会下是朋友。丁国成在《诗论家的使命》一文中倡导“不同见解，能够交锋；激烈争鸣，不伤和气”。

“三个崛起论”的讨论，虽然出现一点波折，但其基本倾向还是好的。丁国成在1996年6月16日至孙绍振的一封信中说：“编辑部当时确实是把‘三个崛起’的讨论当作学术对待的，真心实意想开展争鸣，只是由于缺乏必要的宽松气氛，持有不同观点的同志不愿意写文章，深怕惹火烧身，实际上未能真正展开讨论，这是非常遗憾的。我本人的想法，很希望能像‘朦胧诗’大讨论那样，进行激烈交锋，而又不伤和气，不施加学术之外的政治压力，让大家自由争鸣。可惜这想法未能如愿，也许太过天真了。”丁国成认为：“即就现在而言，我认为也还缺乏这种争鸣的学术氛围。”

在《创造争鸣的良好气氛》中，丁国成呼吁形成领导的争鸣气魄（即领导“放手”，不仅倡导争鸣，而且支持争鸣，甚至亲自参加争鸣，但不是做结论、搞裁判），作者的争鸣胆识（即敢于争鸣、善于争鸣），编辑的争鸣胸怀（即兼容并包，给不同观点的文章以相同的待遇，不能厚此薄彼），读者的争鸣眼光（即不把争鸣文章当作行政决定，或者法律判词，因而向被批评者投以鄙夷的目光，施以无形的压力）。“我以为至今仍然需要如此大声疾呼，因为这些都为现实所缺乏，足见争鸣之难。”

其四，丁国成呼唤编辑的主体意识。

编辑对作品和评论握有生杀予夺之大权，对引导诗坛状况责任十分重大。臧克家说过：“作者兴风，编辑助澜。”如果编辑不推不助，作者纵有天大的本事，恐怕也难以掀起什么风浪。作为编辑家的丁国成认为，编辑应该对创作有所提倡，对评论有所促进。既要善于发现富有探索精神的新人、新作，又要善于扶植、引导新人的健康探索；既要坚持“双百”方针，又要倡导诗坛主潮。

其五，在丁国成的呼唤倡导下，首届“中国诗歌节”得以举办。

1991 年 8 月，丁国成应受中国作协的派遣，与中国作协外联部（兼任翻译）龚洁一起赴南斯拉夫参加马其顿第30届国际诗歌节，回国后他在写给中国作协的访南汇报中首次提出了举办“中国诗歌节”。他饱含深情地写道：“中国作为世界上的诗歌大国和古国，至今没有正式公认的诗歌节，对外诗歌交流也只限于较小范围内。这与泱泱诗国很不相称，也不利于中国诗歌走向世界。因此，我建议申报有关政府部门批准，将端午节正式作为‘中国诗歌节’。”

后来丁国成不厌其烦地在一些场合呼吁设立中国诗歌节。如1999年3月29日在中国作协五届三次全委会上，丁国成曾提出此议，惜未得到作协领导应有的重视。2001年12月19日中国作协第六次作代会上，丁国成又专门作了《呼吁设立中国诗歌节》的发言。遗憾得很，这个建议仍未得到回应。但庆幸的是《文艺报》在《代表来鸿》栏目里，编发了这篇千余言的发言稿。文章发表后，产生了比较大的社会反映，北京的《新国风》杂志首先在京举办了首届“中国诗歌节（国风）”，来自华文诗界的110位诗人参会。在这届诗歌节上，丁国成遇到了原吉林大学中文系教授、现全国政协委员萧善因，他明确表示支持设立“中国诗歌节”的动议，并同意由他出面给全国政协提案委员会写个提案。丁国成当场把有关资料交给萧善因，萧很快提交了第3516号“关于设立中国诗歌节”的正式提案。文化部办公厅于2003年1月3日正式复函称：“我部收到您的提案后，作了进一步的研究和论证，觉得这是一件有利于诗歌事业和文化事业发展、有利于坚持先进文化前进方向的大好事。我部将加快工作进程，尽快做好与有关部门的协调和报批工作。”

经过文化部的有力协调和积极申报，第一届“中国诗歌节”终于得到了国务院批准，由文化部和中国作协及安徽省政府主办、马鞍山市政府承办，已于2005年10月25日至31日在马鞍山市隆重举行。令人微觉不平的是，作为中国诗歌节的发起者和倡导者，萧善因未能受邀与会，丁国成也被首届诗歌节排斥在外，但丁国成在《“中国诗歌节”的由来》一文中说：“我们终能乐观其成，极感欣慰。”

其六，丁国成始终关注诗歌事业发展和诗人疾苦。

1984年丁国成提议创办《诗刊》刊授学院，并按《诗刊》领导要求执笔起草了《诗刊社全国青年诗歌函授班方案》。20余年来，《诗刊》刊授成了中国诗坛上的最高学府、新人成长的可靠摇篮，至今已培养诗歌作者12余万人次，其中近100人参加了“青春诗会”，300多位优秀诗人活跃在诗坛上。

1991年著名诗人公刘因发表诗评文章受到围攻，无奈之下发出就此“封笔”之议。丁国成立即去信给予鼓励，表达期盼。

1993年丁国成参与邀请和接待台湾“《葡萄园诗刊》大陆访问团”来大陆访问，使之成为改革开放后台湾来大陆的第一个访问团。此外，还接待了不少香港和台湾诗人的个别访问，为结束海峡两岸及香港、澳门诗人40多年的阻隔做出了积极努力。

1997年丁国成致信江苏省委副书记、诗人顾浩，反映江苏籍著名诗人丁芒因遭到不公待遇导致生活困难问题，后来顾浩亲自登门拜访丁芒，并为丁芒解决了相关困难。

1998年7月丁国成致信中国作协党组书记翟泰丰，就广州《华夏诗报》可能会被砍掉刊号的问题给予严重关注，呼吁能予以保留。后翟泰丰批示：“速转友先同志：《诗报》在当前诗坛确有较大影响，望能保留此报。”《华夏诗报》因此得以幸存至今。

1998 年 8 月丁国成致信翟泰丰，汇报江苏省作家协会欲创办《扬子江诗刊》事宜，请求支持和帮助。此信获翟泰丰等领导批示，促成《扬子江诗刊》于 1999 年 7 月正式创刊。

2000 年，丁国成给自己的家乡时代文艺出版社及吉林省出版局写了一封信《〈臧克家全集〉出版建议》，促成了《臧克家全集》的出版发行。《臧克家全集》皇皇 12 大卷，总计 600 余万字。

三、坚持真理，正直无私

1986 年初，中国作协主办、诗刊社承办的第二届（1983—1984）全国优秀新诗集评奖，评奖结果出乎意料，16 部获奖诗集中竟有 6 部评委作品，且含《诗刊》领导诗集，显然不妥，一时引起公愤。丁国成骨鲠在喉，不吐不快，于是他甘冒得罪诗刊社领导和许多诗人朋友、甚至影响到个人前途命运的后果，写了一篇文章《新诗评奖一议》，在 7 月 21 日的《诗歌报》上发表，公开且尖锐地批评了这次评奖不公、方法不当。该文得到了包括“诗坛巨子”吴奔星在内的一些同行撰文响应。时任《诗刊》主编的邹荻帆看了文章后特意打电话给丁国成，非常诚恳地说：“你的文章我看了，言之有理，只是文章开头说，‘诗坛哗然’，是不是有点儿夸大其词了？”又鼓励说：“文章写得不错，评奖方法是应当改变，评委作品还是不参加评奖为好。”后来，中国作协接受了这些意见，第三届诗集评奖时就改变了评奖方法，评委作品实行了回避。这说明只要坚持真理，公道自在人心。

丁国成任职《诗刊》领导，便学习前辈风范，坚持如果不是工作上的特别需要，便不在《诗刊》发表自己作品。这是从 1976 年李季任主编起留下的宝贵传统。李季任主编期间，从未在自己编的刊物上发过一首诗、一篇文章。丁国成认为这是完全正确、十分必要的，“瓜田李下，避嫌为好”。李季的为人和为文，都是丁国成一向所敬佩和效仿 。所以，当丁国成 1991 年出版诗论集《诗法臆说》后，山东大学著名诗评家袁忠岳写了一篇题为《一本评论工作者的人格手册》，称丁国成诗论集“旨在整饬评论界的风气和提醒‘双百’方针的贯彻”。袁忠岳希望此文能在《诗刊》发表。应该说，这对丁国成来说不仅是举手之劳，而且也是正中下怀的事情。但是，丁国成却给袁忠岳写了一封长信，表示他不能这样做，而且详细说明了想法和理由：“我从被聘任为副主编起，就不在《诗刊》上发表东西，以后也不拟发表，除非工作特殊需要；当然更不能发表赞扬自己的文章。区区此心，深盼您能理解并予以体谅。就文章本身来说，我以为在任何报刊发表，都不成问题，但那是另外一回事。”

为了认真履行职责，潜心做好编辑工作，同时也为了给人们所鄙视的“交换文学”截断一点路径，丁国成还在整个 1990 年代几乎谢绝了一切约稿、求评、索序，基本不写文章。他一再强调的是“瓜田李下，避嫌为好”。与此同时，他却每年给诗人、诗评家、普通诗爱者写上千封的信件，给予指导、鼓励、关怀。他在这阶段所写的少量文章，则都是有感而发，针对诗坛现状力求补弊救偏，力求发挥“疏凿手”的作用。我认为丁国成为了诗歌事业做出了巨大的牺牲。因为这10年里他正好50多岁，思维成熟、精力充沛，或许是他个人写作上最可以喷薄的10年。如果不是为了编辑工作，他的诗歌理论必然更系统，他的诗评诗论必将更丰富，他的个人著述必会更丰硕。他牺牲了个人著述，让自己的年华真正融入了祖国的诗歌事业。

在我个人与丁国成老师的交往中，有一些事情记忆犹新。我参加刊授在几年时间里拜丁国成为师。他是一位非常敬业的刊授老师。他每信必复，而且不是几句话敷衍了事，而是针对每首诗都进行认真的分析，详细指出优点缺点。下一次又指出哪些地方有了进步。还不时地关心地询问我的家庭、生活和工作等情况。他的不少信件我至今还仔细地保存着。现在想来，以他那著名诗论家的身份，深夜里伏在台灯下满头汗水地为一个身处底层的诗爱者撰写大量并不能发表的信件，真是吃力不讨好的事。而于我，则是多么难得的人生机缘和多大的福分！后来我的获得首届“湖北文学奖”的诗集《鄂西倒影》出版时，自然想到请丁国成老师写序。他那时为了编辑工作需要已经在整整10年里几乎谢绝了一切约稿、索评、求序，可当我这个业余作者请到他时，他不假思索地应承下来。而且很快寄来了洋洋五千言的《土家族的热情歌者——序刘小平〈鄂西倒影〉》。他在序文中说，他之乐意为序，除了我跟他的这份师生之谊，更重要的是他“对少数民族诗友总有一种异乎寻常的亲近感，很想为之呐喊几声，纵然加重负担，也是心甘情愿的”。这里表达了他对我辈少数民族诗友的关怀。我收序后，考虑到寄给丁国成老师润笔费，这本是情理之中的事。而我身处底层，经济上常感到捉襟见肘，于是只能量力从邮局寄给他区区 300 元。没想到，不几天这笔钱被他退了回来，他还写信说体谅我的困难，并批评我寄钱的行为。这件事，于我却是刻骨铭心的。因为在我的成长中，看惯了太多的不给钱不办事，给少了钱还不办事的一些官员或所谓“名人”的举动。甚至于我还觉得给钱办事、劳有所获具有一定的合理性。此事使我不能不感叹不已。像丁老师这样不重名利、体贴下情的著名人物十分珍稀难得。

丁国成老师的处境，我过去不甚清楚，或许是现在我自己人到中年，更懂得世事人情了，便能够悄悄揣摩他的状况。丁老师是不谈个人处境的，即使我跟他在北京的几次面晤中，也从来没听他谈过他自己的情况。现在我在本书的《致丁芒》信中看到了一句“我的处境的确不佳”（全书仅此一句）。于是我想，这些年来，虽然他处在高位，但也正好处在各种文艺思潮、各种派性势力交锋的风口浪尖上。于诗歌理论来说，他的讲政治、呼唤政治抒情诗等，正好成为一些为现代主义和后现代主义张目的理论家们的靶子；于他个人的荣辱和前途来说，则同样可能成为某些政治势力和派性势力斗争的牺牲品。何况他的为人为文还是那样的有所坚持、敢于直言而不顾后果呢！

丁国成老师的诸多高风亮节、人格魅力，对于我个人来说，是穷其一生也学不够的，当真是高山仰止。

我写作本文的目的，只是向我无比敬仰的丁国成老师呈交的一份学习心得。丁国成老师是我在学诗的历程中求师时间最长、受指点最多的恩师。此前我未写过关于他的任何文字，究其原因，一是我过去受阅历所限而不能很好地理解他，二是当时他还在领导岗位上，写文章有拍马屁之嫌。而现在他离开《诗刊》领导岗位若干年了，写此文章再无任何嫌疑，而且还可能冒得罪一些名人、权贵的风险。但我觉得恭读《诗学探秘》后增加了对他的了解，有了写本文的冲动，于是写下来，并借本文以表达我对恩师的崇敬。我由于水平、学识有限，勤奋不够，悟性不强，在诗歌创作上没有取得更能令人满意的成绩，所以不是一个能让恩师满意的弟子，十分抱愧。

由于丁国成老师为人低调和严于律己，我过去确没有看到过任何一篇介绍他、宣传他、报道他、肯定他的文字。我认为，这与他在诗歌界的地位、他对诗歌事业的贡献和产生的影响都是不太相称的，换言之，是不公平的。

他是一部博大精深的大书，而我由于水平、学识和所占有的材料十分有限，只是对《诗学探秘》作了一些简单的梳理，而且还不一定恰当。我希望有更多的诗歌理论家和学者们来对丁国成进行更深入的研究。

初稿写成于 2008. 6. 8.

（原载 2008 年第 3 期四川《中外诗歌研究》，略有增加）

后记：永恒的话题

书名《话说诗道》，是按一般作家出书惯例——常以书中单篇题目名书。这在诗论选里，似尚未见，不妨一试。

文中所说：“何谓诗道 ？据我理解，诗道似乎就是诗的创作规律和艺术规则，总括谓之诗法。”如果我的理解不算大错，那么，“诗道”便是一个永恒的话题，常说常新，话说不尽。因为诗的规律既是客观存在的，又是“变动不居”的；人们尽管可以探寻乃至掌握某些规律，却是永远不会穷尽规律。所以，我们必须根据变化了的创作实践，继续进行研究，不断探讨下去。

这本小书，能够得以出版，首先感谢中华诗词学会及其各位领导为我提供了出书机会；其次感谢《中华诗词》和《诗国》杂志同仁，以及北京的《中国纪检监察报》《中国艺术报》《文艺理论与批评》《中华诗词学会通讯》《诗词月刊》《作家报》《诗词百家》《诗词之友》《作家文摘》《文艺报》，广东的《当代诗词》《清远日报》《西江日报》《西江诗词》《松山文艺》《中华名人艺术家》，湖北的《东坡赤壁诗词》《心潮诗词》《心潮诗词评论》《中国乡土诗人》，贵州的《贵州诗联》《绥阳诗词》，宁夏的《夏风》，甘肃的《甘肃诗词》，辽宁的《盘锦诗词》《诗海潮》，黑龙江的《甜草》，四川的《安州诗词》，山东的《诗意人生》《东崂诗词》，安徽的《世界汉诗》《诗与远方》，河南的《工农文学》《中州诗词》《嵩山诗坛》……诸多报刊编辑朋友的厚爱、鼓励、帮助和编发拙文。没有他们的鼎力支持，发文、出书是不可想象的。让我再次向所有关心我的文朋诗友，包括广大读者和我的贤内助彭震萍同志——她不仅主动承担繁重的家务，使我得有更多的时间从事写作，而且帮我复印、打字文稿，拙著成书出版，真有她的一半功劳，特致由衷的谢意！

2012 年 5 月 27 日

附记：

2012 年初，第三届中华诗词学会领导郑欣淼同志、郑伯农同志、李文朝将军和王改正同志等，即要在《中华诗词文库》丛书里为我出版一书。只是由于我自己的原因——全力忙于《中华诗词》的评论编辑工作和《诗国》的筹资、编辑、出版、发行工作，加以打字费时，书稿一拖再拖，终致误了出版时机。如今，郑欣淼会长、范诗银常务副会长和刘庆霖副会长兼秘书长，以及罗辉、高昌、林峰副会长等，已是第四届中华诗词学会领导，再次同意为我出书。但也因此调换了部分文稿。承蒙刘庆霖概允大文作为“代序”、羊角岩准许大文作为“附录”，以及《中华诗词存稿》丛书编委会诸同志，特别是吕梁松、王强、李伟成执行主编鼎力襄助，中国书籍出版社予以出版，我除了感激之外，还是深深感激！！！

2018 年 12 月 25 日